前登志夫全歌集

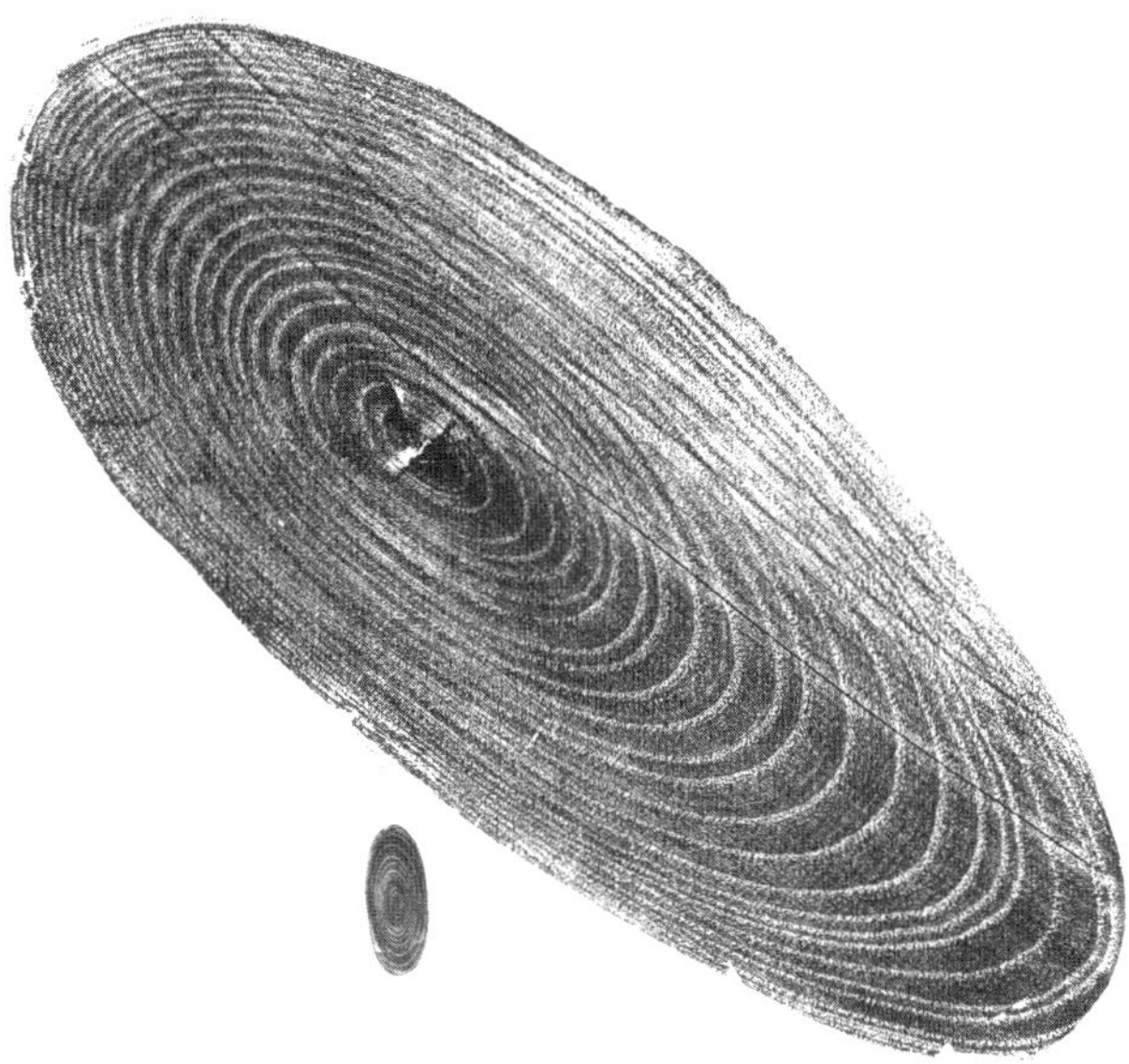

短歌研究社

二〇〇七年十一月十八日
天川村みたらい渓谷にて

撮影　前浩輔

前　登志夫　全歌集　目次

凡例

一　本書は前登志夫の全歌集である。第一歌集『子午線の繭』第二歌集『靈異記』第三歌集『繩文紀』の三冊は、『前登志夫歌集』を底本とし、第四歌集『樹下集』第五歌集『鳥獸蟲魚』第六歌集『青童子』第七歌集『流轉』第八歌集『鳥總立』第九歌集『落人の家』第十歌集『大空の干瀬』第十一歌集（遺歌集）『野生の聲』の八冊は、それぞれ単行本の初版本を底本とした。また、単行本未収録作品は、出典を明示し「拾遺」として収録した。

一　漢字・仮名遣いの表記は、底本に拠り、正字体・歴史的仮名遣いを原則とした。但し、『青童子』の底本は新字体で表記されているが、生前の著者の意向を鑑み、本書では正字体に改めた。また、凡例・書誌・年譜などは、新字体・新仮名遣いとした。なお、印刷環境の違いによる字体の差異については、意を損わない範囲で統一し、修正を加えた。

一　各底本における明らかな誤植と思われる箇所については、訂正したが、最小限の訂正にとどめた。

前　登志夫　全歌集

装幀　司　修

歌集　子午線の繭

しごせんのまゆ

子午線の繭

昭和三十九年十月十五日　白玉書房刊

装幀 勝本冨士雄　四六判二七六頁　一頁三首組　五九〇首　長歌一首

巻末に「後記」

定価七〇〇円

樹

樹

かなしみは明るさゆゑにきたりけり一本の樹の翳らひにけり
ひと冬を鳴く鶸(ひは)ありきたましひは崖にこぼるる土くれの量(かさ)
置忘られ埃かむりし地球儀をまはしてをれば細き鶸の聲
木の根にて飾られし崖とほりすぎ慾情のごと眩暈(くらみ)はありき
あけがたの白くしみゆる杉の木の根かたにこぼるいきものの齒は
樹に告ぐる飢ゑ透きとほる鶸の朝つぶさに懸かる白き日輪

*

悔ならむ、雪となりたるこのあした山越しの鳥をはこぶ叫びぞ
しろき朝のわが變身を叫びつつこのはるけさに墨繩(すみ)をひく鳥
純白の無のひろがりに線を描(か)くまづしさの時に生(あ)れし翳りや
わが柩ひとりの啞に擔がせて貧のかげ透く尾根越えにゆけ

海にきて

海にきて夢違(ゆめちがへ)觀音かなしけれとほきうなさかに帆柱は立ち

永き不在生くるいのちは海原に五つばかりの帆をかくしおけ
古めきし別離はありき歩みゐるこのやみの圈(わ)に海は眠れり
そのかみの帶を解く音潮騷によみがへる日は縛(いまし)められき
滿天に光つて降れる燐ありきその燐の下列をなしにき
天人の熱を病む舌垂れてゐし爭ひの夢遁げたる壁に
夜(よ)の歩みはてしなくたたむ暗闇(くらやみ)のむささび型のてのひらに問ふ
岩に貝を投げつけて割り食(たう)ぶると古き代の生活(たつき)言ひし少女子(をとめご)
荒磯の潮水に洗ふ貝の肉いつはりし舌痺るとどろき

月讀行

茸いま暗闇の土に頭あぐ月の出の暗きくらき時なり
瀟洒なる狐の歩みきのこ蹴り赤き月の出に歩むけものら
かのころゐに飢ゑしけものら列をなし滿月の夜のわれを出てゆく
月の夜はわが靴ほどの罠かくしわれを行かしむ輪廻(りんゑ)の驛に
夜ふけて腦をついばむ月よみのさびしき鳥よ爪きらめかせ
製材の杉の挽粉がしめる夜の圓鋸の齒ぞ痛みける
樹の央直(まなかたつ)に挽きたるのこぎりの金切聲は眞夜(まよ)をかへり來(く)

もの音は樹木の耳に藏(しま)はれて月よみの谿をのぼるさかなよ
霧にまぎれむささび翔びぬ名を呼びぬわが耳の中の昏き月の出
部屋にひびく早湍(はやせ)をさかなのぼる夜に鉛筆を削り突刺さるVie
燃ゆる日に腹割きし魚(うを)の藍ひとつ千年ののちにかへる圏(わ)があり

雉村

あなうらゆ翔びたつ雉の黄金(きん)のこゑ夭夭(えうえう)として樹樹は走れる
樹木らの青き心臓を射貫きたり、ひとこゑ鳴きて雉をみつらむ
大斜面の青飛ぶ辛夷(こぶし)雉村に教科書(リーダー)を讀む少年の聲
百段(ももきだ)の田をつぎつぎにひたしゆく水の下降(かかう)に涙湧きくる
やまぐにの階段狀の田を拓(ひら)きしとほき沈默の大音階
丘のうへ草刻みゐるまるき背に旅の夕焼け區切られてゐき
空に鳴る太古の河の死の階段(きだ)を登りつめたり血の夕映す
ほしぐさの乾ける夜に誓ふべし萬の蛙の山上の彌撒(みさ)

霏霏

家もなし野もなしゆき霏霏とふるいま鳴る樂は黑き地の時間(とき)

みゆるなし、野の眞央(まなか)にぞくらみたり幾めぐりする橇こそきこゆ
雪原にわれを縛れる紐ありきその黒き紐を手繰る貌あらむ
地の終りかくもはげしと吹雪くなか喉のばし飛ぶ黒き鳥なれ
風やみて死者の境(さかひ)に近づきぬわが足あとのすでにあらずも
つひにしてわれのみ黒く歩みをりこの白き野に動く紙魚(しみ)なれ

都市の神話

地下鐵の赤き電車は露出して東京の眠りしたしかりけり
ものみなは性器のごとく淨められ都市の神話の生まるると言へ
めぐりあへず林檎三つを求むれば果實の目方量(はか)られたりき
時計のごと果實の値(あたひ)定めたりわが愛の重さ量る針あるか
混凝土(コンクリート)の長き塀なりなげうちて打割らむもののもちて過ぎしか

豫言

向う岸に菜を洗ひゐし人去りて妊婦と氣づく百年の後
蛙に似し岩の頭に落されし白き糞なれば心しづまる
この岩が蛙のごとく鳴くことを疑はずをりしろき天(あめ)の斑(ふ)

小春日の道端に靴を繕へる靴屋はわれに結婚すなと言ふ

つつましく橋渡りこし素直さも斜(はす)に踵の減りつくしたる

脱ぎざまの冷淡なわれの靴ひとつ正面に据ゑて裏返されぬ

新しき鋲うちこみつ豫言する冬の衣裳の坐せる基督

五百メートル斜に高く橋あれば暮ぐれの人らけふの神もつ

夜(よ)となりていのち急(せ)くかな瀬を奔る暗き水の上(へ)樹は鳴りとよむ

しろがねの橋梁(アーチ)たわめるなかぞらゆ金屬の響となりておちくる

ひたひたと水叩きをる舌あれば死の階段(きだ)をゆく鰭(ひれ)のごとき足

酒(みき)みたすいにしへの土器埋れたる山の河原にこゑきこゆなり

月光を縞目に吸へる淺き瀬に鼻揃へのぼる鰭(ひれ)の韻律

くちあけてみな眠る夜(よ)に小石ふみ覺めてゐたりき證(あかし)にあらず

晝のごと明(あか)き月夜を溯るさかなの浮嚢(うき)も透きてやあらむ

樹・樹・樹

物象(もの)なべて凍(い)てて音なき黄昏の限りなく遠しとほしその城

冬萌ゆる草凍えしを踏みゆけば夕茜する病めるか空は

けふを生きる人みなまづしわれも倦(う)むかたき面彫るは姿なき夜

死にゆきしわが動物の仕草など顯(あらは)れて來つ凍える庭に
三角の圖形を保ち瀬に棲める鮎おもひをり冬の都會に
手の孤獨その手を落つる瀧なれば叫びのごとく冬は會ふなり
乏しさを分たむかなや椅子をたち垂れしその手のひそかなる瀧
渦巻いて疾風(はやち)ののぼる坂下り誇るべきものはなし革命もせざりき
形象(いめいじ)の毛竝をたてて叛くとも清しき冬ぞ世界の眞書

*

雪ふれば祈れるごとく道をゆく雪つもる樹のかたはらを過ぎ
死者も樹も垂直に生ふる場所を過ぎこぼしきたれるは木の實か罪か
刺すごとく空を指さす杉の樹のたちまちにしろし祈るべくして

ぼくは雪の山に罪をさがし、うさぎは神をさがしてゐた。

ひそとやみ死者より早く生れしや目に嵌(は)めてをり赤き木の實を
みづからの足あとをゆく性(さが)なれば雪とける日は神にし會はむ
塔のある古きかの池ひと粒の涙なりしや汗のごとみゆ
さかしまに天女のふれる塔あれば野をみおろせる早春(はる)のかなしみ
山脈(やまなみ)にとりまかれたる野の夜は黑きたかぶりをきく耳のごとしも
ぎこちなき死の重さもて落ちる枝春立つといふ山の靜けさ

見者

けものみちひそかに折れる山の上（へ）にそこよりゆけぬ場所を知りたり

世を拗ねし者ならなくにまなかひにけものみち消ゆここに嘆きつ

どの神も信じてをらずさりながらけものみちゆきし　ゆきしものあり

かうかうと獣と人の歩みたるひそけき辻に石は彫られぬ

われは昔風の又三郎この高原（をか）に白鳥のごと霧はふりにし

杉の斜面つたひて翔べる霧のなか眼（まなこ）をひらき消えてゆきたり

おお退屈きはまる風景掻き消してふる霧のなか走れ樹木は

竹群に懸かれる月の黄にむかひ夜のレモンを指はしぼりつ

あかあかと杉の梢の燃ゆるとき夕映の鳥はそこから黒し

地下道の出口で待ちし春の日は土龍（もぐら）のごとく貶まれたる

湯をつかふ音やはらかき裏街の足細き犬よ性器かくさず

風の知らぬ山の窪地（くぼみ）に伏すわれぞ秋七草にすでに飾られき

形象（いめいじ）のみなこぼれあせ苦しとき一人の見者世にあらはれむ

刑

すさみたる故國の貧を生き來り川幅におつしろきこの雪
ひとくちに十年といふもわれの生(よ)の廿代なりし嘆きかこれは
寒空のかたき記憶のはがれきて埋れるごとき刑(しおき)もありぬ
いくたびも背信の創(きず)を負ひて來つ憎みきれざるよ山河の民
みぞれふるさびしき晝に會ひにけり靴濡れゐたる重さと言はむ
みぞれふるはがねの橋の夜(よ)となりて貧しさも愛もわれにし降れば

合歡の花しだるる下に

合歡(ねむ)の花しだるる下に言葉絶えひぐらしは暗く聲あはせたり
羊歯群れる茂みに伏して血を喀けるわれの無頼よ夏の入日
森かげりわれに麥酒(ビール)をそそぐとき蜩(かなかな)はいたく鳴きてしまへり
西方(さいはう)の空燃えてゆく夕やみに泡だつ麥酒燈すごとゐる

新道

つるはしの跡縞目なす新道の崖(きりぎし)にそひて祈る心地ぞ

昃(かげ)りあふ杉の木の幹幾百にみつめられたり耳朶欠け落つる
するすると樹を這ひあがる黄緑(わうりよく)の耳いち枚に樹樹は鳴るなり
古國に抗(あらが)はむかなと生きながら別れを知るもふるくににして

夜の甕

くろぐろと朽ちたる門をとざしたり山火事は幾日(いくか)山につづきて
崖したたに合歓(ねむ)の一枝のしだれをり夜すがらの風に門は扁(ひら)たき
夜の甕のいつぱいに凍え鳴るときにわれの額にきりたてる崖
雪崩するわが三十歳(さんじふ)の受苦なれば兩の手を垂れむ卑しき群に
谷底を日日にのぞきみる生業(なりはひ)の貧しさよみな鳥の眼をして
嘴のするどき鳥を幾番(つがひ)身に飼ひて高き村に生きつぐ
羽根たたむ幾千の鳥の羽根のした神神の野の昏き怒りぞ

物象

しののめに篠の井の驛にひそと降(お)り少女(をとめ)らとゆく小諸のほとり
語らひてここすぎゆかむ少女らのみやこわすれと背後(うしろ)にて言ふ
佐久をゆく電車に睡りいたいたし銀河鐵道に散る夜の白鳥

鍔(つば)廣き少女の帽子かむる日に信濃の山羊の紙のごとしも
塵埃車橋渡りくるうしろからためらひてひかる罪もあるなり
すぎゆきはなべてきらめく、塵埃車わが昏き神も積みゆきたり

冬の合唱

簷高く大き蜂の巣いだきつつ愚しき愛冬の家ありき
うつうつと果樹園のなか歩みきて祝婚歌きこゆ冬のひかりに
立枯の樹をそのままに谿へだて過ぎゆく日日は華やぐに似つ
冬山を拒絶のいたき心もち踏みゆくときにふまるる貌よ
肯ひの一語にとほき思ひにて生き來たる冬の樹に寄する聲
夏山のかの湖に面(おも)そむけかへりこしわれに寒(かん)の竹群
朱塗りの皿疊にながく置かれゐて燈をともすわれにひとりの宴(うたげ)
ハンガリヤ國境を行く寫眞なり思ほえば嬰兒・頭蓋・蜂の巣
亡命のごとくに激(たぎ)つ夜をかさね蜂の巣に捧ぐる冬の花あれ
青吉野とほき五月に料理せし山鳥の胃に茶の芽匂ひき
材木を積み山くだるやうやくにしげくきこえて夜のくらき際(きは)
ひとしきりトラックの音過ぎしかば窗うつ風のそのしろき脛(はぎ)

亡羊記書きつぐ夜夜の水なして簷發(た)ちてゆく朝の顫音(せんおん)
ものを書く卑しき心かたちみす没落の朝のまるき蜂の巣

大阪から吉野へ帰る一時間半の電車は、文明の落差をつよく感じさせる。

崖づたふ夜の電車にひとり酔ふ離れゆく都市はすでに崖(きりぎし)
文明の夜を落ちゆかむ放電(スパーク)のあな蒼しふるくにの空
ビルの上で食べしテキかな牛臭き農民論をふたたび言はず
合唱のごとくにふれる峡の星ふゆしろがねの橋をわたりて
白鳥座ひそかに飛べよ川ぎしの男が燈す夜(よ)の櫻桃(さくらんぼ)

鶴

夏草に息きらしけり民話劇「夕鶴」の鶴を見む夕映ぞ
石佛に似し母をすてて何なさむ道せまく繁る狐の剃刀

*

晩夏光うなぎを賣りに山住の乞食きたりぬ少年をつれ
竹串に刺されたるうなぎ竝べゐる戸籍なき少年豊けし
會はずして暮れ落つる日のうなぎなりぬめぬめとした死を飾りとなし
高原の瀬に仕掛けたる孟宗の筒に入るうなぎ月の出ちかく

億萬年耳盲(し)ひしごと鈍重にたかはらに棲みて脂ぎりたる
戸籍なき少年の杈(やす)に追はれゐむ産卵の鮎快樂(けらく)のごとく
串刺しのまま火に炙るこのうなぎ脂たらしをり夏の終りに

埴輪の兵

ある夜ひそと盆地は海となりゆかむ絶えてきかざる相聞の夜に
かつてなき抽象のこころ高鳴りて野の眞中(まなか)にぞ塔をたたしむ
セガンティニの花野に眠るかの少女(をとめ)夜となりてここに静かにめざむ
白き鷄(とり)夏草のなか走るさま眺めてゐたり古墳の村に
いまにしてかなしきまでにおどけたる埴輪の兵と野に會はむとす
土産店(ショーウインドー)の埴輪の兵に對きあへるアメリカ兵をみし十年か
大阪の郊外となりて活氣づく古代廢墟の新しき亡靈
終日のバスのほこりをかむりつつ愛國を語る花咲爺
戰ひの終りしところパリスびとよそほふ少女(をとめ)築泥(ついひぢ)の道

オルフォイスの地方

オルフォイスの地方

樹を挽けるのこぎりの音かぎりなく潮（うしほ）は來たる父祖の村から
吹く風にセロのきこゆる空（くう）壜の硝子の村に牛立ちてゐる
夜の土に胞子を落す毒茸の邊（へ）に來たれどもなほ遠きかな
眼もなく鼻もなき人ら來る夜（よ）ひそやかに鳴る口なき素燒
さかな燒く農家の暮に山羊の額（ぬか）おごそかに映ゆる何の碑（いしぶみ）
竹藪に映える燈火（ともしび）父と子と浮彫（レリーフ）のごとし魚燒くけむり
痛きまで明（さや）に星飛ぶ怖しと藪なかの聲、紺の月の出
野の涯を幾めぐりする朱鷺（とき）色の電車の音や受胎（みごもり）の息
崖に着く茸の驛に手をあげて無に發（た）たしめき帽赤きもの
父に子の似てゆく季節嘆かへば山羊の額（ぬか）かたく孤獨に立つ
わかき母の棲む空洞（うろ）挽ける音つたへ山鳩來啼く旅立ちしあと
みづみづし果實をもちて急（せ）きゆくも過去（すぎゆき）に渇く黄泉比良坂（よもつひらさか）
またとなき谺とおもひ呼びかけるわが死者の彈く小さな樂器
泉より水汲みあぐる少女（をとめ）らの息づきあり　あかときの壺

水ちかき石叩きゐる鶺鴒（せきれい）の尾羽にうたれ鳴る鼓（こ）の中のケ・セラ・セラ
河原（かははら）を障子をもちて歩みゆく足のみみえて誰（た）が流刑地
薄陽さし故國の紙の白けれやクリスマス・イヴの午後ひそけくて
ラヂオよりセロ鳴り出づる夕暮の町より低き竹藪を過ぐ
頬よせてくる幻に風落ちて國道は直とくらきを流る
耕耘機ありし野なかに顯（た）つものは相擁しける收穫（みのり）の宴
ひそかなる驗（しるし）のごとく雷鳴りて雨柔し塔を去るとき
珈琲（コーヒー）の碗に卵を割りて夜ふかし、塔の上の少女塔の上の風
埴輪の馬にわが乗りて行く早春の土乾きゐて母國のソネット
死を積める春の隊商、蜂唸る野の草いきれ翳らせて行く
亡命のひづめの唄は草に伏し二上（ふたかみ）の背に朱の上衣を掛く
梢から落ちくる風と聲遠し陽炎の衣（い）にわれ氣狂ひて往く
みな暗き歴史ののちの絃樂器　石神の杜のきのこは彈かむ
春淺き木ぬれに濡れし爪ひかりいちにんのための怒りは優し
花に群れる蜂の顫音（せんおん）夜につづき突然に死は唇（くち）に觸る
夜となりてきこゆる鼓（つづみ）能面の瞼の村ゆバス燈し來る

血の灼ける夏

崖の上（へ）にピアノをきかむ星の夜の羚羊（かもしか）は跳べリボンとなりて
戸口から母がはひると夏山はともに驅けこみ敍事詩をねだる
枝長鳥（えなが）すら亂れて入（はひ）る森ひとつ坐す部屋のなか銃はやさしき
春すぎて夏草に病む　青衣の歩哨たちわれを看病（みと）る山國
朝あさの馬は驅けゆく死の千里、居睡る歩哨われも眠れば
骨たかき夏山の歩哨生を病みわが肩に佇ちて血をしたたらす
あけはなつ眞夏の部屋に入（はひ）りくる甲蟲も尾根もみな死者のもの
わが夏の青き瀧ある血の高原放牧の馬も首を垂れるか
息つめて薔薇の刺ぬく孤りの夜その痛みすら血の灼ける夏
縞馬の群を驅けすぐる情慾の驟雨がくれば喉も濡れるか
わが肩にピッケルをうち越えてゆく青年の夜はくらき崖もつ
水涸れて石夕映ゆる山の澤幼年の靜けさよ黄の苺垂る
あはあはと燃ゆる小石をひたしくる八月の夜は祖母のオルガン
山鳩の啼かぬときのま水涸るる河横ぎりて夏の沒落
しののめにむかつて走る縞馬に胎盤ほどの月など投げる

夏草の茂みに伏して血を喀ける陽も昏(くら)けれ蜩蟬(かなかな)の生
合歡の空溺死者のごと雲うかび淡き翳りにもひぐらしは啼く
泡だちて昏るる麦酒(ビール)にたぎつもの革命と愛はいづこの酒ぞ
時じくの潮(うしほ)のごとくかなかなの薄明の歌　比喩の終りに
みごもれる蟷螂(かまきり)ゆるく部屋に飛びわが背(せな)に青き夏山のトルソ
夕映の山の秀燈(ほあか)り　父から父へ投げゆく種子と炎ゆる敍事詩と
串刺して山の魚焼くかそけさも恢復期もつ夏の終句
八月の夜空をわたる鳥のためノートをとぢよ告白をせず
この夏の茶を炒(い)る母の夜よるに月虧(か)けてゆく神話を抱(いだ)き

魚・發光

夜のしろき滿開の花をめぐりてはしづかにありきわが黑き月
みもしらぬベッドはここに横たはり硝子戸にさくら眞夜(まよ)發光す
太初からこぼるるさまに散りいそぐひとときのさくらベッドにふりて
道白く埋むるまでに散りいそぐ花にむかひて魚となりにき
濕りたる木橋を渡らむとせしときの孵化期のわれに花吹雪せり
さくら樹下卵を茹でる店ありて未生(みしやう)の晝のその花吹雪

なか空のこの白き球の內部（うちら）にて囀（さへづ）るいのち知ることもあれ
あかときに舟入りてくる死者唄ふわかわかし脛（はぎ）の睡る入江に

ガーゼの思ひ

大きビルディング廻（めぐ）りきて膿（うみ）のごときか出口に吸はれゆくガーゼの思ひ
その日から腐蝕する掌（て）よ風景をためる翼空に放たむ
夜明（あけ）近く息するごとく來し雨に枕邊のライターひとり匂へる
土崩（つちくえ）の赤きをすぎるバスみえて肉よりも淸（さや）に午後憎しめる

歩みて行きき

朝（あした）より絶望のさまに犬臥して一塗りの線竹群を行く
陽の照れる遠き森より人ひとり歩みてゆきき古き出會（であひ）の繪
つぎつぎに空より枝長（えなが）森に落ち青き血滴らすみつめゐたれば
一村の硝子いつせいにきらめきて野にくらみけりわれの翼よ
嘴（はし）ほそき鳥貪婪（たんらん）についばめる幻となりし草の上の肉

舌・睫毛・唾液

食殘すジャムのすこしも血となりて快樂(けらく)の冬に歸り來しかな

夕空に見あぐる梯子いづこより季節は冬の荒き貌彫る

悔すらも群青(ウルトラマリン)とほきわが木樵の血しぼる鶫(つぐみ)くる森

庭にある仔犬の皿はかがやけり皿拭ふ舌も夜は不在のひとつ

秋の日の砂地にたてばセロひとつ埋めしごとく砂は走りぬ

陽炎のなかから來たる少年の黄のクレパスはわれを塗り消す

貌の中に尖れる屋根の家ありてわが野ざらしの燈はまたたける

孵(かへ)さむと卵をいだく鷄もゐて獨身の晝寢はりつけのざま

燈の溜る運河の闇になつかしき冷酷に嚙み棄てし夜の舌

ある夕は山をつたひてくる電車野苺のごとしつかのまの罪

霧の橋わたりくるとき粧ひしか永遠といふ冬の睫毛を

河岸の部屋にきみくる夜のため冬の蛾は壁に凍ててしまへり

硝子戸を歩める蜂の脚朱く證もなくて誰(た)が燐寸磨る

何うつす朝の鏡かわれ小さく入りゆきたれば神の唾液か

嚼む麵麭(パン)に陽の匂ひせり皿の上(へ)にかたまるジャムも蕩兒の故郷(くに)も

叫ぶ

ぼくが限りなく存在に近づいてゆくと、あるときぼくと樹の區別が曖昧になる。世界の中でいちばん貧しく沈默してゐるとき、すべてのものはぼくに呼びかける。世界はもう永く病んでをり、ぼくは垂直に憩ふ。すべては叫びでしかない。

空にきく雲雀の聲よわが額(ぬか)に千の巣を編む翔ぶもののこゑ

鼠の屍香き梢にある晝もわれを往かしめ翳ある樹木

のこぎりの叫ぶ森あり搖れる首埋めむとして樹のなかの雪

死骸(なきがら)を曳く蟻のため落蟬は夏熾んなるこずゑを選ぶ

刃のごとく夜空に上る噴泉は快樂(けらく)に匂ふ首しめらせよ

曇り日に咲く紫陽花(あぢさゐ)の花の下青年の蛇は埋められゐむ

敵意あるごとくきこゆるピアノあり夕映の高き岩のなかから

夏の夜の涸れゆく澤に急(せ)かれつつ石の階下りるわが青年期

夕立が去つたあと、かなかなや合歡の花を包んで夜が來る。そして平野の方に靜かに明滅する稻光をみる。頭をふるはせる夏の毛蟲は稻光によつて死ぬといふ。稻光はぼくの未生の恍惚と不安を思はせる。くらい腦髓におこる稻妻——

ひつそりと地平にふるふいなびかり今なまなまし唇ひとつ

音のなき夜の稲光われの手を切り足を切り薄き耳を切り

はるかなる稲妻の夜を歩みゐる一人の無能許してくれよ

いくたびか稲妻の切る空の下したたる夜に愛(かな)しむものか

稲妻に照され走るつかのまの血のいなびかり樹樹のもつ闇

巨大なる頭が一つ轉がれる地平線あり　叫ぶ胴體(トルソ)

この面(おもて)顔にあつればみもしらぬ光る夜あり般若のこころ

娶らざりき。夜の稲妻の遠ざかり水銀計はひそかに立てる

水槽の金魚がつぎつぎに死んで殘された一匹に夏の寂寥がある。實存の戸口に翳る灼けた歩行者の靴には苔が生えてゐる。地の靈との會話はぼくを早口にした。ぼくは時間の燃える一つの村だ。

汲みあげる眞晝の井戸の滑車鳴り道行くわれの夏の紅(くれなゐ)

翳もちて岩に來る鳥そのままに嵌められしかば限りなく翔ぶ

岩のなかに笑へる少女(をとめ)みづみづしその舌をもてわれを知りし者

てらてらと晩夏の道に光る岩掌(て)に觸れてゆく碎かれてゆく

野の佛みな母に似るどこまでもわれ許されず甘き沒落

窪地にて笑ふきのこら蹠(あなうら)も痒くなりたり豫言もせぬに

死者たちは未來に目覺む霧のなか紫陽花を何本も插木す

喬き樹の木下（こした）はさみしみどり兒の青銅の村に千の巣燃ゆる

水は病みにき

河に來るわれらの終りはじまりの綠の河は水に翳り

愛（かな）し、萬の稚鮎のさかのぼる早瀬をわたり靜脈の透く

河に投げるレモンの禊（みそぎ）そのかみの死の纜（ともづな）も捲毛の渦も

罪ありて映せる水に暗綠の石の目搖るる　無期の囚人

水上（みなかみ）へ舟曳きてゆく男らの毛脛かがやきわれらも過ぎむ

褐色の鐵橋をわたり汽車往けりどの窗も淡く河を感じて

愚かしく舟曳くロープさかのぼり男は河の幻を繰る

きみのする童女の眠り昏からむ横切りて來て病めるこの河

橋上に俯向く人も春の日も死を病めるなり山鳩の歌

きみの指に晝の螢をつたはしむゴムぐるま原の草に溺るる

乾草を積むゴム車われの影轢（ひ）きて匂へりなつかしき死を

行きゆきて青葉に染まる死者ひとり果物の空罐（かん）棄てに來る河

しばしばもわれらをさらひ河渡る暗綠の時間（とき）よ禿鷹の影

きみの脚にひろがるデルタ陽に浮きてはるけき飢渴、候鳥の群

橋わたり對岸に行く靈柩車甲蟲のごとく晝をかがやく

水澄みて雨期に近づく一匹の羊は青く銀杏に翳る

鳴きしきる渉禽類の夜の聲デルタは暑し病む月の暈(かさ)

河幅に飛び交ふ螢幾千の燈(とも)せる性を夜は投げるも

河ぎしの夜の息づき燈しつつ螢は青き死のさかな釣る

さかな漁(と)る夜振火(よぶりび)遠くさかのぼり翡翠(かはせみ)色の慾情は來む

彈き手のなき夜のギターよ忘却の生(いき)なりしかば砂地をなしき

オリーヴの山を流れて來し河に幾千の蛾よ、乳色の靄

息苦し光の瀑布(たぎ)の眞晝間を性のかなしみ朴の花匂ふ

病める河われの指沈め流れたり空はねる魚千千に碎け

河流れ山羊の骸(むくろ)も流れたりみなかみにして水は病みにき

蛇

陽根の石祠らるる初夏の森水中のごとし、あはれ旅人

古塔より放たるる鳶ゆるやかに孤獨となりて空にし沈む

一匹の蛇吊し去る鳶の色つややけき夏は何處(いづこ)を往かむ

反響

頂の岩よりきこゆる反響(こだま)あり戰はぬもの曉に去れ
ふるさとに河をもちたり初夏(はつなつ)の青き兇器を研ぐ靜けさに
岩をつたふ黄色の水も澤蟹もなにに急げる夏は稚(わか)きに
舌垂れてわが前に伏す息荒し何處めぐりこし夏の情慾
錐もちて揉まるる悔も扉(ドア)の前華やぐごとく身を熱くせり
首きられなほ歩かむとする胴の脂(あぶら)のごとし思想のひとつ
しんしんと脛(はぎ)の入江に燃えつづく水上の火事夏きたるかな

火の鳥

森の出口にもう人のゐない鍛冶屋の跡がある。村はそのむかうにあつた。

森過ぎて來(こ)し旅人の蒼白を朝(あした)の鋼鐵(はがね)打ちて迎ふる
飛散れる鋼鐵(はがね)の火花あらあらし胸毛に挑み鳥のごとしも
森の前に斧鍬鎌の相寄れるいかなる者の處刑(しおき)にかあらむ
いづこまで行く馬ならむ汗あえて蹄は夜に打たれたりけり
あるときはおのれの孤獨打ちにうち村びとを安く眠らしめざりき

村にも森にも棲めぬ性(さが)にくみ鞴(ふいご)をあふり夜の爐赤し
けものらはつづきて山をくだりたり人間の爐の夜の赤さなれ
死者の斧夜に打ちしかばあかときの爐に羽ばたきぬ火の鳥一羽

*

いつさんに刃物をもちて走りける樹木の部屋にわれは怖し
歸郷者のわれならなくに鐵の音ものもたぬわれを許すその音
くくみ鳴く山鳩の聲の前方鞴を聽けり火のこゑならむ
ガム嚙みて森の出口に憩ふとき草生(くさふ)をふみて來る蹄あり
森の前に蹄を打たれ項垂(うなだ)れる黄昏の馬われを許すな
蹴上げて去りゆく森はしんしんと夕映えるなり城のごとく
夜のまに磨かれてある鋤ひとつわれの歸郷を裁くにあらず
乾草を堆(うづたか)く積み寢る村を蹄を打たれ過ぎて行きしや
けだものの行きし道あり萬緑の掟のごとく刃物をもたず

犯すことなき

いくたびか戸口の外に佇つものを樹と呼びてをり犯すことなき
夜の厚き閉せる扉(ドア)を叩きゐる植物のごときわが手を見けり

噴き出づる樹脂いつせいに炎えはじめまかがやく脛(はぎ)のひとつを祈る

胸に穴あけてみづみづし樫の木よ　王様の耳は馬の耳

呪詛ひとつ呑みて明るしある夜は錨のごとく沈めおく舌

鳥祭

遠い二人稱世界の森よ

あかときに山鳩來鳴く茜さすひそけき首をわれ挽きはじむ

丁丁と樹を伐る晝にたかぶりて森にかへれる木靈(こだま)のひとつ

孤りする拍手はひびけつぎつぎに柄長(えなが)の落つるサーカスの森

空に投ぐるわれの木靈の罪ふかし嘴(はし)朱に染むるこの鳥祭

逆しまに雉を吊せる青年は漆黒の森を背負ひて行くか

森出でて町に入りゆくしばらくは縞目の青く身に消えのこり

思ひ出も大腸菌も流れ行く魂のごとく橋は懸かりて

むかしから叫びつづけるこの岩の無罪を思ひ鰭(ひれ)は沈めり

水底のあしうら白き少年は息つめて見よ青き拷問

春の夜のインクの壺に刺殺せり森の唄うたふ木樵の妻を

ひとり食ふ夕べのジャムと葡萄酒のしたたる顎(あぎと)谷間にありき

梁(はり)たかき夜半(よなか)の土間にいくたびか茫然と立つ娶らず過ぎて

夜の沼埋めむとして光りゐるこのひとつ身を嘔吐せしもの
草の上に晝食(ひる)を食べをる行樂の柔和なる食事嬰兒も食はる
坂にある石屋の友が磨きゐる墓石(いし)の粧ひよ死ぬまで削れ
ひとときもとどまることの叶はねばさくらの幹に茄卵(たまご)を投ぐる
村中の家より多く神ありきこの豊けさは貧のきらめき
つながれし繩の限りの草を喰む一日の山羊をどこに歸さむ
死ののちもかの老人は尾根行けり頬かむりして向うに越ゆる
殺意ありや。 この杉山に飛び散らふ花粉の霧よ陽はうす曇る
鈍器あり春の嵐を黄に染める花粉は挽けるこの樹より噴く
夜の綱梁より垂るるむささびは屋根の上にてわれを呼ぶなり
羽撃けぬむささび宙に身を投げて深谷を翔ぶ夜の陰惨よ
傍を過ぎゆくときに倒れざる喬木の相次ぎて倒るる響
その薄き緋の肉しぼり叫ぶときてのひらはくらき森をなしにき
森出づるしろき小面(こおもて)ゆらめきて千年の怨われに告げにき
樹木みな伐りつくされて森ありき忘却も久し木樵の唄も

交靈時間

もう村の叫びを誰もきかうとしないから村は沈默した。わたしの叫びの意味を答へてはくれぬ。人はふたたび、村の向う側から、死者のやうに歩いてこなければならない。芳ばしい汗と、世界の問をもつて——

夕闇にまぎれて村に近づけば盗賊のごとくわれは華やぐ
歩みつつ言葉はありきわが刈らむ麥の穗の闇に鋭し
歸るとは幻ならむ麥の香の熟るる谷間にいくたびか問ふ
近寄れば村より暗しいちにんの未來なりけり土に直立(すぐだ)つ
終焉を叫ぶのこぎり一枚の齒の缺けしこと知れる倒れ木
月の出に死する村あり影黑き面(おもて)を彫れるさからへはせぬ
歸るとはつひの處刑(しおき)か谷間より湧きくる螢いくつ數へし
暗道(くらみち)のわれの歩みにまつはれる螢ありわれはいかなる河か
溯るはがねの鰭(ひれ)の幾百は激(たぎ)ちにをどりわれを責むるも
掌(て)につつみ掌の燈(とも)りたる愛(かな)しみも麥生(むぎふ)の村の青き殺意
村暗しその睡眠のはるけきを探ねゆく馬いまはあらざり

崖づたふ電車に忘れ來(こ)しものの青き藻のごと夜の驛を過ぐ

すでに無人の水槽となり電車行く工作者われにガラスの凱歌

ぬばたまの夜の村あり高みにて釘を打つ音谷間に聽けり

夜のまにいくほど落ちる村ならむミロの「農場」を戀へり、斜面にて

みひらきて酒場(バー)の止り木より墜ちつづく孤りの性は鳥のごときか

わが歩む麥生の道にこみあぐる幻ひとつimpotenceの村

生きながら傳說となる悔ありき扉(ドア)叩きくる蛾のひとつ群

さりながら昨日の村は亡びしとブルドーザーのあと走る土龍(むぐら)

ビルのごと傲慢にたつ岩なれどとめどなく水の湧きて濡れゐる

麥を刈るわれを訪(おとな)ひ歸りたる朱鷺(とき)色の舌ありき傳說ならむ

黃金色(こんじき)の鋭き芒(のぎ)に刺されつつ刈入るるなり慾情に似つ

鶴嘴の縞目の映ゆる崖(きりぎし)も戰後の村に目守(まも)りこしもの

さらばかの五月の牛のわが前に舌垂れてをりまぶしき友よ

射干(しゃが)しろき谷間をゆけばゆくりなく惡人の眸を追ひつむるなり

尾根に立ち遠き山火事を見たり戰後のわれの自虐を見たり

嘆かへば鉾立つ杉の蒼蒼と炎(ほむら)をなしき、死者は稚し

井戸澄める眞晝の庭をひめやかに來にける悔も土に這ふ夏

水分（みくまり）にわれの墓あれ　村七つ、七つの音の相寄る處
金色（きん）の魚過（よ）ぎれる曉（あけ）の林みゆ凄じきかな樹樹の萌ゆるは

候鳥記

歸ってくるのではない。つぐみは存在を移すのみ——

踏みしだくふかきこの晝血を噴ける樹木の空につぐみ鳥來る
紅葉は窗に入り來つ面伏せる彫像の手に渦卷く落暉（らくき）
晝と夜の境を行けば時じくのかなしみならむ老いたる家は
山朱きわが飢餓の邊（へ）に群なすと鳥祭せり供物（くもつ）知らゆな
青銅の陽を轉ばせて片岡は鶫のわたる冬ならむとす
ものなべて透りてしまふ鏡面を翔ぶ候鳥ぞ死者の飛礫（つぶて）
黑き斑（ふ）をなして歸り來（く）たちまちに蒼空の放つ鶫となりて
乾燥の山野の貌を選び來て冬木靈せり天（あめ）の群聲（むらごゑ）
こなたよりかなたに移る現存のかそけさありき玻璃候鳥
血のにじむ空行く細き嘴（はし）なれや愛憐の果をのこぎり叫ぶ
過ぎゆきも未來もなけれ翔べるのみ口あけて海いつまで續く
死匂ふ紅葉（もみぢ）の溪に下りゆかむ鶫の飢ゑは華やぎにつつ

凶作の大陸より來(く)群鳥はなまりの丘に反響なしき
燒鳥の肉かぐはしも肌さむきわが茫漠に亞細亞の醉(よひ)
しろがねの冬は來たると土ふかく埋めてをり眞夜(まよ)の落暉を

*

歩み來て村と叫べば彫無しの貌かなしけれ、何孕む帆ぞ
歸り來る悔こそひとり蟷螂(かまきり)も机上の壺も夕暮の燐
壜に寫るいびつの顏のつぶやけるただ一語のみ　都市こそ幻影
見もしらぬ貌もつ岩にしんしんと陽は溶けやまず死者たちの村
青銅の森たちまちに紅葉(もみぢ)せりいかなる飢ゑぞ鳥一羽出づ
叫ぶ岩に彫りたるわれの候鳥も彈(はじ)ける空の群鳥に入る
群なして呼びかふ夕べ昏れのこるわがひとつ身は果樹園のなか
夕映は燃えゆく巨鳥ものなべて無名となれる谷間はありき
樹木より樹木に投ぐる黑き弧の物體となる飢渇もありき
霜柱土にきらめき踏みゆけばしたしき冬ぞわれは放たる
家家の戸口を叩き雪來ると眞夜中の骨眠れざるべし
供物もち空にし投げむさりながら汚れしうたと汚れし雪と
艷めきて冬の筏は流れゆく望郷の歌ふたたびあるな

銀(しろがね)の鋸の挽く夢なれとつぐみの森に雪はふり來つ

鴉

まかがやく午睡の村を過ぎゆける郵便夫のみ罪あるごとく
農夫より氣高き鴉見据ゑつつ逆光のなか歩まむとせり
左右(さう)の溪に啼ける山鳩、首無しのわが歩みなれ挽きて啼け
倒れ木の白き谷間よ小國の斷種はつねに妄想なるか
啄みてひと日の鷄の地面なり砂まじり喰む黄昏の呪詛
せりあがる海に耐へ居る船窓(ケビン)ありみひらきて鹹(から)しひとつ眼(まなこ)は

交靈

すでに朱の朝の戸口を塞ぎをる誰がししむらぞ青葉翳りて
草喰めるやさしき首を神もたぬわが護符として青き鬣(たてがみ)
つくづくとわれをみつむる老婆なり首無しの佛つくりし人か
青空を手繰る矢車目ざむれば綠色はとほき神隱しなれ
鯉幟はためく村よ死なしめてかごめかごめをするにあらずや
叫べよと言ひつつ廻(めぐ)る合唱は青葉の聲か白き埃舞ふ

尾根づたふわが半身の夕照りに腐肉の歌や蟆子（まぐなぎ）の群
急（せ）き打てる鼓は悲しまぐなぎの入日の尾根に小面（こおもて）の舞
喉渇き歩める尾根に入日さしけものの交尾綠金（りよくこん）なれ
つるみて雄を喰ふ蟷螂（かまきり）も夏の來訪者とせむわが青のむくい
愕然とする蟷螂をみつめては彫像の髪青葉とならむ
岩にこもる聲なまめかし男らは鶴嘴を振り汗を垂らしき

*

耳朶に觸る、夜のみなかみの聲すなり翡翠（かはせみ）ひそむ髪にあらずや
あかときを怖るる砂に砂こぼれ夜光時計の針をしたたる
抱かねば石斧（せきふ）となりし朝の手の靜脈のみどり床にしみるも
死匂ふあかときの河部屋に入りそれより睡りはじめき窗は
窗あけるいとなみもちて家家は朝日來るまでを寄りそひてゐる
紐なして歩める蚯蚓（みみず）いざさらば怨靈の聲は土の中から
充ち足りてなめくぢ移る遲遲たり、見えざる村とわれの境を
くすぐられ叫ぶに似たり蛞蝓（なめくぢ）はわが現身（うつしみ）のいづこを歩む
唾湧きてみつむる晝や生れ來（こ）し醜さ知れとなめくぢ動く
ぬれぬれと昏きに入（はひ）る蛞蝓の化身の夜はわれ青葉せり

石に彫られこはれぬ貌よ、ぞくぞくと祭太鼓の谷間を出づる
百段(ももきだ)の青き稲田を登りきてひもじさが知る紅(べに)もあるなり
頭上にて叫べる瀑布(たき)にうなだるる水の斷頭臺(ギロチン)愉しくもあるか
夜に發(た)てる馬を描けり嘶けば闇のなかにて馬は蒼し
道化師(アルルカン)　落暉を挽きて尾根行けりその夜は走るわれの鬣(たてがみ)
空に棲めぬ鳥に分たむししむらも篠突く雨の青葉となれり

蝕

大和盆地の
茫茫とけぶる夕映
氣狂ひし男に晩夏は捧げる
血を充たした洗面器を

有間皇子、性(ひととなり)黠(さと)し、陽(いつは)り狂(たぶ)れ　『日本書紀』

日の照れる岡行く舟よ、石積める非情の景をながくみつむる
石の山築きて成りし宮居なりわれひとり狂ひ白晝をゐる
政治(まつりごと)を呪詛する民の聲ならむ狂ひの假面(めん)を棄てよと言ふは
山背大兄(やましろのおほえ)は愛し、古人大兄(ふるひとのおほえ)の犧牲(にへ)の血潮あたらし

駒ならぬ嬬(つま)にし去られ難波にて傷(いた)みて死にし父はかなしき
國興る唄聲なれや傍岡に飢ゑたるものの童謠(わざうた)まじへ
岩の上(へ)に米焼きて捧ぐかなしけれ情(こころ)を告げむ少女(をとめ)欲りすも
犧牲死のいくつをかぞへこの朝(あした)まだ生きてをり新(にひ)の墾道(はりみち)
このわれを生まし給ひし美はしき母を呪へば三輪山の雨
おどけたる假面の裏の暗闇(くらやみ)にさびしと言はむ稲妻のする
赤埴の丘の假廬(かりほ)に土を捏(ね)る貧しき者ら　夜の滿つる丘
踊る埴輪のいくつ碎きて鎭(しづ)めこし自畫像は夜の石に彫り

塔に、むかつて行く
ビルマで死んだ兄よ
シッタン河の雨季を流れた廿五歳の太陽
夭折したぼくの青い太陽

ふたたびも焼ける飛鳥の宮の空炎の舌は未生(みしやう)よりの友
ひとりにも告げえぬわれの童謠(わざうた)は濱木綿白き牟婁(むろ)の海に告ぐ
盈ちて來る潮息苦しさいなみて敗北も死もわが選ぶもの
「政事に三の失あり」そそのかす留守官赤兄(あかえ)は蘇我の一族
欺かれ傷れむ悔も人なべてあざむくことの罪は苦しき

挑發に乘るなと縋る母に告ぐ　屈辱は死よりも辛し

わが賭は赤兄にあらず飯(いひ)に飢ゑ臥(こや)せる旅人(たびと)らの低唱の村

親無しに生れし赤兒ゆふあかね飛び散らふまで叫ぶ風の森

水葱(なぎ)のもと芹(せり)のもとにて苦しめる百姓女今日發狂す

百姓の苦しみ思ひ自らは劍を棄てて死にゆける、正しきか　山背大兄王

大叔父の名將比羅夫蝦夷の地に遣(や)られてありき恃み難しも

よそほひて狂へばさらに覺めてゆく二つの吾のいづれが眞實(まこと)か

夕暮に顏を洗ふと額(ぬか)垂れぬ井の水に搖るる微笑むごとし

みささぎの池で　魚を釣る　痩せさらばへた男　そんなところに　魚がゐるのか　でつかい軍靴　忘れない　彫像は竿を水平に支へ戰爭が終つて間もなく　竿のさきにぎらつく太陽　戰爭によつて　ぼくのなかで死んだものは　たしかなのは一人の少年　少年のなかの　蝶・甲蟲そして英雄　ぶくぶく泡をふく藻の底　あんないい表情　みんな失くしたそれつきり　ぼくは歩哨　かつかつ盆地を歩く　亡靈どもの歩哨　大きい靴　風の見張り千年の歩行者　ぶつぶつ鹹湖を歩く

霙ふる吉野の嶺を降りて來し神人ひとり衢(ちまた)に消えつ

わが假面を見破るまなこ恐れつつ命を賭けて剝ぎとる者欲し
そそのかす赤兄の唇(くち)のむらさきに裏切りもまたすでに恍惚
天日に見する面貌(おもて)の明日待ちて謀事(はかりごと)夜に破れたりき

　天と赤兄と知る、吾れ全(もは)ら解せず　『日本書紀』

この不覺、生れしことも不覺にて紀の海に炎ゆる空の西方
仕掛けたる罠と知りつつも生きゆくは賭にしあらむ修羅ひとつもち
信欲りす弱者の論理、權力は不信をも力となしき
生(いき)の醜すでにみて來(こ)し贄なれど何の笥(け)に盛る廿歳(はたち)の供物

SONNET 婚

1

崖のある冬の緑色うつうつと曇りは移る雪の來る前
夜すがらの村をめぐりて風わたる幻の一つもあらぬ村を
冬の星鳴り交ふ空の内耳にて誰がのこぎりぞ樹を挽くらしき
見知らざる日の生(いき)の暈(かさ)、風落ちて山の間(ま)に眠る人ふたりあり

2

相寄りて知る罪ありき血の落暉(らくき)窓に在りしが雪ふりしきる

ふる雪を掌(て)ににぎりしめささぐると憎悪のごとし果無(はかな)心に
雪の尾根越えゆく人の遲遲として傳説ひとつ妻にし告ぐる
繪のごとく雪山に動く人ありきふたつなき悔ひとに知らゆな

3

朝の陽を身ぶるひてはじく尨犬(むくいぬ)つれ霜柱踏む娶りしのちも
山下り平野にかへる妻ありて道祖神(くなど)の丘に霰過ぎゆく
如何にしてふたりの時を遡り少年の雪掌(て)に受くべしや

4

みつむるは魂ばかりいざさらば夜に入りて激し轟く水よ
戸口にて崖なす家に犇ける死者のうたげきく互(かたみ)に覺めて
ここにして言葉は絶ゆと婚姻の雪ふりしきれ　雪ふりしきれ

四月となれり

葛城の斑雪(はだれ)の痛きあかときにくらき硝子の窗をひらきつ
愚かしき頭蓋をつけて山塊(さんくわい)の光れるなかを激(たぎ)ち行くなり
言葉すくなくわれらの冬も終りぬと斑雪の山に山鳩を待つ
燈のしたにさかなの骨を撰(よ)ることも禁慾に似て四月となれり

二三羽の鷄ゐる庭の湧くごときひそけき拍手地面にありき
見あぐれば春の山燒く溪谷に梢を折りて箸を作らむ
春の日は暮れてゆくかなあかあかとフランシス・ジャムの驢馬の死を見む
いざさらば彌山(みせん)の山に日の照れる鋭(と)き雪嶺やわれに嫣あり

薄明論

ぼくはいつ、「村」といふ薄明に呑まれてしまふのか。

いづこにてなす處刑(しおき)ぞと夕暮は砂崩れゆく方(かた)にたづねき
甘藍の球なす畠續きをり貧しきものに形象はあれ
血の渇きもたざる死者のゆさゆさと樹を搖さぶれりわが苦しみに
穀物や家畜に近く嬰兒をり生誕の闇になみだ湧き來る
孟宗の林にもがく落暉追ひ如何なる鬼をみごもりし妻
梁(はり)太き土間にもの食べをりしかば朝發(だ)ちの馬出づる靄なり
花吹雪する村は酢(す)し　亡命の思想も古りて累累の卵
家畜らはみな家出でて猛りをり歸郷と言はむ晝と夜の間(あひ)
猫背して村行くわれにひそひそと村びとは匿す壺の如きを
貌もたぬこの群衆の靜けき　血の囚人の苦役をみつむ

ぼくらが「村」を通るとき、ふと時間の可逆性を體驗する。罪の匂ひとともに。

みなかみへ原色の群過ぎゆけば處刑(しおき)ののちを水は流れ來

溯るジャズひと群の中よりぞ怒りの鳥は羽撃けるかも

おとなへば全身に水つたふなり滂沱たり背後の甕は

きはまりてわがみなかみに溢れたる等身の甕宿世(すくせ)の罪か

アンテナの林ある丘きらめきていかなる神を祠らむとする

讀經(どきやう)する千の僧侶をあかあかと炎は照らす雪の來る前

湧きあがる讀經の夜はかたはらに首無しの佛歩ましめたり

測量技師われに向ひてこの村はまぼろしの境界(さかひ)測れと迫る

逆さまに雉ぶらさげて歸るなり不吉の夕べ山火事は來む

人獸の會話はしきり夕映の柵へだつれば雪ふりしきる

陽炎のなか幼稚園のバス彈み來(く)、菜の花咲きてここも流刑地

石臼を挽きて歌へる母の邊(へ)にいづこより來しわれと問ひて眠るも

春の日のごろごろ廻る石臼を滾れる雪は間(ま)なくぞ降らむ

村追はれ獸となりし悲しみもわが傳說の中より選ぶ

燐ともし漂ふ村に魂(たま)呼ばふ青きさかなのある夕餉なり

ふかぶかと睡れる妻とひと谷の叫喚(おらび)を聽けり夜のみなかみ

睡る髪すでに藻となり世のつねの安息を戀へば深海の夜
累累と林檎を積みて砦なす防衛はいま飢渇のごとし
姿なき樹を搖さぶりて終焉の木の實となさむ遙けき土に
歩みかへさむ、廢井に唾しものみなの凝視に耐ふる薄明のなか

山人考

渚

目がさめると眞赤な夕燒けだつた
みんな殺された
曼珠沙華が咲いてゐる
塞(さへ)の神に供へよう
山稜から山稜を歩いて
大きな時間の鬣(たてがみ)を刈らう
それを供へよう　わたしの愛は
くらい津波だ　見よ
平野はすでに紫の海にひたされてゐる
たましひはかうしてある日
渚にうちあげられた

歩みきて渚をなすと
紅葉を急げる晩夏ひそかなる山の走井(はしりゐ)岩に湧き出づ

蟆子（まぐなぎ）のしきりにこばむ眼底（まなぞこ）に半獸の身の丈（たけ）なすあはれ

くるめきて蟆子舞へり炎（ほむら）なすくらき時間をまなこは歩む

彫像は病みてゆくかな　熟（う）れ急ぐうつそみのなかに河ありき

わが腕の草に缺け落つ朝すでに狼の群こめかみつたふ

夏の終り　最もちかき性愛も北さしてゆく空の渚を

朝露をふみて下るも太陽はまばたきて市に賣られたりき

喨喨と朝（あした）の梁（はり）の鳴りとよみ没落はかくもこころきらめく

窗ひらきたちまち遠き檜（ひ）の山をわが鳥追ひか一夏（いちげ）の終り

胎兒以前　その慾望の樹にちかくひかりを吸ひて石斧（せきふ）息づく

行き行きて何の渚ぞ、秋すらや大きく虧（か）けてまなこへだつる

流木を集めて朝の焚火せり村ひとつ創（つく）る心せつなし

沈默の村を過ぎ來つわが耳に生（あ）れ出づる蒼き幾千の蜂

魂の流刑（るけい）と知ればおのづから雄雄しき角（つの）に落暉を飾り

天窗の硝子に映りあはあはと未生（みしやう）の晝は息づきてをり

なにものも入り來ぬ藍の窗ひとつこの空間の耐へがたきかな

ひつそりと鳥影走りしばらくは天窗のしたに彫像となる

音のなき夜の稻妻は森を斬る慘劇ののちみごもりたらむ

姿なき秋の囚人　薔薇咲きて花びらの中のこぎりきこゆ
くしけづる髪より出づる蜜蜂を夜明くる村に翔ばしむる妻
くらき血の渚を移る野鼠の大群なりき　砂のこだまよ
歩みきて渚をなすと、きはまりて秋ひとすぢに渚をなすと

長歌　山人考

ある異端の精神の縞目

ものの名を呼べば還り來　ひとの名を呼びて
還り來　深谷に澄みて秋なり　もの言はぬ幾(いく)
日(か)　鹿の背のごとき尾根行く　傾(なだ)れつつ紅葉(もみぢ)
せつなし　血のすこしまじへてあらむ　占へ
ばいのちあやふき　わが額(ぬか)を翔びたつ鳥の
一瞬をおのれ叫びて　火の彩の木魂(こだま)は激す
たちまちに死ね

歩みかへさむ　うつそみの木魂かへさむ　空
を截る線こそわれの住居(すまゐ)　あはれ風の稜角
狂馬のたてがみ　千のつぶて　萬のつぶて
投げかへせ

音響のひろがるごとく　平野あり　硝子きらめく　街に入る朱の電車や　入れ替り出て行く汽車や　巨いなる時間の罠に　都市ひとつ幻なしき　わが歩むスカイラインに　陽を浴ぶる道祖神あり　傾ける山の間の村　はるかなる平野に望む　水分の夫婦の佛か　透きとほる背後の時間や　槻の木にむらがる蜂の顫音も　石に彫るわが性愛も　高壓線唸る鏡面　砕け散る山雀の群　供物せん　桃の罐切れば　今ははや　呪詛の仕草ぞ　疣神のわれを拒める　わが病める病ひも知らず　血の渇き心に激つ

清流は研ぎて静けき　青青しわれの石斧か　砕かれし頭蓋の秋ぞ　みなかみに言葉湧き出で　存在はきらめく兇器　わが投ぐる飛礫は何ぞ　鳥墜つる草むらもたず　わが仕掛く罠とは何ぞ　けものみち消え入るところ　死者たちの歩みを歩み　つぶやきて尾根を辿れば　わが病める　時空の呪かな　村肝に砕くる木魂

＊

かにかくに交易の　秋の町かな　日照雨（そばへ）する
峡（かひ）の白壁　けだものの皮もて替へる　米・味
噌・火薬　足らざればきのこ・栗も添へむ
人混みにまぎれてぞ　文明の秋のひと日を
愉まむ異端の裔（すゑ）に　消えのこる縞目はなき
か　きびしかる資本の掟　今われの與ふもの
なく　むらぎもの心苛（さいな）む　そのかみの　國栖
びとの舞　葛城の族（やから）の呪術　買はれしや　わ
がなさむ異端の道化　この山づとを買ふべし
や　いづこの誰　そのかみの　青き縞目は
飾窓（ウィンドー）に翳る日照雨（そばへ）か　購（あがな）へるＬＰの盤　抱き
かかふ秋の市かな

行人の額（ぬか）に迫りて　山ありき　息つけば呪の
ごとし　蟆子（まくなぎ）群るる　きりきりといなご飛び
たち　ゐがく弧のこの實存か　ふくらめる綠
の腹の　一瞬の空の殺意　いちめんに毒草茂
り　苦苦し秋のエロス　たちまちに村雨走
り　山の閒に傾く村の　家といふ病む鳥の屋

根　荒荒し人戀しさに　忍び行く標（しめ）ある林
藁つるし何の幟（しるし）ぞ　立ち入れぬ境にそひて
盗人の心をののく　ほの暗き土の面（おも）より
きのこ生え　きのこ出るなり　香はしき秋の
penis　競ひ立ち天を祈れば　標結（しめゆ）へる境にそ
ひて　立ち入れぬ掟にそひて　まかがやく崖
なすあはれ

傳承

わが腕を妻捥（も）ぎて行く朝あさの紅葉なりき硝子に炎ゆる

紅葉の照り映ゆる道をかへりこし妻きらめきてはや狐狸の友

憤り。ひそけき楕圓踏み越ゆと小動物の唾も湧き來る

加賀市山代溫泉、須田青華氏所藏の古九谷の皿を觀る。幽谷の祕密の工房の徒刑者を思ふ。「大明」の銘ある舟を繪付した大皿もあつた。その文字雄渾なり。囚れの工人の自由は皿の上に舟となり、鳥となつて反響した。

生き來れば皿あり皿の火中（ほなか）にて一隻の舟たちまち迅し

皿の上（へ）を奔れる舟ぞ一瞬にあふるるものを海と言はむか

燈るごと黄の鶺鴒はおりて來つ、瑠璃色の皿碎けやまずも

岩に來る鶺鴒一羽うつしみの妻とわれと聴く皿の上(へ)の樂

變身

まなかひに斑雪(はだれ)の山は立ちふさぎ唾湧きてくるくらき處ゆ

いくたびか春立たむとし檜(ひ)の山にひと振りの斧入りて行きにき

テーブルに繭ひとつ置き室内は祭のごとく諸聲(もろごゑ)に滿つ

斑雪(はんせつ)に鳴く鶸(ひは)ならむこの貌を綠色の線もてかたどるは

樹木から樹木に移り肺のごと息づきてをり冬の時計は

雪嶺の坐せる室内かたはらにわが腦髓は碎けやまざり

のこぎりのあと隨(つ)きて入る檜の山に殘れる雪の終(つひ)の貌なる

斑(ふ)をなせる木原の雪に燈りたる雪の上の繭、雪の上の性

悔のごとのこぎり過ぐる檜木原ほのかに蒼し性の楕圓は

紙の上(へ)に眞直(ますぐ)の線を引きをれば暗やみのなか廏舍(うまや)はありき

湧きてくる涙の量(かさ)よ家畜すら夜の物音を短く傳ふ

牛賣りし冬の家族よ、いざさらば反(そ)りふかき屋根星空を翔べ

夜もすがらわれ吠えゐたり口漱ぐ斑雪(はだれ)の朝の押合へる山

汲み上ぐる夜明けの井戸の暗ければ婆娑(ばさ)と溢れつ髮のごときが

斬るごとくわが玻璃に入り叫びたる黒鳥（こくてう）よ、目の充血を見よ
村よりも杳き旅人みなぎらふひかりのなかを山繭は來（こ）し
嚔（くさめ）して黄金（きん）の朝（あした）を犬行けば鳴れ霜柱土も叫べよ
たちあがり机をふみてわれに來し生者の朝に樹氷きらめく
かたはらに舌垂らしをりいぢらしき冬の 紅（くれなゐ） 村の入り（はひ）に
家畜なれ。この薄明のわれに憑（つ）き赤子（あかご）のごとく陽はわめき入る
憑きものの數をかぞへて軒行けば晝の頭蓋を靄は疾（はし）る
父・母・妻憑きものの冬ひそけくて午後のサイレン鳴り出づるなり
刃のごとく狼ひとつまなかひを過ぎて行きたり性のまぼろし
ししむらの腐肉を投げて生き來しと杉青くして言ひ繼がれしや
さはさはと樹になりつらむしかすがに恥ふかき朝腕欠け落つる
妹とその女童（めわらは）を思ひ來つ山に棲む伯父驢馬と歩むぞ
岩の上に時計を忘れ來し日より暗線のその森を怖る
死者の死よ、萬の聲湧く春山の紫の尾根のこぎりは行く
繭のなかみどりの鬼が棲むならむ透きとほる絲かぎりもあらぬ
手を積みて 曉（あかとき） の貨車過ぎしかば雪嶺はみよわが聖家族

後　記

さまざまの偶然が重なつて、ぼくの歌集が誕生する。ぼくは異様な含羞をおぼえる。もとよりぼくには「歌集」などあつてはならないのである。さういふ氣持が根強くあつたといふことを、今になつてふとなつかしく感じるのである。近代のいかなる歌集も、ぼくの制作のイメージには直接に結びついてはゐなかつたといへる。かうした心の動きを分析するのは厄介なことであるが、必ずしも、既成の短歌を變革しようとする意圖や、異質と斬新を意識してのことではない。もつと虔しい覺悟だつたといへる。あくまでもぼくは歌人ではない、といふ信念にちかいものだ。これはそのまま自負とも受けとれよう。短歌の專門作家ではないといふ自覺は、短歌とぼくとの出會ひが二十代を過ぎようとする日からはじまり、馴れない小さな樂器を何回も毀しつづけたかなしみでもあるが、さらにふかくさう思ひこませるものは、ぼくの短歌はあまりにもぼくの存在のしらべでありすぎたことだ。いはば、永遠の作品以前なのである。

かつてぼくは、ぼくの短歌を異常噴火だと言つた。ぼくは二十代の情熱のほとんどを、現代詩に注いでゐた。現代詩といふ表現形式とその世界は、今もぼくには日常的に生きてゐる。にもかかはらず、ぼくの生の激湍のやうなところに、歌はあつた。避けがたくこの定型の繭が、ぼくを紡ぎ出してゐた。

異常噴火といふ氣負つた言ひ草も、この出會ひの非論理も、その後のぼくが荷つていかねばならぬものだつた。ぼくの十年の短歌との生活は、かうしたささやかな詩的運命の意味するものについて考へる、主體的論理だつたといへる。

したがつて、作品以前とも言ふべき不可避の運命について、なによりも大きな情熱をかたむけてきた。ぼくの短歌のモチーフも、それに盡きるのであらう。もちろん、ぼくの觀念世界のしらべが、この定型の繭によつて、よく紡ぎだされることに、周到な否定の論理を用意せざるをえなかつたことも事實だ。だが、ぼくの歌ふべき最後のものは何か、といふ認識は、ぼくの生とともに存在する定型の繭それじたいをほかにしてはない。宇宙的な全體をふくみ、恆なるものの棲家たることばそのものである。

かうした苦い經驗によつて導びかれたものは、この定型の繭によつて、ことばを純化し、再生していく古風きはまるいとなみが、今のところもつともたしかにぼくの思想を形成していくものだといふひそかな感覺である。

いくつかの手法を試み、とりわけ美のダイメイションの擴大を志向して、內部の毀れたままの無慘もあるが、ぼくの短歌には、今日の作品といふものがもつてゐるはずの、なんらかのテーマや意味を必ずしも備へてはをらず、おほむね空虛の譏をまぬがれないだらう。願はくば、一世界のイメージが心靈のごとく宿つてをれば、作者としては滿足すべきなのである。

この意味で、『子午線の繭』は、「歌集」であるよりも、むしろ、「家集」といふにふさはしいであらう。すぐれた歌は、時代の様式の中から必然的に生まれるものであり、短歌の窮極は、讀人不知をその典型とするものであらう。だが、ぼくの短歌は、きはめて個人的な形而上的世界への跳躍であり、反世界の抽象にすぎない。その歌の姿において、ぼくの內面のかたちをみることに憑かれた認識の記錄である。いはば、魂のあざであり斑である。

＊

この十年、これらの作品を書いた昭和三十年から三十九年までの時期は、今までになく吉野山中にほとんどをすごした孤獨な日日であつた。觀念世界がぼくらの生において實在するあかしを、行者のやうにもとめた。さういふ反時代的なことばの祕儀は、ぼくの方法論を大きく規定してゐるにちがひない。

思へば短歌といふえにしによつて多くの存在するものに出會ひ、遠い時間を溯ることができた。そして少數のすぐれた魂と人に出會ふことができたのを、かりそめのこととは思はぬのである。

師匠の前川佐美雄先生には、ぼくの短歌以前から教へを受けた。なによりも詩人の生き方と、氣質とも言ふべき作家の精神について、深く學んだ。むしろ作品においては、たえずその影響を脱しようとつとめてきたのである。

はじめこの歌集を、昭和三十六年以後の作品、第三章「交靈」だけで一册の本とするつもりだつた。それ以前のものとの間には、方法論の上でも斷層があり、ひとつにはしたくなかつた。昭和三十五年頃、初期の「樹」と、「オルフォイスの地方」の一部をあはせてノートに整理しはじめたことがある。「樹」はなんとしても突然の制作であり、歌ひつぱなしのものだつたから、そのとき推敲もし、そこでひと區切りをつけようとした。もちろんそのときは、この無防備な抒情を憎んで、そのまま藏ひこんでしまつた。つひに實現しなかつた可憐な處女歌集『樹』を、今のぼくは悼む氣持が強い。ほかに、ソネット集（四行詩集）も整理しながら頓挫したのもこの時期である。

ここでひと區切りをつけた方がよかつたかどうかは別として、この頃を境として、ぼくは作歌に苦しんだ。短歌を書くのはどういふことか、とあらたに考へこんでしまひ、沈默がたびかさなつた。それ以後のぼくを勵まして、意欲的に制作にかりたててくれたのは、冨士田元彦氏である。氏の鞭撻がなかつたら、『子午線の繭』は、あと十年ほどは本とならなかつただらう。

今度編集するについて、「交靈」以前は、せいぜい百首ぐらゐに自選しようと考へたが、敬愛する二、三の友人からも反對され、その上、白玉書房主人、鎌田敬止氏が、天眼鏡の向かうから、「むかしの作品はなるべくお棄てになつちやいけませんよ。」と言はれたのが、ひどく大事にきこえた。

十年、それは短い習作期にすぎぬ。けれどぼくの短歌との十年はなんとはるかな時間であることか。ぼくを無數に斬りつけてくる、この垂直の線の滴りは叫んでゐた。詩は、ぼくらの文明において、ぼくらの志において、どこにも生きてはゐないぢやないか——と。吉野山中の志弱き行者は、ある朝、途方もなく巨大な時空の繭をみた。さう、むかしだ。

装幀を快よく引き受けて下さり、口繪を頂いた勝本冨士雄氏にお會ひしたのも、すでに十年前のことだ。「新しい藝術の力・藝術の新しい力」といふ「短歌」の座談會だつた。

晩夏のひかりが梢を流れる日、この本をつくつて下さつた多くの人の誠意に感謝をささげたい。

一九六四年九月九日

前　登志夫

歌集　靈異記

りやういき

靈異記

昭和四十七年三月二十日　白玉書房刊
Ａ５判変型二六二頁　一頁二首組　四三五首
巻末に「後記」
定価二〇〇〇円

罪打ちゐたれ

ものみなは

水底に赤岩敷ける戀ほしめば丹生川上(にふかはかみ)に注ぎゆく水

ものみなはわれより遠しみなそこに岩炎ゆる見ゆ雪の來るまへ

小南峠を米投峠と呼ぶのは、通行人にとり憑く惡靈・ひだる神に、米を撒き施餓鬼をして越えるのが習ひとなつたからではないか。私の棲む秋野村と黒瀧村の境の、法者峠を未明に越えて、御嶽精進(みたけさうじ)をしたことがある。大峯登拜は民俗の成人儀禮でもあつた。

河分(かはわけ)のやしろを過ぎて米投(こめなげ)峠の朝越をせしわが十五歳

谷くらく蜩(かなかな)さやぐ、少年の掌(て)にあやめたる黄金(きん)のかなかな

熱のごと眞夏の行者絶えぬ日に人越さぬ峠われはもてりき

杉山にわれを襲はむ黄綠のひだる神こそ少年の渦毛(うづ)

歸らむと河を渡ればももづたふくらみはありき夜の食(を)す國

木地師らのかよひし木の閒木隱れの噓かがよひて秋の水湧く

茫茫とかすむ國原天(そら)みたす一椀守りて憩ふ血あるな

一握の米撒く蜩よ放たれて越えゆく峠(たわ)に汝(なれ)を見ざりき

山林抖擻

木斛(もくこく)の冬の葉むらに身を隠れわが縄文の泪垂り來る

曉の雪ふる闇に梵鐘のきこゆる豪奢。一期(いちご)は昏し

艶めきて椿の谷を冬わたるこの負債者に沼凍るなり

崖したの竹藪に小石抛げにつつ冴えわたるこゑを幼く知りき

竹群ゆ押しくる冬の夕靄に少年の性は黄緑の繭

竹藪の中に太れる玄圃梨(けんぽなし)その實を吳れし兄女犯をなさず

夜となりて雪來たるべしうつし身は竹群の上に笙(しやう)のごとくゐる

寒靄の檜原羞(やさ)しみ枯枝を言葉にもちて道塞(さ)へ置かむ

この父が鬼にかへらむ峠まで落暉(らくき)の坂を背負はれてゆけ

思ひきり恥ぢむとしけりけだものの尾はゆるゆると目交を過ぐ

形代かげる

あしびきの山より出でて棲まはねば樹木の梢(うれ)の思想を欲(ほり)す

戀ほしめば欅(けやき)のこずゑはつはつに黄みどりを噴く空もかへり來(く)

長子浩輔四歳となり、二キロの春の山道を幼稚園に通ふ。昭和四十四年四月。

山の道朝ただよひて子はくだる見放くる帽の黄も萌ゆるなれ

朴の花たかだかと咲くまひるまをみなかみにさびし高見の山は

吉野水分神社から象の谷へいくたび歩いたことか。みくまり社はいつからかこもり社とひとつになり、古くから子授けの宮となった。子守宮には赤子の襦袢が澤山供へられてゐる。なんといふ可憐な靈魂の形見であらう。

生れこぬ形代かげるみくまりの廂の下に晝の月いだく

鳴きわたる谷稚きかなほととぎすしろき腓も草に嘆きつ

高見山わが國境の空に澄み罪青かりき子守くだりて

雪木魂

丹生川上の除夜の篝火ゆはなれきて暗闇の河に沿ひて歩める

新年の岩おこしゐる山人ら掛け聲さやに陰處頌むる唄

戰ひに敗れたる春死者と植ゑし檜山ふかしも睦月かへりぬ

枝細き檜原に入りて聽きゐたり死者みなわかく梢にふる雪

晝の星さやげる谿をのぼりくる童子を呼べば雪木魂たつ

罪打ちゐたれ

さくら咲くその花影の水に研ぐ夢やはらかし朝(あした)の斧は
血縁(けちえん)のふるき斧研ぐ朝朝のさくらのしたに死者も競へり
おほなむちわがひたごころもちゆけば峻(さか)しき岩に人は舞ひけり
巨いなる岩に齋(いつ)きて舞へるかも水の時間あり水の舞ふ舞
うつうつと木の間(ま)をまはる轆轤(ろくろ)すらとどめがたなけれ椀をいだきて
谷へだて鍛冶(かぬち)のおこす山びこを聴き居たりけり嘔吐(たぐり)の神は
奥山の岩うつことばたまひたる金山彦(かなやまびこ)命のこの夕櫻
樹木みなある日はゆらぐ行きゆきて乞食(こつじき)の掌に花盛られけり
肯はぬくらき夢かも、枝のべてひそかに立てり風はらみつつ
石打ちてよたかは鳴きき水の上(へ)に菖蒲を打ちて宵やみぞ來(こ)し
蝸牛(くわぎう)歩む銀の過去世も曇りつつ花散りぬるとつばくろめ來つ
夜ごもりにわが谷出でて漂へる螢を呼べばつゆふくむかな
白馬をわれはもたねば罔象女(みづはのめ)しづまる河に額(ぬか)をひたしつ
黒南風の空ひくき日は杉山にわが首(しるし)もてる汗の群(むれ)過ぐ
雨雲をくらしといへば群山(むらやま)のこゑあらそひて瘣(くわい)せまりくる

曇り日の神話の梢(うれ)をわたりゆくしろき蝸牛にわれはたたずむ
枇杷食めるこの夕あかり夜みえて苦しみの種子かわれの眼(まなこ)は
かぎりなく螢の湧けるわが谷に眠れるものぞ白馬ならむ
吐き棄つる種(たね)つややけき枇杷食めば夕やみの死者ら樹を搖さぶれり
眞直ぐにぞ噴きあぐる潮青ければ海阪にして鯨も孤獨
暮れゆかぬ青き夕ぐれ菖蒲うち罪科(とが)打ちゐたれ湯はあふれつつ
歸郷者のあしたを襲ふ雷鳴りて草木稚(をさな)くもの言はずけり
茅蜩(ひぐらし)のさやげる胸を拭きをれば眞晝の星は肋骨(あばら)をくだる
わが谷の礫(れき)打ちあはせ鳴くよたかつゆふくむ夜に村は狩られむ
雄鷄(をんどり)の時聽かざりししののめをさびしくをれば死者達笑ふ
星溢(み)つる夏の反響告ぐるなく渦巻く藍の谷わたる虹
あしびきの山の泉にしづめたる白桃(しらもも)を守れば人遠みかも

死者は泪もたねば

青梅をとる夕あかりともしめば父の夏　籠にむせびつ
ほととぎす鳴きわたる間(ま)も青き實を捥ぐひと日あり終焉ならね
この夏のひぐらし蟬の先づひとつ鳴き出づるなり泪もたねば

草の上にねむれる蹠（あうら）、梯子より見おろしてをりたそがれの父
貧しさのきはみを生きむ心どに渦巻くひかり朝の杉山
杉山の遠ひぐらしを聴く朝は虹差すごとくひかり湧くかも
睾丸に毛の生えてゐるをかしみを遠ひぐらしにわれは思へる
鷹のごとく枝をひろぐる唐檜（たうひ）佇ちことばを羽ぶく肋骨（あばら）きしみつ
死者よりもおくれて聴けば蟬のこゑ青杉の秀を噴き出づるなれ
セロ弾きのゴーシュの話子にすれば子は睡るなり父を置きてぞ

麥一粒

花火する夜（よ）の村ありき爆（は）ぜてゆく短きひかり齒はこぼるなり
直立てる樹は何の喩ぞ、母のうつ砧（きぬた）はとほき野の涯の夜
泥のなかにうごける怒りたかだかと鋏を天にさしあぐる歌
幼兒のたたずむ庭に霧しまき蛞蝓（なめくぢ）はただ恍惚とせり
朝日さす丹生（にふ）の檜山に斧入るるさびしきこころ誰に告ぐべきか
黑馬を捧げて雨を祈りたる女神の杜の黑き馬はも
陰（ほと）焼けて神さりまさむ母神ゆ生れたまひし女神とぞ知れ
頂に航海の神鎮まりて夜中（よなか）といへる村たそがるる

一塊のししむらのなかをののける種子ある夕べ遠き稲妻
稲の穂のはらむかなしみ音もなく稲びかりする川魚(さかな)焼く夜
まなかひの雨ふる檜原こともなき出會(であひ)もありき死(しに)ありき
ひとたびは癡(ち)をなすわれに草朱くあららけき夜の河つたはしむ
寶石の岩場にありて照り翳り奈落におとす鳥一羽あり
かぎりなく拒みてたてる垂直の音響にしてわれはひそけし
曼陀羅の光の暈(かさ)よ息苦し沈默(しじま)の稜角(かど)に身は撓(たわ)みけり
權力を拒めるわれに彩なして性愛のごとく岩場せまりき
勞働のさやけさならむおぎろなき頭蓋の上を驟雨走りぬ
狼をしづめむとしてそのかみは踊りを神に捧げし始め
この岩の彩のあかとき杓子など背負ひて人は岩角を過ぐ
木地師らの住みしひと村、かぐはしき麥一粒は陰(ほと)より生えき

歳晩

ゆく年の日をかがなべて冬至より流人の髭の蒼くのびゆく
素振りなすをさなごのまへに立ちそよぐ樹木はありき紅葉(もみぢ)終りて
聲高(こわだか)に檜の林わたりくる茜の死者も雪雲のなか

夕靄に石を投ぐれば谷間より青竹のこゑ澄みて歸りぬ

杉森の晝の暗さをへだたりて焚火をなせりこの年ゆくと

繪馬の馬

山繭の蠶を部屋に目守りつつ食まれゆく青葉夜のくだちに

檜の山にたゆたふ夜の白雲に乞食(こつじき)となりてわれはたたずむ

見殘せし夢のたぐひか家出でて朴(ほほ)の花咲くかたはらに來(こ)し

瓶(かめ)もちて下りてゆけば夕ぐれの谷間は蒼く空せばまりぬ

憎しみの一語をもちて默すれば樹は繁るなり噂のごとく

祕儀のごとく朴の廣葉に卷ける鮨重き石もて押す夜かがなべ

乞はざればさ走る鮠(はや)もゆたけしと雨師(あめし)の水を徒渉りたれ

さまよへる父の心に水無月の朱(あけ)しめりつつ古き繪馬の馬

谷行

狼

雉たちし草叢ふかし。言ひ繼ぎてけものを目守(まも)る山の際(ま)の空

杉わけてあしたのやみを歩みくる旅人の貌(かほ)知れる者なし

山道に人形(ひとがた)ひとつありしこと言はざりし日の昔おもほゆ

うらわかき檜の山に目瞑(めつむ)りて死者にたはぶるるかくれ泉聴く

山にかくれ見あぐる空の若かれと花火をなせり朝鳥のこゑ

仇敵は山に入りたり夏草の靡けるかたに肌(はだへ)しまりき

憤り、待てと叫べば待てといふ反響のなかいのち立つなり

木隠(こがく)れのわれの歩みに隨(つ)きてくる木がくれの鋭(と)き思想なりにし

ししむらを喰(くら)ひて去りき草なびくけだもののあと拝(をろが)むべしや

山にいづる太陽光の梢(うれ)ふかくもだゆる時にわれをいざなふ

杉山に朝日差しそめ蟬のこゑかなしみの暈(かさ)を湧き出づるなり

木がくれに一つ蟬鳴き朝こそは泉の水に近づかむとす

冬　市

首たてて風なかにきく山原の風の述志かわれの鳥住(とりすみ)

青山に來る冬はやしをさな兒のあやふき歩み目守りゐたれば

杉木原かよひて山に棄てて來し、雪の上なれば黃綠(わうりよく)ならむ

いとけなき指もて刺せる紙障子しろき崖(きりぎし)に指現れぬ

冬市にわれあがなへる鬼の面山原の風に付けて眞向ふ

雪ある木の間

やはらかき檜原(ひはら)の梢雪ふりて人匂ふなり焚火のほむら
炎立(ほむらだ)つ檜の木の枝葉息ぐるし疾風(はやち)思ほゆ音さやぐなり
陸軍歩兵上等兵の墓過ぎて道祖神(くなど)はやさし貌(かほ)におはする
山繭を机に置きていでて來(こ)し雪ある木の間搖れうごくかな
消えのこる木原の雪に額(ぬか)押して息づくわれは二人子(ふたりご)の父

死者の幾何學

杉山に入りきておもふ半獸のしづけさありて二十年經る
をみなへし石に供ふる、石炎ゆるたむけの神に秋立てるはや
おお！　かなかな　非在の歌よ、草むらに沈める斧も昨夜(きぞ)の反響

旅の安全を祈念して峠の道祖神に野花を供へる花折の風習がある。

花折(はなをり)のわれは旅人　頂のかなたはつねに奈落なりにし
まなこひとつ遠國(をんごく)よりぞ來たりしか惡靈よぎるみち青透きて
道ばたにわれは動かず、塞神(さへがみ)の虚假(こけ)の笑ひをふかぶかとなす

むらさきのうづ巻く谷をへだつればさらばへし餓鬼の一人と言はむ
ひそかなるわれの岩場に湧きてをる夜（よ）の食國（をすくに）の明るき涙
立岩の狹間（はざま）くだれば戰場の憩ひぞ永し死者の幾何學
みちばたにうづくまりをる癡（ち）の笑ひ、はや怒りねとわれは疲れぬ
ここ過ぎていくさに征きしわが兄の大き頭に彈あたりしか
しんしんと青き傾斜（なぞへ）に陽は差して谷行（たにかう）といふ亡びもあらむ

谷行

むらさきに熟るるひそけさわが太刀の撓（しな）へる空ゆ紅葉（もみぢ）いそげる
磐座（いはくら）の稜（かど）にて見けり杉の間に道たなびきて人のかよひ路
法師蟬來鳴ける杉と競ひつつ直（すぐ）なる幹のあらはなるかな
若かりし永き不在を法師蟬鳴きしづまれり樹のはらむとき
かりがねは澄みてわたりぬ二十年（はたとせ）のわが谷行（たにかう）の終りを告ぐる
くらみつつかすかに渡る水の上（へ）に丹塗りの夢の淡き夏かな
さるすべり咲くところより追ひてくる三輪車こそ花やぐものか
まなかひにふりしは晝の星なれば秋七草をわれはたづさふ
いざわれのいのちを惜しみしししむらのなだりに咲けるどくだみの花

寶塔院跡のくさむら人形（ひとがた）を見すごさざればうつ伏しにけり

われ知らぬ直（なほ）きししむら夏草の茂みに沿ひて漕ぎ廻（た）むものか

吉野象谷、櫻木社二首

屋根のあるくらきこの橋象河（きさがは）にひそかにかかり人をわたしぬ

櫻木（さくらぎ）のやしろの砂に蟬しぐれ喬き梢（うれ）より降れるはるけし

何待つと尾花の原の四方（よも）よりぞ群衆（ぐんじゅ）の聲は矢來をへだつ

かうかうと薄の原をわれ行かばひだる神こそ數千（すせん）をかぞふ

夜を哭けば鬼は來るとぞ曼珠沙華めぐれる家に父は病めりき

國境（くなさか）の草に落せしわが額（ぬか）をふみゆく鹿もしぐるるらむか

竹群の竹伐るわれの奢（おご）りなれ秋のむなしさ身ぬちに鳴りて

郁子（むべ）の實をとりて越ゆれば大汝（おほなむち）河の上にぞ橋をわたせる

緑青の砥石にあつる斧ひとつ紅葉のなか鬼かつぎ來し

とり憑（つ）けるひだるの神にはらわたをさし出だしつつ空の群青

太刀置きてゆきし男具那（をぐな）や思ほえば山の氷雨にわれはうたれき

甕

徒渉（かちわた）る水のあしたよ流れ來る榧（かや）の青實に罪あらたなる

幽(かく)れたるこのうつしみに着(つ)くものはぬすびと萩のあえかなる實ぞ

雉翔べば炎ゆる木の間やかがよひて山林抖擻(とそう)われは思はむ

空わたる鳥は知るなれ山原のかそけき迫(さこ)に利鎌棄て置く

窗しらむまで戻り來たらぬむささびに樹よりの刺客見らるるなけむ

團栗の殼ととのひて窪みなす單純にしてわれを許せり

紅葉のなだりにしづむ村ひとつ見つつ食むなり橡(とち)のなまみを

石をもてわれ打つものら、すこやけき女陰の秋に萬國旗さやぐ

幼きものら小圓盤を廻りゐる歡聲のなか神も小さき

モーターある鋸無慘樹より噴く檜の木の雪の行方知らえぬ

倒れゆく檜の木の梢たまゆらの傾く空を息づき目守る

賢木(さかき)もち歸る木樵や御統(みすまる)の珠思ほえばけもの美(は)しき夜

山原の迫の眞清水壺(こ)に汲みてかへらむとすも夕空の坂

霧湧ける山の夜よる子の花火夏の終りの谷にむかひて

八月の山の夜空を鳴きわたるやはらかき喉をわれは思はむ

山にむかひ言葉をかへす道すがらわがむらぎもに蟬しみとほる

立枯れの杉のかたはら面伏せて通へるわれも獸に似るか

三津(みづ)の村われ戀ほしめば宇陀越えやくさあぢさゐの道細りたり

おほなむち。　晝の沖より來る舟は弱者の泪一粒を積め

青山のふかき狹間に

旅人を目守りて送る杉山にわが殺(と)るとせし。　ひとに知らゆな
滅びゆく夏の城なれのこぎりと嬰兒の睡る草の上の劇
鴇色(ときいろ)のボタンをつけて山に入る大いなる岩に齋(いつ)かむとして
死者よりも遲れて峠越えくれば陸軍歩兵上等兵の墓
曉方(あけがた)にまた熱出でぬひえびえとものの見えそめてかなかなの前
東方に　紅(くれなゐ)ありやしののめに艪(ろ)を漕ぎてゐる白きしむら
犧牲といふ言葉華やぐ夜明けの走者(ランナー)の汗ぬぐはむと
あしたには文字みな死せりとりどりの山蛾の群を掃きすててをり
道のべに石あるあした過ぎゆけるのこぎりも咳も流轉(るてん)おもほゆ
朝の鳥さやげる玻璃に蟬ひとつ鳴きしづまりて樹樹の鞦韆(しうせん)
樹に寄するわれの托鉢　へめぐりて流轉の夏の草むら猛(たけ)し
唱ふればひそけき呪かな磷磷(りんりん)と岩うちて流る死者うら若し
えにしありき。　わが托鉢の終りにぞをとめごは血をみたしてくれぬ
罪ひとつ乞はむとすれば手に觸るる木彫の椀を溢れむとする

槻(つき)の木に蟬鳴きゐたりしみとほる正午の聲に見張られて過ぐ
人おもふこころつかれぬ。ひだる神、檜原の聲をわれと聽きつつ
晩年はをさなごとなり母とゐる氣狂ひし髭(ひげ)あるニーチェ
岩にくる夏のこだまを聽き居たり黒き檜原(ひはら)をしづめむとして
鬼の兒は鬼の臥床に晝寢せりしばらく鳴くなかなかなの潮(しほ)
牛つれて檜原をすぎる少年は時間をわれに問ひて歩めり
青山のふかき狹間(はざま)に米作る村ありたりと誰に告ぐべき
あらはにて踊りしをとめ天つ日の隱れたりにしいくさののちを
陰(ほと)の唄われはうたはむ勞働の身につらくしてことば忘れき
おのづからわれを踏みつける何者ぞ三十路(みそぢ)をすぎし邪鬼(じやく)のかなしみ
檜原きて父にかへれるこだまあり骨うつひびき山の際(ま)の空
地圖になき村の秋霧　幾千の兵士は默し連(つら)なれる山
ひだる神に憑かれし話幾十回吾妻に告げて父老いたまふ

くらきまなこを

青山に虹はかかりぬ靜けさを目守りてをればなべて過ぎにき
八幡神社にゆきてもの書けと言ひたまふ母の願ひのはるけくもあるか

夏の種子播かむとすらし灼ける土にくらきまなこを落すごとくに

かなかなの潮に沈める居館（やかた）にてさまよへる手の翳こそ移れ

積木するまるきをさな兒かなかなは夕日の塔を空に築けり

傾ける未完の塔のかたはらに眠れる蹠（あうら）たそがれゆくも

村棄つる日は明るかれ山の際（ま）の横雲いたく夜半にかがやく

異形

刈る麥のわれになけれど夏祝ぎて太虚（おほぞら）を刺す痛き穗はあれ

山川の石うつごとく夜鷹鳴き樹樹にくる風梅雨の夕映

青きもの賣りし夕べぞほととぎす幼子のねむる空に來鳴ける

わが窗に集まりてくる蛾の群れと硝子をへだて夜に見る夢

月の出の明るき斜面谷へだて山の際（ま）のやみに石をうつ鳥

兒を目守（まも）る梅雨の夜よる矢車のきしめる音とつゆふくむ星

夕暮に乳母車押す父われのくれなゐはくらし萬の蜩（かなかな）

狂ふべきときに狂はず過ぎたりとふりかへりざま夏花搖るる

きつつきに朝朝われは穿（うが）たれき生得（しやうとく）のほかわれにあるなし

行者還（ぎやうじやがへり）嶽産のこの木斛（もくこく）を愛（かな）しみて幹によりそひわれは見上ぐる

昂然と夜の部屋に來る鍬形蟲のつやつやしけれその異物感

私を賣りしならずや群山のむらやまこめて寒蟬ぞ鳴く

修羅しづめ乳母車押す夕暮はかの鍬形蟲どの木にをるぞ

購ひて山に歸れば玩具すら異形をもちてわれを責むるも

前鬼後鬼

苛みてすでに無慘となりつつも合歡ひと枝を見あげむとする

吉野から熊野にむかふ修驗者の尾根づたふ道くらく思ほゆ

海阪をくる舟待てばおのづから目にみえてくるかなしみならむ

島影の夜のくだちに漕ぎ出づる悔しきものをとどめがたしも

前鬼後鬼いづこにをるぞもとほればわれの越ゆべき空間と知れ

海部びとは山に來たりて棲みにきと平野をもたぬ種族戀ほしも

尾根づたひわが知る渚、むらさきに平野をひたし盈ち來たるかも

夕靄にいましづもれる一世界みおろしてきく蜩の潮

葛城の一語の神よいざさらば合歡の一枝を垂れさせ給へ

荒荒し毛皮の服をまとひたる髪長き男戻らざりしか

立てるまま若木の杉の皮を剝ぐ息づく時もかくて過ぎけり

磷磷

枝と枝かすかに交す檜木原雪來るまへの空炎ゆるかな

鈴つけて山道を行く鳴り出づるひそけき環にて死者とへだたる

晝くらき杉の木群に磷磷と鈴鳴らしゆく飢渇者われは

かきくらし行く枯山に黄の鳥は燧石を鳴らす雪の來る前

戀ほしめばけだものの尾はまなかひの樹木の裾を艶めきて過ぐ

才無くて山ゆく暮し願はくば豐けく太き尾を欲りすなれ

おお　冬の火となりて噴く雉ありき——杉山にして恥はふかしも

追きてくるけもののしづまる櫟木原家捨てて來しわれならなくに

盥にて赤子洗へる簷先を過ぎゆくわれは戰場を知らず

紙魚食へる一揆の記録、夜もすがら雪おこし吹く山の閒の村

簷ふかき夜の廏に近ければかすかに星を蹴る音冴ゆる

屋根をうち地面をたたきしののめの霰過ぎけりけものしたしも

わが童子夜よる放つ馬なれば星星の閒に凍ひびくなり

しづもれる丹生の檜山に罵りて斧とりゐたれ悔なるかなや

近山に雪の來る前、汗拭ふこのむなしさにひだる神來つ

ひしひしと山なみせまり貌のなかまづ降りてをれ灰色の雪

勞働を奢ることなし樹のなかに骨痛めるを孤獨となして

枯山（からやま）に地圖をひろげてゐたりけりわれよりも小さき神は出で來（こ）よ

天地（あめつち）のはたての帆なれふくらみてくる涙あり樹樹のみぞれ雪

椀もちて越えゆくこころ靑さびて幹すなほなる杉山の間（ま）に

朝鳥の聲あふれたりひもじさは天（あめ）の花火ぞ霰過ぎける

斧かつぎかよへる木の間なにもののひそめる檻ぞわれは吠ゆるも

霙（みぞれ）ふる檜原經にけりうづくまるたむけの石に息荒く寄る

うつし身の人澄みゆけり消えのこる斑雪（はだれ）を口にふふみてぞ行く

われの行くさそし峠は誘市か、もと誘石か槇（まき）の鉾立ち

いきほひて藁擣つ父に近づける着物のわれは冴えわたるなり

見あぐれば空いつぱいに落ちてくる羽毛（うもう）の數の償ひとしれ

木群（こむら）ゆくけだものごころ降る雪は乾ける幹の高みより落つ

ふりしきる雪の木の間にわれのする焚火のほむら人見つらむか

檜木原ふかき木の間にふりしきる雪聽き居たれ母の山繭

雪の日は椀彫りて過ぐ膝の上（へ）にこぼれる木屑昏れはじめけり

一椀の糧はらわたに沁みるとき椀のうちなる窪みぞ盈つれ

荒あらし椀のくぼみは青く昃(かげ)り餓鬼覗きをり溪みるごとく

天窗の硝子に降れる雪聽きて戀ほしめばはや暈(かさ)をなす黑

皇子(みこ)の首われは持たねば雪の上(へ)に山鳥の罠をひそかに作る

一夜經て雪に埋るる村ひとつ處刑(しおき)ののちに薔薇ぞ匂へる

暮しもちひだるの神に追はれける村人ら鋭(と)く空を仰げる

文明の快樂(けらく)に遠く栖みふりて人形(ひとがた)ならね雪の上に臥す

乞食(こつじき)とならざりしかばわが彫(ゑ)れる椀の底ひに墓造るかな

敬ひて棄てにぞ行きし國境(くにさか)の草ひとがたも村の掟か

山の際(ま)の鈍き曇りに火を焚ける行暮(ゆきぐれ)びとや雪代(ゆきしろ)の溪

稻架(いなはさ)となしける古き架け松の枝張りてをり冬の旅人

捨てて來し一つだになく雪代(ゆきしろ)の溪見おろしき眼のなかの種子

職業をもたず過ぎゆく山の際の冬の淺葱(あさぎ)に架け松ぞみゆ

雪ふふむ山川の瀬に水掬みてくらき涙落つ月讀神(つくよみのかみ)

喝食

萩ひとむらに

橡(とち)の木の幹に彫(ゑ)りしかはるかなる八月盡の蟬鳴き出づれ
ものの隅(くま)ふかき燭の燈(ひ)うつしみの家族は寄りて魚(うを)を食(た)うぶる
燭臺の燈をともしめば雷(らい)すぎし山陰(やまほと)にくだつ女神の夜か
蠟燭を繼ぐひそけさや夜すがらの瀨音はひびき白き芯燃ゆ
胸分(むなわ)くる萩ひとむらに嘆かへば幽(かく)れしわれに沁むひたごころ

井光の水

いちめんに椿の花の散り敷ける湧井に來つれ花を掃かむと
默すれば兇器のごとしそのかみの井光(ゐひか)の水の澄みとほりたる
太虛(おほぞら)を脫(ぬ)け出でて來しひかりかも湧井の水に入るひかりかも

幽祭

大和の磯城・高市郡の宮座の多くには、秋祭に吉野川の水と小石を、頭屋の人が峠を越えてとりにくる、古代的な風習がある。熊野の潮が湧くと傳承される妹山大名持神社の前の流れを潮ケ淵といつて、そこへやつてくる。大汝詣といふ。陰曆八月二十八日が多い。

水底の礫(れき)もちて去(い)ぬる山越しの秋の行人多武峯(たむ)をくだりき

銀の簾ゆらげるさまに東(ひむがし)へわたる日照雨(そばへ)は秋の國原

われにかなし吉野の河の礫ひとつ山越え去(い)なば神の依代(よりしろ)

木の間より五百羅漢の續きくるおぎろなきかも虹かかるべし

夜ごもりに音羽の山に出る月を殺(と)りしくさむら歩みか行かむ

見放くれば國原を截る道なれや吉野の礫幾億の耐ふると言はむ

人のする苦しみのそとまなかひに鹿路(ろくろ)へ貫くる隧道の穴

栗の木を建つる神籬(ひもろぎ)礫置かばこぶしのごとく石默すなれ

選ばれし頭人(とうにん)ならね暗綠の礫祕めもてり峠(たむけ)に棲みて

澤蟹の眼はひかりつつくさむらの水潛(かづ)きけり多武(たむ)峯の山陰(やまほと)

太虛(おほぞら)にはこべる秋の水なればなにものの癡(ち)ぞ甕(みか)にむせびつ

三津(みづ)の峠(たわ)水持ち越ゆる秋の日に女神のみ手のふと重たかり

みなぎらふひかりの瀧(たぎ)にうたれをるみそぎの死者は梢(うれ)わたるかな

穀神に捧ぐる水を運びくる無言(しじま)びとあり三津(みづ)の山道

さらばかの一揆の村を過ぎゆける秋白光の礫(れき)鳴り出づれ

龍門村佐佐羅のなだりわざをぎのをみなの陰處(ほと)や曼珠沙華燃ゆ

われはつぶて、尾花の原のはたてより抛りしものぞあらはれざらむ

稲熟るる山の間(ま)の村に牛をらずわれは齝(にれが)む土俗の神を

龍門嶽ゆ音羽にいたる山塊のゆたかさみればわれは墓なれ
秋祭近づく村はひそやけし倉橋の瀬音夜に入りゆく
夜くだちの石に沁み入る田の神に血緣の貌をおもひみるなる
神饌に榧(かや)の實ありき褐色に熟れしその實ぞいのち全けむ
夏の日は榧の青實(あをみ)を見あげむといくたびか來しその夏あはれ
木に生(な)れる實の青青しひたごころもちて通ひき飢渇者われは
滅びとやこだまはかへるなかぞらに蜻蛉(せいれい)の身のとどまりゐたれ

礫

大臺ケ原山の西の谷、逆峠附近には原生林がのこされてゐる。そこを流れる山上の川は、遠い不思議な時間を覗かせた。原初のままの植物のかたはらでは、汗噴く現身もいぢらしい小さな生物であつた。間近くに唸る鋸のモーターの音に怯えつつ、大峯の連嶺を眞向ひにして、北山郷へ炎暑の急坂をくだつた。一九六八年七月二十二日。

たかはらに礫(れき)敷きつめて川ありき姫娑羅(ひめしやら)の花夏散りしける
山上の林をゆける夏の水すくひてぞみる男なげきて
駒鳥のこゑはろばろしたかはらに昨夜(きぞ)見たる夢、ゆめみるこだま
姫娑羅の花踏み寄れば水底の礫(れき)ゆらぎけり扇ゆるびて

その夜北山川と小橡川の出合ひの河原にキャンプファイアーが焚かれてゐた。炎に照り映える若者達の饗宴に、平和な燿歌（かがひ）の歌を思ひつつ、戰ひの日のいくつかの篝火をも連想した。河原の即興一首を誌す。

燃えあがる夜の炎をめぐりては北山川の音ぞ身に沁む

罪乞はば

奥山に大山蓮華咲く夜も夢淺かりき二人子の邊（へ）に

夕ぐれのわれの梢にかへりくるひかりをもたぬ天（あめ）のつぶては

樹梢（うれ）仰ぐわれの仕種（しぐさ）もあるときは天（あめ）の御統（みすまる）こぼさざるため

時じくに山を訪（と）ひくる少女子（をとめご）のなべて美しき齒をもてるなり

木末（こぬれ）にはわが白光の花ひらき女人を拒む山の奥津城

わが谷のやや明るめば青葉木菟（あをばづく）鳴き出づるなり咎疼くまで

激（たぎ）つ瀬に菖蒲を打ちて罪乞はばみなかみ蒼くすでに夜の水

金剛藏王權現

年越しの權現の火をいただきて谷くらき道を默してぞ行く

大小の太柱立つ吹ぬけの大天井に除夜の鐘ひびく

常ならぬ年來たるべし、心經を唱ふる聲に和してなごみつ
山顚の磐石(いは)とよもして怒りける藏王權現われは戀ほしむ
藏王堂の大屋根見上ぐ、山びとの樂(がく)ふりてくる夜(よ)の庭なれば

わが谷暗し

酒やめむことを思へば新年(にひどし)の夜の頭蓋に雪けむり立つ
凧あぐる父をあふぎてをのこ子の二人はありき睦月の山に
武者繪の凧しばらく空にしづもれば無念なり青空はなべて
箸清く睦月の山に食(た)うぶれば紅きはらご晝羞(やさ)しけれ
河わたる黑馬(くろま)の夜の雪道を櫃ケ嶽くだる丹生川上へ
夕神樂きこゆるやまの山陰(やまほと)に流人の家族(うから)冬ぞきらめく
山顚に兜を埋むるこころかも雪山に沒(い)るわが落暉かも
職もたぬわれの一期にむきあへば喝食(かつしき)童子雪の上來る
かすかなる響(とよ)みをのこし簷(のき)出づる鼯鼠(むささび)を思(も)へばわが谷暗し

さくら咲く日に

雪景となりたる朝のわが谷に子を行かしめて黄の帽ゆらぐ

花ちかきわがあけぐれにふる雪のはげしき朝ぞ身は清からぬ
山いづる日輪あかし石斧(せきふ)もて木の間を行けば恥かがよはむ
夕ぐれの簷(のき)出でてゆく鼯鼠(むささび)の響(とよ)みをきけばわれ壯年期
世の常のくらしのそとに生き繼ぎて斧研ぐべしやさくら咲く日に

吉野の杉

樹のなかを人はかよひきその貌のひとつだになき靜けさを來つ
縁(えにし)ありてわが植ゑし杉も二十年木(こ)がくれの道をなしてゐにけり
青透きてわがゆく朝ぞ草の上に幼子(をさなご)の星泛び來つらむ
雪折れの杉山ゆけば杉の木は幾千の蠟燭となりて立ちける
直(すぐ)なればわれは悼まむ雪折れの戰後の杉の夭折を見よ
山に來て滅びののちに木を植うる嘆かひと知れ吉野の杉は
石ひとつ置きてかぎりぬそこ越ゆる少年の息萌えて走りき
霧はしる杉の木原に言問へば天地(あめつち)の涯に首を垂れたり
昏ければ山に修羅なす蜩蟬(かなかな)の葉脈の透く翅のかげろふ
言問ひの谷ふきあげて杉山に蜩蟬の鳴く鬼の兒の哭く
十方にかなかなさやぐ杉山の狼を待つわれならなくに

蟬

曉(あけ)の蟬檜(ひ)の木の幹に鳴き出づるたまゆらやさし枝と思へり
白桃の熟るる村なり眞夏(なつ)の夜のしろき木箱に釘うたれしか
わが死せむあしたは來鳴く灰色の蟬の翅透(す)き堅くあるべし
死者笑(ゑ)まふ草の砦に草薙(な)ぎて土用の風は梢(うれ)にふかしも
八月の湯津(ゆつ)石村(いはむら)にたばしれる蜩蟬のこゑ夏のむらぎも

ここ過ぎて

杉木原かよへる道の青透きて朝くらみけりわが負ふ夢か
朝越(あさごえ)のわれをいざなふ鳥なれば淺葱(あさぎ)の空につばさは鳴るも
いとけなく神隱しよりかへりきて鞦韆(しうせん)のある空忘らえず
悔恨はもと一塊の鹽なれと森林の魔の默すならずや
むらがれる氷の花のしたをゆく走井の水よ生きむとぞ言ふ
うつしみの愛憐なれば杉木原一俵の糧を負ふ苦しみぞ
われの日の柩にせむと春植ゑし待たれつつ生ふる檜なりにし
死を生くる一樹の傍(わき)を過ぐるとき否定者の斧ひらめかざらむ

ここ過ぎていよいよ稚(をさな)し生くる日の白描のなか嬰兒(あかご)も睡りて
樹のなかを人のかよへる默(もだ)ふかしおそろしきはじめ樹樹は耀(かがよ)ふ
朝越は父のかなしみ杉山を仇敵は黄に過ぎ行きけらし
樹樹くらく朝のみどりをかこへれば冬の銀貨は道に光れり
雪道に尿(ゆまり)をなせばほのぼのと血緣のこころ土よりきたる
いかなれば雪山は鳴るこの書を大いなる冬の父は出(い)でこよ
雪ふれば山のくらしのかがよへと樹はたちまちに天(あめ)ゆすぶれり
今ははや古びし斧のかたはらに男(を)の子は山に生れ來しかな
嬰兒(みどりご)を湯に浮ばせる冬の夜の父なる無爲に顏はしめりつ
妻と子のねむれる部屋をはなるるときいかなる地震(なゐ)ぞわれこぼれ出づ
一ふさの乳房に唇(くち)をつけてねる母子像をへだて讀む流刑記
兩の眼の盲(し)ひるくらやみいかなれば子は父よりも罪ふかしとぞ
いくたびかけだものの身と變へられきかのむらさきの森に吠えにき
水の上はかくひらたくもいちまいの玻璃なしき、額(ぬか)を伏すかな
透きとほりとざせる沼ぞ父われの變身譚ならむその綠色は
ひつそりと水の面(おもて)の凍(こほ)れるをたしかめてわれは家に戻り來
まだ暗きしののめにしてエンジンの音させはじむ何の追儺(ついな)か

獵銃を磨きてをれば終焉の林ぞみゆる陽に明るみて

雪の上(へ)を叫びののちにあらはれし白描の身の鳥と思ひき

狼の過ぎたるあとぞ祕色(ひそく)なす杉山の間(ま)のこのむなしさは

首濕りつつ

鷄(とり)のゐぬ鳥屋(とや)ふりにけりあかときの首濕りつつわれは入りにき

ほうほうと聲する谷間鳥けもの脅ゆるらむかことば羽ぶきつ

杉の秀(ほ)のするどきあしたひたごころいつはりて疾(と)く去(い)なしむるべし

湧きあがる蜩蟬(かなかな)の潮書と夜のさかひに思へば家もただよふ

墓のこと言ひつつぞ經し父ははのねむれる空に土用のほととぎす

山ほとの家庭(やには)のみゆる木群(こむら)にて夏きのここそ覗きてゐたれ

大木(たいぼく)のさみしさ知れり下通る人みな冴えてけものにぞ見ゆ

みどりごと榧(かや)の青實を仰ぎゐしゆゑ知らぬ罪も夏かがよへる

その一人だに

三輪山のふもとにありて指さしき雨雲かかる異境の吉野

時じくに雪ふる國や吉野なるその一人だに飢ゑの耀(かがよ)へ

丹塗矢

水分(みくまり)の神にささぐる御田植祭子守(こもり)の子らにまじりてぞ觀る
玉依姫しづまり給ふ水分のやしろにありて遠稲光
觀客は子守の子らとわれひとり面長(おもなが)の牛いでて來にけり
ハルカヤサヤノ　ハルカヤサヤノ　假面劇ひそけし　くらきやしろに
嘆かへば嬰兒(あかご)の襦袢(じゆばん)ひつそりと積まれてゐたり花ちかき日に
をみなごのつぶら瞳や石段(いしきだ)に霰のごとく御餅(ごく)は撒かるる
春の夜の砧を闇に數ふればさくらのつぼみ風に搖るるも
丹塗矢は流れ來しかなくらやみのひそけき無頼、山の際(ま)の麥

潮ノ岬にて

黒潮に夜の首(かうべ)をよこたへて眠らむとする補陀落の海
冬の岬漕ぎたむ舟にくだちゆくぶあつき闇に貌つつまれぬ
身燈のひじりを思へばみんなみに黄櫨炎えてゐし夜の海原(うなさか)

喝食

雪木魂(ゆきこだま)きこゆるあした髭を剃る男ありけり辭世のごとく

乞食(こつじき)のたらへるときを嘆かへば枝差しのべて言葉正せる

わが貧(ひん)を啼く蟬ありき雪の上に飛行(ひぎやう)の業もはかなかりしか

七草の日の夕茜雪の上(へ)に掬へる指も机にかへる

ひたぶるに山行く業(わざ)を苦しめるかの宗教の有情(うじやう)きこゆる

七草の粥食(た)うべつつ死者とする苦しき和解引窗(まど)に雪ふる

鹿ひとつ射とめむとする心かも朝(あした)の庭にひかり渦卷く

花なべて木末(うれ)にかへさむ紫の斑雪(はだれ)の山を人は燒くなり

國原はふもとにかすみ冬の蟬さくらの幹にひそと放つも

ひろがりて海に近づく夜(よ)の河の白き光を夜半思ひ出づ

かすかなるめまひのなかをあかときの水流れゆく礫(れき)ゆらぎつつ

國栖びとの手漉きの紙に額伏して春あけぼのの机にねむる

春の曇り引窗の玻璃に動くなく過去世のさくら遠山に咲く

山上にわれを置きてぞ人ら去る仕置のごとし樹に花咲けば

闇をしぼり啼くむささびは梢より憎惡の暈(かさ)を婆娑(ばさ)と落しつ

わが首(しるし)とりて去りたる春風(はるかぜ)のなまぐさきあと草萌ゆるべし

春の歸鄉告ぐる木の間(ま)に湧く水の淺葱(あさぎ)にしづむ夢くらきかな

花群（はなむら）にのぼれる月を告げてくる喝食（かつしき）の聲くらき庭より
くれなゐの椿の花を掃きてをる少年のうなじ鞘なきかなしみ
午（ひる）の鳥わが引窗（まど）の上過ぎゆける短き時刻（とき）は部屋に漂ふ
ひつそりと遠山櫻咲くなべに白鳥の歌成ると思へり
花群を過ぎゆくときに天狗だふし谷とよもしき麥青かりき
水分（みくまり）の貌ほのぐらし花のうへにひかりは崩れ黑き月立つ
霧しまき麓をめぐる花群ゆ過去世の咎を頌（ほ）むるもろごゑ
檜の山の枝差し交す高みよりくるひかりあり素志たがはざれ

後記

この集は、昭和三十九年に上梓した歌集『子午線の繭』以後の作品集である。短歌の世界に專念してきた七年間であつたのに、五百首にみたない非力を嘆かざるを得ない。多くの歌をどこかに落してゐるやうな、不安がいまも私につきまとふ。

まとめてみて、大和吉野の事物と、そこでの山人としての單調な生活が、全體を蔽つてゐるのを改めてたしかめ、當然のこととは言ひながら、題材の狹さに憮然とするのである。

この貧しさをかへりみて、歌といふ小詩型の宿命に殉じようとした生活者の、一度は負はねばならぬ貧しさとして、素直でありたいと思ふ。

短歌は私から多くのものを削ぎ落したが、現代にそぐはぬ山中の生を大切に生きる、底の力を與へてくれた。歴史が、私に強ひた谷行のやうな歳月から、徐徐に蘇生して行く經驗でもあつた。自然にむかつて開かれるこの再生の日日を、深甚な歌の力として畏敬する。

はじめこの集に、「谷行」と名づけ、やがて、「繩文紀」としたが、日がたつにつれて「靈異記」となつた。

山河の魑魅(すだま)どもにまぎれつつ、樹木や死者や雪雲や呪詛のなかをさまよつた日の、死と復活のひそかな言語的體驗を、おぎろなき靈異とかんじた。

景戒の『日本靈異記』の思想や寓意がそこにあるわけではない。偉大な古典に似通つた書名を選ぶことを、ひどく憚つたのであるが、いつのまにか私のこの集にとつて動かぬものとなつてしまつた。

この後記を昨年九月に誌しながら、茫茫としてつひに越年してしまつた。白玉書房主人、鎌田敬止様竝びに石川靖雄様には、重ねて大變なご迷惑をかけてしまふことになつた。深く自責してゐるが、私の怠惰を赦されてきつとよい本を作つて下さることと思ふ。

新春の日、子らと擧げた凧は、かつてなく高く睦月の空に舞ひあがつた。この歌集も、あの凧のやうに天上への悲願をはらんで、私の手を放れ、私の生活を超えるものであつてほしいと祈らずにはをられない。

昭和四十七年一月二十日

前　登志夫

歌集　縄文紀

じょうもんき

縄文紀

昭和五十二年十一月十日　白玉書房刊

装幀 吉岡實　菊判変型二四八頁　一頁三首組　五八八首

巻末に「あとがき」

定価三五〇〇円

鬼市

白き花

弟のかなしみなればひたすらに海に來にけりきさらぎの海

夜すがらの波音あらく岩をうちわだつみ戀ひしとほき流人も

奈良時代吉野山中の海部峯寺に修道せし僧、いたく衰弱し起居ままならず、つひに童子を紀伊の海邊に遣はせて魚を求めしむ。歸途童子は村びとの詰問に逢ひ、やむなく法花經なりと答ふ。俗等、魚臭ただならぬ小櫃を強ひて童子に開かしむるや、八匹の魚は法花經八卷に化せりといふ。『日本靈異記』に見える說話なり。

紀の海にさかなを欲りて吉野より河づたひ來し喝食のこと

山に棲む聖の乞ひし海潮のさかなはただに法花經なりき

鮮けし青きさかなにわだつみの太古の無賴きよくしたたれ

たづきなく山に生き繼ぎわだつみの涯無き風を聽きゐたるかも

かへるべき村はいづくぞ木がくれの辛夷に問はば山燒くけむり

終焉の村にはあらねふるさとの四十數年死者老けゆかず

ふくしもよ。われの叛ける地のへに四月の雪は沁みてふるなり

遣はれしとほき心よ忍ぶれば花しろき空鳥はあそべる

また『日本靈異記』の誌せる奇異われに迫る日あり。即ち、熊野山中の斷崖に逆吊りとなりて投身せし行者の髑髏、三年後も舌のみなほ生きて誦經の聲を常の如く響かせたりといふ靈異なり。わが歌もまたわれを超え、おのづから響(な)り出づる日あらむや。

朽ちのこるひじりの舌はひるがへり經誦(ず)しやまずきりぎしの上
咲く花の枝にねむれる夜(よ)の禽(とり)の泪はくろく紙にひろごる

われにをみなご生まる。昭和四十七年三月九日。山の雪消えそめ辛夷咲く。若からぬ父、雪のこる齋(いつ)の眞清水にその身漱がむとして、いつみと名づく。

山の樹に白き花咲きをみなごの生まれ來につる、ほとぞかなしき
咲く花にいそがしく雪ふりきつつ村の掟のはじまりも見ゆ
花群(はなむら)にもろごゑひそみ呼ばふれば子もちの鬼とわれはなりしか
鬼一人つくりて村は春の日を涎のごとく睦じきかな
叛きたる村に棲まへど朝あさを出でゆく童子春風まとふ
青杉の斜面をわたりかへりくる木魂は春の曇りふふめる
轉身をわれは思はず、立枯るる杉の木朱(あか)くほむらなすさま
槍投げのごとくに樹木投げやまぬ天狗の山か雲朱き山

垣もとに　植ゑし　椒(はじかみ)　くちひびく　「來目歌」

口ひびく山の木の實にいきほひて日常の國原(くに)撃ちにけるかも

泉わらふ遠(とほ)くさむらに額伏せし無頼の首はおとさざらめや

付(つ)きてくる妻と子のこゑうたふごと紫萁(ぜんまい)の絮(わた)にわれとりまかる

夢かよふ隠沼(こもりぬ)の徑に行きなやむけものの汗を風吹きはらへ

木に花咲きわれの齢(よはひ)を湧く水にかへさむと來(こ)し荒山道を

禽獸界

鳥けものくらしのうちに照りかげり村ありしかも山の狭間に

枯れがれて樹にむかひたつ清淨(しやうじやう)の木樵を思(も)へば泪流るる

十方に散りふぶく雪の隙間より山肌の藍噴きみだるかも

刺客らもいまはねむらむ湧井より涌く水思ひてあかときをゐる

寒の水あかとき飲みてねむりけりとほき湧井の椿咲けるや

獵夫(さつを)どもわが冬の日のくれなゐを追ひつむるなり雪嶺の果て

殺し屋の滿つる村なれ生まれ來(こ)し睦月朔日(ついたち)太鼓は鳴るも

山越しの風ひらたきかゆれうごく寒の星星にこころを放つ

あられればしりくらき夜空を踏みゆけり國思ふこころ棄てはてたるや

みしらざる祖(おや)も聽きしかこの山に艶ある風のきさらぎわたる

藍ふかき杉の斜面にいくたびか陽は差してをり滅び見よとぞ

捨て行かば青杉の秀(ほ)を噴き出づる狂へぬ鳥のこゑぞのこれる
いかなれば過去世(くわこぜ)の闇は仄白く雪ふりながら日は暮れてゆく
春立ちし日よりかがなべ木の間よりかなしみ來たる花はひらくと
ホワイトホース飲みてゐたれど雪みぞれ眞夜中の闇を濃くとかし來る
夜の虹をみせむとおもひ厨邊に聲かけにけり月ある庭ゆ
苦しみてわれは生くべし身のめぐり夜の山くらく默しゐたれば
山の雪日に日に消えて科負(とがお)ひの人行きにけり禽獸界を
えらびたる淋しき山のあけぐれに雪折れの杉の青き秀(ほ)も踏む
向う山のぬかにしぶとく雪のこるいくとせみつつ淨まるわれか
幾千の青杉の秀(ほ)の谷のぞみうつしみふかく虧(か)けゐたるかも
山の雪にふりそそぐ雨やはらかくまぼろしを擲つ笞(しもと)なす枝
御火焼(みひたき)の翁ならねど山にくる他界の夜につつまれて寢る
山の閒(ま)の大いなる夜を咲きつづく椿の花は枝にあるべし
枯草のしたゆく水に崩れゆく雪白きかも科負(とがお)ひ行けば
行きまがふけだものとわれひかりもち樹下(こした)の雪に蒼く燈(とも)りつ
枝打ちし杉檜(すぎひ)の幹にいくとせか消えざりし斑(ふ)をせみと呼ぶなり
わが伐(こ)りし樹木のわきに置かれたる斧光りつつおごそかなりき

春の雲腐肉のごとく散りみだれまた還り來る昨夜（きぞ）の曇（くもり）は

青き木枯

通草（あけび）のわたさぐれる舌のしびるるも弓なりの空われを放たぬ

かりがねも渡りし空を道ありき霜月の山ひそまりにつつ

わが負へる谷間の空のかろやかに澄みゆくはては青き木枯

とろとろと山畑に燃ゆる炎あり夜の紅葉（もみぢ）となりゆく斜面

ののしりて妻はなやげりくさむらの無頼を遂げむ山の霜月

傳承

照りこもる冬の葉むらよ書かれざる暗殺史もちて村過ぎゆかむ

水底の岩にしづめる緋の鯉を待ちゐたりけり前（さき）の世見ゆれ

神妙にわれを裁ける侏儒（ひきびと）ら雪巻きくれば底ごもるかも

芳しき猪の肉戀ほしみて雪道を行く葉むら輝りつつ

雪の上（へ）の朝のひかりに仕留めたる雄雄しき角もくらき傳承

陽のひかりふくめる曇（くもり）たもちつつわれ擊つ天（あめ）のつぶて忘れき

今ははやわれに知らえぬことばもて手袋の掌（て）に魔靈拜（をろが）む

おぎろなき村のはじめを語るなく水底の斧をわれは砥ぎけり
寒蟬（かんせん）の遠啼く暁（あけ）よみごもりを昨夜（きぞ）言ひにけるはるけく思ふ
紡ぎゆく山繭の夜はひとすぢに黄緑を吐く償ひのごと
夜すがらに絲吐きやまぬやままゆの黄緑の楕圓あかときに見つ
暁の寒蟬のこゑ檜山よりきこゆるときに遊行のひかり

このししむらに

清らのみねがひし生にあらざれど朝あさわたる青杉の秀を
青杉の谷間の空を歩みゆくこのししむらに木魂をかへせ
宵宵に鉛筆削ると部屋に來る童子はひそとものいはず去る
芯削るモーターの音やさしくて傷つきやすき父と子の部屋
みんなみの大峰の空にまばたける南極壽老星よ、われのいのちよ

雁の死

正信偈（しやうしんげ）の和讃を祖母に習ひゐしわが幼な子は落葉踏みゆく
恍惚とくれなゐの葉を落しゐるさくらを伐ればかりがね渡る
權力はここにおよばずむらがれる通草（あけび）の種の熟るるひそけさ

木食をなしつつ秋の尾根行けば女犯のうたもわが銀河系
草焼けば短きほむら走りゆく、欲望のなかくろき海きつ
雁の死を見とどけむとし幾千の青杉の秀を踏みて來れる
杉山に童子ふたりのはひり來て吾をさがしをりたのしげにみゆ
やはらかき牢なりければ比喩の窗ひねもすわれを見つめてゐたり
胸分くる穗薄の秀の搖れやまぬ明るき空に錫杖きこゆ
夕星のひかりは增さめ秋山の紅葉を焚きて雁のひとつら

冬の雅歌

奥山に雪ふるあした、血を分くと聲高に行く林の中を
陽のひかり短く弱くなり來つつ木の間に燃ゆる焚火熟れゆく
いくたびか霰の過ぐる屋根の下靜かなる亂れ机にありて
青杉のふかき木の間を着物にて杉の枯葉の朱踏みゆくも
今ははや他人の所有となりをれど梢は喬くわれを憩はしむ
正信偈の和讚をうたひ山に來るこの男の子兒に戰爭はあるな
許されて山に遊べるわれならず樹木の年齢のとどまらざらめ
遠遠に谷吹き上げて風來れば反戰歌うたふ一つ梢見む

かへるべき朝（あした）はありて黄の繭に見しものの涯ゆ雪ふりはじむ

菜の花

分度器を掌（て）にのせて睡るいとけなくきさらぎの月森に明るし
ひと冬はつばきと梅の枝を焚き色身いたく燻さるるかな
山巓の夏の巖（いはほ）をさやぎたる錫杖たてり立春の土間に
自らの復活を戀ひ、雪ふれる錬金の爐炎ゆ　たたらひそけく
一莖の菜の花たちて天も地もしろく曇りき童蒙の日は

鬼市

提燈にとんどの炎貰ひ來し幼な子にそひてその火を目守る
八幡の森行く鴉むれなさず日常の空くろくわたりき
また讀める「海上の道」夕ぐれを降りおつる雪闇をふくみて
みさき鳥からすのわたる森行きて草むす屍しみて思へる
谷間に眠れる兵士老（ふ）けゆかず天窗ふかく星座はめぐる
鋸と鋏をもちて果樹園の淺葱（あさぎ）の空に手をさしのぶる
剪りて來し梅の小枝も焚きにつつ日暮れの土間に星出づる待つ

磷磷（りんりん）と水は行くべし鳥けもの歩める境冬の岩臥す
この岩を動かさばこそ山鳴りて眞木立つなぞへふぶき渡るも
文明のかかげ來る旗とりどりに殉教者の貌をみするか
冬の星響（とよ）み合ふ見よ拒みたる快樂（けらく）はあまた霜滿ちわたる
冬晴の谷間を渡る斧古く椿の葉むら夜のごとく照る
洞（うろ）もてる古木（ふるき）の椿くれなゐの花落しけり晩年は見ゆ
樹のうれにきさらぎの月盈ちゆくを夜夜待てり森ふかく棲み
向う山たちまち夜の山となり雪ふる闇に彌勒戀ほしむ
猪の岱（ぬた）ある木の間荒荒し憩ひのあとに靄のごとく居る
杉山の滲める水にどろんことなりて遊べる獸したしも
早春の鳥けものらと交したるぶあつき闇に星座はかかる
春山の雪消ゆる日日ほろほろと山鳩啼けり村の終りを
山住みの夢幻に居ればうち寄する青きなだりに辛夷花咲く
青杉の花粉は噴きて山の空黄に曇るなり春のはじめは
夜もすがら山鳴りやまずわが梢（うれ）にあそびし晝の歌をさなけれ
單純に生きたかりけり花野行く女童（めわらは）ひくく遲遲と歩みて
さくらの材ある日は削りおほどかな彌勒の姿わが彫りやまず

童蒙のくらきこころをかへり行くボートは白く一枚の沖

杉木群あゆむをのこ子立ちどまり梢(うれ)見上げゐる木の間のわらし

オルガンとつぶやく童子(どうじ)はるかなる春の山焼く煙立つ見ゆ

幼な子に神は寄り來る恥多き父の過失と傲りて言ふな

賣るものの何あるべしや山びとの鬼市(きし)思ほえば麓路かすむ　鬼市 silent trade

暮れてゆく春の山くだる父と子を樹樹らはうたふ傳承として

をみなごのけぶる春の日花守れば天狗倒しの響みぞきこゆ

山のまぼろし

山に照る冬のひかりの渦巻けば刃物を持ちて果樹園に來つ

いまだかたく梅の蕾は匂はねど梢(き)を剪りて天つ日に向く

空を指す餘剰の梢みな剪りて淺葱(あさぎ)のわれは梯子を下りる

なかぞらを吹く風ありてとろとろと地(つち)のへに燃ゆる冬のほむらは

ひとときは雪しまきけり明るめば茜の雲の靜かにうごく

木がくれの木地小屋の跡過ぐるとき菊咲き群るる山のまぼろし

默ふかく森に住ひてひたすらに椀彫(ゑ)りしかな山の人生

花近し

ゆるやかに檜山のなだりつたひくる夕やみの隅たれか歌へる

ひたすらにいま在る時をあがなへと歌ひ出づ夜の森から

肉體もまぎれ入るべし夜の雲枝靜かなる檜山をうつる

日もすがら花守るごとく淋しかり妻問ひの神荒荒しきを

運命に實るものあれぬばたまの山の夜に咲く花群も見き

ひそかなる快樂を思へど青杉の秀は昏れてゆき死者は憩はず

黃綠の空靜けくてこともなく別れし晝をうぐひすは啼く

國原をわれは見に來つ國原に春の霞のたなびける晝

行きゆきて血はくらきかも青杉に四月の雪の降りつつぞ消ゆ

雪の山默して下りむ春霞たなびく下に人優しきか

流星雨ふりやまぬ夜をひたはしる青杉の秀の闇ふみわたり

人間の資格をここに投げ捨てむ青水沫しぶく血の高原に

この森に八幡の神を祀らむと青波の修羅曳きて登りしか

火を出すと石と石打ち夕闇にうづくまる子は星空ゆ來し

梅いまだ咲けるなだりに馬鈴薯の種下ろしけり春の山畑

馬鈴薯を土に埋むる山の閒(ま)のひそけき畑を鶲(ひは)のむれ越ゆ
草莽(さうまう)とわれは言ひつも山畑にをのこ子ふたり女童(めわらは)を守る
鶯宿(あうしゆく)の花ほのじろく青みもつ春の勾配に晝の星見ゆ
風のごと鶲過ぎゆけり檜木原(ひのきはら)しろき柩を置ける靜けさ
春山を尾根づたひ行きわが修羅のなだるる左右(さう)に谷閒けぶれる
さくら咲く青き夕べとなりにけり少年かへる道ほの白く
生き行かむ歌きこゆなり黄みどりの草むす屍われ踏み行かむ
白く曇る花野を行きき來(こ)し方に樹の倒れゆく響(とよ)みきこゆる
花ちかきあけぼのを啼く山鳩の聲きこえくる杉山を越えて
あけぼのに春の雪ふる血はくらし花くらしとぞ山鳩は啼く

輪廻の秋

I　星はこぶわれ

森かよふ道ほのぐらし　秋ふかく不動明王くち炎ゆるなり
焼畑は遠くさびしき、山の額くろぐろとして秋の痣映ゆ
花の木のくれなゐの葉はおのづからわがまなかひを梢(うれ)よりはなる
森ふかく入り來てねむる　青杉の梢を移る陽のひかり透く

谷越えてはなしごゑきこゆ、擁き合ふ男女（めを）のほとけを拝（をろが）みて來し

梢（うれ）ふかき鳥の羽ぶきよ生くる日の參詣曼陀羅つひにかなしき

銀河系まひるま横切（よぎ）る。戀ほしめば栃の實さやにわれを撃つかな

樹から樹へ鳴き交しつつ渡りゆく猨の群一日（ひとひ）は續く

人間の弱さを持ちて山畑に種播きてをり落暉（らくき）は朱く

みさき鳥からすは畑に憩ひつつわだつみの旗の靡きを待つか

海人（あま）びとの幟（のぼり）は赤くひしひしと國原の靄にしづみゆくかも

山畑に火を焚く人の顔暮れて鱗雲のしたわれは過ぎゆく

うろこ雲天（そら）いちめんに炎ゆるなり森の家族（うから）に星はこぶわれ

山畑にわれの種播く褐色の麥の粒指よりこぼる

繩文紀の夕やみわたる　梢（うれ）さやぎ言葉ぞさやぎ猨の群渡る

森ふかき睡りののちに月出でて梢（うれ）けぶれるか花むらのごとく

向う山の額くらけれど箒星過ぎたるあとぞ泪溢れ來（く）

簷出でて山の夜に入るむささびを見守るわれの闇は深しも

山畑に見る夕星（ゆふづつ）のひかりわかく肉（しし）むらに湧く闇匂ふなり

國原に秋の燈火（ともしび）點りけりあけびを吸ひてまばたきぞする

Ⅱ　女犯のうた

三人子(みたりご)はときのま默し山畑に地藏となりて竝びゐるかも

父われに殺してくれといはざれば夕闇朱(あか)し高き山畑

わがうたふ女犯(にょぼん)のうたのはろばろし空より樹樹は紅葉(こうえふ)はじむ

高野槇の梢はしろく明るみて月の出の樹木、東(ひむがし)に立つ

われの死ぬ靜けき山か月の出は樹木のこずゑしろくけぶりぬ

人間のみな滅ぶ日を鳴き出づる蟋蟀はくらき山の斜面に

尾根しろくけぶる月夜の岩ふみて羚羊步む角照りにつつ

奥山の岩うつ谺夜もすがらきこゆる秋の子らも靜けし

月の出のゆらげる闇を橫切れる蜉蝣(かげろふ)　霜降るごとし

結界に霰降りけり肉(しし)むらを數千(すせん)の霰擊ちてしづまる

槇山のなだりにとよむ太鼓きこゆかの兵士らも山ほとに聞くか

山ほとの草生に秋の水湧きて倫理の馬の鬣ぞ垂る

方尺の引窗の下に紙白く彌勒の秋のしたたりを聽く

生ふる樹の木下はかなしおのおのの樹木の枯葉そこに集まる

朱雲(あけぐも)の犇犇と寄る山の間(ま)に團栗を拾ふ翁となりて

Ⅲ　咎打つこだま

日が昇り口つきて出づる卽興の歌貧しけれ、父祖の斧研ぐ

ゆふまぐれ喬き梢に歸り來る汚名の數も黑く華やぐ

靜かなる地下の茶房に夕茜終るまで崩れゐたりき

若き日の詩を誦(よ)み出づる聲きこゆ夢のはじまり見るすべもなし

夕映の都市億萬のさざめきを聽きつつ病めり樹樹は枝垂るる

思ひきや地下の茶房にかなかなの遠鳴くときぞ秋も幻

棗の實踏みてぞ行かむ朝あさのわが夢暗し竹群(たかむら)のうへ

歌之既訖、則打レ口以仰咲。『日本書紀』

國栖翁天を仰ぎて口唇(くち)擊てるわざをぎ思ふ巖(いは)に憩へば

竹群にひかり渦巻く山の鬼遊びてぞ居れ胡桃割りつつ

紅葉(こうえふ)の樹樹伐(こ)りてゐつ鮮(あざら)けし悔の曼陀羅汗噴き出づる

幾千の青杉の秀の搖れうごく斜面(なだり)に向ひ時過ぎゆかむ

樹を伐(こ)れば谺ひびかふ色身の咎打つこだま聞かざらめやも

曇しづめる

海原の風

室戸佐喜濱

みんなみの海部(あまべ)の入江はつはつに沖ただよへる秋の白雲
二十四番札所の鈴に鳴り歩み海原の風虚空をわたる
黒き巖にひたすら祈る人ありき海原とほく凪ぎわたる晝
海に向く巖落つ清水掬はむと阿古父(あこぶ)の尉の秋かげるかな
家族棄ててこの海潮の道行きき若かりし日よ芋食(た)うべつつ

青人草

朝朝に金(かね)の御嶽(みたけ)を拝(をろが)みて破財の相を美しくせむ
鳥獣蟲魚のことばきこゆる眞夜なれば青人草と呼びてさびしき
鶲(ひは)のむれ鳴きつつすぐる、青銅の鋲打つ響(とよ)み枯山(からやま)の空
わがうたふ森の家族(うから)のひもじくば木の閒を行きて火のごとく鳴け
測量のポールうごきつ結界を人作りけり森出づるなと
この山の鳥けだものら幟(はた)立てて夜半(よは)蹶起せり紅葉木枯(もみぢこがらし)
流さぬ血も紅葉(もみぢ)もくらし子を負ひて星星のした山畑くだる

いつみきか

いつみきか、女童（めわらは）擁きて言問はば雪ふる樹樹のたちまちしろし　長女いつみ貳歳
猪の來る夜夜を眠らざる貧しき志士の森に雪ふる
かく在りて狐の聲は夜の山を遠退（ぞ）きゆけり炎（ほむら）だつ身に
ものなべて凍（い）てゆく森にうたふごと星ゆらぎけり肉棄てざりき
曉の星空炎ゆる山の井の椿の花にくらく佇む

生尾

Ⅰ　まだ昏れゆかぬしろき夕べに

岩となる山の靜けさ、顏のうへ傳へる雫見ることもなし
旅に生くるわが晩年の日日はあれ音なき津波いま美しき
馬曳けば古國（ふるくに）遠し。花折りのたむけにかかる晝の月しろ
雪嶺の麓を行きてつゆふくむ鬣（たてがみ）ありきながき眠りに
山畑に種播くわれの靜けさを天つ日移る、死者熟れゆかず
昇りゆく雲雀を聽きてどんよりと國原（くにはら）のある父の國原
わが額（ぬか）に嵌むべき星かみんなみの森の異形は曉に見つ

鬼の子はいまか哭くらむ樹樹の秀（ほ）のまだ昏れゆかぬしろき夕べに
麒麟鳴く春の夕べを歸りきて八握髭（やつかひげ）しろき悲しみにゐる
ほうほうと山の谺の蒼き日も狩られゆくわれらしんと默せり
雪の上に種播く父のほの蒼き 咳（しはぶき） 見ゆれたかき山畑
かがやきて時過ぎゆかむをみなごに月立つあはれ歌ひ出づるも
晝と夜のさかひを還りさへづるや短き歌のしじまぞ深し
雉の眼に目守られあゆむわが歌の秀（ほ）は炎ゆるべし青杉の秀も

II　山が鳴る幾夜はありて

まなかひに花の絮（わた）飛びまつくらな晝の花野を見ずか過ぎなむ
湖（うみ）となる春の國原千の蜂ひそめるわれに蜜のごと照る
山くだり國原行きし祖（おや）たちの形見のごとし雉鳴ける靄
つばくろの糞白き土間に旅立つと草鞋のごとき寂しさは來つ
郭公の來啼ける山に草薙ぎて死者の憩ひに近近と寄る
山が鳴る幾夜はありて向つ尾根人下（お）りてくる霧踏みにつつ
ひるがへる若葉のなだり目に見えぬひだるの神は 炎（ほむら） のごとし
透きとほる飢ゑありしかな嫩き葉のひかりは滿つる虛空翳せば
目眩（めくるめ）く眞晝の闇を知る者ら樹に呟けりひだるの神と

國栖・井光（ゐひか）滅びしのちもときじくの雪ふりやまず耳我嶺（みみがのみね）に

山霧の昨夜の砦は崩れゆきゆるやかにいま髭剃りてゐる

稲妻の映ゆる夜（よ）の森いくたびかちかぢかと立つ村肝（むらぎも）見ゆれ

嶺蒼く百雷わたり山人（やまびと）の聲ひそまりぬ森のうからに

熟れいそぐ麥畑の黄金（きん）の斜面より山の獸はひそみ下（お）りくる

殺されし女神のほとに還りゆく麥一粒（いちりふ）を指にほぐせり

あはれ劫初の乳房は熟れよ麥の穗のすくすく立ちて芒（のぎ）けぶる空

いまだ見ぬ夢あらばあれ黑南風（くろはえ）の夜をかがなべて山繭青し

Ⅲ　問はずや過ぎむ

青梅のつぶら實のした草薙ぎて實の青青し、罪熟るるかも

尾根越えのたむけの道に牛の糞輝きにつつわれを莊嚴す

おほるりの聲澄む眞晝草靡く杉の木群（こむら）に光る尾をもつ

あな昏（くら）し、泉の水の湧き出づるゆつ岩群や肉棄てずかも

若葉噴く樹樹行き行けばおのづからいきものの飢ゑしみらに照れる

あらそひて子は哭きゐたれほととぎす青草の上に聲落し行く

朴の葉をとりてかへらむ夕やみに朴の廣葉は漂ひて落つ

葉を捥げばさやけき音を莖立つる鮨つつむべし朴の廣葉に

戀ほしめば古國(ふるくに)ありき萬綠のひかりを聚(あつ)めふくろふ睡る

つゆふくむ天つ日朱(あか)し熟麥を刈る一日あれ死者のかたはら

青草の原に茫とし炎(ほむら)だつなにものも在らぬ證しのごとく

硝子戸に幾百の山蛾集りて孤りの夜の燈を目守るなり

喪失の明るさもあれふくろふの眞夜鳴く森に祖(おや)とはなるな

響(とよ)もして若葉のなだり吹く風に問はずや過ぎむわが常處女(とこをとめ)

黑南風の曇しづめる國原を見下ろしをれば雉の聲銳(と)き

雉鳴きて子は幼しも、山に棲み身はつたなけれ。巖(いは)けぶる山

みさき鳥からすは黑し葛城の雨雲さして萬綠を往く

歸るべき村あらじかし鬼の子の柏の餠を頒ち合ひける

わが父の沒落見ゆれ草の上(へ)に刃物を研げば尾のある孤獨

けもの道

霜月の終りを病めば月蝕の月しろ渡るこの森の上

蝕まれゆく月しろを拜(をろが)める吾(あ)が母と吾が女童(めわらは)の聲ひそむ庭

けもの道いよいよ暗し樹の中に呟きて打つ季節の雹を

くれなゐの葉脈の闇をたどり來るほかひ人(びと)あれ霜月のはて

むらさきの夕靄あつく沈みきて玉依姫(たまよりひめ)は山の秀(ほ)に睡る

曇しづめる

殘雪の山に歩まむ　春がすみはや棚引きてわれは山びと

種子もちて山の沫雪踏み行けば雪の上の跡しろくのこれり

沒落のまるき國原あはあはとけぶれる春に山の雪食む

つぶやけば業苦のはじめ、きさらぎの星のひかりをはこぶ夕闇

われ老いて市(いち)にさすらふ日もあらむもの思ひつつ歩む幼な子

草木蟲魚そのひとつだに賣らざればきさらぎの蟬天に啼きをる

若これ、貧賤の報のみづからなやますか、はたまた、妄心のいたりて狂せるか。そのとき、心更に答ふる事なし。　『方丈記』

沛然と雨ふる夜半の杉の幹眞直(ますぐ)に濡るるあがなひがたき

樹に棲みて夜明けをうたふやはらかき喉(のみど)はゆるれ花近き日に

古國(ふるくに)の空は曇りて晝の星頒ちかやらむ遠きひとりに

ひとたびは血は流れ出てうたふかな山なみのそら春の瀧(たぎ)なす

花近きあしたをいそぐ旅人の播かざりし種子黑くかたしも

枝折りて箸を作れば箸匂ひほとのなげきを山びと唄ふ

木がくれの蒼き巖(いはほ)に湧く水をけものとわれとこもごもに飲む
澤蟹のいそぎて砂に隱るるを見凝(みつ)めてをれば一生(ひとよ)過ぎなむ
谷蟆(たにぐく)のさ渡る極みかなしみは春の岩間に滴りやまず
若き日のわれの首(しるし)か辛夷咲く淺葱(あさぎ)の空を鳴き渡るかも
遠くとほく晝のいかづち響(とよ)みつつ草むらに臥(ふ)せば時計のごとし
山深く父なる咎を擲ちをれば反響(こだま)はながし春の樹木に
静かなる虹かかりけり虹のなか向う山の嶺蒼く炎ゆるも
常ならぬ一生(ひとよ)を思へば春霞たなびくしたに雲雀ぞきこゆ
搖さぶれよ輪廻の梢たかだかと風わたるなり別れしのちを
日もすがら椿の花の蜜を吸ひたゆしと思ふ流さざる血を
をちかたに吹雪ける櫻夕やみは顎(あぎと)にしづみ耐ふべきわれか
國原の空息づきて音もなく稻光りせり山の夜くらく
昏(く)れゆかぬ青き梢のはつはつにひと日の無爲はひかりはじめき
月の出の樹木の隈(くま)はけぶりつつ花花の謀叛静かにつづく
山原の春のくぼみにをちかたの稻妻響む花折りて來(こ)し
桃咲ける山畑の道ゆるやかにたわみてぞをれ別れしのちも
朴(ほほ)の樹の芽吹きのしたに茫然と死者の夕餉の靜けさを聽く

草負ひてあゆむ古國(ふるくに)、傳承の咎みえわかず曇しづめる

常民

はかなかるわれの一生(ひとよ)も女童(めわらは)の朝の目覺の靜けさに覺む

默(もだ)しつつ童子行きすぐ萬緣の中なる父をいたはるごとく

たかだかと朴(ほほ)の花咲く、敗れたるやさしき神もかく歩みしか

野を行かぬ馬の靜けさ青草を廏に踏みてたてがみ濕る

この馬はこやしふみにて御座候――劫初の草も踏まざらめやも

逃散(てうさん)のたくらみもてば馬をらぬ廏の闇は蒼くただよふ

常民のわれを信ぜずしかすがに死にたるのちも山くだり來む

父ははに宥しを乞ひて踏みしだき子に詫びつつぞ踏みしだく歌

繩文紀

Ⅰ　藤蔓をもて故郷をくくれ

つばくろのまたひるがへる空淺葱(あさぎ)歌のゆくへを問はずや過ぎむ

おたまじやくし群れゐる水にかげりつつ髣(ほの)かに過ぐる春の山人(やまびと)

われの組む春の筏の白ければ山の猨(ましら)もひそやかならむ

みなかみに筏を組めよましらども藤蔓をもて故郷をくくれ
あかときのわが急湍を流れゆく春の筏よましらさやげる
いくたびか虹たつ日なれ一家族青草原に叫びつつゐる
ゆるやかに春蟬鳴ける河岸に遠足の子らみな脚細し
霧ふかき奥千本に憩ひけりわが殘櫻記すべもなからむ
花しろくうれにけぶりぬ傘ささば霧雨の山にまぎれ入るべし
鍛冶神（かぬちがみ）ねむれる杜の花遲くうつつの霧に酒こぼしけり
蝸牛（かたつむり）わが歌の枝すべりゆくこのしづけさや三十歳（みそとせ）過ぎき

II　みひらきて晝を眠れる

家出でてとほき脅えのあるごとし若葉はゆらぐ焼畑の道
山住みのわがくやしさに響（とよ）みつつ郭公のこゑ遠き峯より

吉野黑瀧郷の古文書二首

爪印はかなしきかなや爪の痕（あと）利鎌のごとく紙にのこれる
柿の木に澁柿あまた成ることも權力の目を逃れ得ざりき
みひらきて晝を眠れるふくろふの高貴にちかくかなしみなむか
青草を彈みてころぶ撒かれたる餅白きかも夏を祀ると
風景の薄むらさきを頒ち合ひ暗殺者行くわが夏木立

岩群に石菖生ふるここよりぞ湧き出づる水一生（ひとよ）を奔る
あえかなる石菖の花咲きにけり岩に咲く花の清しさ
この水をたつきの水と守りこし無智蒙昧の山びとの裔
この水やゆつの石群（いはむら）郭公の聲遠退（ぞ）きていざなはれゆく
岩に咲く薄黄の花を目守りつつわが身炎となりて立ちける
かくありて山の奥處に棲みはてき憤りすら歌へるごとし

Ⅲ　もろともにかなしみなむか

夢いまだ曇りつつあり山畑の麥熟るるなり晝の斜面に
雨ちかき日日の日輪うるみつつ山鳩鳴くは苦しかりけり
かの太刀を斧・鍬・鎌にさしかへて三十歳（みそとせ）過ぎき翁さぶはや
世のうつるむごきその聲山住みのゆふべの顎（あぎと）さびしみて來つ
きのふより郭公のこゑ近づきて山の斜面は青くけぶりぬ
馬曳けよふるさとの馬、あかときの明星いたく霞みつつある
もろともにかなしみなむかまばたける瞼の奥處星座かかれる
晝くらき廄に佇ちて青草を踏みつつぞをりこやしふみにて
足萎えのこやしふみ馬あかときに曳きてか行かむ國亡ぶとぞ
梅雨近き竹群匂ふおそれつつ月讀を待つわれと女童（めわらは）

年古りし武者人形の額（ぬか）しろく山鳩のこゑ土藏（くら）にこもりつ

雷（いかづち）をしづめてくれば枇杷の木に枇杷の實成れり燈るごとくに

風つよき若葉の山に女童を歩ませて來つ雷（らい）ひそむ山

足萎えのこやしふみ馬やまとうたきこえずなりて草踏み鳴らす

ほのぐらき石龕（せきがん）の奥に呟けり知命のほむら目つむれば見ゆ

Ⅳ　子らいねて夜の山ふかし

夜すがらの星のひかりを集めてぞ天飛（あま）ぶや歌のきれぎれ

子らいねて夜の山ふかしさやさやと星のひかりに刃物を研げる

直（すぐ）なれば青杉の秀のすんすんと夕闇突くは苦しかりけり

樹のうれに夕星（ゆふづつ）祀る、ゆれやまぬ青杉の秀はつねにいけにへ

少年を叱りてをればめぐりみなくらき六月の山の夜となる

つゆふくむ夕星出でぬ、父ははの夢淸らかと唱ふ子は誰　廣橋小學校校歌

いかほどの煙草を喫（の）みて死にせむか吾妻はかぞふ八百萬（やほよろづ）の數

聲あげて文章讀まぬわが子らよ夕星のひかり今ゆたけきに

青梅の下草薙げばまくなぎは十萬億土のくるめきを見す

梅雨ちかきたらえふの厚葉照りにつつ狂氣のさかひひるがへり見ゆ

まなかひに梯子は立ちて夕茜梅の青實にそそぎつつあり

草の上をとびとびにくる夕ひかり夜の梯子となりゆくひかり

杉山に一つひぐらし鳴き出づる夏至ゆふぐれのしろき梯子よ

今年またひぐらし鳴きぬ犧牲(いけにへ)のかなしみならむひぐらし聴くは

ひぐらしの聲沁み入るぞ山畑に呪文のごとく種播きをれば

つゆふくむ夕べの靄に種子(たね)を播く靜けさありき山の斜面に

谷間よりよだかの聲はとよみつつ昏れゆかぬ樹もわれも佇む

草にゐるわれの童よよだか鳴く夏至ゆふやみを搖めかすかな

V　翁の顔はつねおぼろなる

笙の音(ね)のきこゆる山に女童(めわらは)をいざなひて來つ梅雨霽れたれば

谷間より霧湧く山の家出づるさびしき父の夏花も見よ

霧ふみて歩む女童いけにへのひそけさもちて木暗(こぐれ)に淸し

ゆるやかに葉むらは搖ぎ土に坐すこの安けさよ樹下の女童

夢にくる海原はつね凪ぎてをり目覺めさびしき海原の凪

樹樹行きて世は眩みなむまぼろしはひだるの神と貶まれけり

あはき夢踏みしむるなり朝越ゆる杉の木の間に目勝つ神赫(て)る

けもの道に若葉のひかり差し透るこのさびしさよ猨田彦いづこ

存在の住處(すみか)たるべし、ことばもて樹樹行きしかば戰後の砦

針鼠とく奔りけり人の世の鬼才といふはさびしかりけり
崖(きりぎし)をうがちて石を祀りけりいのちを知れるもののかたみに
山峡の棚田に夜の水満ちて畦ひかりけり通夜にゆく道
讀經のかすかなる間(ま)を外の面より蛙の聲は澄みてきこゆる
靜かなる山の田植は近からむ泥田の水の澄み光る夜
稲もちて春の海潮(うなじほ)わたりこし翁の顔はつねおぼろなる
大いなる銀杏の下の闇ふかく聖觀音(しやうくわんおん)の祠ぞ暗し
祭太鼓しきりに打てばせりあがる晝の海坂ひたすらに凪ぐ
常民はとほくさびしき、石龕の洞(ほら)しづけくてまひまひ舞へる

VI　かへりなむいざ歌の無頼に

日もすがら白南風わたる水の上にわが雷(いかづち)の憩ふしづけさ
黄緑(わうりよく)の靄ある山の斜面なりかへりなむいざ歌の無頼に
たてがみは青葉の闇にほのみゆれ青人草の眠りぞ深し
夜となりて山なみくろく聳ゆなり家族(うから)の睡りやままゆの睡り
とどめあへぬ流轉の朝をゆるやかに鱗粉のふる瞼おもたし
栗の花つよく匂ひて目覺めけり渚のごとくただにさびしき
しらじらと朝を目覺むる男ごころにはがねの沖は見えなくなりぬ

童蒙の日に見たりけり秋澄みて空のまほらに柘榴割るるを

てのひらに柘榴の朱實こぼしけり辭世のほかは歌はざりしよ　自刃せる友へ

みんなみに火は燃ゆるべし蕗摘みてゆふやみの隅ぬけがたきかも

わが死せむ日の青葉照れ髯しろき山のましらはまばたきぞせむ

睡蓮の花ただよへる水の上にわが五十歳の蚊柱ぞ立つ

生尾徑を遮りて、大烏吉野に導きき。『古事記』

尾ある人岩より出で來ひとの尾に光はありき哭かざらめやも

樹樹行けばさびしき父よ光りつつ尾は木がくれに見ゆらむものを

たましひは尾にこもるかな草靡く青草原に夕日しづめる

白南風に青葉照るなりわが猨樹樹搖さぶりて行方しれずも

草莽に虹はあがりぬまなかひに誰がむらぎもぞ透きて見ゆるは

Ⅶ　稲びかりひそけき山に

つゆの月黄に濁りつつ槇山をふと出づるなり、みじかき悲歌も

今の世の仕組のほども見えたれどわがこもる天の焼畑

愚かなる父を罵る汝が母を蔑するなかれわれの童は

はるかなる夜の稲びかりひらめきてやまなみはいま病みてゐるなり

音もなき夜の稲つるび國原に息づきたれば遠きやまなみ

稲びかりひそけき山に眠りゆく父の疲れはげにはるかなる
樹樹くらくかたみにうたふ即興の歌となふれば唇(くち)ひびくかな
夜の樹のすひあげてゐる悲歌ありき娶らざる祖(おや)闇にそよげり
くれなゐに夜(よる)の雲浮く　山火事はいづこの峯にひとりか燃ゆる

日時計

燧

雪の山書ともしゆく童蒙の蠟燭のほむら雪の上の花　左義長の火
燧石(ひうち)もつきさらぎ朝明(あさけ)まばたけば雪のこる山にうからのねむり
すみれ色の夜明けのひうちほのぼのと掌(て)ににぎりしめ少年ねむる
尖石(とがりいし)とがれる山に雪のこる春三月の鳥散り亂る
くらき夜のくらき破片(かけら)に火の出づるこの靜けさや雪のこる山

童蒙

I　翁さびつつ

ゆるやかに靄流れゆく山原にしばらくありき翁さびつつ

百雷のひそむやまなみ日もすがら白南風（しらはえ）わたる、陀羅尼きこゆる
あかときの短き夢（いめ）に咲きてゐし大山蓮華（おほやまれんげ）時間のごとし
夜半過ぎてわれの谷間に雲湧くやまぼろしはつね身を苦しめむ
ひしひしと夜（よる）の白雲たまりゐる谷間のうへにうからの睡り
夜（よ）の雲のうへにしづまる日常はいけにへのごと輝きそめつ
しづかなる夜半の雲居に佇ちてをる屋根ありぬべしゆるく流れて
ほのぼのと參詣曼陀羅おもひけりみじかき夜の涯しらみそむ
沈默の雷青き日や子ら三人（みたり）青梅あをき木下（こした）に憩ふ
おろかしきわれのたつきと思へども天（あめ）の焼畑に夏至の種播く
翁さびくちごもりつつ告げなむか山の戰後史聽く人なしに
ちかぢかと虹わたる朝明（あさけ）きこえくる梵鐘の響きなべてうつし世
霧ふかき晝插木する父と子を目守れる峯も霧のなかなる
うつろなる幾朝を曇る引窗に鳥影よぎる墨滲むごと
栗の花匂へるあした家出づるわれの子も妻も行方はてなし

II　劫初の夏

いけにへの馬を洗へる朝まだき泉の水の砂湧き濁る
ひぐらしは何ぞかなしきしののめの峯はてしなく波の秀さやぐ

犧牲(いけにへ)をもたざるわれら杉木立照りゆく朝のしじまをぞ見つ

けものすらこの山原に夢見ると青萱薙げり郷(くに)のまほらに

くるしみのこずゑをわたる風ありて檜山のなだりはや昏れそめつ

藍くらき檜山のなだりわがうたふ村のはじまり神を殺めき

夜もすがら山鳴りてをり夜もすがら燈せる部屋を語りはじめき

昨夜(きそ)往きし巨人の跡をさざめきて童蒙のむれ坂くだりゆく

ことば多くもたざるわれに來る夏は青砥の肌を水に濡せり

童蒙の夏のくらさをうたひをるかなかなありきわれの戰後に

翁舞ふ山のくさむらそよぐなり青き一日(ひとひ)の涯のひぐらし

音もなく花火のひらく國原をみおろしてをり眞夏の闇に

杉山に遠ひぐらしのきらきらしわが幼な子の苦しみも見む

青く炎ゆる夏の樹木よあかげらはわが傳承をうたひはじめき

はつかなる野火見ゆるかな權力のおよばぬ境村と呼びつも

さびしさに汗噴き出づるこの夏か「土用半ばは秋の風」

風くらし風はくらしと日ざかりのたむけを越ゆる暗殺者の群(むれ)

天(あま)の原茜にもえて權力につかざる一生(ひとよ)、夏のくさむら

木がくれに陀羅尼をとなふうつしみかまざまざといま幹は直立(すぐだ)つ

けもの道青きわが夏古き代の遁甲（とんかふ）の術問はずや過ぎむ

日常を旅ゆくわれか日もすがら蟬鳴く樹樹のこずゑを剪りつ

われの燈にくはがたの來る山の夜半劫初の夏を泪流れき

湧くごとくめぐりの峯にひぐらしの鳴きゐたるとき草莽（くさむら）青し

耐へてこし忿怒のかさよわが夏の槇山の巖（いは）にいかづち睡る

Ⅲ　遠世の月

盂蘭盆は近づきにつつ手花火のはじける音をひそまりて聴く

立秋の日をかげり來る少年と山畑わたる風にうたれつ

少年の汗噴くさまを眺めつつしみじみさびし父なるわれか

てらてらと照れる巖のもなかにて一滴の水澄みてあるらむ

をみなへしたをりてぞゆく山畑に晩夏の汗はふかきより湧く

打ちやまぬ眞夏の太鼓森出づる遠世の月の滿つるぞかなし

草深きビルマの月を消息（たより）せし兄よ死ねざるわが打つ太鼓

花札のごとき月かも萱原を出づるしづけさおどろきて見つ

秋

無用なるわれの一生（ひとよ）に來る秋か鞦韆（しうせん）は垂るる蒼き空より

夜の雲流れそめつつひそかなる狂氣の秋を女童おもし
夜半過ぐるかりがねのこゑちかぢかときこゆる山にことばぞ激つ
夢にくる參詣曼陀羅あかあかといづくの紅葉いめに燃えつつ
細りゆく山のまほらの瀧しろく盡十方に碎け散るわれ

峠に山の小學校・幼稚園あり。廣場に恵まれず、校舍の上の丘の頂きを平らとなして運動場とせり。眺望遙かにして屋上遊技場の如し。秋たけなは、運動會の歡聲きこえ、山上の楕圓の庭いくたびか青空に飛翔す。紅白の童ら限りなく楕圓を廻りやまず、父の孤獨いよいよ深き秋なり。

黄のこゑの渦巻くなかを子ら走る秋の圓周空をめぐりぬ
萬國旗はためく空に紅白の夢ちりぼひぬ樂鳴りにつつ
年たけて見ゆるかなしみかなたより綱引く秋のこゑ響み來つ

山颪

いろいろの彩を思へばたどきなしあられ打つなり夜半のくさむら
いまの世の仕組を思へば遂ぐるなきのぞみは見ゆれ晩年のごと
女童はいまかまどろむ簷ふかく夜の山おろし息づきにつつ
あかあかと山の斜面になだれゆく夜を重ねてぞ木枯は來つ

霜月の山のまつりは近からん子にもの言はず幾日(いくか)經にける
石油ストーブまた匂ひけりわれの敷く泪の玉はけぶりけぶりぬ
齒がみしてわれのうつけを憎み來し父も山びとかぎりなく老ゆ

婆娑と吹き來つ

早春の星あざらけし、したしみてうからの踏みし雪道歸る
たなびきてけむりひろごる檜木原むらさきのひかり雪に差すかも
花のごときさらぎの雪ふりきつつ山鳩のこゑ雪にこもりぬ
淋しさに火を焚くわれか山颪婆娑と吹き來つきさらぎの山
雛の日は近づきにつつ山颪いくたびか過ぐ屋根くらぐらと
おのおのに目覺時計置きて睡る童の夜を山颪吹く
花近き夜(よ)の山わたる風きこえ荒ぶる鬼の翁さびゆく
雪しろく殘れる山に昇りくる雲雀を待たば淸し國原(くにはら)

日時計

むらさきの濃く黑き日日過ぎゆかむ斜面を飛べり雪雲(ゆきぐも)の鳥
杉木原雪來るまへをけぶりつつ童女のわらひ樹樹に響けり

山の際(ま)の瀧(たぎ)細りつつ雪雲はほの明るめり水落つる上

しろき餅もちて來にけりうらじろの小群落に時間はそよぐ

あがなひの餅しろきかも、いとけなき童女は笑ふ冬至の山に

吉野にも烏勧請の風習があった。

みさき烏鴉に餅を撒けりとぞやまなみの空をわれは激(たぎ)ちぬ

日を呑みて孕みしをみな、立ちそよぐ杉の秀(ほ)の斜面冬の綠色

いさぎよき戰後なりしや原始共同體戀ひて斧研ぎし湧井

あしびきの山より吹ける山颪うたへる夜半の屋根をかなしむ

撥(はら)ひ難きかなしみも來(こ)よ、雪の上にまろべる子らの聲響く山

神隱し解けざるままに過ぎゆくか竈(かまど)の薪の赤し年の夜

生贄の鯉いくたびか撥ねかへる元日のひかり差す祠(ほこら)の砂利に

樫の榾(ほだ)さくらの榾を立ちのぼるむらさきのけむり樹樹にたなびく

わが打てる睦月朔日(むづきついたち)氏神の太鼓の音や罪あざらけし

めぐりみな凍雪の夜を沈みゐる緋鯉を守(も)りてきさらぎは來つ

山びとの焚火の燠のあたたかし、雪ふる山にまぼろしもなし

ふりしきる雪の中よりありありと近山しろくあらはるるなり

足あとは雪にのこれりいけにへの息するわれや山なみの空

やはらかき樹木の時計こぼれおち木の間の雪を踏みしむるかな
雪嶺のまぶしきあした日時計の影移るごとことばぞうごく
誰かまた雪ほのぼのと踏みしめて無用の朝をかなしむらむか

音樂の漂ふごとく

雪の日はもの音なべてやはらかくきこゆる山ぞ夢のごとくに
冬空にはなだのけむり漂ひて屋根昏れゆけりここに憩へと
きさらぎの女童（めわらは）匂ふ雪だるま作りし夜半を月痩せて出づ
世の常の苦しみごとも蔑（なみ）せざれ木の間の雪を踏みしむるいま
ひかり湧く木の間の雪を踏みゆけば木樵のわれにことばさきはふ
雪の山子は下りけり冬市の白き素飴（すあめ）を買ひて歩むか

如何なる由縁にや。吉野の山びとわれ、大阪北千里の女子大へ講義に出づる日ありて、冬三たび。

凶凶（まがまが）しきブーツの脚の往きまがふ冬北千里髪靡くはや
死者住まぬ都市の玻璃窗をみなごの唇朱し冬の陽あかし
美しき死はあらざらむ　斑雪（はんせつ）の漂ふ木原春遠みかも
樹のうれにあそべる神は夕まぐれ童蒙の空に星きらめかす

ゆるやかに夜の雪のうへ流れゆくきさらぎの闇、うからは眠る
かぎりなく落ちゆく夜半に思ふなり苦しみの枝樹樹はもてるを
いくたびか杉の秀（ほ）を噴く雪けむりまなかひにしてわれは淋しむ
雪ふればこの裏山に疲れけり槇（まき）の葉むらに雪つもりつつ
山ほとの村よりとよむ物音と雪ふりしきる山のひびきと
幹みきの片側に雪つけしまま木原は夜にこもり入るなり
雪のこる山の入日の靜かなる茜となりぬきさらぎ無頼
ふる雪の空昏くしてまなかひに帆船しろく泛びただよふ
顔のごと雪のこる山に眞向へば木樵のわれをかなしまざらめ
相會はぬ月日けぶりぬ誰かまた春の山燒く煙みだれき

吉野阿太に住む翁は、今も雛流しの行事を守れり。詩歌をたしなみ、桃牛と號す。龜多龜雄翁——その名を呟きて、いくたびかわれ心をほうと海原に放ちき。

はろばろと紀の海に雛を流しをる阿太の翁に夢變若（をち）かへれ
殘雪をふふみてほのと口ひびく山の靜けさを山鳩啼けり
三月の淺葱（あさぎ）の空を移りゆく童形（どうぎやう）にしてはや曇りたる
みさき鳥からすあそべる斑雪（はんせつ）の山の斜面に谷をへだつる

笛の音（ね）のしみる岩間に翁舞ふこのひそけさや夢（いめ）の回淵（わだ）の上　國栖奏

ゆらゆらと漉き舟の水掬はれてたちまち紙となりゆくも業（わざ）

手漉き紙斜めにしろし干し板をほの明るみて春の雪ふる

うるしこし乾さるる庭を過ぐるときかなたにひかる雪代（ゆきしろ）の河　漆濾しは薄き吉野紙なり

國原の空のぼりくる揚雲雀日に日に近し雪消ゆる山

つひにして常民ひとり音樂の漂ふごとく憤り來ぬ

金色の陽

昭和五十二年三月二十三日、長子浩輔（ひろすけ）の廣橋小學校卒業式に父兄として列席す。

家家のなだりに梅は咲きみちて清し無頼を花匂ふなる

おごそかに卒業證書いただける十六名を目守りぬわれは

杉山を金色の陽に風はやし直ぐ立てる子に玻璃窓ゆらぐ

傳承の儀式にあらね父われに泪は湧き來（く）人知らざらむ

土建屋・山師・ごろつき・客引き威張る世ぞ歌詠む父はつつしみぞすれ

谷へだてかたみに鳴ける山鳩のきこゆる晝をことほぎとせむ

祖父の手に證書をわたしいそいそと畑に行けり淋しき子かも

山の間（ま）をけぶりけぶりて日輪のわたるひと日よ花咲ける梅

若葉

朴の木の芽吹きのしたにかそかなる息するわれは春の山びと
ひらたく夜の虚空に身を投げてむささび飛べり若葉の闇を
この飢ゑやいづくの飢ゑ満目(まんもく)の若葉に照れる天(あめ)のひかりは
みなかみの蒼き夕べにしづめたる纖(ほそ)き釣針(はり)ただよふ一生(ひとよ)
草の上に青梅の實を盛りあげてつゆひぐらしを聴かむとぞする

國原

ほのぼのと山にひびける雪木魂運命ひとつ過ぎゆくらしも
山の間を箒星(はうきぼし)ながくわたりたり雪の上の闇いまあざらけし
黒い星(ブラック・ホール)またありありと見えわたる眞晝の額(ぬか)を雪にうづめつ
みあぐれば遠やまなみに風ひかりいづくの鳥か翳(かげ)曳きわたる
きりぎしの上なる空の明るけれ榊をもちて雪道あゆむ
雪のこるこの山の間に老いゆかむ黄にかすみだつ疾風吹く晝
くらぐらと國原(くにはら)わたる春疾風(はるはやて)とよもす晝は楕圓も見ゆれ
黄砂吹くわが山島(さんたう)の空の道しんしんとして曇しづめる

竹群に春のはやちのなだれ入るさやぎぞくらし梅咲きつづく

伊豆小吟

燈しつつ港を出づる舟見えて山の童の熱さがりしか
早春の夜の海よりくる闇にまぎれ入るべし椿の花は
この夜半の沖にただよふ叫び聲夜すがら聽きて春の島山
ぼろぼろのすめらみことといふなかれ太鼓を打つや晝の渚に
くる波のむかうにつづくたゆみなき波がしら見ゆ母音さぐれば
傾きてはしる帆柱昏れゆけば岬の潮を見ずか過ぎなむ

蒜山即興

昭和五十一年八月、蒜山高原に友ら集ひて二夜歌學びをなす。

ぐんぐんと夜明けの霧はせりあがり蒜山(ひるぜん)の山しづみゆくなり
八雲立つ出雲の靄か大いなる風景ひとつ朝をかくれぬ
ひとときは鴉のすぐる草原に湧きあがる雲淡きむらさき
眞夜中を牛長鳴きぬかたはらに眠れるうからこけしのごとし
ひぐらしの聲みじかくて明けゆくや蒜山の山は雲隱りゆく
見のかぎり綠の草生ひろごりて褐色の牛ゆるく動くも
臥す牛も歩める牛もはるかなれ夏草萌ゆる蒜山の原

ここにしてわれのいのちは乳色に憩へるごとし草生に低く

桔梗（きちかう）のむらさきぞ濃し蒜山の晩夏の汗をぬぐふ眞晝間

しらじらと礫（れき）かがやける二の澤をみあぐるわれら、大き斜面を

いくたびか雲捲く嶺（みね）のあらはれてつかのまやさし伯耆大山

ゆたかなる山のなだりを拝（をろが）みぬ草莽の道われは往くべし

すさのをの憩へる國に搔き氷友らと食（た）うべ唇（くち）ひびくかな

あとがき

この集に收めた歌五八八首は、昭和四十六年秋から、ことし春までの七年にわたる間に出來たものである。『子午線の繭』、『靈異記』に續く第三歌集である。

これらの歌は、具體的な生活の記録を必ずしも反映したものではないので、一册の集としての構成を自由に配慮すべきかとも思つたが、結局、作歌年代順に竝べることにした。ただし、いくらかの例外のあることを記しておきたい。第一の章の冒頭の部分は、四十六年秋の作歌になる「青き木枯」「傳承」の二篇のみが、四十七年發表の作品「白き花」「禽獸界」と入れ替つてゐる。後者の作品は、前年春に多くモチーフを孕んでゐたからでもある。

今ひとつ年次に副はぬのは、終りの「國原」に入つてゐる「蒜山卽興」である。これは五十一年晩夏の羇旅卽吟であるが、煩はしいので雜誌へ發表した順序に從ふことにした。かうした輕い卽興作は、かつてはすべて發表を避けて來たのであるが、作歌の結果よりも、時に應じて私を作歌の感興へいざなふものに對して意識的になるにつれて、不用意な卽吟もまた私には棄て難いのであつた。

私の歌がすべて日常の體験に卽したものではないにもかかはらず、作歌年次に從つて編むことの無雜作を尊重する所以も、このことと無縁ではない。私の認識によつては摑へることの出來ない、存在としての生の流れにかたちを與へたいといふ願望によるものである。

思へば、私を作歌にうごかしてゐる內なる他者への關心は、最初から私の歌につきまとふ意識であつた。歌を詠むことによつて、詩とは何かを問ふ根源的な詩的クリティークの情熱を、作歌の生理として來たと思へる。

丈高い抒情の芳醇を歌といふ定型詩の第一のものとする私であるが、かうした作歌の生理が、短歌的傳達の上で一つの隘路になつてゐたのではなからうか。その上、私の歌は具體的な一人の讀者へ呼びかける聲よりも、死者への聲の方がつねに大きかつたことも、詩の共感を曇らせて來た原因であらう。

果してこの集において、歌における詩的共感の新領土を少しでも拓き得てゐるかどうか、讀者諸賢の批判を待つのみである。もとより私は、傳統詩型たるこの抒情詩の運命について、悲傷の思ひがなくはない。この文藝の世界に意氣込めば意氣込むほど、一方で徒勞の思ひを深くして來た。だが、もはやここまで來てしまつた以上は、歌といふ文藝の詩形式を心ゆくまで味はひ盡すよりほかあるまいと思ふ。

歌といふこの不思議な詩形式においては、定型が本當に最後の力をふりしぼつてその機能を發揮するとき、自らはみすぼらしい五句三十一音の單なる形式として、そこに脫ぎ棄てられるのではあるまいか。さうした逆說的な構造を古典は證明して來てゐると思ふ。

吉野山中に樹下を經行した聖が、飛行自在の仙となるに及んで、庭の松の梢に聖の袈裟が脫ぎ棄てられて懸つてゐたといふ說話に感動し、詩と形式について以上のやうな感想を述べたことがある（『存在の秋』所收）。

歌が、自らの形式を無用のものとして棄て去る危い一瞬に閃き出る力こそ、傳統といふよりほかない具體的な生の總體であらう。むろん私の歌はその境地にいまだ程遠いと言はねばならないが、風姿は、輕やかなれと念じて來たのである。

この集の作歌時期、私は山中の暮しの重たさからいくばくか解放され、たびたび都市へ出る機會も與へられた。かへりみて、昭和三十九年、『子午線の繭』上板以後、晴林雨讀の日日であつた。第二歌集『靈異記』の作歌時期にあたる。傳統的な村落共同體に棲み、その土地の風雪を共有する者のみに見える、かけがへのない民俗の內的體驗であつた。山村の暮しがそのまま藝術であるやうな村づくりにも情熱を注いだが、共同體といふ十方からの合鏡(あはせ)によつて、常民としての私の底のものを見据ゑる經驗でもあつた。

現實には滿身創痍の自らの姿をそこにたしかめるだけの行爲に過ぎなかつたが、私は、村に住みながら、旅人のやうな定住漂泊の日日を自覺として強ひることになつた。村のなかにあつて產土からの臍の緒をいつたん截切つてみると、なぜか私には、人間の暮しや人閒の生死の意味が一層よく見えるやうになり、內部の村への敬虔な感情が、逆に、あらたに湧き出るのをとどめ難いのであつた。私は、私の痛みの深さだけ、もはや意味を失つた世界が現實的に蘇生するのをありありと幻視した。

この集の作品が、かうした體驗と密着してゐるわけではなく、日常身邊の出來事が、この集を讀んで頂く上でさしたる參考になるとも思へないが、この集に私生活の身邊を題材としたものが多いのもその所爲であらう。實生活上の體驗が、私の文學的觀念に迫るものとして受けとめざるを得なかつたからだ。始源と終末の閃きを、ことばの詠嘆の深さにおいて證しする定型詩人の運命を、慘めな挫折と、定住漂泊の日日において認識することが出來たやうに思へる。

『縄文紀』といふ題名は、私のなかにかなり早くからあつたものだ。國原に對する山人の歴史、あるいは山の人生のシンボルと解して貰へるだらうか。この集の名に『縄文紀』を選んだもう一つの理由は、私達の日常のうちに思ひがけなく息づいてゐる、劫初の時間のみづみづしさを、この題名に私は感受するからである。

歌は、鳥影のやうに私達の日常の襞を過ぎる、永遠なものの象徴であればよいと思ふ。私はいつしか五十歳を過ぎた。五十歳には五十歳の人生の襞があり、五十歳の鳥影が過ぎるものだ。その靜かな存在の氣息の滴りを聽きながら、愚かな私の生の現實のただなかへ、私は、銀河系を呼び込んでやまないのである。

——なんたる憂鬱な感覺の遊行ぞ。

この集のために、裝幀の勞を施してくださつた詩人の吉岡實氏と、誠意をもつてこの本づくりに萬端の努力を惜しまれなかつた石川靖雄氏に、心から感謝申し上げる。

昭和五十二年九月盡日

吉野山中の茅舍にて

前　登志夫

歌集　樹下集

じゆかしふ

樹下集

昭和六十二年十月二十日　小澤書店刊

装幀 司修　Ａ５判三五二頁　一頁三首組　七八四首

定価三八〇〇円

韻律のふかきしじまに

晩夏

昭和五十二年八月下浣、信州飯綱高原ホテル「アルカディア」にて、我等二夜歌學びせり。

つつしみて魂(たま)寄り合へばたかはらの風光るなり萩ひとむらに

習志野市少年少女合唱團の演奏を聴く。

幼きものの合唱を聴く夕餉にて紅ふかく立つ吾亦紅の花

アルカディア　その名を呼びて集ひこしかなしき羇旅のしじまを歌へ

くろぐろと夜明けの樹樹は亂れつつオルフォイス睡る風立つ森に

戸隱の原ゆきゆかば八月の穗すすきの秀(ほ)に鬼もまぎれむ

戸隱奥宮に參拜す

天の岩戸のいかしき扉降りてこし響(とよ)みひそけき木暗(こぐれ)を歩む

そそり立つ岩窟(いはくら)の秀(ほ)を仰ぎみる晩夏の旅の涯明るしも

韻律にあかすものあれ岩窟に額づく祈り私事(わたくし)ならず

女童(めわらは)を背負ひてくだる奥宮の石段にして樹の根も踏めり

戸隱の原の穗すすきうちなびく夏の終りのひかりは澄みて

蕎麥すする旅の家族(うから)よ青雲(あをぐも)の吉野追はれし鬼見えなくに

この首をいくたび捲きし虹ならむ信濃の國の空わたれるは

越中行

北の海に立秋の日の雨ふりてたぶの古木（ふるき）の雫を聴きぬ　藤波神社の杜にて

新湊八幡宮の那古の濱に、宗良親王の歌碑あり。

見放（みさ）くれば能登の島山夏の雨にけぶりけぶりぬ、流離ありにし

立山をわれは見に來つ八月の硫黄の華に天つ日は照る

呟きて淡墨の湯のたぎちゐる雲海の上に憩はむとすも

ちんぐるまその花原をさびしめば連嶺（れんれい）の立つ眞夏の空

雷鳥とかたみにかはすまなざしのやさしきときを雲湧きのぼる

天上の地（つち）に咲きたる龍膽のかたはらにして夏の日さむし

汚（けが）れたるこのうつしみの透きゆくや立山の原に八月のひかり

鹿のごとくに

吾亦紅そのいろふかし高圓（たかまど）のしぐれの道をひたにくだり來（く）

國原（くにはら）の空しぐれつつひとときを雨やどりせし白毫寺の庭

萩の枝（え）に神籤しろくしぐるるもほろびの秋か古き破（や）れ寺

天平の野の上の宮をもとほれば野づかさに入る鶲（ひは）の暗綠

ことばなく過ぎゆく秋は地(つち)に沁む時雨のあめを踏みあゆむべし
いにしへのほかひも戀ひし國原に霜月の闇漂ひそめき
はたた神荒ぶる夜は霜月の鹿のごとくに瞼(まぶた)をとづる

北千里の秋

遠足の黄の帽の列よこぎれるまぶしき午前坂ゆらぐなり
黄鶲(きびたき)の聲にあらずや教室の玻璃戸にひびく裏山の秋
「新世界より」の樂流れつつ秋の日に倭をぐなを語る吾あり
幾千の刃ものを道に竝べ賣る坂ゆるやかに人あゆましむ
たゆみなく夕空にあがる噴水の落ちゆく際(きは)はかなしみの梢(うれ)

猨田彦

家家は藥草の根を洗ひつつ梅咲くなだり鬼も遊べり
當歸(たうき)の香ただよふ家(や)ぬちほのぼのとわれを憎めりうからなるゆゑ
ふるさとの土に實りし藥草の根を嚙まむとす春寒き日に
山道をはこばれ過ぐる杉苗の穗はさやぐなりみどり兒のごと
苗負ひて山原ゆくは三月の猨田彦ならむまへに屈みて

春三月わが植ゑゆかむ杉苗の髭顫（ふる）へけり少年のごと
山のまに時移りなば祝婚歌うたひいづるや鬼も咲（ゑ）らぎて
霙ふる春の檜山（ひやま）に入りゆきて飯食（いひは）めるときけものなるべし
春寒き樹樹のしづけさ、はや樹液のぼりゆくらむたかき梢に
はらひたる枝みな青き檜山にてもの思ひけり木末（うれ）に聴くごと
山に入り萬葉集を口誦（くちずさ）む焚火の燠（おき）のあかあかとして
歌なれや世世の歌びと　韻律のふかきしじまにみな潔し
垂直に樹液はのぼれ山びとの歌詠むこころ血のみなかみぞ
戰ひに死ににける兄、戰ひに死なざりしわれ——辛夷花咲く
雪まじり霙ふるなりこれの世になすことありと山言はなくに
いつの日も雫つたへる赤岩を檜山に入りて兄と畏れき
濡れつつも下枝はらふ三月の檜原（ひはら）にひびく山鳩のこゑ
俗物の苦しみなればつつしみてふぐりも濡れよ春の霙に
思ひきやこれのふぐりもながらへて身のはかなさに酔はむとぞする
花近き日の雪みぞれ億萬のさざめきのなか山鳩は啼く
血の奥（おき）に夜（よ）の山鳴りを聴きしかな雛ある部屋の燈火（ともしび）のもと
きりぎしに棟上りたるかの家の骨組白し　磔（はりつけ）のごと

いくたびか稲妻はしる夜(よ)の山の斜面にのこる雪をさびしむ

山畑に梅咲きそむるしづけさを初午(はつうま)の餅庭に撒くなり

朝明(あさけ)より誰(た)が血流るる杉山に沫雪ふれり古國(ふるくに)かなし

春寒く六田(むつだ)の淀の鮎鮨の鹽口ひびき歌詠みたまひき　秋艸道人『南京餘唱』

雪嶺は日に日に遠し山びとの山燒くけむり立ちのぼりつつ

たゆみなく虚空をにぎりしむるかな歌詠むひと生(よ)またなくさびし

樹樹にふる春の霙のひかりこぼれ怒りの木末(うれ)をうたへるや誰

草萌ゆる山

山畑の春の斜面に芋植うるわが勞働や花鳥(はなとり)の奥

向う山に辛夷は咲きぬ朝の斧ぶらさげてをり古武士の春

白き花妹木(いもぎ)の咲けば山畑に芋植うるとぞ祭のごとく

花ちかく水洟(はな)びしびしに憶良のごと撫づべき髭の無きたかぶりぞ　「貧窮問答の歌」を思ひて

人の死をこともなく聽きひつそりと馬鈴薯の種子土に埋めゆく

月蝕ををろがむわれと老父母にひしひしくらし夜半の山なみ

月よみの病める眞夜なり山の間(ま)にひそまる屋根は鳥のごとしも

重き荷を背負ひて坂を登りたる祖先の汗は椿にやどれ

この刷毛や馬のたてがみ干し板に漆濾（うるしこ）し薄くのべられにけり

手漉きの吉野紙は薄きうるしこしなり

椿の蜜を吸ひつつぞゐる春の日に日輪炎ゆるもゆらもゆらに

誰かまた血のみなかみを歌ふべし飢ゑだにやさし草萌ゆる山

入會（いりあひ）の山焼くわれら春寒き天（あめ）の焼畑にあかあか笑（ゑら）ぐ

尾鷲なる仲宗角氏に

貝寄せの風の男（を）ごころみ熊野の波がしらこそ渚に亂るれ

たちまちに遁げてゆく森この朝明青竹の鞭空に撓ひて

胎りを告ぐる鬼（もの）あり春あらし雪嶺の夜のひかりを奔る

わが家に棲むむささびを憎しめば道ほのじろく春となりぬる

宵闇を谷間に翔べるけだものの簷（のき）出づるときかなしき家族（うから）

むささびの仔をかばふなる三人子（みたりご）のいまだ稚（をさな）し、しかすがにわれも

人間の餌付けを拒むけだものの仔を産めるとやわれの家ぬちに

わが屋根を破りやぶりて棲みふりしむささびのゆく樹の洞なきや

呪はれし春の家族（うから）と思ふまで屋根鳴る夜半をむささびひそむ

ひと冬を墮ちし落石みおろせる深谷（ふかたに）の樹樹萌えむとすらし

斧にふる春の霙のいそがしく雪まじりけり、神も死するや

火の國

火の國の阿蘇の山原霜枯るるひびきのなかにわれは目瞑る
天なるや大阿蘇小國　新嘗の刈田の涯はとりよろふ山
外輪山に目守られ立ちて神さぶる阿蘇の五嶽をはろばろと見む
これやこの外輪山の天高く聳えし太古野鼠も神
ありありと非在の山の秀はみえて火を噴く怒り天のまほらに
火の島に生き繼ぐわれや大阿蘇のけむりはいまも劫初より噴く
あはれあはれかたみの地獄噴きあぐるけむりの穴に顏曝すなり
さそはるる火口の縁を離りきて甘酒啜るいたくしづかに
ふと群をはなれて急ぐ馬ありき臀ひかりつつ草千里濱
われ去なば雪來たるべし大阿蘇の空ひろびろと鳥渡るなり
山の草を頒ちし境　圓錐を縱割りにせしひとすぢの墨繩　米塚山
外輪山めぐれる鄕に雪ふらば異教徒のごとくひと睡りなむ
冬ざるる刈田のかなた大阿蘇のけむりにまじれ斷ちがたきかな

ながき戰後を

越中新湊八幡宮

李花集の歌びとの羇旅を思ふなり立秋の海に驟雨ひろごる

流離とや、波の秀（ほ）わたる白鳥（しらとり）にながき戰後をくちずさむかな

海原の波の秀ふみてわれにこし韻律なべて鹽くちひびく

さまよへどいづこも兵（いくさ）——くちひびく血も流れをり海原の藍

たぶの木に藤捲きのぼる晝くらし樹の根も踏めり杜（もり）の石段

旅にして明るき入江夢にみき稲田の奧（おき）を舟かへり來し

高岡市の眞宗寺院勝興寺の庭　越中國府趾

隕石（いし）打てばもゆらに響く音なりし立秋の雨にその肌ひかる

夏山の木樵（きこり）に續く旅なれば山の木群（こむら）に目をこらすわれ

秋立つと婦負野（めひの）の雨に濡れゆかば歌びとの道絶ゆることなけむ

虹のごと

日もすがら毬（まり）つきあそぶ女童（めわらは）のまりのくれなゐ山ざくら咲く

ひかり湧く春の杉山まひるまの斜面にむきて血はめぐるなり

渦巻きにしろき絮毛（わたげ）を握りしめぜんまい睡る森出でゆかむ

いつしかに入日はあかく差しきつつ十方に散らす花ありぬべし

夕暮のカーテンをひき坐るかな一觀念はきりぎしの窗

西方に嶮(さか)しき谷をへだつれどむささびのこゑに夜半をしびるる

かぎりなく跫音ひびく春の夜に梢の花を風渡るなり

夕暮はキャッチボールを愉しめり少年の球怒りを帶ぶる

死ににける老婆を焼けばわが谷にむらさきの煙棚引く四月

歌詠めるこのはかなさよ霹靂神(はたたがみ)花ひらく木の末(うれ)とよもせり

はたた神鳴る春の日に古國(ふるくに)のふるきほとけを拜(をろが)みてこし

花おそきことしの春のはるみぞれたのしき仕事われにあらぬか

春の夜の山の嵐に思ふなりブラック・ホールとなりゆく星を

草萠えろ、木の芽も萠えろ、すんすんと春あけぼのの摩羅のさやけさ

奥山を激(たぎ)ちて墮つる石ありき春深谷をとどろきにつつ

脅えやすき春の精靈(すだま)に紛れゆき詠み人知らず人こそ戀ふれ

常の人の苦しみのうへ舞ひのぼる雲雀のこゑはたかく澄むなり

潦(にはたづみ) 明るくひかる夕べにて家建てしとぞ詩人とその妻　相模なる小島信一氏に

青麥の芒(のぎ)萠ゆるかな傾きてせりあがりくる山の斜面は

妻も子も山を下りてゆくごとし白き夕べの山ざくら花

樫の幹のぼれる蟻は列なせり——ああ垂直に往くものの涯
汗あえて草薙ぐ季節いたれるや蒼生（あをひとぐさ）は草に噎ぶも
春山に法螺貝とよみ僧ひとりぜんまい生ふる峯たどりけり
花の上に雹（ひよう）ふる朝明（あさけ）虹のごと精液を噴く夭折ののち
乳色の春なかぞらにまぎれしや凩（こがらし）の日のかの凧（いかのぼり）
春山に鉈（なた）撃つこだま花鳥（はなとり）のかなたをかへれ旅人のごと

入日の渦

山の秀（ほ）に冬のひかりの渦巻けるさぶしき晝を家族（うから）ひそけし
緋鯉ゐる水の面にうすうすと玻璃のべゆくも冬のまぼろし
ゴム手袋をわれのかたへに置き忘るる妻の一日、われの一日
常（つね）の人の無心にちかく初午（はつうま）の草餅ひらふわれは素早やに
夢あさき春三月のしののめに沫雪（あわゆき）ふれり朝の杉山
杉山に雪ふるかなたくれなゐの入日の渦やふるさとを捨てず

運命として

硝子戸に若葉の梢ゆらゆらと搖るるあけぼの春過ぎゆかむ

わりなくもわが若き日をまどはしし牡丹ひとつ雨にうたるる
山下りひとに會へるを山びとの運命として無頼なりにし
夏草のしげれる山に金の陽の滲める朝明ひとを忘れむ
この夜も屋根鳴きこゆるほととぎす家族の睡りふかきあかときを
噴きあがる水のほとりに茫然と腰掛くるなり夕ぐれの椅子　大阪千里中央にて
しろくしろく泡立ちあがる噴きあげの秀は靡きけり世界の涯も

このホテルを圍む竹林はいつまで殘されるものか。

夜となる竹群やさしをみなごの晝のさやぎは夢のごとしも

非在の不二

長尾峠にて一夜富士の嶺を眺めむとして。

黑南風の雲かかりゐる夕富士を眞向ひにしてあぐらゐをりき
夜の皿に櫻桃の髯ぴんぴんと逆立つ夕べ山も眠るや
月見草咲く山ゆきて雨雲にしまはれし富士をひそと目守りき
ぬばたまの夢に見えつつかくれたる非在の不二に酒坏を差す
しののめの富士あらはれておぼろなる彌陀みだなみだまどろみの空

夜の檜山

はや立秋——。安穏に、こんなに長く生きようとは、かつて思ひもよらぬことだつた。

戰ひの後の白雲神奈火の森移るなりむごく輝(て)りつつ
石ぼとけそのかんばせのおぼろにて死なざりしわが戰後を歌ふ
村ひとつ山の斜面にはりつきて少年の星座ひそかにめぐる
かなしみて檜を植ゑしかの山のひだる神の子も三十歳か
ほととぎす夜の檜山をこゆるなり草莽(さうまう)の歌詠まざらめやも

夏草

花いまだひらかぬ春の花矢倉太鼓の音は谷に響ける
春山に鳴る法螺貝の音さびし法師はあまた列なして行く　藏王堂花供會式
花おそき今年の春よ三人子(みたりご)はいまだ幼く朝の山くだる
ランドセル赤きそびらは楯のごと見送る父を拒みいゆけり　わが童女小學生となる
虹かかる朝の杉山幼子に神依り來るや春の含羞(がんしう)
脚太きわれの女(め)童(わらは)地(つち)に降る天の氷を踏みてゆくらむ
山くだる童女に降れる雹(ひよう)なれば父の結界朝きよまれり

雨やまぬ鳥栖山（とりすみやま）に鐘撞きぬ霧ふかき日の花を尋ねて
谷底のひともと櫻ほのじろく見おろすまなこ霧閉ざし來（く）も
あはれあはれあはれをみなの撞ける春の鐘霧流るれば花群（はなむら）に沁む
ひるがへる山の若葉を日もすがら風わたる見ゆさびしき斜面

村びと我を「詩先生（しーせんせー）」と呼べり。金儲けにならぬ道樂に勵む我を、憐れみをかしみてかくは言ふ。一日、村びと來りて、汝詩先生と吾子は同類なりと言へり。村びとの子、小學生となるも、折折寝小便をなす故なりと……。

詩先生とわれを蔑（なみ）せる村びとにほろほろ笑（ゑ）まひ禮（ゐや）なし行かむ
寝小便の子を叱るなる母親は詩先生と子を罵るや
いとけなき日にこぼしたる夜の尿（ゆまり）思ひ出づるも霖雨（つゆ）の月の出
詩を作るより田を作れかし――山峽（やまかひ）の棚田に夏の水ひかるなり
すこしづつ氣狂ふきざしほととぎす棚田の水にその聲響（とよ）む
どくだみの花しろき徑髑髏（されかうべ）はつかにうたふ女犯（にょぼん）のうたを
西瓜食ふ日ざかりの軒の顔いくつ唇（くち）朱くしてわれを見にけり
夏草の蒼きほむらにまぎれたる血緣（けちえん）の尾のゆくへ知れずも
鳥栖（とりすみ）の峯越えて來（こ）しほととぎす夏草猛（たけ）くひとを思へば
菖蒲の根枕邊に置き睡るかな鬼瓦重き山の夜更けを

枇杷食みし女童睡り皿の上に核ひかりけり夜半の結界
青草をそよがせてゆく蛇ありきげに憂愁はうつつを過ぐる
常民の日の涯くらし草の葉を燈りて出づる螢ただよふ
ほのぼのとわれ氣狂ふや夏草にさびしく汗は噴き出づるかな

法師蟬

稲妻は夏の終りを鳴り出でてぬぐひし昨日の汗いくばくぞ
夕立のなごりの霧の湧き出づる杉の谷間にひぐらしぞ啼く
かみなりの落ちてまもなき杉の樹の傷める幹をわれはさすりつ
夜すがらに星を眺むる少年もしたしむものかくらき山の夜を
さびしさに山の夜空を眺めむかアンドロメダ星雲茫と見ゆるも
夜の森に太鼓を打ちてすぐさばや月出で來つる木ぬれ明るみ
宿題の多く殘れる父と子に法師蟬來啼くよく遊べよと
山びとの滅びの秋を思ふべしさるすべり白く咲き殘りたる

稲妻とほく

大いなる夏の終りの森出づる童形の歌いまだししむら

桔梗(きちかう)の花もて歸る山原にひと戀ほしめり晩夏のひかり

杉山に法師蟬啼きいそがしくひぐらし蟬のこゑも交れる

いづこにか愉しきことのあるごとく法師の蟬は杉山に啼く

くさむらに晩夏の汗を拭ひけりいくたび悔ゆるいのちなるべし

息づきて罪こそ熟るれ國原(くにはら)の稲妻とほく子ら寝亂るる

ありありと痕(あと)殘れるや音もなく稲光り差す夜の森にて

山ごもり一生(ひとよ)は過ぎむ杉青き狂氣はいまか汗に出づるも

ふもとには夜の燈火(ともしび)灯りけりこのくらき山にものを思へば

あはれあはれ夏の炎(ほむら)の痕消ゆる穂すすきの山となりゆくらむか

水の上

ひととせの後(のち)にきたりし大阿蘇の山のけむりは白き夜(よ)の雲

刈り干しの塚めぐりつつ憩ひけり牛みな山をくだりし原に

水平に夕焼け區截る外輪のやまなみ暗し死よりもくらし

天(あめ)なるや大阿蘇の嶺(ね)をへめぐりて人間の燈(ひ)のまばたく秋ぞ

神さぶる戀とし言はむ霜枯るる火の山原にもの食(は)むわれか

暮れゆけば阿蘇はかなしき山なりき暗き夜空にけむりだに見えず

水の上にをみな二人のさざめくや水のひかりにボート搖れつつ　モネの繪
大歳(おほとし)の夜の篝火焚くわれにふるさとの闇ますぐにぞ立つ

單純に

梅匂ふこの山のまの空移る日輪しろくけぶる村肝(むらぎも)
三月の山のひかりのすこしづつ明るむ谷間女童(めわらは)のこゑ
つひにわれこの小詩形におぼるるや細き梢に花あまた咲く
みな人は起きよと告ぐる眞夜中の老父(おいちち)の聲さびしかりけり
春寒き山の夜すがら咳(しはぶ)ける父衰へて山ひそまりぬ
あかときの家ぬちのしじまいぶかしみ誰か起きよと父の呼ぶなる
枝ごとに花むらがれる白梅の林に入りぬうとまれし子は
沫雪はほどろに降りてこの朝明ゆき霧うごく山のなだりに
杉山に沫雪ふれり住み憂くて雪眺むれば山鳩ぞ啼く
斧もちていづこに行かむ單純に陽は當りをり青き斜面に

群衆

明日なればこの山櫻花咲くと告ぐればほのと父は目つむる

シリウスの蒼きひかりは花近き老木（おいき）のうれにまたたきぞする

あゆみこし春のつり橋搖れやまぬさびしき年の花にもあるか

生き難き一生（ひとよ）おもへば山みづにさくらの花のただよふ朝明（あさけ）

さくら咲くさびしき時間ぞろぞろと群衆はみな父のごとしも

小歌論

青草にこのししむらを投ぐるべき歸郷者なれや草にむせびつ

朴（ほほ）の木にのぼりて朴の廣葉捥（も）ぐ怒りの夏を葉はひるがへる

坂の上にはじめの風の立ちそむるさびしきしじま若葉照るなり

尾根（をね）越しにヘリコプターの舞へる日はこの山住みの涯かすみけり

山響（とよ）み吹く青あらし常民のはるけき聲を歌ひ出づるも

六月の雨の水割りたそがれの噴水ぞ立つ水の炎は　大阪千里中央のホテルにて

なづみつつ來（こ）し北千里たまきはる命を抒（の）べて古き歌讀む

天上を戀ふる噴きあげ環（わ）となりて水墮つるなり都市の空間

スプーン・ナイフするどくひびく夕べかな雨の竹群くらくなりゆく

噴きあぐる水昏（く）れゆけばおもふべし山住みの日日ここにつづくを

雨師

ひむがしの槇（まき）の木群（こむら）を月のぼるひそけき夜半の明るさに立つ
槇山に月出でくれば闇を打つよだかの聲はやや高まりぬ
卵黄の雲照りにつつ夜の森は濁れる梅雨の月いだくかな
杉山に夜霧はうすく流れつつ月の出おそし倦みし家族（うから）に
人いねて見ゆる月の出ひそかなる夢（いめ）のもなかに森ひそまりぬ
朴（ほほ）の花匂へる夜半を明るめば夜の手力（たぢから）をわれに給はな
たてがみははやしめりつつ夜の庭に黒馬（くろま）ゐるなり眠れざる夜を
梅雨の夜のつゆをふくみてわれに來（こ）しさびしき他者をなぐさめかねつ
はかなしといくたび言ひて越えし峯ほの明るみて夜半のやまなみ
青杉の谷間をのぼりこし螢ともさずなりぬ空（そら）にうかびて
思ひきや槇の木ぬれはしらじらと花咲くごとし月のひかりに
さそり座の赤星濡るる梅雨の夜は棚田の水のひそまりぬらむ
山峡の棚田に夜の水張りてただに眠りけむ祖父（おほちち）も父も
衰へて叛きもあへぬ老父（おいちち）のいまはの聲はわれを擲（う）つべし
木樵（きこり）ゆゑ山鳴り聽きて眠るなり月匂ひつつさぶしき吾妻

霧霽るるあしたの山をひた下り電車に乗れば眠りゐるのみ
言離の神降りたまひし葛城の青嶺を仰ぎまた居眠りつ
濁り田にしぶける雨をことほぎて天二上の麓過ぎぬる
不安と題し子の描きたるわが顔の空洞のごときを思ひ出づるも
をとめらは女神のごとくほともつと雨の芝生をあゆみきたりし　大阪北千里の女子大にて
かへるべき山の閒の村もの言はぬ童形の髮まなこに垂るる
さびしさにほうほうと呼ぶ木の閒にて大峯の嶺に虹かかりゐる
青葉木菟鳴きやまぬ夜にわれを擲ちし若かりし日の父の緑色

荒神の庭

高野山の奥宮、立里荒神に登拜せり。昭和五十四年八月下浣、「山繭の會」夏季研究會にて、二夜を高野山蓮華乘院に宿りし日の卽事。

たちならぶ白木の鳥居かぞへつつのぼりゆく坂ひとつ夢かも
藍ふかきわが夏ごろも入りゆける立里荒神うす氣味わるし
夏こだま妹のちからのそらに澄みて檜原はあをく山の秀にほそる
山坂の百の鳥居をくぐりゆけば荒神の庭きはまりにけり

おろそかに生きつぎて來しいのちかな晩夏の汗にほふ立里荒神
ここ過ぎていよいよくるしき父ならむ女童(めわら)もいこふ立里荒神

前鬼後鬼

いまぞ吹く眞夜の大風家鳴りてかたはらに坐せる前鬼後鬼(ぜんきごき)かも
かかる夜のくらき山鳴り聴けよかし幼きものもいまだ眠らず
山びとのかなしみふかし蠟燭の炎は搖るる森のあらしに
ふるきゆゑきしみきしみて耐ふるなり嵐ぞすぐる夜半(よは)の大屋根
蜂の巣のふくらむ朝を家出でてさびしかりけり霜柱踏む
をさなかるわが前鬼後鬼生ひたたばいかなる街に職をもたむや

冬のひかりに

稱名(しようみやう)のいまだものこる秋の日の山原の露みなわれを見る
一年の過ぎゆくはやし新嘗(にひなめ)の刈田に金の夕日ありけり
土黒く焚火を消して下りゆく象(きさ)の小川のひびきに添ひて
冬の日の象川の水ひかりけり白鷺ひくく河づたひゆく
新嘗の祭を終へし黄葉(もみぢ)なり疱瘡神(いぼがみ)ねむる水のほとりに
喜佐谷、櫻木神社

むらぎもの心をとりてかなたゆくしらさぎありき冬のひかりに

都市

しぐるると誰かささやく聲消えて堂島川に季節はありや

大阪のビルみな暮れてゆくときを旅人なればこころうすづく

街にきて仕事をすれどなぐさまず酒飲むわれは心おごれるや

山くだり何なさむわれ女童(めわらは)のあさけの衄血(はなち)まぶたにのこる

親知らず抜かれし夕べ思ふなりおとろへし父のわれを待つ山

鹽辛き秋の夜半かなみづからの血は舐むべしやビルの高處(たかど)に

北千里二首。

冬の水そらにあがりて飛び散れるこの噴きあげの孤獨なるかな

しろがねの水噴きあぐる冬の日にわがあかがねのあたまを垂るる

瑠璃光

ひさに來し檜原(ひはら)に霜はきらめきて盡十方にひかりこぼるる

誰(た)がための結界とせむ霜柱踏めば鳴りけり檜原枯草

とほくゆく思ひありけりむらさきの焚火のけぶり木ぬれをつたふ

恥知ればわが身そよがむうらじろの群落つづく斜面なりけり
さなきだにこころともしく山ゆけば夕日は凍(い)てて近山に入る
ながき夜(よ)の檜山のなだり夢(いめ)にだにみたまのふゆを星はこびこよ
戰爭の日に見たりけるシリウスの大きひかりをふたたびは見ず
生きていまいのちかなしむ何ならむあられ聽くべし鳥獸蟲魚
攫ひこしをみなぞなげく幾夜なる月の出おそし山おろし吹く
星見れば夭折ありき。冴えわたるひかりのなかを風すぐるなり
なんとなく杉箸割(さ)きてものを食(は)むあられ降る夜となりにけるかも
女わらはとねむれる朝明(あさけ)うすづきて杉山の谷に寒靄しづむ
瑠璃光はおもふべきかなあられふる檜原をゆけば夕日差し來ぬ

雨しろく來る

日もすがら蒼きほむらの杉山に目守(まも)られつつぞ夏を迎ふる
ほたるぶくろ出(い)で入るつゆの風あをく杉山越えて雨しろく來る
夏草をいかほど薙ぎてなぐさむや汗匂ひつつものみなそよぐ
杉山に藍ながるれば谷へだてこの身をつたふ汗をさびしむ
ちちははを苦しめてこし一生(ひとよ)かも夏草あらく露はらふなり

ひつそりと斜面にかへり睡りなむとほがみなりにやまなみ蒼む
少年の日の峰入りに見たりける斷崖（きりぎし）ふかし夏の青雲（あをぐも）
おらびつつゆく雄ごころの涯見ゆる杉山くらきつゆの赤星（あかぼし）
草むらを湧く雲ならむ山住みの歌たどたどし土雲（つちぐも）の裔（すゑ）
はるかなる妹（いも）の力にかへりなむ夏空たかく告天子（ひばり）あがりき

夏こだま

昭和五十五年　昭和五十六年　昭和五十七年　昭和五十八年

志なほくあるべし

街へ行かむと、立春の日、吉野の山をくだるに。

杉山の斜面の雪はをりをりにけぶりとなりて春立てる山
立春の山くだり來つ吾（あ）が妻もまじりて道の雪掃く山を
中之島十三階にうつつとのぼれる荒魂（たま）を目守（まも）りたまはな
散る花の明るきしじま詠（よ）み出でて群衆のなかにまぎれゆく　はや
志なほくあるべし今の世に歌まなびするいのちなるゆゑ

銀河系

山のまに老木(おいき)のさくら花咲けどはなれて坐しぬ霧ふかくして
夜空ゆくはる山かぜを目に見えぬさくらの花は吹き流るるや
さくら咲く日の近みかも村びとはいづこに寄りて呪(じゅ)を唱ふるぞ
詰襟は苦しかるべし上の子と下の子ふたり服あらたしき
花もちてあゆめる春の夕まぐれ大空の風ゆるくわたりぬ
山霧はいづこの谿に湧くならむ斧の柄朽ちて翁さぶるも

吉野奥千本、金峯神社に老櫻ありき。昔より五月はじめの大峯山入峯の戸開けを告げる花なりといふ。

大峯の戸開(とあ)け櫻の枯れがれてことしの春は花にそむきぬ
峯入りの行者となりし少年に花降らせけり戸開け櫻は

宇陀額井嶽のふところに山部赤人の墓ありて。

青麥の芒(のぎ)出でむとす額井嶽(ぬかゐだけ)ほのぼのとして仰げるわれに
百三十一の石段(いしきだ)のぼれば洞(うろ)もてる朴(ほほ)の古木(ふるき)の芽吹き明るし　宇陀戒長寺
磐座(いはくら)を背負へるごとき結界に稱名ひくく春ゆかむとす
いしきだを花舞ひあがる春の日に後(のち)の世のごとわれは遊びぬ

歳(とし)ごとにわれはかなしむ年經(ふ)りしさくらのうれに花のこれるを

言問はば磐座垂直(たて)に迫り來むことばぞ憩へ春の尼寺

不盡高嶺(ふじたかね)詠めりし人の奥津城と思へばたのし額井嶽の邊に

額井嶽の眞清水湧けるなぞへにて棚田は春の水張らむとす

ことばなく若葉の森をさまよへば舌ひるがへる山の大空

古國(ふるくに)を棄てざりしかもほととぎすいづこのふかき嶺を出づるや

吉野川を溯る

河原(かははら)に石を拾ひて夏祀るをのこのものの形よければ

河ふたつここにまじはる靜けさを宥(ゆる)されて見つ天つひかりに

繩文の日輪ひとつ河渡る午(ひる)の水沫(みなわ)に歌よみがへれ

食斷ちしひじり思へば青草に金のひかりのふつふつと湧く

ひかりもてとかげの走るまなかひにうごかむとするひとつ巖(いは)あり

山獨活(うど)の口ひびく日は黑南風(くろはえ)にしづめる村をおりゆかむとす

むらくもに出で入る鳥を眺めつつ木樵(きこり)のわれは人を忘れむ

朝まだき虹立ちにけり杉山に金のひかりの射せるひととき

草の上の露みな走る夕べなり村のはたてに入日くるめき

ふるさとは負債のごとしかなかなの啼き出づる梢(うれ)そらにさゆらぐ

みるままに嶺越えて來る黑南風のぶあつき雲にわが肌濕る

常民の歌澄めるまで青杉の直立つうれに星またたきぬ
銀河系そらのまほらを墮ちつづく夏の雫とわれはなりてむ

夏こだま

山鳩のこゑふとぶとと春すぎて朴(ほほ)の芽吹きは炎のごとし
詰襟の少年の吹く口笛に山の芽吹きのかなしみまさる
山霧のいくたび湧きてかくるらむ大山蓮華(おほやまれんげ)夢にひらけり
曼荼羅を背負ひてあゆむ夕ぐれの樹樹みな立ちて迎へくるるも
うべなひはさびしかりけり山行きてブレヒトの劇「イエスマン」思ふ
神隠しのかの森の道金色に折れまがりつつ五十歳過ぐ
石積みてしばらくあそぶ女童(めわらは)と憩へるごとし夏の檜原に
花折りてくさむらゆけば夏草のさゆらぎ青くわれもいけにへ
かしはばら吹きおろしくるまひるまのまつくらの風を食らふごと立つ
幾千の葉むらのゆるる大空に少年ひとりあゆみそめけむ
麥青くすんすん空を突き刺せりはるけき夢のいまだ醒めねば
黒南風(くろはえ)の雲切るる日よかへりくる森のうからにけもの匂ひて
ほととぎす子午線上を鳴きわたり木樵(きこり)は夜半の森にめざむる

常民のくらき心にさまよへば虹かかりけり夏草の上

茅花(つばな)折りて端午節句をしみじみとひとり飲むなり噴水の邊に　舊端午の日、大阪千里にて

二の童子、何思ひてぞ、夜毎に佛に禮拝し、般若心經を誦唱す。

少年の心經澄みてきこゆるぞ、ホテルの部屋に早口とよむ

かぎりなく螢の湧ける山の夜に經唱ふらむわれの童(わらべ)は

ゆふやみに菖蒲を打ちてみちのくの古謠(うた)つぶやけり罪匂ふまで

大鉈(おほなた)をわれ振りあげて叫ぶとき仁王の額(ぬか)のひびわるらむか

かたつむりわづかにうつる枝の上に漂泊の夢しろく濡れをり

さなきだにさびしき父を許せかし星のひかりを語りたるのみ

この首をもちて歩(あゆ)まば重からむ――たのしげに言ひし妻若かりき

夏至の日の國原(くにはら)早苗(さなへ)りんりんと立ちそむるなり水のひかりに

行け、若葉　さやげる山の夏こだまひるがへるまのかなしみにして

ゆるされびと

梅雨の夜の槇山(まきやま)出づる月みちて家族(うから)はなべてこれの世に無き

幾百の山蛾貼りつく梅雨の夜(よ)のしめれる窗のともしびに坐す

薄明のゆるされびとにふりそそぐもれる銀の大空の雹

黒南風（くろはえ）のくもりしづめる山原に朴（ほほ）の花しろく咲ける靜けさ

あかときに雨ふり出でてほととぎす啼きわたりゆくただ一度のみ

もの思ふこころも淡くなりぬべし國原（くにはら）とほく夜の稲妻

さらはるる靜けさなりきさみだれの群衆となりてあゆみゆくとき

大空の縁（へり）あかるめる黒南風（くろはえ）のさぶしき幾日（いくか）夏北千里

青き日の雨のひすがら噴泉のしろき秀先（ほさき）に雨ふりそそぐ

夏祭りさびしからずやをみなごの唇の邊（へ）に汗噴き出でて

通夜にゆきし妻待ちをれば青杉の谷間を出でて螢のぼり來（く）

ひとまるや、人うまるるや。猨田彦行くくさむらの悲しき熱帯

女童（めわらは）と夏至の夕べの山ゆけば夏草いまだやさしくそよぐ

杉山のこのゆふまぐれながながし尾を曳くわれか夏の瑠璃光（るりくわう）

饗宴

うろこ雲たかく炎ゆるぞ果さざる饗宴ありて一生（ひとよ）過ぎなむ

輪となりてきのこ群立つ夢見けり覺めても落葉ふりつづく夜半（よは）

後（のち）の世のしづけさなれや家族（うから）みな睡れる夜半をかりがね渡る

山家集持ちて來つれば扉（ドア）あきて金のひかり滿つる昇降機あり

こころだに山こがらしに飛び散りて梢こずゑに千切るる青空

立秋の蟬

明けそむる山湧くごとしかなかなのはげしき刻(とき)を樹樹まだくらし
八月の槇山(まきやま)ゆきて山霧のしばらく匂ふさびしさにゐる
露ふくむ槇の木群(こむら)にずんずんと濡れゆく木樵(きこり)かくれきれずも
悔ゆるごと露をはらへば槇の葉の白き線條(すぢ)みなそよぐしづけさ
くさむらに立秋の蟬啼きやみて戰ひの後(のち)をめぐりめぐりたる血

言離の神

ひむがしの低山出づる虹みえて冬に入る日の國原なりき
言離(ことさか)の神のなげきの淺からぬしぐれなりけむ葛城青嶺(あをね)
葛城のしぐれはやさし高天彦(たかまひこ)晝の木群(こむら)を猨(ましら)わたりぬ
いづこまで家建ち竝ぶ國原ぞ草もみぢ濡るる道を步めり

除夜の鐘

除夜の鐘聽きつつをれば山の夜の闇あらたしき雪ふりまじへ

死病やみてひさしき老父に年あらたまる祝ぎ言申す
生くる日のかなしみなれや酒酌めば山おろし吹く年のはじめを

檜の皮

とりどりの丸柱立つ本堂に年あらたまる聲明滿つる
鷄が啼くあづまの國の檜の皮も運ばれ來るや吉野藏王堂
心經に明けゆく山の新年は神の怒りの霜柱立つ

はだれ

めぐりみなはだれの山となりにけり宥されぬ樹もしんと立つなり
白梅の枝剪りをれば天つ日はこの山の間をけぶりてわたる
梅の枝焚けば香に立つ明け暮れを沫雪降れり愉しきごとく
みぞれ雨に雪片まじりひらめくを無賴なるゆゑただにみつむる
おろかなる八方破れのわがひと生春山おろし家ゆさぶりぬ

稱名

宇陀佛隆寺より室生寺への古道を越える。

花びらをふみつつのぼる石段（いしきだ）の石濡れてをりみどりの雨に
ことされし父を悼みて二十日經つ稱名をもてのぼる石段
大杉の落せる春の雨しづく眞直にひかり佛隆寺の庭
鳴神のひとつは鳴りて雨あがる春のまひるの宇陀佛隆寺
花すぎてふる春雨の冷ゆる日に石室（いはむろ）のなか蒼くけぶりぬ
ゆく春のひかりを惜みうつしみは宇陀の眞赤土（まはに）の山坂越ゆる
杉山の森出でて見る向う山の雜木の林芽ぶくしづけさ
ふりあふぐ辛夷の花のしらじらとひかりを放つ室生への道

彼方

長谷寺參詣卽事。

初瀬山（はつせやま）若葉の山をとよみくる讀經のこゑ身にしむものを
回廊をのぼりきつれば青嵐やさしくくだる觀音の寺
死ににける父をおもへば菜の花のひとむらの黄の明るき彼方
歸命盡十方無碍光如來となふれば舌もつるるぞ若葉の山に
つひの日に思ひ出づべしこともなく父死なしめてさくら咲きしを

盡十方

引窗に雀の影はうごきつつぼんやりとただ坐りゐるのみ
秋の夜の月差しくれば引窗の下に睡れり露うかぶまで
ひつそりと秋の檜(ひ)の木を挽きてをる父の鋸見守れる夢
ここ過ぎてまた行かむとすしらたまの露炎えてゐるくさむら分けて
とろとろと火の燃えてゐるかなたより秋ゆふぐれの人あゆみ來る
しづかなる狂氣の涯とおもへども斧ひとふりを山水(やまみづ)に研ぐ
穗すすきの靡くときのま山住みの秋の奢りの風わたるなり
ぶらさがるあけびの熟(う)れ實食(は)みをれば八百萬神咲(ゑら)ぐしづけさ
ちかぢかとかへり來ませる亡き父と茸の山の境界(さかひ)ふみしむ
あをあをとあたまを剃りし長(をさ)の子にへだたりをれば山の夜の秋　長男何を思ひてか剃髪せり
なにものの過ぐるいたみぞ引窗の硝子を切りて歌奔(はし)るとき
かぎりなく落ちつづけゐる大空のかなたの落葉みずかなりなむ
とめどなき泪をかくせ噴水のとどまりしあと夜の水搖るる　大阪千里中央のホテルにて
垂直にうつしみめぐる紺青の血はありぬべし水のほとりに
みんみんに法師蟬まじり啼く晝を吉野の山に經(きやう)くちずさむ

法螺貝の列のぼりくるまひるまの晩夏の山に仁王立つなり
杉山に心臓青くそまりたる秋の木樵は憩ふすべなし
鳥の道盡十方を流れゆき秋山住みの行方知れずも

けものみち

一山のかなかな啼ける夕まぐれむらぎも蒼くもどるけもの道

ひかる草茸

ふくらみをやさしくもてる大欅木末の黄葉空にひろごる
猪の岱せるなだり草枯れて爲すべきことをわれは忘れぬ
草の實を丹念に取る夕まぐれあかあか燃えろ秋の竈は
夕映ゆる森のくらみちかへり來し三人子寄ればひかる草茸
谷こめるゆふべの靄におりてゆくむささびの後をうたひ出づるも
俗物のあかしと知れよ身のめぐりがらくた多く夜すがら燈す
朝床にやうやく臥せば女童のぬくみのこれり霰ちかしも
老い母につらくあたれる吾が妻を憎みゐたればはやき沒つ陽
家家の水相寄りて谷川に注げる夕べ、耐へねばならぬ

父のなき子もいそいそときりぎしの霜柱踏み山下るなり

自畫像

冬に入る山の樹木のしづけさを少年のごとく聽かむとぞする
人間の住む地（つち）の上を敷きつめし白き霰にこころ彈めり
奥千本の落葉を焚きてぼけの酒かすかに飲みぬ喉（のみど）やさしみ
父の喪の年の終りを檜（ひ）の山に霰ふりけり木末（うれ）にさやぎて
しろがねの噴水の秀（ほ）のきらめきてこぼるる冬の無頼をみつむ
ふりしきる雪のさなかにわが抒（の）ぶるかなしみの枝しなやかなれよ
山上にいま雪ふるとつたへ來（こ）し女童（めわらは）のこゑとほしこの夜

丸柱立つ

金峯山寺藏王堂の重層入母屋檜皮葺の大屋根が、今葺き替へられてゐる。

藏王堂の檜皮（ひはだ）削れる職人も故郷（くに）にかへりて屠蘇（とそ）を祝ふや
大歳の般若心經となふれば六十九本丸柱立つ
しろがねの金屬パイプ幾萬のそそり立つ伽藍満身創痍

生死の涯

在るもののなべてはわれとおもふ日や泪ぐましも春のやまなみ

無心よりほか知らざりきわが歌の恃みがたしも誰に告ぐべき

夜半すぎて椿を活けていねむとす勉強好まぬ三人子の邊に

熊野へ參らむと思へども
徒歩より參れば道遠し、すぐれて山きびし
馬にて參れば苦行ならず
空より參らむ　羽賜べ　若王子　『梁塵祕抄』

たぎつ瀬の音しづかなる瀧尻の王子に立ちて山をみあぐる

瀧尻の王子にちかく山川のふたつは會へり春寒き晝

石舟川の白き水沫のみな消えて岩田川ゆく水となりぬる

春寒きたぎつ瀬やさし漱ぐべき旅のこころ知る瀧尻王子

近露の村みおろしてさびしめりこの山里のひろびろとして

さまざまの勞働なして生き來つる山の歌びとことば飾らず　野中の岡本清山氏に

中邊路を辿り來りて近露の里には泊てつ風荒き夜を

繼櫻王子の森の神杉は日すがら鳴れり春の嵐に

春分の霧雨ふれる中邊路に苦しみのごと陽の差せる山

生き死にの涯と思はむ風交り雨ふる山に照れる嶺あり

圍爐裏べに春の茶粥をすすりけり秀衡櫻（ひでひらざくら）いつ咲きそめむ

若王子（にやくわうじ）空みあぐれば賜ひたる歌の翼のしなやかにして

やまもの實のくれなゐはふかかりき山住みの明日かたりあへなく

春河鹿はや鳴きそめて湯けむりのただよふ河原春分の雨

眞白なる仔犬を抱きて春分の十津川の道かへり來るかな

山ざくらはや咲きそめてま熊野の彼岸中日仔犬を連れぬ

山住みのあはれをかたりかへりなむ下品下生（げぼんげしやう）の春の山道

王道をさびしむわれら山畑に夏咲く花の種こぼしけり

犬連れし乞食（こつじき）ありき五十年昔の白き春のいきもの

十津川の水にさからひかへるわれ父の菩提をとむらふも春

今年も吉野の花に遊びて五首。

眞向ひに高見の山はかすみけり花群（はなむら）の曇りぬけて來ぬれば

亡き妻のうつしゑ胸にぶらさげて奥千本へ入る人あり

山こめて花咲き滿つる春の夜を稻光りする三たびするどく

はたた神またひらめけば吉野山さくらは夜も花咲かせをり

足袋しろく奥千本の花に入るやさしきひとは死者に添ふべし

今宵また星をみつめて眠らざる長(をさ)の子をつつむ春の闇濃き
韻律のはるけきひびき踏む山にいかなる老は來らむとする
ああくらく花吹雪せり人間の驕りのこゑにわれは行かじな
杉山にとだえもなしにさくら花流るるひと日ひと日を生くる
脚ほそく白き鹿立つこのゆふべいづこのさくらわれにふぶくや

あめのみすまる

南朝の皇子、自天王を偲ぶ御朝拝式の日に。

きさらぎのはだれ岨(そば)立(だ)つ杉山に午前のひかり一面に差す
御朝拝(ごてうはい)の村に來つれば春淺き吉野の水は岩にしぶける
丹生(にふ)川上(かはかみ)上社(かみしや)の森に聴くべきはきさらぎの河木末に鳴るを
杉山のたかき尾上(をのへ)に昨夜(きそ)ふりし沫雪(あわゆき)しろし天(あめ)の御統(みすまる)
ここに來てさびしむものかいづこにも廣野(ひろの)はなくて人住める村
そそり立つ山の狹間(はざま)をさかのぼる川沿ひの道東熊野街道
金剛寺の庇を落つる雪水に首濡れつつぞ自天王とや
山深くかくれたまひしうら若き貴種こそ思へ雪晴れの空
勾玉のもゆらにひかる雪の夜を青年ひとり眠れざりけり

をろがめば天のみすまる踏みしむる陽なたの雪の地に鳴り出づ

くだり來て大いぬふぐり花咲くを雪消の坂に見るもきさらぎ

花

母の顔ふくれたまへるこの晝を山のなだりに白き花咲く

八十八歳の春の彼岸をひたすらにあゆみたまへり低く小さく

孝養のひとつだになき無頼われを拜みたまふ母がかなしさ

殘櫻記

散りのこる山のさくらは日もすがら杉の木群に流れ入るなり

才乏しきわれと思へば梢たかき朴の芽吹きをただにみあぐる

草萌ゆる春山畑に坐りをり種播くといふことのはるけさ

雫

三輪山に登る日ありて。

春蟬の啼きそめし日を三輪山の草のいきれをうつしみに分く

昨夜の雨あがりし嶺に朝霧のいまだもかかる神のかなしみ

ひもろぎの岩窟の巖乾きゆくこのしづけさを汗噴き出づる
太虚を踏みて登りしその神のやさしさぞまひる雫する梢
國原に人はかへれど巖のごとおもたき魂はやるすべもなし

青 草

百雷はいまだをさなくひそむらむ青梅はみな草に落ちゐて
薙ぐ草の青ふかき日やほととぎす世に叛かねど汗噴くしづけさ
さやさやと水ひた落つるきりぎしの明るみゆくや雨ふりいでて　吉野、蜻蛉の瀧にて
父の日に女童くれし、結ばれしリボンをほどく都市の夜更けに
みなみより白南風吹けば山住みのわれにしたしも青き帆柱
夏草に徑かくれたり吹く風は生尾のごとく草にまぎれつ
みどり濃き槇の梢を剪り落す眞夏の人や樹上をわたる
かうと鳴る太虚の風炎のごとく土用半ばは秋の風とや

この首

今朝ふりし沫雪しろく檜の山の梢こずゑにつもるしづけさ
いくたびも沫雪つもる新年のこの山道をたどるほかなし

ことだまを持ちてあゆめば杉山の杉のこぬれを雪はしるなり

私の山住みになにほどの意味があるのか。せめて、この國の言靈の最期を吉野の山中にみとどけむと――。

つひにわれ吉野を出(い)でてゆかざりきこの首古りて弑(と)るものなけむ

寒き夜は樹樹さむからむうちつけに山おろし吹く家族(うから)なごめば

白き猪

朝明(あさけ)より鴉は啼きてうつうつと冬至のひかり金をふくめる

木こりゆゑさびしむものか杉山の樹氷のうれにひかり遊ぶを

山深くかくれたまひし神すらや涯の二十日(はつか)は人殺(と)りに出(い)づ

夜もすがら眠らぬ山か年明くるぶあつき闇に雪ふりやまず

しらじらと朴(ほほ)の木立てるかたはらに冬のことだま待ちて來りぬ

年輪のいくへにゆらぎかさなるをみつめてをれば冬の日暮るる

思ひきやわが山住みの時過ぎて睦月の嶺(みね)をしろき猪(ゐ)くだる

熊野の鴉

若き日の熊野の旅に詠みたりし歌、多く歌帖にあり。新春、三首を拾ひ推敲をなす。

熊野本宮そのかそけさや雪ふれる吉野の嶺(みね)を出でて來つれば

那智瀧のひびきをもちて本宮にぬかづくわれや生きむとぞする

山ざくら咲きそむる日を雲分けて熊野の鴉飛ばむとすらむ

炎

吉野山に登り來りて亥の年の歳のいのりは藏王權現

水分(みくまり)のやしろを出でてみおろせる吉野の町はつねなつかしき

大年の護摩(ごま)の炎にほのぼのと管長のつむりまるくかがやく

ある歌

ことだまのたすくる國の涯ならむ雪うすくふれる樹林をあゆむ

みなしろき檜(ひのき)の枝の下ゆけば盡十方(じんじつぱう)に山のこゑすも

山おろし靜かなる夜に薪(しば)焚けば家族(うから)はうたふ皆殺しとぞ

むささびのまた啼き出でて寒き夜は勾玉(まがたま)祀るごとくひそけし

硝子戸のむかうに冬至の山ありて藍せまりくるひもじさにゐる

山おろしいくたび吹きて明くるべき夜すがらの星のひかりをあつむ

雪ふれば白き猪(ゐ)となりて山くだるかそけき怒り春のことだま

山上の闇

昭和五十七年五月三日未明、大峯山上ケ嶽の戸開けに登拝する。

まつくらな山上の道のぼりゆかば太虚(おほぞら)の底つね明るむや
心經を唱へあゆめりくろぐろと樹樹そばだちて眞夜中の汗
足音をしづかに過ぐる行者らにまじりてひびくわれの山靴
いづこにも女人(によにん)の聲のとどかざるきりぎしつたふうつしみ重し
行者らの鈴音嶺(みね)に遠退(ぞ)けばしりへの谷にまたきこえくる
蠟燭の炎に聽けり病む人の背(せな)より入るる氣合なるかも　洞辻茶屋にて
谷行(たにかう)の掟を知らず登り來し少年二人父を捨て行く
よみがへりよみがへり來(こ)し人間のいのちを思へ山上の闇
山伏の荒山道になづみをるこの俗物をゆるしたまふな

若葉の彗星

ふみしむる春三月の山の雪花待つといふ日日のはるけさ
花ちかき日に鳴りとよむ雷(いかづち)を年ごとに聽くわれの山住み

明日香野のひばりのこゑにあゆみけり妻戀ひの厄はらひあへぬに
岡寺は厄除けの觀音として土俗の信仰が篤い

父の墓建てたる夕べかろがろと嶺すべりゆく春の横雲

風つよく若葉の山に陽のひかり千切れて飛べり家出づるとき

落ちこぼれ落ちこぼれつつわがひと生(よ)過ぎむとすらし箒(はうき)星出づ

ありがたきことと思へや山の夜の空わたるなり尾をもてる星

彗星のひかりを空に仰げどもあきらめのごとただに眠りぬ

ひかりの微塵

杉山のたかき嶺よりひぐらしの先づ鳴きそめて朝明の孤獨

ひぐらしの聲あはせ鳴く朝あけをよぎりしひとに海あふれゐつ

苦しみの枝張れるしたにねむるべし夏の日輪眞上にあれば

山頂の巖(いはほ)にそそぐ八月の天つひかりに語りはじめき

山蟻の肌づたふまをめつむれば槇の梢にむせぶ日輪

槇山に夕立はしりひぐらしの聲みづみづし汗多き日を

盡十方(じんじつぱう)にひかりぞたぎつ樫の木の幹おりてくるくはがた黑し

立秋の日をめぐりくる太虛(おほぞら)の日輪にしてわが影蒼し

槇山のこぬれをつたふ日輪は果實(くだもの)のごとやがて匂へる
荷造りを日日繰り返す老い母の南無阿彌陀佛　旅のはるけさ
雲の峯あかねにもえてうつりゆく夕べの森にひとは笑まふや
桔梗(きちかう)の花咲き出でて山霧の霽(は)れゆく斜面のぼりゆくわれ
いねがてに瞼しめれる夜よるの疲れをもちて立秋すぎぬ
燐燐(りんりん)と詠みくだすべし忘却も秋七草もひかりの微塵

みなかがやきぬ

子ら二人街の下宿へゆきしあと法師蟬鳴けり家のめぐりに
はぐれ者にことしもめぐりこし秋の白露(しらつゆ)の玉みなかがやきぬ
秋七草手折りてあそぶわれさへやはや白光(びやくくわう)のしづけさに入る
うつしみはいまだも坐(ま)せりかたはらに笑(ゑま)ひて坐せり母がかなしさ
かぎりなく枯葉を落す夜の樹のそびゆる空か今は眠らむ

森へ

陽の照れる黑き森より冬來るを惚(ほほ)けし母と眺めゐるのみ
どんぐりの實を踏みしめて來しのみに家しばらくは漂ひそめつ

失ひし母が記憶を呼ぶごとく庭の千草をかたみにうたふ

父すでにかへらずなりて三年(みとせ)經つ針葉樹林しぐるる斜線

たそがれの森に踊りてなほさびし舞茸(まひたけ)のたぐひ盗み食(た)うべし

海境(うなさか)をくる船待ちてゐるごとし木を伐(こ)りし晝ながく憩へば

帆船のあまたつどへる秋の日にたぬしきことのみなありぬべし

あしびきの山こがらしに草枯れて白ゐのししの下り來る徑

いくたびも惚(ほほ)けし母に言問(ことと)へば父まだ生きて在(いま)せりといふ

ひつそりと孔雀の舞へる森出でて父母(ぶも)孝養(かうやう)のひとつだになき

毒茸(どくたけ)の彩(いろ)も褪せしかしぐるれば翁さびしく紅葉(もみぢ)踏みつつ

東京より船にて熊野に回り吉野へ歸る。

夜もすがら海を渡りて眠りけり陸離れたる安らぎありて

熊野灘いまだくらきにみひらきてひげ剃りてをり夜の果つる前

夜の海をわたりし朝やみ熊野の笙の音ひびく杉の木群(こむら)に

熊野本宮大社参拝

熊野に坐す神のみ前に昨夜(きそ)見たる波間の夢を綴りあへなく

玉砂利のひびきかすかに木の沓(くつ)の黒く光るも豫感のごとし

七里(ななさと)にきこゆる琴を作りけむ枯野(からの)といへる船朽ちし後(のち)

比叡山上「ヤママユ」夏季歌會即興五首。

敎行信證を書きなづみたる親鸞のたかき齡を思ひゐにけり

みづうみを過ぎゆく驟雨しろくして雨脚といふ言葉さびしき

過ぎゆきはなべてかなたに在るごとし晩夏の湖（うみ）を見下してをり

死ににける人を思ひて比叡嶺（ひえいね）のあしたを深く額づきてをり

かの湖を碧き孔雀と詠みしのちみちのくびとは短歌（うた）捨てにけり　宮澤賢治

ぼんやりと身の盛り過ぐ引窓（ひきまど）に記憶のごとき冬の青空

村棄つる思ひいくたび重ねしも今はやたぬし棄てられしにや

ししむらの冬こそ出づれ白銀（しろがね）の樹氷の鍼（はり）のかぎりしらえず

春の鬼

昭和五十九年　昭和六十年　昭和六十一年

脛

あらたまの年の始めに降る雪の明るき森に翁さびせむ

餅くれと門（かど）に立ちたる山びとの脛（すね）長かりき新春山家（さんか）

スキーよりかへりきたりし鬼の子の二人を連れて木伐（きこ）り始めき

たちまちに白くなりたる杉山を惚（ほほ）けし母は花嫁と言ふ

戰爭に子を失ひし吾(あ)が母の悲しみながし雪つもる山

山上の町

大いなる檜皮の天(そら)のととのふをこころにもちて年あらたまる
藏王堂に詣でしのちにあゆみゆく山上の町やさしかりけり
二十年の昔に書きし吉野戀ひひたぶるなりき身の盛りにて　角川選書『吉野紀行』再版

凍雪

冬晴れの空にしづもる凧ひとつ見つつあゆめり凍雪(いてゆき)の山
棄てえざる家をめぐりて夜もすがら雪木枯はたはむるるごと
わが首(しるし)たれも望まぬのどけさに新年(にひどし)の酒まづく飲みつる

冬の境

杉檜(すぎひのき)みな直(すぐ)立てる眞向ひの冬の森黑しひと日は睨(にら)む
いまだ生きてかたはらに坐(ま)す老い母の眺むる森はいよいよ黑し
宵闇の門(かど)に火を焚き呼ばふべし負けるなよやさしき死者に
犇犇と山竝迫り凍(い)つる夜の涯ふくらみてくれなゐ滲む

夜もすがらふぶける山に息ほそくもの思ふすら宥(ゆる)されがたし

ほのじろき日輪みえて山竝にふりしきる雪よ輪廻はするや

葛城の一言主神(ひとことぬし)を懲(こら)しめし孔雀呪法はさびしかりけむ　『日本靈異記』

いづれの行(ぎやう)も及び難しかはてしなき念佛のごと雪のふりしきる

ていねいに賀状を讀みて日暮るればはや夕闇のしろくふぶけり

悔しまむ一生(ひとよ)といふな七草の粥くちひびく雪の靜けさ

夜の闇にさまよひ出でし白犬の朝明をかへり丸くなりて臥(ふ)す

冬の岩押し分けし人ゆつくりと雪代(ゆきしろ)の河さかのぼりけむ

雪代の河遠(とほ)ひかり流れくる春きさらぎを翁舞ふなり　吉野國栖奏

僅かづつ狂ひかさなる日時計のむらさきの影いくたびめぐる

鳥住行

法師蟬鳴きそむる日に踏み分くる鳥住(とりすみ)への道夏草たけし

迷ひ入る杉の木群(こむら)に山守(やまもり)の墨くろぐろとその名書かれつ

山の上に建つ廟塔を吹きすぐる晩夏の風は尾をもてるなり

大峯の青嶺(あをね)におこる風の秀(ほ)に遠(とほ)まむかへり鳥住の山

奥津城の木群の岨(そば)にかへりみるみんなみの山天にもだゆる

樹樹ゆけばことだまいまだ直ぐ立てり奥千本に汗吹きはらふ

冬のまぼろし

橡（つるばみ）の實のぴちぴちところがるをみつむるのみの秋ふかき山

惚（ほほ）けたる母のたましひ遊ぶらし月差しそむる霜夜の梢

烏瓜ぶらさがりたるかたはらを魂（たま）かるがると運びゆくかな

惚けたる母を忘れて街の夜に斑雪（はだれ）のごとくしろきを食（は）めり

みづからの内をつとめず謀るらし賣出しのごとき旗ひるがへる

ながき夜の霜夜にかなし我（あ）が妻の皓（しろ）き前齒の缺け落ちしこと

今ははや眼ひとつと蔑（なみ）されし山神（やまがみ）ならむ黄葉を散らす

山霧をへだてて鳴ける鹿の聲澄めるを生（いき）のかなしみとせむ

山のまの泥ぬたくりて遊びけむ荒荒しかも冬のまぼろし

ひつそりと人縊（くび）れたる森のなかへやさしく入りぬ冬のひかりは

赤き燈火

昭和五十九年歳晩、母死す。行年九十歳なり。

孝養のひとつだになきこのわれを宥（ゆる）したまへり雪ふりしきる

亡き母の菩提(ぼだい)のために詣で來し藏王堂にともる赤き燈火(ともしび)
全山の櫻のこずゑ雪しろく包める朝を懺悔(ざんげ)すわれは

雪しろく

おぼつかなきわれの讀經(どきやう)に聲合す三人子のこゑ明るき新年
雪しろくかむれる山にまむかへどたらちねの母すでにいまさず
さびしさに堪へたる人といはむかな湧井の水はあふれて凍(こほ)る

十萬億土

かさひくき童女となりて夜もすがら本讀みてゐし母がかなしさ
母の骨を胸にいだきて霜柱きらめく朝を息しろく行く
我(あ)がために流したまひし垂乳根(たらちね)の泪(なみだ)の暈(かさ)を霜柱立つ
老い惚けし媼ひとりと言ふなかれこれの無頼を目守りたまへり
冬山の濃き夕茜棚曳くを見つつあゆめり死者に添ひてぞ
戰ひに死にたる兄よ――かにかくに父母(ちちはは)ふたり見送りまつりき
孝養のひとつだになき弟は冬枯山(ふゆからやま)に母を葬りぬ
人間はかく惚(ほほ)けてぞ死ぬるものか菩薩となりて宥したまへり

ふりしきる雪にかすめる山竝を音樂として鹽つかみ出づ

八握髯（やつかひげ）はやしろくなりて哭きいさつる冬枯山の神いまししや

歳晩に積りし雪の明るさをかなしみとして元日晴るる

正月の何のゲームぞ子ら三人（みたり）あそべる部屋に雪の沒（いり）つ陽

夜よるのわが正信偈（しやうしんげ）たづたづし女童（めわらは）のこゑ澄める雪の夜

はるかなる十萬億土まかがやく悲しみをこそわれは歌はめ

杉匂ふ

谷間まで雪掃きくだる七草のあしたの森の杉匂ふかな

雪掃きし道に降りくるあたらしき雪の明るさ踏みのぼり來つ

母の骨胸にいだきて歩みけり冬枯山（からやま）に骨まろぶ音

惚（ほほ）けたる母とかたりしも詩（うた）のごと思ひ出づるよ山のはだれに

球根の芽のさみどりになげくかな雪雲（ゆきぐも）あかき夜半（よは）の山竝

山鳥の足跡のこる雪の上を山鳥のごとくさびしくあゆむ

白き猪（ゐ）のかけりしのちをふぶくなり千の日輪亡びかゆかむ

磐座（いはくら）をつたへる水はみな凍りしろがねの泪天（あま）くだるなり

瀧坂の道

つゆ空ゆしろき小花(こばな)の降り落つる石疊みちほとけまろびつ

ほのぼのと寝(な)せる佛のかたはらにしばらく坐しぬつゆの曇り日

寝佛のかたはらに來て山川(やまがは)のたぎちを聽くも大和古國(やまとふるくに)

むらさきしきぶの淡き紫めづるとき寝佛の邊(へ)の水音たぎつ

天上の梢に垂るる花白く首切地藏の前垂(まへだれ)赤し

定家葛(かづら)しろくこぼるる石みちをあゆまば過ぎむ苦しきことも

少年の日、奈良に下宿し、はげしいホームシックにかかり、瀧坂の道をさまよひ、この磨崖佛に觸れしことあり。

夕日觀音の石肌あらき御手(みて)撫づる四十數年たちまち過ぎて

忍辱山圓成寺(にんにくせんゑんじやうじ)より戻るとき雨蛙あまた小徑(こみち)をよぎる

若き日の運慶彫(ゑ)りし大日如來瞼にありて地獄谷過ぐ

阿呆らしと言ひ棄つべしやこころなき風説ときに花にまぎれつ

戰ひの日に拗ねたりし少年はこころ素直に老いむとすらむ

天の河

女童つれ筍掘ると竹群にしづかに入りぬ翁さびつつ

ころころと女童笑ふ竹やぶに土より出づるもののやさしさ

山桃ははや熟れたりとくちづくる白南風過ぎし山のさびしさ

山ぐらしさびしくなればほうほうと高鳴きてみぬ木魂涌くまで

ちちははの病み伏しし部屋に床とりて夜の山風をしみじみと聴く

夏の日の身を苦しむる勞働もわが山住みのあかしとなさむ

槇山の槇の梢を切るわれに眞夏の蟬はいのちをしぼる

年ごとの眞夏に流すわが汗のかすかになりて森しづまりぬ

やまなみをへだてて遠き稲妻（いなつるび）息づく夜や骨きしむなり

手も足も拔け落つるごとし大いなる夏の疲れに夜の露ひかる

夏草に徑かくれたり萱むらの蒼きひかりを踏みしむるかな

山住みのこの勞働の苦しさを遊行とおもへ日輪炎ゆる

木を伐（こ）りしひと日の疲れいたはれば木伐りし森に月出づるなり

疲れたる夜の木こりのまなうらに砂湧きにごるみなかみの水

天の河しろきゆふべにふかぶかと西瓜を切りぬ圓（まる）きまなかを

ひたごころ

蝶野喜代松氏を悼む歌　五首。

口髭を刈りそろへてぞいくたびもうなづきにつつ歌學びせし
人間の爭ひごとを知るゆゑに歌ごころさやに守り來し君

高野山蓮華乘院にての「ヤママユ」合宿研究會の日。

丈（たけ）足らぬゆかたをかしく若者にまじりてありし君がゆかしさ

辯護士蝶野氏は人情篤き野の人なりき。晩年に入りて、ひたすら歌學びせられき。作品集「中之島」の刊行に盡力され、高潔なるその人格を敬慕する人尠なからず。

少年のごと恥ぢらひき、喉鳴らし笑ひたまひき。そのひたごころ
反骨をつらぬきたりしそのひと生（よ）巖のごとし雫つたひき
人ひとり憎めぬわれのかたはらに秋七草や咲きみだるかも

つくつくほふし

心經を唱ふるわれに聲添ふる法師の蟬や觀音の寺　安來の清水寺にて
秋萩の花のくれなゐ風たもち伯耆大山空に氣高し

浮浪山の岩間をつたふ水見えて鰐淵寺の庭の檀(まゆみ)の朱實　出雲の鰐淵寺にて

石段(いしきだ)の半ばに待ちぬ——いつまでも登りこぬ母、つくつくほふし

熊　野

果無(はてなし)の山なみわたるはつふゆの雲きらきらし石疊道

土車(つちぐるま)なづみし徑(みち)の霜折れをふみしむる朝人はやさしき

毛氈苔のくれなゐふかし生きかはり死にかはりけむ人の苦しみ

さびしさにまなこはかすむ霜月の終りをひかる熊野川の砂

伏拜(ふしをがみ)王子をすぎてわが夢のなごりをもゆる冬のもみぢ葉

七越(ななこし)の峯より出づる月なくばかの石立ちてさびしからまし

げに熊野わが苦しみを息長く木枯のゆくかなた明るむ

神ながら

ながき夜の木枯ながく過ぎしのち神ながらなる寒さきらめく

日常の息のまにまに響(な)り出づる歌のしらべにいのちを抒(の)ぶる

なぐさまぬひと生(よ)の夢の靜けさを雪夜の星の空に滿つるも

藏王讃歌

藏王讃歌うたひつつ山をくだりくるをみなご三人（みたり）匂ふ雪の上
新年（にひどし）のさくらの枝に降る雪をもつとも清き情熱とせむ
藏王堂の丸柱ひかる雪の日やわれの暦の立ち還りたる

歸郷

ことばいまだもたざるわれにゆるゆると日輪のぼる黑き森の上
黑き森にかこまれ過ぎむわがひと生（よ）夢なれや漂ふごとし
日もすがらわれをめぐれる幼年の時間の産毛（うぶげ）藍ふかき森
雪空の鳥いくたびもかへりくる森黑しつばさもてうたひしに
麥の穗の金色の芒（のぎ）けぶりたる夢見なりけり雪の來るまへ
めぐりみな森くろぐろと見張るなり流刑地（るけいち）なれば罪も清（すが）しも
沫雪（あわゆき）のほどろに降ればまれびととなりてあゆめり睦月の村を
これの世に父母（ちちはは）なしとおもふ日やふりしきる雪に黑森かすむ
父なれば父の怒りのやさしみを雪ふかぶかと踏みてしのびつ
われの名を忘れたまひし吾（あ）が母とみつめたりしよ黑きその森

雪の上のわが足跡に水滲む豫感の時をかへり來るなり
黒き森に差す月かげを怖れしも明日なきごとく今宵雪照る
立ちのぼるこのまどかなる靜けさに森しろがねのひかりを返す
ひと日だにここにとどまることなけむわが還るべき黒き森見ゆ

素志

花吹雪くらぐらわたるみ吉野の春なかぞらに老見えそむる
行きゆきて花のふぶきにたちくらむ山人の素志をみすてたまふな
人間の言葉重たき春の日にひと谷わたる花びらの颪
ゆくりなく三人子（みたりご）のとしを數へゐるこのおろかさや花群（はなむら）のなか

「ヤママユ」同人、松本康子さん肺癌を病む。

花束をいだきて人を見舞はむと土佐堀川のゆふぐれあゆむ
『綾の鼓』ひとまき編みて病み伏するたかきこころをかへりみるべし

猛きことばを

蛇苺あかきゆふべをしばらくは暮れゆかぬ森小さくなりぬ
今日ひと日こころ稚（をさ）なく過ぎたりと梟のこゑ冴ゆるやまなみ

若葉して山のきりぎしゆさゆさとひかりを返すたのしきごとく
父も母も往きし萬緑かたはらに山繭ひかる晝の明るさ
身の盛りすぎたるのちや汗のごと滲むものあり朴(ほほ)の花かげ
しづかなる死後をおもへば郭公の聲しばらくは青嶺(あをね)にひびく
うちなびき青嶺をわたる黄綠(わうりよく)の雨くるときはものみな急ぐ
くさむらに青梅の實の黄に熟れて青年ふたりけふもかへらず
萬綠の山鳴る夜は父のごとどなりてみたし家あかるむまで
とりどりの山蛾のむれの貼り付ける夜の硝子戸は夢みるごとし
山桃のくれなゐふかし、ちから盡きし家族(うから)睡りぬ雨のひびきに
黑南風(くろはえ)の國原(くにはら)見つつ呟けり往生といふ猛(たけ)きことばを

蒼穹

日もすがら落葉の降れる頂のきりぎし蒼くひかりそめけむ
まぼろしに鑿(のみ)打つごとくあゆみけり澤蟹の眼の寒く光る日
こがらしの過ぎたるのちを蝶しろくたかだかとゆく蒼穹(あをぞら)なりき
たゆまずに念佛申せとのたまひしたらちねの母はかなしかりけむ
老いそめて歩みやさしきわが友らあなうつくしとほとけを拜む

三人子（みたりご）のわれをさかりてあそぶ日や山の殘雪見てゐたりけり

林中小徑

鉈（なた）振りて青竹伐（き）りぬくやしみて歳おくるべき山のしづけさ
古國（ふるくに）の野の語部は往きにけむ晝のこがらし夜のこがらし
山人（やまびと）の憤怒の嵩を踏みしむる白き鹿なり栃の實まろぶ
かがなべて折口名彙かぞへけり冬至のゆふべ南瓜（かぼちや）食（た）うぶる　西村亨教授に
霰ふる山のひびきに陀羅尼助（だらにすけ）飲まむとぞするにがき藥を
つぶやけばげに口ひびく、くやしまむ韻律（しらべ）のままに木の實を拾ふ
昨夜（きそ）の雪いまだのこれる枯草に小徑つづけり陽差こぼるる

夢

山の夜の天（あめ）の露霜くれなゐをふふむとおもふ年のはじめは
ほのぼのとものを思ひてぬばたまの夜のしづけさを夢に重ぬる
おごりなきひととせなれよ昨夜（きそ）ふりし雪掃きくだる仕事はじめに

春の鬼

歳木樵(としぎこ)るわがかたはらにうつくしき女人のごとく夕日ありけり
いそがしく時間をはこぶ道のべに炎(ほむら)立つなり侏儒(ひきびと)さやぐ
凍星(いてほし)のひとつを食べてねむるべし死者よりほかに見張る者なし
けだもののかよへる道のやさしさを故郷(ふるさと)として人をおもへり
受験といふあやしきものに苦しめる子らと見き奇術の映像を
長長とわがかたはらに褐色の皮著(き)たるもの横たはるなり
とどろきて坂登りくる青年のオートバイこそ春の鬼なれ
寒の靄湧く杉林過ぐるとき國原(くにはら)のひとけぶりそめけむ
どの幹もしめりてひかる木の間(こま)ゆき感官なべてこぞりたつ冬
國原に冬のかすみの立つ見えて豐(ゆた)なるかなやまやかしの涯
白き犬を連れて歩めば孤獨なり山の殘雪に陽はかがやきて
たらちねの母にまぎれし花野にて金の野糞を祀りし少年
びつしりと春の霙(みぞれ)の降る森に白き犬連れて死者をたづぬる
億萬の蚯蚓(みみず)の食める春の野の土の靜けさを思ひみるかな

あとがき

『樹下集』は、昭和五十二年晩夏の信濃羇旅卽吟から、昭和六十二年新春雜詠にいたる十年間の歌、七百八十四首を收錄した私の第四歌集である。

私の五十代にあたるこの十年は、都市に出ることも多くなり、おほむね明るく靜かな月日の過ぎゆきであつた。兩親の死を吉野山中に見送り、童子であつた三人の子らもいつしか青年に達した。私もまた少年のままの稚拙さを殘しつつ、穩やかに翁さびる歲月であつた。

それは長い間の山住みによつて鬱屈したものが、山おろしの季節の風のそよぎや、谷川のひびきや、家族の明け暮れにまぎれて歌となる日日でもあつた。本來、森ふかくにこもつてゐた鬼(もの)が、日常といふ谷間にさまよひ出て、人の生死のかなしさのただ中で瞑想する靜けさに惠まれたやうな月日だつた。

さうした私の山住みに、『樹下集』といふ集名はふさはしいと思つてゐる。

いよいよ時流から隔たつてゆく私の孤獨な世界を、自ら愛惜し、祈念する呪歌の集でもあらう。

先の歌集『繩文紀』にくらべて、方法の上でさしたる變化はないが、趣向が作歌のモチーフと歌の風姿につよく働くのを戒しめ、日常の折りふしの氣息のうちにあらはれる宇宙に、おのづから身を任せようと心がけた。

その歌の數いよいよ少なく、しだいに平明となつてきたしらべは、初期の素心そのままのつたなさを大切にしてきたかのやうに見える。茫茫と無心のうちに過ごした私の五十代は、森から逆に、人里（平野・都市）へあくがれ出た神隱しのやうな歳月であつたか。

＊

『樹下集』はほぼ正確に作歌の年月順に編集した。百首歌などの發表の作品は、題材や主題ごとに小題を付けていくつかに分けた。

この集と同じ時期に、ヨーロッパ紀行二度の百餘首をはじめ、中國紀行の作や、東北羇旅詠ほか、日本各地への旅の歌が百首ばかり未發表のまま殘されてゐる。改めて歌集に編むつもりはないが、備忘のためここに誌（しる）しておく。

山住みのエッセイをいくつか書いたこの十年間、「山繭の會」をめぐる少數の生活者の文學への情熱の純粹さと誠實さによつて、どれだけ支へられたかしれない。その上、わが儘な私を、先人諸家の鞭打つてくださつたありがたき勵ましも心に沁みる。吉野の山河と共に、それらの恩寵によつて、『樹下集』の歌は存在する。

先の全作品集『前登志夫歌集』につづいて、『樹下集』も、小澤書店の長谷川郁夫氏の肝煎りによつて本になる。司修氏の裝釘であるから、きつと全作品集のやうな素晴しい一册となるにちがひない。感謝する。

昭和六十二年九月九日

吉野山中　山繭菴にて

前　登志夫

歌集

鳥獸蟲魚

てうじうちゆうぎよ

鳥獸蟲魚

平成四年十月二十日　小澤書店刊
装幀 司修　Ａ５判函入り二四〇頁　一頁三首組　五七七首
巻末に「あとがき」
定価三〇〇〇円

I

國原

國原（くにはら）に虹かかる日よ鹿のごと翁さびつつ山を下りぬ

茫茫とわれはけものかてらてらと葉のひかるさへかなしきものを

天上の一枝（いつし）を折りて土に差す靄ふかきかなわれの國原

國原の花野に睡るをみなごを戀ひわたり來し山人ありき

鹿皮をまとひて山にすごしけむ國原とほく麥青めるに

くさむらにわれ立ち舞へば赤銅（あかがね）の八十梟帥（やそのたける）らどつとはやすなり

まつりごつ人らを選ぶ春の日の國原の靄ふもとにたまる

人群れてたぬしかるべし罅（ひび）はしる執金剛神まもらせたまへ

惡醉ひの都市の嘔吐（たぐり）にまみえたるあべろべろの金山彦（かなやまびこ）か

次男、仙臺に遊學。

みちのくを黑のナナハンひた走る蝦夷（えぞ）の夕べの闇ふかからむ

娘、橿原市八木に下宿して高校に通學する。

櫻桃（あうたう）をかたみにつまみ昏れむとす耳梨山も雨降りくらむ

さくらんぼ甘きゆふべぞみちのくのうすくれなゐに少女子（をとめご）笑（ゑ）らぐ

山下り下宿をなしし少年期そのさびしさの灼けただれゐし

父われの性（さが）のかなしみ熟るるまで國原の雨碧玉（みどり）を溶かす

明け方の夢にきたりし白象（びやくざう）は耳びらびらとかなしみはらふ

國原は陸（くが）のたひらの器ゆゑ夜の孤獨をふと溢れしむ

窗にくるおほみづあをよ水のごと朝明（あさけ）寄り添ふ古妻（ふるづま）あはれ　おほみづあを＝水色の山繭蛾

老ちかき鹿にやあらむ金色の泪をためて夕日に立てる

ぼろぼろと岩缺け落つる斷崖のそそりたつ下をつねにかよひき

白き鹿に矢を放ちけむ山人（やまびと）のその後をおもふ一日（ひとひ）ありけり　『遠野物語』

鳥の塒山

鳥打帽かむりて山をくだり來ぬ歌詠むことを忘れてひさし

三月の雪をやさしみうぐひすのほほうと鳴きぬ障子あかるみ

山住みの明け暮れを書きてみじかかる文章ののちながく默しぬ

花・鳥をながむるほかにすべもなし遊行ひじりのごとく野邊ゆく

みさきどり鳥の塒山（とややま）ちかぢかとせまれるみ寺、形代（かたしろ）しろし　宇陀大藏寺、子授け地藏

また降りて碧玉（みどり）を溶かす宇陀の野に郭公のこゑ遠くきこゆる　白鳥居神社にて

櫻桃（さくらんぼ）雨にひかりてひとり寢（ぬ）るわが少女子よ夜の國原（くにはら）

裘

杉の木に雷神(かみなり)落ちて裂けたるをことしの夏の情熱とせむ

われの死後を明るくかたる少女子と地藏盆會(ぢざうぼんゑ)の石祀るなり

目も鼻もおぼろとなりし石洗ふわがをみなごの指のふくらみ

くちなはのごとくにかかる夕暮の虹しんしんと古國(ふるくに)を越ゆ

颱風の雨いくたびも降りいでて蒸し暑き晝犬の蚤取る

苦しみも一日(ひとひ)一日ぞ白犬の蚤取りをれば法師蟬鳴く

颱風の近づく朝明さびしらに菩薩の肉(しし)のふくらみはじむ

夏終る野分の風に森の樹のゆれさわぐとき鳥低く飛ぶ

この山に忿怒の佛祀りしを運命として國原を見つ　金剛藏王權現

杣人(そまびと)となりて睡りし若者の頸しなやかに天(あめ)の御統(みすまる)

よれよれのこの鹿皮のコートよりしたたり落つる山のあけぐれ

呪詛のごとわが　裘(かはごろも)　揉みくれしやさしき時間(とき)を測るすべなし

私の授賞祝賀のパーティに、思ひがけなく山崎方代氏出席されしことあり。

犢鼻褌(たふさぎ)のごとくにひろきネクタイの朱(あけ)垂らしゐし方代さんは

昭和六十二年秋、七年ぶりに「ヤママユ」を復刊せむとして。

にせもののみないきほへる世となれど隠れし修羅の響(とよ)みあるべし
鹿踊(ししをど)りをどればいまだはなやぎぬ敗れし神の傍(そば)をまはりて
下校する娘(こ)を待ちをれば西日差す畝傍の山の赤松の幹
國譲り終りしのちか黄の帽子しばらくつづく大和國原
野をよぎる遠足の列消ゆるまで長しとおもふ、短しとおもふ
山上を往くこがらしのしづかなるひと日こぼるる草の實とわれと
けだものの歩める跡にくれなゐの紅葉(もみぢ)散りけりこともなきかな

山の星宿

朝戸出に拾ひし栗をポケットに山くだりきぬ國原ふかく
凍(い)てひかる山の星宿移るなり三十一拍たれのものなる
こがらしに星のひかりのゆらめくを忘却のごとく闇にゆだぬる
乞食(こつじき)を誓ひし日日の夢なれや霜しろがねに闇の底なす
敏(さと)くしてここを見棄てしいくたりぞ龜蟲の屍(し)を草にかへせり
ことごとく葉を落したるこの朝の朴(ほほ)の梢にひかりあつまる

首

紅葉のいまだのこれる近山(ちかやま)にふる雪明るし父母(ちちはは)ちかし
木の枝は雪を捧げて夜に入りぬ生首(なまくび)ひとつ下げてきつれば
森ふかく埋(う)めたりし首いくたびも緑青(ろくしやう)の雲噴き出づるなり
魂魄(こんぱく)をからだにつなぐ虹のごと蒼穹わたる首しなやけき
吉野山もみぢの坂を下りゆくみちのくびとをながく見送る

立花正人・眞如夫妻に

我(あ)が古りし首もちてゆけみちのくの蝦夷(えみし)の山の底つ巖(いはほ)に
霜折れの午前の山に日は昇り湯氣ただよへる斜面さびしむ

鳥の謀叛

雪雲(ゆきぐも)はくろく動かず燃えあがる焚火の炎人待つごとし
森にきて火を焚きをれば日輪のひかり増しゆく悲哀のごとし
ほのぐらく木の間をゆけるけものみち辿りゐたれば霜柱滿つ
わが眉にしろき一毛(いちもう)まじるさへたのしかるべし雪ふりはじむ
杉山の焚火の上にふる雪のいよよはげしく神(かむ)さりまさむ
まだくらき山の斑雪(はだれ)をみつめをる鳥の謀叛(むほん)を思はざらめや

紅葉の溪間に出でて搖さぶりしかの吊橋よ雪ふりつむや

中國山系の猨の群、人里に常に出没するとききて。

群(むれ)なして山をくだれるましらども捕はれぬ山靈の化身なるに

息絶えし人横たはる雪の夜はわがうからみな木の間に佇てる

われに火を惠みたまひし赤銅(あかがね)の神いましけむ岩窟(いはくら)ふかく

水舞へる蒼き夢の回淵(わだ)、語られし嘘いつまでもくれなゐふくむ

わが死後の靜けさ見えて岩かげのしろき斑雪に陽は差しそむる

みするまる

うすあかりつねに湛ふる森ならむわれのうしろにひと日けぶれる

ひねもすを鳥翔び交へる線條(すぢ)のした勵みしなべて罪のごとしも

杉落葉赤みを帯ぶる夕ぐれのゆるき斜面に木となりて立つ

永遠といふ魔の觀念にしびれつつ凍(こほ)れる原を渉らむとする

いちめんに垂氷(つらら)となれる岩かげにわが日常はしばしばなやぐ

いくたびも枝渡りするとらつぐみ眺むるわれを忘れて遊ぶや

我(あ)が父も我が祖父(おほちち)もこの山に息引きたりし民話のごとく

杉の木に雪ふりつもる靜けさを敗れし神も眺めたりしか

野うさぎとなりて眠りし我ならむ寒満月の出づるくさむら
凍てひかる天（あめ）のみすまるゆらぐだに冬の血潮のみなもとたぎつ
底光る黒曜石の簇（やじり）もち雪ふる山の薄明に立つ
仕留めたるけだものの血を分ち呑むまなこ鋭き飲食（おんじき）ありき
冬霞ふもとを曳けり山の雪ふみしめあゆむ狂氣のほとり
おお昴、空に満つるや　焼畑にわが播く種子のいよいよ輕し

落　葉

日付のある歌

十月一日　朝、山家を出るとき、庭の栗の實を一つポケットに入れる。

さりげなき別れのごとく栗ひとつ拾ひて出づるわれの朝戸出

十月二日　吉野山にて、小學館『大系・日本の歴史』の月報對談。和田萃氏と——。

くねくねと吉野隠しの道くらく山人の滅び語りあへなく

十月三日　すばらしい秋晴れ。

刃のうすき利鎌をもちて秋草を刈れば香に立つ北の渚の

十月四日　中天の月冴える。白犬を夜の山に放してやる。

ふたたびは戻らぬ犬か呼びをれば森しろがねに闇をつつめる

十月五日　大阪北千里へ後期の出講。

この夏の日灼けのあとも薄らぎて秋のをとめら人魚のごとし

十月六日　例のごとく夕刻より人の顔を見ることなく、千里中央のホテルの部屋で仕事。

がうがうと暴走族過ぐるしばらくを森の木樵（きこり）のごとく目瞑（めつむ）る

十月七日　大阪中之島にて中秋名月を觀る。

無一物となりゆかむわれを咎めざる若者ふたり月下を奔（はし）るや

十月八日　深夜歸山する。十六夜月は大きな月暈。

月暈（つきかさ）をかむりて坐せりぼんやりとくたぶれし夜の黒森坐せり

十月九日　近くの山を歩く。

山の樹のいだける洞（ほら）にしばらくは夕日およべり祝福のごと

十月十日　庭師の剪定した枝を片付ける。

月夜茸ひかるをりをりあやまちて人殺（あや）めしと告ぐるわれあり

十月十一日　午後おそく雨となる。

羨（とも）しみて樹のうれ見上ぐ秋空に鋏の音の澄みて響くを

十月十二日　北千里行。編集者の怒りの電話相次ぐ。千里のホテルにて夜明けまで仕事。

都市の夜にもの書きなづむ幻にむささびのごとき黑き影翔ぶ

十月十三日　朝五時、フロントへ電話して、二十枚ファクスにかける。

壮大なる戀を遂げむと空想せり受驗生のごとき貧しき日日に

十月十四日　今朝もファクス送稿。朝の噴水のほとりでまどろむ。

腹上死なりしと聞きしこの朝噴水の上に小さき虹立つ

十月十五日　深夜歸山。秋祭の太鼓の音すでになし。

夕雲の朱（あけ）ふかく曳くこの山に狂はず過ぎしことのさびしさ

十月十六日　西本願寺の歌會に上洛。颱風十九號、夜すがら吹く。

罪障のいまだ淺しか親鸞の絶對他力大風に聽く

十月十七日　颱風山陰の海へ去る。

こぼれ出づる秋の眞清水指をもて觀音の姿ゑがかせたまへ

十月十八日　天晴れる。娘と山畑の藤蔓を切る作業をしてたのしい。

人戀ふることをつつまぬ世となれり藤葛（ふぢかづら）たぐる娘（こ）の髪匂ふ

十月十九日　千里のホテルで明け方まで仕事。

くらき嶺越えむとすらし山火事の炎は夜半にまたひらめきぬ

十月二十日　夕刻、千里のホテルへ歌集『樹下集』を小澤書店の長谷川氏持參される。

鬼出でてわれと遊べる秋の日のうろこ雲たかし空の涯まで

十月二十一日　中之島の地下バーで三人の友と靜かに祝盃を擧げる。

紅葉（こうえふ）の下照る徑にまぎれたるさびしき他者よ盃差さむ

十月二十二日　深夜歸山。かまどの火が戀しい。

かの尾根の落葉おもへり火葬よりも埋葬よしと人に告げねど

十月二十三日　讀賣連載の「樹下三界」書きなづむ。山道に愛用のペンを落したせゐか。

漆黑の萬年筆より青インク滲みてをらむ草のもみぢに

十月二十四日　雨雲の中、松山市へ飛ぶ。「日本文化を考へる」シンポジウム。

あてもなく旅ゆく日日もあるらむと坊ちやんの街の夕空眺む

十月二十五日　山の文化を語りつつ、和魂漢才を思ふ。

西行を語りゐたれど歌の人たれもをらぬを慰めとせむ

十月二十六日　朝の飛行機で大阪へ歸り、午後、女子大へ出講。夜半、吉野へ歸山。

滿天の星美しき山の夜にかがやく柿をおごそかに剝く

十月二十七日　秋深む日日。

とりどりの色をまじへて地（つち）に散る柿の落葉を拾ふ目覺めに

十月二十八日　この山中に私の家があることの不思議。

著ぶくれしひとのかたへに酒酌める山の靜けさ――まなく惚（ほほ）けつ

十月二十九日　平凡社「太陽」のカメラマン達來て起される。

攫ひこし大根二本しろじろと土間を占むれば逃げられはせぬ

十月三十日　奈良市で講演。演題「わが古代感愛の日日について」。酩酊して深夜彷徨する。

國原をめぐれる青きやまなみをしみじみと見む生尾(せいび)人われは

十月三十一日　時雨となる。

奥山のもみぢを濡しわれにこしこの初時雨青砥(あをと)をぬらす

春の霙

木木の芽に春の霙(みぞれ)のひかるなりああ山鳩の聲ひかるなり

國原の花野に拾ひし石斧(せきふ)もて草餅のくさ叩く宵闇

暮れぐれてみぞれは雪に變るべし戰友の歌うたふちちはは

かたはらに眠れるもののかぎりなしこの山住みに花咲くおそし

三月の雨にまじりてしろがねの劍(つるぎ)降るなり夜のねむりに

籤

この山に登りきたりし石龜をいとしみをれば春の雪ふる

尾ある人往きたるのちを山に降る春の霙は樹樹を濡せり

阿彌陀籤引きたるわれや樹脂(やに)噴きて春山の樹樹ひかりに笑(ゑら)ぐ

栃餅を食(た)うぶる夜ふけ山鳴りき洞(うろ)ふかく抱く栃の古木よ

みちのくへひた走りゆかむ若者のオートバイふとふかせば激(たぎ)つ

谷間より春山風はあふれつつきりぎしの家に老いむとすらむ
あはあはとなべては過ぎて霞曳く大和國原花咲くらしも

殘櫻抄

嶺づたふ春かみなりのとどろきをうやまひ聽けり吾妻もわれも
岩ひとつ押してゐたればなかぞらを花のふぶきは流れゆくなり
この山に兵三千のひそめるを花知りぬべし國原かすむ
叛かれし人もゐるべし紺青のやまなみ春の砦となして
渾沌とわれ在るひと日うぐひすのうたへる聲は屋内（やぬち）に滿つる
紺碧の石斧（せきふ）を磨げばわが家族（うから）春の朝明の山下るとぞ
おのれをばむなしうなさば安からむ赤岩の肌に花びらあまた
ひねもすをうぐひす鳴けり春の日の無間奈落（むけんならく）に花降りそそぐ
上千本の花盛（さか）るしたよぎりゆき黑き檜山（ひやま）に入りてさびしむ
花雲に山霧ながれ往きすぐる女人菩薩らほほゑみたまふ
山くだるわれを見送る面差しのさびしく見ゆる櫻咲く日は
藥水（くすりみづ）過ぐればまなくやはらかく横搖れのする午前の電車
巨勢（こせ）の野の雜木の山にゐる鴉芽吹きの木末（うれ）にかしこまるにや

人間のかく多く往く街なかを今も不思議に思ふもをかし

そそり立つ断崖(きりぎし)を覆ふ若葉風こころにもちて群衆にまじる

淀川を渡れる電車夕映えて身すぎ世すぎのたのしく見ゆる

爪立ちて春の孔雀の羽根ひろぐるゆふべの森にかへりゆかむか

この山に最もおそくかへりくるあかがねの額(ぬか)、赤福提げて

幾曲りまがれる坂も用果ててはらわたのごと戸口につづく

金鳳花(きんぽうげ)、紫(むらさき)華鬘(けまん)　籬通(かきどほし)——この家に人棲まぬ日あるや

こんなにも小さき花を咲かせゐる野の花群れてわれ立ち舞はむ

花いまだ木末(うれ)にのこれる山の夜に書きのこすべし歌のこころを

むささびの棲まへる樹樹にまもられて息ひくわれか財をはたきて

いづこにも著莪(しやが)群れてゐるゆふべなり山のけものも道に迷ふや

かなしみに最も近くそよぐ枝草薙ぐわれにいくたびも觸る

青草に春の終りの夕日差しいま緑金の晩年は見ゆ

やまなみのいくへに繞(めぐ)る死場所か朴の花咲けり梢にしろく

戀ほしめば若葉の露のしろがねのみな珠(たま)なせり風はらふまで

村棄つる若者と酒を酌みをればよだかは鳴けり沈黙の間(ま)を

森の上にゆつくりと月出づるまへの空のふちどり白銀(しろがね)の時間(とき)

若葉の村

こころあつく空を仰げばさみどりの泪を垂るる宇陀額井嶽（ぬかゐだけ）

山かげの棚田の水のはや澄みて早苗はなべて髯のごとく立つ

山ごもる篠樂（ささがく）の里にとざされし阿彌陀ぼとけにしみじみと寄る　篠樂・極樂寺

ほのぼのと石立ちてゐるかたはらに人待つごとく山竝みを見る

み社を過ぎてはるけし、青嵐（あをあらし）嶺越えてくる久米歌の村

八咫鴉神社の砂を踏みしめて天上の肉のきしみを聴けり　八咫鴉神社

鐘撞けば若葉の村にひるがへるつばめひかれり戀ひて歎けと　池上・蓮昇寺

斜面

引窗（ひきまど）に夕雲の朱（あけ）流れゆきけだものの冬あをあをきたる

日もすがら落葉つづけし頂上（いただき）の紅葉（もみぢ）のあかり闇となるべし

こがらしの一日（ひとひ）は吹きて山頂の巖（いは）蒼むなり裁かるるにや

この山の鳥けだものの啄ばめる冬の日差のをりをり滲む

夜の霜はわが臥す山の斜面にて夜すがら光る睡りを覆ひ

II

野に臥す

病院日誌

すずめ蜂の丸き巣ふとる八月の終りを跳べり天狗なりけむ

一九八八年八月の末、天狗のいざなひにより、夜明けの懸崖を跳び、背骨と踵の骨を摧き、大淀病院に入院せり。

ひつそりと背骨摧けて臥する夜に最終電車きりぎしつたふ

洪水警報のサイレン鳴れど寝たきりのわれはまなこをひらきゐるのみ

ストレッチャーにて中秋の月仰ぎをり薬品の香のあたりに満ちて

人戀ふるこころすなほに望(もち)の月眺むるわれか足腰萎えて

屍(しかばね)のごとくに在れば山の雲明るく照りて顔の上過ぎむ

すめらみこと病みたまひける秋の朝わが體拭ふわかきをみなご

岩の上の蒼き窪みに祀りたる父の斧戀ほし森の紺青

秋の日のコルセットしろく佇ちをればとほき野分を聽く思ひせり

松葉杖衝きて歩めば吉野川大きくまがり夢の回(わだ)廊なす

秋空に紺碧の鐘鳴り出でよ野に臥するもの耳聴(さと)くして

かぎりなく蜜したたれる花野より大鴉のごとく晩年は來む

クレーンは何を吊して翳るにや今日秋空となりゆく光
樹の下に骨を齧れる尨犬のああ眞劍にもの食めるかな
木枯に吹きとぶ青き嶺(みね)ありきわが植ゑし杉鉾立つ青巓(あをね)

病院の前にスーパーマーケットと茶房ありて。

ビニールの袋につつむ幸(さち)あらむスーパーマーケット秋の夕暮
平和とはかく輕やかに日常をビニール袋に入れて運べる
街なかにすだま翔び交ふゆふまぐれ商ふ物はいともかがやく
なにゆゑにむささびのごと翔びたるや、悲しき父よ　まじ・まじ・まじ　問答　娘と
言ふまじや、このマジカルな世紀末の無間奈落を父は往くまじ

秋の杖

朴(ほほ)の葉の散りつくしたるこの朝明(あさけ)山の日差の明るむを待つ
かく生きて苦しむ日日か冬に入る樹樹のひかりにたはむるるごと
夕やみを挽きつつをれば秋ふかき鋸の齒をこぼるる銀河
煩惱の熾盛(しじやう)なるかな紅葉の明るき樹下(じゆか)に杖突き立つる
夜すがらの木枯に鳴る森ありきをみなご捨てし昔男よ
墓までの距離壹千歩杖突きて坂ゆるやかに踏む霜柱

まばたきふかし

剝落をつづけてやまぬ秋の日の空のはたてをかへりくるなり

冬に入るこの地（つち）の上に衝き立つる椿の杖はやさしく響く

山の夜の星空冴えてゆらぐなり雪くるまへはたちまちに老ゆ

雪雲（ゆきぐも）の縁（ふち）炎えてをり山行けばわがマフラーの端（はし）になびきて

硝子の骨きしめるごとし見忘れし林中の沼凍りてをりぬ

ひつそりと雪くるまへに雉食へり銀箔をもてつくりし城に

冬空をはやのぼりくる六連星（むつらぼし）ゆらゆら凍（い）てて母が御統（みすまる）

海原を泳ぎて渡る鹿の身をあはれみをれば霰たばしる

わたつみのさかなはなべて天上に昇るとすらし雪雲朱し

雪のくるまへにかがやく星空のまばたきふかし病癒ゆる日

少年の日より愛できし響きなり永訣といへば霜夜明るむ

雪雲を鳥のぼりゆき樹木みなみづからの時間を垂直に刺す

をちこちに薄氷（うすらひ）ひかる山の原嘴のごと杖つき遊ぶ

黑瀧村赤瀧の里に捕へたる月の輪熊をあはれみおもふ

入日差す冬木の原の足跡に硝子の靴のごとく水凍る

今朝張りし檜原の氷うすからむけものの蹠（あうら）やさしかるべし

冬の尾根また越えゆかむ石鏃（せきぞく）のごとくにひかれ山人の歌

若きらに叛かれしのち白銀（しろがね）の冬木の木末（うれ）のひかりを愛す

わたつみの波の秀（ほ）踏みて遊びけむ女神（めがみ）の尻のかがやきを見む

霰ふる杉の木原を過ぐるときわが銜ける杖忌杖（きぢやう）のごとし

底にしづめて

今よりはさらにも暗き夜ならむ霜夜の紅（こう）の梢より降る

さまよへる魔法の杖をかくしたる沼ありぬべし紅葉（もみぢ）明りに

脊椎を病める木こりに星はこぶ山姥よ枯葉まとひて

空に舞ふ木の葉銀箔、幾千の神經の鞘に霜ふる山上

今朝張りし森の氷はひそかなり非在の沼を底にしづめて

黑　暗

林中にさかなの鱗かたまりてこぼるるあたり杖銜き過ぐる

杉山の斑雪（はんせつ）しろきあけぼのに目覺むるまなこ他者のしづけさ

山のまのわれの睡りの緣（ふち）ならむ枯草のすこし焦げてゐるのは

樹の瘤を撫でさすりけりぬばたまの夜の暗黒を宥めるごとく

ひつそりと朝の津波の引きしのち流木濡れて蹲りをる

かぎりなくひかり溢るる雪原に大鴉こそ下り立ちゐたれ

元日の夕べに太き雹降りてしばらく山の闇を亂せり

かへらじと言擧げなして吉野山くだりしものらみなうらわかき

わが一生いまだ熟れずに正月の夕日爛れて昭和終らむ

まかがやくわたつみの涯に天皇を叫びし友ら老ゆる日なけむ

ぼんやりと高層の部屋に眠らむか冬のをみなごみな菩薩めく

前鬼後鬼（ぜんきごき）わがかたはらに睡りゐて昭和過ぐれど目覺めざるべし

夢遊病者なりしわが幼年期雪の夜のほのぬくき沼見き

岩蔭の殘れる雪に突き立つるしろがねの杖、神まぐはふや

後夜

杉山のしろき斑雪（はだれ）に差しきつる夕日明るし罪ふかきかな

魔の時は過ぎたるかなと新春の雨ふくむ空仰ぐなりけり

霙（みぞれ）より雪にかはりて更くるなり天窗にゐる夜の白馬

この朝明われを襲へる腓がへりかかるやさしき拷問と知れ

鳥けものみな狩られたり山上に血溜りとなりし雪の落暉（らくき）
思ひきりむかうへ杖を投げうてよ雪雲（ゆきぐも）のそら虹立ついまを
森に降る雪の静けさ鬼ひとりほろほろ酔ひて後夜（ごや）となりぬる

朴の花

大空に朴の花咲き背骨（ほね）しろくととのふ朝明なべて韻律
杉の木の空洞（ほら）叩きをるきつつきの奏づる響き若葉を濃くす
庭の樹に來鳴ける夜鷹くいくいと若葉の夜のわれにしたしも
花菖蒲咲く池のへに肩寄せて高校生は何かたらふや
ポプラの絮（わた）白く流るる大阪の千里の風の明るさに坐す
谷行（たにかう）の後（のち）にきたりし物質の溢るる世なりわれ狂はずや
恥多き一生（ひとよ）暮れつつひつそりと池のほとりを人過ぎゆかむ

蝸牛考

杉山の峯を仰ぎてゐたるとき夏の光は瀧のごとく差す
しなやかに鞭打たれつつめくらみて聳（た）ちつくすなり驟雨の峯に
こともなく岩清水湧きひかるさへ苦しみありてうたふわが日日

立秋の杉山青し髑髏(されかうべ)かくしおきけむ晝のくさむら

杉山に啼く山鳩はいつよりかわれの苦しみを知りたるごとし

これ以上身輕くなれぬあかときに夜神樂はてて白くまどろむ

風景の涯におよべる樫の樹の枝を渡れるかたつむりおそし

大風の山に吹く日よ聲高(こわだか)にもの言ふ山の人らなつかし

この山に棲める石龜をりをりはわが無意識の縁(へり)を歩める

ミヒャエル・エンデ『モモ』より。

カシオペイアといふかの龜を戀ほしめば夜半われにこしミヤマクハガタ

森に棲む木樵(きこり)の眠る闇ふかしああつぐなひはかぎりもあらず

たかだかと櫟(いちひ)の樫の聳えたつ照葉樹林死者もかがやく

〆切はせつなかるべし、夏至の夕べ池のほとりに高校生ふたり

棒のごとくちなは落ちし水面よりゆつくりと晝のかなしみきたる

人の世のはからひ半ば捨てし日や夜明けの山にひぐらし數千(すせん)

炎帝の憩へる森にみづからの骨搏(う)つごとき三十一拍

美しく老いむとすれど夭折の王子(みこ)をいたみて梟老いず

エンジンをふかして山道登りくる人間といふこの勤勉な惡さ

ひとりごと娘(こ)はつぶやけりへだてたる紙障子白くつゆの夜ふくる

山桃の核(たね)しやぶりつつ森に降る夕べの雨に濡るる森見つ
舞へ　舞へ　かたつぶり　樹の木末(うれ)に舞へ　風に舞へ　雲に舞へ　かたやぶり
朦朧とわが煩悩の底をゆく蝸牛の時間ものみな睡る

暗緑の森

或る自畫像

杉山に虹かかりたる靜けさを目守りてをりぬ夏草原に
少年のまなこに入りて宿りける星ありしこと若く老いにき
栃の木のほのぐらき空洞(ほら)にまむかひて泪流るる木樵(きこり)なりけり
あはれあはれ翁の面のしめりゆく山霧の夜となりにけるかも
イースター島の石人像は仰向けに億萬年の空を見てゐる
オランウータンにしだいに似るを嘆かざれ暗緑の森どこまでつづくや
陽の照れる若葉の森を人走る肌みづみづし嬰兒(みどりご)も立つ

空のはたてに

百首歌

一

晝も夜も秋七草のそよぎゐる花野をとほくめぐる風あり
新月のごとき利鎌よ山住みのわが境涯も花野にかすむ

この山は大き首塚ゆつくりと月のぼりきて萩叢（はぎむら）に照る

孑孑（ぼうふら）のつぎつぎうかびくるまでをみつめゐたれば異郷なるべし

うちつけに雲かがよへば忘れたるをみなまぶしく山住みながし

すずめ蜂の大き楕圓の巢を掲げ秋の山家となりにけるかも

夕映ゆる花野にゆきて拂ふべし憑（つ）きたるものを草の實のごと

御嶽（みたけ）より下りきたりし秋成が秋草の花美（は）しきと誌（しる）す　『藤簍冊子』

斧伏せてこの草叢に拜むべし「金（かね）の御嶽（みたけ）は一天下」とぞ　『梁塵祕抄』

野に臥せば草葉の露のこぼるるよ秋野の山に利鎌を研ぎて

首ひとつ提げてさまよふ花野にて望（もち）の月出づる靜けさに逢ふ

熊野より連れかへりにし白き犬も老いそめたるやくさむらに臥す

林中の枯葉を踏みてさまよへばわが白き犬化身のごとし

白犬の柔毛の肌をひた走る蚤を追ふなり狩獵のごとく

猪と闘ふこともなきままに山踏みなさぬ主人（あるじ）と老ゆるか

雲かかる遠山畑と人のいふさびしき額（ぬか）に花の種子播く

山上ケ嶽のお花畑を夢に見き女人禁制の雲海の上

地球滅ぶ日をおもふゆゑ雲海のお花畑の草花戀ほし

額縁（がくぶち）のごとくに高く陽を受けし山畑の村はつねにいけにへ

美しき傳說ならず山畑の村なくなりてくさむらふかし
夕闇にとろとろと火が燃えてゐる高みの村よ父を焼くのか
難民の船なつかしくきたる日や山の間（ま）の村ひとつ今日なし
遠くより秋の津波のくるあした渚の砂に母を忘れこし
睡るまもやままゆの蛾の飛び交へるぶあつき闇に守られてゐる
守護靈の宿り給ひしいただきの青杉の森伐られゆくなり
杉檜（すぎひのき）山には植ゑつ削ぎたてる頂上の空に見おろされゐき
山鳥の肉食べしわれ燔祭（はんさい）のなされしごとき巖（いはほ）に臥する
青柿のあまた散らばる道のべに野分のゆくへ語る嫗ら
かの沼のほとりを行きて石龜のごとくにさびしわれは何者
國原に出できて思ふ山顚（さんてん）の巖に龜をあゆましめにき
すさのをは深谷へだて睡りをり鼾はとほく津波にかよふ
うたふことかすかになりぬおもふことひとつとなりぬわれ無一物
尾根に立つ檜の梢（うれ）を見上ぐれば蒼穹をゆく秋の帆柱
黎明のうすらあかりに還りくるわがむささびよ闇の芯から
樹木から樹木へ翔べるむささびのくらき飛躍はわれの死にざま
はからひに満ちたる世をば何ひとつはからはずこしすこし悔しき

茜蜻蛉(あかねあきつ)交はりつつも中空(なかぞら)にしんしん澄みて漂へるかな

尾根近くわれの植ゑたる杉檜四十年の樹林の響き

栗拾ひ山をくだれば鳥けもの從(つ)きくるごとし秋の國原

赤銅(あかがね)の八十梟帥(やそたける)らも混りをらむ公園に太極拳など見習ひて

秋の日の魑魅(すだま)にまぎれかへりゆけ栃の古木(ふるき)のいだける空洞(ほら)へ

すでにわれは死者の仲間か山の夜の濃き闇のなか燈火見えて

きのこ持ちて歸りきたりしわが父も芋洗ひゐし母も湯けむり

木の空洞(うろ)に秋の靜けさ溢れつつ枝移りする輪廻の小禽

山住みの一日はつねに一首にておのれの首を祀れるごとし

二

搖さぶれやあけびの熟れ實この秋の最もたかき雲炎えてゆく

壹萬年昔にたれの見し夢か選ばれし者山を下りき

黑ひかる石の鏃(やじり)よ無心なるもののかなしみ戀ひて生くべし

葛城より大峯にわたす虹の橋こころにもちて山くだり來つ

國原へ吉野の山をうち出でし小楠公は孤獨なりけむ

颱風の襲ひ來し夜天皇の宿りたまひしその部屋に臥す　吉野山竹林院

戰ひに死なざりしわれ天皇のしぐさを眞似て泪流れき

あはれあはれ玉座はつひに何ならむやままゆの蛾は窗に貼りつく

雪中に王子の首を匿(かく)しける傳承ありて血は噴きやまず　後南朝の皇子、自天王

雪ふるに夕日はなやぐひとときは神神も罪を犯したまふか

雪雲の動かぬ一日村びとはみな集りてわれを裁くや

樹のうれに夕闇ありき産まれたる仔犬を見ずて地凍(つちい)てそむる

山羊齒のそよぐなだりに呪詛のごと黄なる乾酪(チーズ)を少しづつ食む

青杉の谷間に春の雉鳴けり日常の底に霞たなびく

たばしれる雹の一粒口にせりげに禁斷の天(あめ)の氷菓ぞ

かたつむり枝わたりゆく時間(とき)の涯月讀しろくけぶる明るさ

皿の上に鮎並ぶ夕べ母若く髪洗ひゐし夜のごとくに

日輪を突き刺すごとく聳えたつ夏青杉の太幹に寄る

三

盥には夕星(ゆふづつ)溢れゐたりけり嬰兒(みどりご)ここに歸りきたらず

遠足をかたるごとくに妻と子は山下る日を明るくかたる

故里はことといへども龜蟲はゆつくりと草の葉をあゆみをり

黑板のごとくに立てる檜(ひ)の山のかたはらにしてひかる巖(いは)あり

當用日記を丹念につけしわが父の　咳(しはぶき)きこゆ杉山暮れて

わが家族(うから)もの食む夕べ杉山の紺青の嶺(みね)しづかに映ゆる

くさむらのほとりに夜半の掌(て)を置きて睡れるものを妻と呼ぶべし

惡人となりて睡りき朝の庭に力士のごとく鹽を撒くなり

たれかまたかかるくらみに耐へずして夜半のきりぎし跳びこゆらむか

はてしなき推敲ならむ朝茶粥啜りゐたれば杉山の雨

柿や栗みのりゆく日に矢立もて山の立木に墨入るるなり

葛城にかかれる虹を西行と仰ぎ見にけり山びとわれは

風ひかる秋の樹林は谺せり言離(ことざか)の神のふかき無言(しじま)を

醜しと晝を出でこぬ葛城の異形の神よ夜に出逢はむ

くさむらの沼のほとりにしろがねの杖忘れきて秋ふかまらむ

雪溪のごと骨響く紅(くれなゐ)に山燃ゆる日のわれは乞食(こつじき)

叛骨(はんこつ)を詩の根本と告げたればげにぽんこつと言ふにあらずや

山霧に村消ゆる日よ夜神樂をおこなひをれば人ひとりなし

苦しみのひと夜を明けて何なさむ曼陀羅の山すでに霜降る

赤のまんま小皿に盛りてわれ哭きぬ永劫回帰かたつむり往く

梟首(さらしくび)いくつをかぞへきし山ぞ狂氣の秋の澄みきはまりて

國原に美しき虹かかれるを不吉となしき天の焼畑

黄の多きもみぢの山に眞向ひて木樵（きこり）をなせり青杉の山に
死の後に白くのこれる骨ならむこの寒き夜にすこし疼（いた）める
この人は死んでゐるの――と親戚の女童（めわらは）言へりベッドのわれを
雪の上に影をつくれる杉の木の樹下（こした）にくれば屎まるけもの
永劫回歸うたへるものの聲清し冬木の枝をわたる鶲（ひは）のむれ
成りなりて成り餘りたる餘計者の羞恥なりけむ項垂（うなだ）るべしや
列なして枯野を走る野鼠はひたすら秋の夕日にむかふ
夜となればぐんぐん山はせり上りくらき懸崖に吊るさるるわれ
いざさらば夕べの雲の炎ゆるときわがデスマスク照れる嶺あり
日もすがら秋風の靡くいただきに花咲く窪みありと告げなむ
こがらしに吹かれて越ゆる白き蝶年ごとに見る秋のまぼろし
花原に坐りてしばしまどろむや涅槃（ねはん）にかよふ風の道みゆ
滅びゆく民の一人ぞ山あかくもみぢする日は人を戀ほしむ
天刑といまは思はむ遲れたるわれの時間を生きぬくことも
草の實のこぼるる花野さまよへばわが息こぼる空のはたてに

III

杉

霜月の山にかへりし神神の咳（しはぶき）なすや枯葉舞ふなり

少女（をとめ）乗れる赤きバイクを見失ふ黄葉（くわうえふ）の闇しばらく甘く

くれなゐの落葉のつもる夜の淵を炎えて流るる山川（やまがは）の水

髯（ひげ）ぬきて投ぐれば杉の木となりきああもじやもじやの男の無聊

霰ふる山のけものよひつそりと美（は）しき毛並のつやめくものを

茜ひく雪雲（ゆきぐも）に入る鳥みえてベルリンの壁毀（こは）されし日よ

花にふる

山櫻ほつほつひらく山上に降りきつる雪踏みて去（い）ぬべし

寝言にて激しく忿る若者よベルリンの壁昨夜（きそ）毀されき

岩炎えてふかき谷間に堕ちゆけり春三月の山焼きをれば

にはとりも牛も飼はなくなりてより家畜のごとくさびしき家族

花にふる四月の雪を分けゆかば皇子（みこ）の首萎えむわれの腕（かひな）に

即事

花の雲にこの身泛べて水分(みくまり)の齋庭(ゆには)に入りぬ隱るるごとく
坂のぼり坂をくだりて花の雲のなかに遊びぬかなしみもありて

はるかなる他者

蓮華田のしばらくつづく越智野(をちの)行く春の電車に瞼かすめる
射干(しやが)しろき坂のぼりきて岩肌に女人菩薩の胸乳(むなち)をなぞる
鳴けや鳴け、おほるりこるりわが魂(たま)の芯澄みゆかむまでのさへづり
萬緑をかへりきつればみどり兒の睡れるごとし妹(いも)といふ闇
バッグより取り出す物のいろいろをみつめをりしよわれが三人子(みたりご)
こともなくわれの子を産みし不可思議の闇をおもへり朴の花咲く
ぬばたまの若葉の闇にとり出だす翁の面よはるかなる他者

鳥獸蟲魚

郭公のしきりに鳴けるこの夕べ幻の尾のさまよふごとし
絶え間なくわれを見張れる山脈(やまなみ)よいま黄緑(わうりよく)の靄をまとひて

赤銅(あかがね)の八十梟帥(やそのたける)らつどひけむ嶮(さか)しき村に茱萸(ぐみ)熟れてをる

さきはひのしるしのごとき白き球虚空(そら)飛び交へり春の山邊に

草むらに息づきふかし谷蟆(たにぐく)よわたくしの歸る村はあるのか

ひめゆりに流るるさ霧文明より運ばれて來し汚物かわれは

かたはらに蟇(ひき)目覺むるや夏草は劍(つるぎ)となりてみな迫り來る

血壓を測りゐたれば春霞ふもとに立ちて丘削られぬ

丹塗矢(にぬりや)となりて戀ひしか山川(やまがは)を遡りゆく血の萬緑よ

蛇苺、蚯蚓(みみず)、澤蟹、鳥の糞(ふん)——露ばかりなるわれの朝市

祭太鼓しきりに打ちてさびしかり南半球に人飢うるとぞ

日輪のあらはるるまで黎明の太鼓を打てばわれはいけにへ

大阪の夜空が遠く火照る夜は雨近からむ夜鷹來鳴ける

森出づるこの岨みちに霞網懸かりしむかし憂愁(うれひ)を知りぬ

ぐつすりと睡れるままに一生(ひとよ)過ぎむかたはらの沼のその青味泥(あをみどろ)

シベリヤの收容所にて描きけむ香月泰男の凍星(いてほし)ひかる

眞夜中のエレベーターは垂直にわれを降せり都市の地底に

午前二時の池のほとりをめぐりたり翁の面の醒めざるままに

水の邊に鳥獸蟲魚待ちをれば膝しなやかにをみなご坐る

髑髏(されかうべ)さびしかるべしまなこより螢の湧ける夏の草叢

わが歌は輝ける他者やまももの實を食うべゐる家族(うから)も死者も

手紙

夏草にまろべばわれも露ならむくちなはのゆく晝のしづけさ

われにつらき人ら寄りきて南無阿彌陀呟くらしもいまだ死せぬに

黄に熟れし青梅の實を見に行きし妻歸らずて螢湧き出づ

國原に虹立てる日や山人のさびしき一生(ひとよ)かたりあへなく

ひつそりと蟻の列つづく夏まひる逆立ちすればわれの影濃し

硝子窗におほみづあをのうすみどりわが書きし手紙すべて死者あて

この痛き魂魄(たましひ)さすりくだされやわが歌の友老いそむるなり

わがむすめ見えなくなりぬ櫻桃(あうたう)のつぶら實食めるこの夕まぐれ

豁然(かつぜん)と枝差しのべし山の樹のみな動くなり霧走る日は

白桃(しらもも)をしみじみ食ぶる夏の日のしどけなき老をゆるさせたまへ

山の夜の最も短き朝明にてそら豆ほどの雨蛙來ぬ

大阪にて夏風邪を病む。

三十八度の夜半の體溫なんといふやさしき鬱の華やぎならむ

やはらかき仔羊の皮の鞭をもて一夜擲たれしわれならなくに
寝返りをうつたびわれを飛びたてる鳥なるやつばさしなやかにして
少女(をとめ)らはわれを圍みてそよそよとほほゑみそよぐ夏北千里
寝ころびて歌詠みをれば草の上の麒麟(きりん)の首を熱過ぎゆかむ
微熱にてわれの睡れるかたはらに沸騰するや夜半の青沼
熱すこしさがりて眠るやすけさよ山家(さんか)の合歡は咲きてゐるらむ
藍ふかき夕影山にかなかなとわが亡骸(なきがら)は挽かれゆくのか
つゆのへにまたつゆこぼれ草むらのさゆりの花は人死なしめむ

葛城青し

夜の樹の梢を婆娑(ばさ)と降るけもの、前川佐美雄これの世になし
今の世に歌詠むことのむなしさを誰よりも知りて歌詠みましき
炎天にふつふつ湧ける憤怒かも歌びとの山葛城青し
飄飄と洒脱なりにし天才は生きなづみけむ空に夏花
詩より歌へわれのゆきにしその日より韜晦したまへりかすみ神

先生を案内して、大峯山・山上ケ嶽に登拝せしことあり。
昭和二十九年八月。

あめつちの痙攣のごとくをかしがりわらひたまひしよ無意味なる物を

山上のわれの睡りのかたはらに眠らざる人ありて雲湧く

雲海の眞夏の巖（いはほ）そそり立ち畏まりけり天水の湯に

仰ぎ見る葛城（かづらき）青嶺（あをね）雲白く夏野を往けり君をしのびて

釉藥（うはぐすり）流るるごとき悲哀ありて佇ちつくすなり灼ける國原

壁

杉枯葉踏みつつ行きて清水あり西行の後（のち）八百年經つ

鳥栖（とりすみ）の釣鐘撞けり吉野より木（こ）の間（ま）をたどる旅人のため

冬きたる山となりたり土粗（あら）き干菜の壁に夕日にじめる

まぼろしの女神のほとに入りにたる木樵なるべし冬の岩ひかる

すつぱりとおのれ棄てよと言ひたまふ山もみぢせる水の響きに

良きひとに出會へることのありがたし良きひとは支ふ蒼穹の芯を

國原に晝月しぐる椀賣りのごとくに吉野出でて來つれば

春の雪

誰もゆかぬ春三月の山の雪踏みしめあゆみ一生（ひとよ）の愉悦

けぶるごと木木の梢の雪散りて陽は輝けり清きまぐはひ

早春の陽の明るさに息絶ゆるけものをかこむ純白の雪

幻の砦となししこの山の雪尾根行けばたちまち翁

梅の香の低く流るる雪の上に屎まる犬もさびしかるべし

國原に春の雪ふるおほかたは死にたる人と遠く眺むる

われよりもわれらしくある地下街の浮浪者のごと岩間に坐る

うちなびく春山ゆきてうらわかき杉の立木の皮剝ぎてみつ

日にいくど泪にじまむ春山の木木の香りに病めるかわれも

たれゆゑに奔る鬣（たてがみ）やまなみに春の霞はむらさきを曳く

しつとりと重たき雪を支ふべき青杉の枝、てにをはその他

まどかなる睡りのうちに産土（うぶすな）の村賣られしやトンネル抜ける

いかほどの化粧（けはひ）もなさず葬（はふ）りたる母おもひをり雪の木の間に

預言者とならざりしわれ春の雪明るき森の徑かへりきぬ

山櫻ことしも咲きて老ゆらむか杉の苗木を天（そら）に植ゑ來つ

牢

わが谷に新年の雲青透けり春來る鬼と盃を交せば

杉山に春の雪ふる髯抜きてやけに投ぐるはおほちちならむ

『太平記』讀みくだされし父上よ吉野を出でてゆかざりしわれ

首おもく提げてあゆめる夢見けり寒満月に父のさかやき

雪の日の杉の木伐れり頂上にやさしき牢を作らむとして

坂

裏山に登りて拜むしろがねの繭となりたる山上ケ嶽

今年また吉野を語り過ぐさむか吉野の人らわれを憎めど

藏王堂をいくたびも眺め登りけり霜柱立つ花矢倉の坂

新羅斧

三輪山のやさしき朝よ良きことのまたあるべしと國原を往く

巻向の檜原にしろく雪ふりて人を戀ほしみ歩みたりしか

墨薄く檜の幹に書かれをり春大雪の後見廻ると

水底にふかく沈みし新羅斧を紅葉(もみぢ)明るきゆふべ思へり
冬日差澄める飛鳥の山田道越ゆれば三輪の山に言問ふ

花骨牌

白き犬を森に放てばひぐれにもかへりきたらず山櫻咲く
家持の聽きしうぐひすゆふかげのいよいよ青く時過ぎゆかむ
野も山も花咲きみちて小學校に上れる子らはますぐに竝ぶ
正裝の母に連れられし一年生おどおどすれど金釦ひかる
菜の花の明るさほどに氣狂ひて國原の道かへりきたりぬ
花骨牌(はながるた)竝べゐたればまつくらな夜空をわたる花の風あり
伐り株がをりをり人と見ゆる日よ谷をへだてし山の伐り跡
春がすみふもとに湧きぬ山人(やまびと)の自我の秤となりて棚曳く
春山の尾根越ゆる人らゆらゆらと透きてしまへり父母(ちちはは)さへも
黑牛は遲れてくるやうら若き母在りし日の櫻の園に
岩押して出でたるわれか滿開の櫻のしたにしばらく眩む
こともなく杣が家とぞ詠まれたる春の山家(やまが)に獨り酒酌む
ひとすぢのひかりの帶を曳きて來るさくらはなびら杉の木の閒に

紺青の血をまじへつつゆふぐれの樹液のぼりぬ喬き梢に
木の幹を穿ちうがちて穴あけるそのいとなみを眺めゐるのみ
いつまでもわが名呼ばれず森閑と侏儒(こびと)ら並ぶ赤・黄・緑
『太平記』ごつごつ詠(よ)むはこの森のキツツキならむ重き嘴
つづまりはわれ穿たれて佇ちそよぐ蜜のごと垂るる樹脂(やに)の悲しみ
勾玉(まがたま)をいだけるわれは杣人(そま)なるやもゆらに照れる月讀の杣
雪の夜に惨殺されし青年は勾玉をひそと齋(いつ)きゐしゆゑ
花咲けばわが裘(かはごろも)たけだけしかの懸崖に射とめたる氈鹿(しし)
後南朝の皇子(みこ)の流離をたどりつつたどりあへなく老いむとすらむ
若き日のわれの植ゑたる杉山に夜すがら鳴れり春の嵐は
花の山の狼藉のあと澤蟹となりて歩めりまなこ濡れつつ
ムササビはみな相寄りて花の果(はて)のわれに告ぐらく——神敗れしと

崖の上に

春の日の花に遊べば今生に逢ひたる人らみな花浴ぶる
ふかぶかと洞(うろ)をいだける栃の木の幹打ちてをり芽吹くさみどり
崖の上にほんのしばらく繭のごと棲まはせてもらふと四方(よも)を拝めり

ひさかたの天二上(あめふたかみ)の硬き石を磨きゐつればさびしくなりぬ
ぬばたまの若葉の闇につつまれし山人の貌(かほ)だれも知らない
三人子(みたりご)を思ひて佇てり山の夜の若葉やさしく匂ふなりけり
夜ごと來るよだかの聲の澄めるときひと日の罪の婆娑と崩るる

空の遊園地

樹樹の芽に霜ふる夜明け 黝(あをぐろ)き全感情にしろがね響く
鬨(とき)の聲湧きあがりをり新緑の深谿(ふかたに)をながくみおろせる書
ゆつたりとわれにつきくる債鬼あり失はれゆく記憶を持ちて
犯罪者にあらざることを書き誌(しる)す若葉の幹に樹液滲むまで
黄緑(わうりよく) の靄かかりたる向つ嶺(ね)に山姥のゐて青葉を翻(かへ)す
みなかみに赤き犢鼻褌(たふさぎ)流しけりしたためし歌まなく消えゆかむ
死ぬるまでわれにつき來る探偵かいたく老けたり若葉の町角
正午(ひる)過ぎの峠の茶屋に殺(あや)めたるをとめごのことなべて緑金
さびしくて白夜のごとく明けやすし森の樹木を伐(こ)りゐしは昨夜(きそ)
ぬばたまの若葉の闇をぬけて來しおほみづあをは前額(ぬか)にとまりぬ
朝戸出のわれの門口(かどぐち)塞ぎをるやさしき蟇(ひき)は地に蹲る

遊園地若葉の空にあるごとし記憶はなべてこはれゆきつつ
蛇苺赤き日暮れに惚(ほほ)けたり女(ひと)よ父母(ぶも)未生(みしやう)以前の若葉
いくたびもわれを犯せし山姥の羞らひならむ若葉照れるは

沐浴

ぎつしりと天雲(あまぐも)垂るる黑南風(くろはえ)の大和國原に櫻桃(あうたう)食めり
をりをりはまなこかすみてゐたれども惡黨一騎われを見捨てず
わが父祖(おや)を殺めし者のやまとうたくちずさみをれば國原蒼む
蓑笠にやさしき雨かうづくまり山霧ふかく插木をなせり
眞つ青な太陽わたる森の奥わが罪狀の朗讀つづく
奥千本の地圖かきなづむ雨の夜に道に迷へるごとくさびしむ
川ここにはじまるらしもなんといふやさしさぞきみ沐浴すらし
丹塗矢は流れながれて紺青のかなしみのはてを急ぎゆくのみ
こんなところにうづくまりゐしかぷつぷつと疣(いぼ)噴きあげて幼年時のわれ
さらさらと水流れゐるかたはらに動かぬ岩のさびしく見ゆる
紫陽花の砦なるべし黑牛はわがふるさとをにれがみてゐる
びゆーんびゆーん青空唸る梅雨霽れに生まれたる村まだ見つからぬ

透明な朝のひかりに來歴を書きあらたむる一日（ひとひ）一日を
騎馬民族渡來の說をまた讀みて構想ながし山の砦の
あはれあはれクルドの民よ武器もたぬ山人（やまびと）をつつむ春山がすみ
立てる樹の洞（うろ）に睡れるけものらの晝のねむりの樹下（こした）をあゆむ
勾玉は月讀なりと少年のわれに語りし母うらわかく
ふるさとはここといへどもピンボケの肖像寫眞竝びゐるのみ
赤きマントひるがへしこしかの少女（をとめ）冬木の原の雪に消えしか
みなかみに音樂のごと湧き出づる血もありぬべし沐浴なさむ

火

ほうとして山見るわれに雲間より刳舟のごとくしろがねひかる
ひたぶるに翁の舞を舞はむかな曼珠沙華の花飛び散らしつつ
山巓の秋のいけにへいくたびも鍊金の爐の炎に入りつ
沼空の迷ひ入りたる奧熊野の瀧高くありき磷磷と落つ
眞葛原刈りなづむわれ翁さび二百十日の花のむらさき
翁さぶるわがかたはらに耳たてて海の野分を聽ける白犬
紺青の森の奧にて燃えつづく秋の炎はわれを燒く火か

秋野

草の實のこぼれるごとくみな出でよ百骸（ひやくがい）九竅（きうけう）にひそむもののけ
蒼穹より釣絲垂るる旅人よまひるの沼のそのあをみどろ
秋日差蒼くよどめるこの沼に魚鱗（いろくづ）絶えてわれも老ゆるか
刻（とき）ながくかかりて栗の實を剝かむ鱗雲まだ空に炎えてる
鎭守より太鼓ひびけり秋の野に仕置のごとく露めぐらせば
著飾りし娘ら行きし森見えて非在の村にドングリ散れる
山巓に檜（ひ）の木を植ゑてくだりこし秋の夕べにをみなを知りき
秋ふかき地下の茶房にひつそりとパイプくゆらす永久（とは）の歸鄕者
人みなのかへりゆくべき場所あらむ秋夕映に運河かがやく
木の空洞（うろ）に匿しおきたる森の地圖紅葉（こうえふ）せむか街も夕燒け
くらぐらと夜空を滑るけもの見ゆ——ああ、人間のはじまりも見ゆ
少女子（をとめご）の殘しゆきたる色鉛筆みな携へて秋野さまよふ

山道

ぼんやりと葉を落しゐる橡（つるばみ）の瘤ふくらみて霜しろき朝

笑ひ茸（たけ）喰らひたりけむ村人の嗤へる晝のわれ睡り茸
霜月の星磨かれてひかりをりわが三人子もさびしかるべし
野鼠のひたすら走る國原に冬の虹大きくかかる
神隱しに逢ひたる兄の歸る日を待つらむか岨（そば）の老松
立枯れてすでにひさしき杉の木にあかあかと冬の夕日差しをり
山道に行きなづみをるこの翁たしかにわれかわからなくなる

あとがき

この歌集に収めた歌は、一九八七年（昭和六十二年）から一九九一年（平成三年）の五年間に出來た五百七十七首。私の第五歌集にあたる。名づけて『鳥獸蟲魚』。

私の生涯の主題は、「自然の中に再び人間を樹てる」という生き方であると、詩集『宇宙驛』の後記に書いてから、はや四十年に近い歳月を閲した。今では世界中が地球環境の危機を訴え、エコロジーの聲はあまねく行き亙っているが、私の主題はいっそう困難な狀況となっているのを自覺せざるをえない。『鳥獸蟲魚』という集名は、そうした意味での私の悲願であるとも言えよう。

昭和の最後の年の晩夏に、私は思いがけない大怪我をしてしばらく入院した。この不慮の災難の直後も歌はかなり多く詠んでいる。翌平成元年の初秋、百首歌「空のはたてに」（「山ひかる日を」改題）を作歌した。

この大怪我から百首歌までを第Ⅱ章に収めた。三章に分れているが、制作順に竝べただけである。タイトルをいくつか改題したほかは、殆ど發表時のままである。

第Ⅲ章にあたる一九九〇年（平成二年）に、『森の時間』を「新潮」に連載した。私なりのスタイルをもった散文の仕事は積年の思いであったが、散文を書くことによって、かえって韻律への愛惜がさらに切實になるのを經驗した。

＊

この歌集も、小澤書店の長谷川郁夫氏のご努力によって上梓される。小澤書店から先に刊行された全歌集（『前登志夫歌集』）、『樹下集』と同じように、司修氏の装釘によって見事な本となるだろう。ありがたいことである。

平成四年九月　新秋の風わたる日

吉野山中　山繭菴にて

前　登志夫

歌集　青童子

せいどうじ

青童子
平成九年四月二十一日　短歌研究社刊
装幀　司修　A5判一八四頁　一頁二首組　三三五首
巻末に「あとがき」
定価三〇〇〇円

生贄

夜となりて雨降る山かくらやみに脚を伸ばせり川となるまで
腿長（ももなが）にいねて聴くべしこの山に父母在りし日の斧打つ谺
杉山に夕日あたりぬそのかみの蕩兒のかへり待ちて降る雨
八月の朝明青竹伐りにけり盂蘭盆（うらぼん）の山竹の肌澄む
石地藏を蒼き谷間へ投げ捨てし少年の日の夏の碧落
あやまちて山畑の畔（くろ）に植ゑたりし合歡の木すでに五十歳越ゆ
斧もちて合歡の樹下（こした）に茫然と佇みしことといくたびならむ
うすべにの合歡咲き出でてかなかなの聲の潮（うしほ）に氣狂ひし夏
炎天に峯入りの行者つづく晝山の女神（めがみ）を草に組み伏す
ひだる神をのがるるすべもあらじかし草の實のごとくとり憑く飢渇
となふれば陀羅尼の響く磐座（いはくら）かこの夕雲のくれなゐを飛ぶ

熊野びと・中上健次氏を悼みて　二首

今年、「俳句」の鼎談で、岡井隆氏をまじへて毎月會つてゐたが
——（平成四年・一九九二）。

『千年の愉樂』をわれに手渡してあばよと逝きぬいたづらつぽく

死の淵をかたはらにして定型のマレビトよきみ野球帽まぶか
吾亦紅くれなゐふかし刺客らの濃き陰翳(かげ)見えて花野にまぎる
秋の日の障子を貼りて晝寢(ひるい)せり國栖びと漉きし紙のきりぎし
栗の實のはぜて落つれば栗茶粥炊きてくだされ山姥御前
山畑の土を耕しこともなく老いゆく日日を晩年とせむ
すんすんと天上朱く彩れる曼珠沙華生ふる吊尾根の徑(みち)
わたくしに似し浮浪者の横たはる天王寺驛つつしみあゆむ
これやこの往くも還るも秋日中睡れる汚物われの生贄
聖と俗入りまじりつつ秋の日の日照雨(そばへ)明るき國原過ぎつ
藥水(くすりみづ)・福神(ふくがみ)・大阿太(おほあだ)過ぎたれば下市口(しもいちぐち)を乗り越すなゆめ
喪ひし山幸の鉤――紺青の秋山竝に帆柱ひかる
晝臥(ひるぶし)を覺むればすでに夕燒けて聖者らはみな山下りけむ
これの世に愉しみ少なくなりぬれば空想なすや王たりし日を
ひつそりと山道よぎる雉尾羽根炎のごとし、性(せい)欲過ぎゆかむ
山住みの無念を知れとうろこ雲われの障子に燃えうつりきぬ
死なせたるみやま鍬形(くはがた)蟲秋の日の木斛(もくこく)の木のしたに埋めつ
晝臥に見る夢あはれたかぶりし女神のあぐる聲に覺むれば

萩に照る月の出おそしあくがるる晩年にこそ神隠し來（こ）め

黄昏の種子

夕焼けてまなくふりくる山の雪やまなみの藍溶かしつつくる

雪やみし山の夜空に含羞の星よみがへる靜けさにゐつ

鳥けもの食（くら）ひくらひて年長（た）けしわがうつしみをいとふ雪の上

むらさきの血潮まじれる川見えてきりぎしの家にわれはかへらむ

山姥を斬り殺さむと磨きたる昨夜（きそ）の斧はや錆を噴くかな

播かざりし穀物の種子朽ちはつるこの地下倉に差す雪あかり

ひしひしと球根の芽のひかりをる雪くるまへの納屋にこもりつ

杉落葉あかきたそがれフォークナーの村を過ぎたるわれならなくに

くるしみて棄てし故郷に種子播きて胎藏界のふかきしづもり

戰爭に敗れてはやも五十年滅びしものをしかとこそ見め

インディアンを狩るごとくせず植民地のこの島國に物溢れしむ

糞（ふん）撒きて華やぐ金魚ひらひらと群れて競ひてたのしきごとし

濁りたる運河の水の滑りゆく冬のゆふべとなりにけるかも

そそり立つビルの窗みな夕映えて家族へかへる人を見送る

いくつかの煩惱寄りて孤獨なる樹となりつらむ枝をひろげて
風船となりて漂ふ乳いろのコンドームこそ春いかのぼり
街なかの高みに睡る旅人よいま紺青に熟れゆく狂氣
この山に人ひとりをらぬその日にも木木の梢に冬のひかりあれ
かの嶺の岩炎えて飛ぶゆふまぐれ女神(めがみ)のほとに種子をこぼしつ
ふるさとが見えなくなりて日日經つつわれの咳聲(しはぶき)山にひびきつ
鶲(ひは)、小雀(こがら)あそべる枝の雪消えて執着をせしこともまぼろし
音もなく朝空わたる自轉車の銀のひかりは引窗に差す
福壽草黄に咲きつづく山道の斑雪(はだれ)を踏みて血緣棄てつ
杉山の雪ふみゆけばたそがれに菜の花の村ありしよ、母よ
山姥の垂れし乳房にきらめける霧氷を吸ひて日脚延びゆく
古國(ふるくに)の書をあかるくふる雪のふりつもるまの異境なるべし

白光

さくら咲くゆふべとなれりやまなみにをみなのあはれながくたなびく
わが死せむ日にも鳴るべしガムランの音樂聽きて夜明けを眠る
鄕愁の涯よりきたる黑牛の書の涎はますぐに垂るる

春の野の花の蜜吸ひゐたれどもひらひらとして光となりぬ
晩年は放浪せむと古妻(ふるづま)にまた告げにつつさくら咲くなり
かぎりなく遠くはなれて見ゆるもの世にありぬべしさびしかれども
荒荒しく家とどろかし歸りくる春のむささび不作法な奴
抜き胴の冴ゆる少年に黑光る胴撃たせつつ性にめざめき
飽くるなく富士山のみを描きゐし晩年の土牛孤獨なりけむ
花むらをわたれる風のはらわたのくれなゐありてわが枝たゆし
人間のいとなむことの大方は愚かに見えて花に見惚るる
ブランデーを提げて來にけり母の愛(め)でし森の櫻は老木(おいき)となりて
恍惚と花咲きみちて暮れゆかぬさくらの幹をわれは擁(いだ)きつ
人知れず咲くやまざくら見惚れつつ木樵(きこり)のひとよかなしまざらむ
青杉の斜面を曳きて白光(びやくくわう)のこずゑの花はわれを死なしむ
魔羅出して山の女神(めがみ)に媚びたりし翁の墓に花を捧げむ
父よ父よ、われらはつねに孤獨にて王者のごとく森の胡坐居(あぐらゐ)
魔女ランダ春の津波に乗りてこむ斧ひらめかせ幹打ちをれば
醉(ゑ)ひ癡れて花に踊れば車座の半裸の人ら身を搖り囃(はや)す
山靈を迎ふるごとく土蜘蛛ら口鼓(くちつづみ)鳴らす―ケチャ・ケチャ・ケチャ・ケチャ

われらみなトランスに入りてしまひしか呪言(じゆごん)のはての春のくさむら

青杉の苗木を植ゑし春の日の永かりしかな童貞の歳月

負けるのをおそれざりしといふ力士、うまく詠むなといましむるわれ　　若花田優勝

朴(ほほ)の葉の鮓をつくりて待ちくるる武蔵村山かなしかるべし　　司修氏に

母に抱かれガムラン聴きしとおもふまでガムランかなし熱帯の島の

息苦しき時移りなば花虻はひかりの芯にながくとどまる

年ごとにわが老見えて紅霞(べにがすみ)春のねむりの奥(おき)にただよふ

杉山に春のひかりのながれをり死後の時間はゆるやかならむ

食らひたる春の霞の暈(かさ)なれや浅葱(あさぎ)の空をわたる虹見ゆ

棘

麥秋も死語となりしか孑孑の浮きしづみするながき夕映

貞操帯に黄金の棘ありしかな日輪のぼる朝の杉山

熱帯の島の王宮に、王と王妃の遺品ありしを思ひ出でて

日常がそのまま祭　朝(あした)よりわれ立ち舞はむ夏草のなか

父の骨を撒きたる山か花むらに五月の雪はふりしきるなり

にらみあふ蟇(ひき)かさなりて尾根こえに虹かかりをりかすかに惚(ほほ)く

ぼろぼろの鎧をつけてあゆみけむ韻律のゆくあをきやまなみ

てらてらと若葉照る日や復讐をこばみし神の貌(かほ)も知らなく

薔薇の根のパイプの壺をほじくりて短き夜の夢の滓(かす)見つ

黒南風(くろはえ)の崩づたひくる弱法師のしろがねの杖われに近づく

木がくれにいましばらくは憩ふべし國亂るれば黄金(くがね)花咲く

山霧のうごかぬひと日渾沌とわれ坐しをりき森の胡坐居(あぐらゐ)

人間のつひに亡びる日をおもひあづきのたねを斜面に播けり

みちのく行七首

月山の雪嶺照りて紅刷けり茂吉のつむりまぶしみをれば

祀られし極樂といふ古バケツ茂吉山人の地獄あふれて　極樂＝茂吉愛用の溲瓶

おそるべき南蠻燻しみちのくの出羽三山に吉野びとわれ

羽黒山の山伏が著る碁盤縞バリ島にみしケチャの人らの

雪ふかき湯殿の山をくだりきて芽吹きの村に即身佛見つ

みちのくの人ら默して物食むを目守りゐたればわれは旅人

惚けゆけ蒼穹までも惚けゆけ、雪の月山とほく輝く

山姥がわれにたまひし非時香菓(ときじくのかくのこのみ)に酔はむとすらむ

褻(け)の日日をそのまま晴となしゆけば青嶺(あをね)を出でて鳴くほととぎす

かきつばた沼をかこめりかたはらにカスバの女死にたしといふ
街なかの堀江を溯(のぼ)る朝舟のモーターの音われにしたしも
雨雲の明るむ山にひぐらしの聲ふえてゆき蟇(ひき)となりゐつ
ゆふぞらに合歡の花咲くいつとなく老いそめたれば花をみあぐる
山住みのさびしさみえて眞夏夜の嶺かけわたす乳の道(ミルキーウエイ)
永遠の非時間のそら鳴きわたるほととぎす見ゆ銀河に映えて
白桃(しらもも)は木に熟れゆかむほととぎす星のひかりとなりてしまひぬ

童子

いましばし世を捨てざらむ甘き果汁指にねばりぬ二十世紀梨
秋の日のくれぐれわたる鳥みえてひとおもふこころ空に滲める
演技みせぬ笠智衆うつるしばらくは藝の素直に五體くつろぐ
こともなく老いたるひとのかたはらにわれは素直にならむとすらむ
崖の上にまづいろづきし柿落葉愛(め)でゐし妻はやがてねむりぬ
六百年のむかしに殺(と)りし青年の生首匂ふ草のもみぢに
神童子(じんどうじ)の谿に迷ひてかへらざる人ありしかな　鹿ありしかな

吉野大峯の山上ケ嶽、大普賢嶽、行者還嶽に圍まれた溪谷

曼珠沙華のひとたば活けてねむりなむながき夢見のつづくねむりを

秋空のあけびを食(は)めり落人(おちうど)のひもじさありてあけびを食めり

紺青は刺客の時間うらわかき秋の檜に斧入るるかな

紀の國行十一首

楠の木に黒潮の風さやぎつつ熊楠の家の樹下にいこへる

日高川のみなかみにして杉青き龍神村に子らの聲澄む

世を拗ねし劍客盲(めし)ひこの水に養ひにけむくらきまなこを　『大菩薩峠』

龍神に手漉きの紙を漉きゐたる髭の青年とその妻あはれ　龍神の藝術村にて

柿の澁塗りて作れる紙漉きの工房の異臭に耐へてさびしむ

龍神村の土になじみてこの村の訓導となりてゐしやもしれず

熊楠の庭池にをりしかの龜をおもひいでつつ山の湯につかる

龍神より高野(かうや)に至る護摩壇(ごまだん)山の尾根づたひきてつるぎを捨てつ

友らみな遠く去りたり深谷をへだてて拝む立里(たてり)荒神

巡禮のふところ掠めこし風かやまなみあをく讀經(どきやう)をすらむ

ぶなの木の南限の尾根、つたなかる木こりの裔(すゑ)は高野にたどる

歌詠みのほか用なきと知れれども賢き人のごとく講ずる

栃の實を拾へる童子を見張りをるけもののけはひ、紺青の時間(とき)

影武者のつとめはとうにをはりしにもみぢを踏めば貴種のごとしも

吉野の山奥に潜んでゐた南朝の皇子・自天王には、いつも影武者が付き添うてゐたといふ。

戸口にてしばらくわれは佇めり歌うたひゐる夜半の山姥

年ごとに栃餅をくれしかの媼かすかに惚(ほほ)け夜の山ゆくと

母戀ひてここに來つれど谿ふかく天(てん)の川の水流れをるのみ

紅葉のけやき林にかへりこしつぐみのむれにまじり入りたし

山ふかき聖のごとく川魚をむさぼりにけり窗ゆふぐれて

夢のごと火はもえてをり森ふかく童子のわれのさまよへる秋

素心

ひととせはわれのゆかざる土藏(つちぐら)に立春の朝豆撒きにける

蓮華田のそらにつづける春の野をへだつるごとく夜の雪ふる

歌詠みて世すぎをなせど春立てば税務署はわれを呼び出したまふ

ほのぼのと春の夜明けをふりそめし雪にたかぶる菩薩ゐるべし

雪のこる谷間にゆきて明るめりおほよそはみな終りしかなや

のびやかにうたひたまへよ、もとよりは木こりのなれに棄つるものなく

いさをしのなにもなければ雪のこる谷間の水に矢立(やたて)を洗ふ
雪しづくきらめき落つる木(こ)のまゆきわれをいざなふ夢あらばあれ
病みふさばいかにすべけむ山びとは町の病院にみなみまかりぬ
をみなごのしろはぎにこそ堕ちたりしか山住みの仙の後をあはれむ　久米仙人
前妻(こなみ)より後妻(うはなり)に甘きをわかたむとうたひし者ら山に住みきと　久米歌
ゑゑ　しやごしや　ああ　しやごしや　とぞはやしけむ無頼の祖(おや)をわれは羨しむ
ふるき世の倭歌(やまとうた)こそわれの血を荒ぶるものか口ひびくなり
いまははやたのしきことの淡くしてイースター島の石人戀ふる
あはれあはれ　王のしるしの何あらむ全天星座刺客となせど
いづこにもまことはなきと知れれども春尾根越えに子らの聲すも
かへりなむいざ、黑牛のどつしりと春田を鋤(す)ける歩みに追(つ)きて
春鳥のさへづる園に遊びけむ草穗を抜けばぢぢばばへのこ
蓮華田にそひて山すそくだりきつこのさびしさのはじまり知らず
野をめぐる電車はいそぎ過ぐれどもわが待つ驛にとまることなし
碧玉の森のすだまとあそびたるながきひと日の夕暮かなし
春山にパイプくゆらせ坐しをれば雨きたるらし近山けぶる
わが犬は惡しき犬なり山行ける主人(あるじ)を捨てて村をうろつく

飼犬は主人に似るとのたまへる古妻けふも犬曳きて出づ

颯爽と鬣(たてがみ)ゆたにさきがけしかの馬きかずいさぎよかりし

潔癖につとめにはげむ長(をさ)の子の疲れは癒えよさくら咲くなり

往きてかへるくるしみなれや春畑(はるばた)にひかりをはじき硬き蟲來つ

遠ざかりゆく娘(こ)とおもへ菜の花のなだりにむかひガムラン聽けり

さなきだにやさしむものを桃の花照りあふかなた川流れくる

舞ふごとく巡禮のゆく春の日のかすめる尾根を窗は嵌(は)めをり

ありとおもへず

木木の芽をぬらして春の雨ふれりそれ以上のことありとおもへず

死にざまをさらにおもはじ咲きみちてさくらの花もゆふやみとなる

こともなく崩れてゆける夕雲のカテドラルたかしひとを戀ふれば

かぎりなく會陰(ゑいん)をわたる星ありてねむりのはてをたづねあへなく

故郷(ふるさと)はかすみて見えず晩餐の燈し火あかく爛(ただ)れるまでは

夜明けなばやまなみなべておだやかにわれのねむりを見守りくれむ

むささびも夜明けをかへりねむりをらむ一つの屋根の下のどこかに

野に山に花咲きぬればいぶせしやいまだ性欲の涸れざるあかしか

梅の花散りて梢ぞさみどりの珠實(たまみ)をつけむまでのこずゑぞ

犯したきおもひなつかし山みづは花びらしろくうかべて流る

復(を)ち返(かへ)るゆめこそ聽かめ朴(ほほ)の木の芽吹のしたに立ちつくすなり

おほよそはコトバにあそぶものとしれ――しばらくたのし東京の夜は

廣き野に簷ふかき家建てたらば座敷童子(ざしきわらし)のごとくこもらむ

大阪千里中央にて　三首

七階の窗ゆみおろすゆふぐれの若葉の沼となりにけるかも

白人と黄色き人の體臭のこもごも殘るエレベーターに昇る

竹群にかこまれてゐる古沼は都市に在るゆゑ夜半にしづまる

耳のごとき入江ありけり驅落とふ古きことばをなつかしみをりき　男鹿半島のとある入江

學校をいとひてすぎし少年をゆるしたまひき奈良のほとけら

親子づれの乞食(こつじき)をりき竹細工・鰻をもちて門(かど)に立てりし

髯籠(ひげこ)にぞ盛りあげたりし野の花を石となりゐる母に供へつ

たまゆらは虛空をわたるむささびよげに變身のけものの時間

菊水の旗なびきけむかの嶺を朝なゆふなに眺めて過ぎつ

惡黨と呼ばれしものの裔(すゑ)ならむわたつみの香の髯にのこりて

大峯の蟻の門渡(とわたり)にいざなひし前川佐美雄なつかしきかな　山伏の行場

へなぶらずうたひこしかな今年竹皮ぬぎてゐるかたはら過ぎつ
新緑の湧きあがる森を出でてこし少年の悲哀いまだに熟れず
ゆらゆらと陽炎のごと過ぎゆける密告者ならむ萬緑の村
梅干のたね吐き棄つる春の日の忘却のへに狛犬のゐる
喪失は明るきものか陽(ひ)の照れる若葉の村に日の丸の旗
山道をつらなり走る山鳥のをさなき足はさみどりをふむ

貌

ゆうらりとわれをまねける山百合の夜半の花粉に貌(かほ)塗りつぶす
うつうつと鹿あゆみくる日盛りにうつくしきひと待ちしいくとせ
八月の野を灼きつくす日輪の滅びるまへに蝶を放てり
眞夜中に電車とまりてゐるごとしどこにもたひらなき場所なるに
ひと生まれひと死にゆかむ斜面にて八月の犬孕みゐるのか
金色の陽をはじきゐる巖(いは)のへに凌辱されし蒼穹まどろむ
伐採されし杉の木肌はつやめけりわが放蕩のはての明るさ
わかき日の狂氣を祀れ、戰爭に死なざりしわれ醜く老いつ
炎天を運ばれてきし野葡萄のつぶら實守(も)ればわれは眞清水

渓流にひぐらしの聲ふりそそぎゆふやみの尾を曳きてかへらむ
槇山にふる夕立のしろがねをわが晩年の旗となさむか

みちのく十首

八戸に生うにのわた啜りけり老いてさすらふ日は來りなむ
襟の星もぎとりし日や五十年過ぎての後の眞夏の銀河　弘前に兵たりし日ありて
白神（しらがみ）の山出で來しか焼酎をあふりあふりてさびしげなりき　津輕書房主人
高校生のねぶたの列にたかぶれり戰爭なき世をとどろく太鼓
ぴよこんと頭を下げて驅けゆきしねぶた少女よ人戀ひそめしか　T氏令嬢
太鼓うちてねぶたの列の過ぎゆけばみちのくの鬼われに寄り添ふ
津輕野の踊りの手ぶり昔むかし林檎の村の眞夜中に見き　艦砲射撃ありて避難せし夜
死ぬことのみ學びゐし日に聽きたりし津輕の旋律ガムランに似て
おしら神ならびて立てる山寺にほととぎす聽く土用入る日を　久度寺にて
白絹につつまれてある馬の首いたはりみつむ久度山寺（くどやまでら）に
半世紀過ぎたるかなや世を拗ねて夢まぼろしを食らひ來つれば
秋草の花咲きそめて戰ひに死にたる者の石灼けてをり
藤袴、桔梗（きちかう）摘まむ五十年忌法要なさむ野邊のすさびに
せむすべのわれにあらじなビルマにて戰死せし兄みほとけなれば

乞食（こつじき）もかなはざりせば年古りし檜の森を伐らむとぞする
虔十の死にたるのちぞ虔十の育てし木木は人憩はしむ　宮澤賢治「虔十公園林」
立秋の山の岩間によこたはり蟻くろく貌をあゆましめつつ
屍にいまだあらねば苦しかりこころはつねにノックしやまず
なめらかに巖（いはほ）をつたひますぐにぞ落ちたぎつ水の記憶純白

望郷

亡びたる國のあはれを知らざれば歌詠み捨つるみどり濃き日を
白馬江の川砂雨にけぶる日や萬葉の狂氣いまだも覺めず　白村江
古國（ふるくに）の五月の雨に鳴きわたる郭公のこゑやさしかりけり　公州・武寧王陵
ハングルの文字になじめず手に重きカメラをさげて百濟を歩む
米作る國のしたしさやや赤き土にも水はさみどりの嵩
物賣れる人らよろしも扶余の街の市場の露地にうづくまるわれ
草餅をほほばりにつつ雨しぶく市場におもふ、國家とは何
子を負ひてなにか叫べるこの女まなこやさしき百濟びとなり
桐の花むらさきふかしゆつくりと牛鋤けるみゆ東洋の時間を
いくたびもいづこの國と問はれたり――はてさてわれは倭（わ）の裔（すゑ）ならむ

故郷(ふるさと)は百済といへば胸あつし天若日子はかへりきたらず

もゆらなる天(あめ)の御統(みすまる)、葛城の高鴨の神海渡りしか　阿遲志貴高日子根神

どこにても日本人われ　うたひこし千三百年の呪縛ゆるびつ

近きゆゑ憎しむものか萬緑の雨に濡れたる山畑の埴(はに)

石の塔ひとつ殘りてゐるのみの廣き寺域を傘さしてゆく　扶余・定林寺

韓(から)の國にわれは遊べど心重し家竝の棟のかすかなる反(そ)り

視るわれにまぐはひぞ良きチマ・チョゴリ燃ゆるをとめに若者ぞ添ふ

石ひとつ飛びもきたらぬ安けさにほろほろ醉へるわれならなくに

八拳鬚(やつかひげ)生ゆるも哭きしかの神の故郷(ふるさと)なりやわれも母戀ふ　須佐之男命

鼻毛拔き半島の地圖に植ゑたれば慶州の夜のやまなみふかし

弓月の君ら住みけむ山か玉かぎるほのかにみえて人麻呂が妻　大和の弓月ケ嶽

鵲(かささぎ)はわれのつむりをくすぐりて王宮の池を越えむとすらむ　ソウル・景福宮

十二支の動物描けるTシャツのここちよき日をアカシヤ匂ふ

早苗田となりたる廣野まかがやく水のひかりに明るき郷愁　公州・博物館

朝夕にキムチを食ひて口ひひく旅のうれひは妣(はは)が國戀ふ

甲高き聲にて語る半島の濃き血をおもへ霧しまくなり

いそがしく近代化する野蠻さをかへりみてをり韓國(からくに)に來て

「鳳仙花」うたひてくれしをみなごの聲消えゆけり水張田（みはりだ）の野に

血のいろの花群れてゐる村ありき一民族のはるけさおもへ

天上に岩浮きしとふ朴の花匂へる晝の彌陀に近づく　浮石寺にて

朴の葉はをりをり葉うらかへしつつひろがりゆかむ後十日ほど

をのこうたまたすたるるを嘆きたる虎の鐵幹明治の男

野遊びの媼ら踊る木むらにはほろほろ笑まふ母もゐるべし

年とればかくもよき顔天然にもどりてただに草生にをどる

どこの國も民衆はみな素直なりそのかなしみをたれかうたへよ

長鼓（チャンゴ）打ちチマ・チョゴリ着て舞はむかな恥ふかき國をしばしはなれて

黒牛のにれがみてゐる新羅なりまひるを憩ふやさしき父祖（おや）らも

南北に分斷されし半島の五月の空を柳絮漂ふ

核査察こばめる北を憂ふなり韓（から）の晝酒身にしむものを

木の下に晝寝（ひるい）をなせる韓（から）の國の媼の顔の皺を愛しむ　海印寺にて

寝ぼとけとなりてまどろめいくさなき世のしばらくをふかくまどろめ

伽倻山に郭公鳴けりしづまりて大藏經八萬卷の暈（かさ）

アリランに和して唄はむ行きずりの媼の髪にみどりの簪（かざし）

國敗れ飛鳥ぼとけに逢ひし日のくらき戰後をなつかしむかな

こころやさしき友らは死せり侵略の兵(いくさ)に死すとこともなくいふか
おもほえば戰爭のなき歷史なく石窟(いはや)の彌陀にわがこころ和(な)ぐ　慶州・石窟菴
百濟觀音提げてゐたまふ水瓶(すいびやう)をあふれこぼるる春の日ありき　斑鳩・法隆寺
裏山の赤松の幹に西日差し石塔立ちて國忘れしむ　佛國寺にて
土の上に青梅落しかくれたる栗鼠あらはれず佛國寺の森
佛國寺の夕日の坂をくだりきて手のひらの瓜ほのかに照れる
オンドルの部屋に坐りて野草食む旅人なれば醉ひもこそすれ
わたつみにくれなゐの幡(はた)遠がすみ國亡びたるのちの海境(うなさか)

櫻

さくら咲くゆふべの空のみづいろのくらくらくなるまで人をおもへり
しばらくは居眠りなしてすぐさむか八(や)つ峰(を)の椿つばらかに照る
春の日は百濟ぼとけもほのぐらくみひらきたまへ國原(くにはら)ふかく
八百年むかしの人の苦しみををかしがりつつ花見るらむか
あはれあはれ去年(こぞ)の枝折(しをり)を尋ぬれば年ごとの花なべてあたらし
森のなかに青き沼あるよろこびを語りかたりていつしか翁
いくたびも歌のわかれをおもひつつ櫻の花のしたをあゆみき

ふるくにのゆふべを匂ふ山櫻わが殺(あや)めたるもののしづけさ
ことしまた梟啼きぬわたくしの生まれるまへの若葉の闇に

大阪千里中央のホテルにて　四首

モノレールしづかに春の空走るまぶしき朝をしばしまどろむ
モノレールに乗りてみたしとおもひつつはや二年ほど過ぎてしまひぬ
噴水のいただき炎ゆる夕まぐれモノレールたかく空を横切る
燈(ひ)ともしてモノレール空をかへれどもなつかしき死者ら降りてきたらず
わが庭に斑雪(はだれ)はふりて初午(はつうま)の餅撒きすらし吾の古妻(ふるづま)
白き犬を連れて歩める吾が妻もいけにへならむ山の斜面(なだり)の
山暮しいまだも棄てぬ古妻の華やぐらむかみ輿登り來(く)
いまだ娶らぬ長(をさ)の子と竝び眠るなり梅ましろなる春の夜寒く

かねてより「樹下山人」といふペンネームがあつた。はたして誰のものだつたのか――。

樹下山人ふたたびわれをうたはせよ木木の梢に花咲きみつるを
いくたびも欠伸をなして花に臥す春の狼の命終(をはり)見とどけむ
花盛りの森のひぐれをかへり來(こ)し山人(やまびと)の息しばらく亂る

翁童界

枯山（からやま）の林に春の雪のこり谷をへだててわれはまぶしむ

山が鳴る春一番のことし早し削りし木屑しろきゆふぐれ

一山（いつさん）の木木搖れさわぐきさらぎの南の風に押されて歩む

春山となりゆくまでの寒き日をいづこにゆきて人をおもはむ

歌よみ既に訖（をは）りて、すなはち口を打ちて以て仰ぎて咲（わら）ふ。『日本書紀』

天を仰ぎ口唇（くち）撃ち鳴らすわざをぎをふと眞似てみむ赤岩過ぎて

山姥のほとの匂へり少年の眠れる夜半を木木は芽吹かむ

凍雪（いてゆき）となりてしまひし山の燈に『悲しき熱帯』また讀みたどる

あはあはと雪ふりつもる三月の山にこもらば角（つの）生えいでむ

木木の芽に霰（あられ）散るなり片假名のエコロジーなどまなく廢れむ

近刊の歌集あまたを讀みをれば黄砂の風の森にざわめく

われをにくむ一人だになき靜けさに枯草を燒く山の天（そら）燒く

念入りにペニスケースを作りけむ熱帯樹林に女神（かみ）いましけむ

稻妻は針葉樹林にひらめきてよすがらわれに刺青（いれずみ）なせり

麥の穗のみどりしたたりあかがねの父のつむりを憎しみしこと

若き日にわれの植ゑたる杉檜春風まとふ森となりゐつ

少年のペニスの鞘の華麗なる森のゆふべに翁舞ふらむ

櫻咲く日の森くらし染斑（しみ）噴きてまなこかすめる華やぎならむ

羊歯群るる森の巖（いはほ）に髮梳るわがをさな妻攫はれにけむ

いつまでも成熟なさぬわが青をしぼりしぼりて春の黒森

紫の紫雲英（れんげ）の原の緣行けり見はてぬ夢を童子歩めり

あとがき

歌集『青童子』は、『鳥獸蟲魚』に續く第六歌集である。

「短歌研究」が平成四年（一九九二）から始めた三十首の連載企畫（二年間で八回）に應じて作歌した歌を中心にまとめた。連載作品は二百四十首、少し歌數が足りないので、百濟・新羅への韓國紀行として作った「望郷」五十首（「短歌」平成六年七月號）と、「歌壇」へ發表した「櫻」（平成四年四月號）「翁童界」（平成五年三月號）を加えて一集とした。

歌の定期的な連載というのは氣まぐれな私にはなんとも不似合な仕事であったことは言うまでもない。押田編集長はじめ「短歌研究」編集部の方方には、隨分ご苦勞をおかけしたのを、改めて申しわけなく思っているしだいである。

自在な詩的飛躍に遊び、コスミックな情念のさわだちをおさえることはできなかったが、なるべく平明に、平常心をもっておのずからのしらべに身を任せて作歌してきたように思う。木木のそよぎがそのまま私の聲であればよい。今の世の中で歌を詠むのは、私にとってひとつの悲壯をともなう作業であるが、こうして一集にまとまってみると、すべてはおだやかなユーモアに包まれて、歌の惡童もまどろんでいるようにみえる。

『青童子』という集名はふさわしかったと思う。

この本も司修氏に裝幀していただけてうれしく思っている。押田晶子さん、司修さんに心からお禮申上げたい。

平成九年

早春の吉野　山繭菴にて

前　登志夫

歌集　流転

るてん

流轉

平成十四年十一月二十三日　砂子屋書房刊

装幀　倉本修　Ａ５判二七六頁　一頁二首組　四五八首

巻末に「あとがき」

定価三〇〇〇円

I

形象

夜の庭の木斛（もくこく）の木に啼くよだか闇蒼くしてわたくし見えず
くたびれてかへり來（こ）しとき樹脂（やに）噴きて杉の幹立てり春のゆふべに
風かよふ山の窪みの波立つはわが忘却のかたちなるべし
青空のふかき一日ことばみな忘れてしまひ青草を刈る
近山の梟の啼く夜となりぬまさしくわれはこの山に棲む
しづかなる宥（ゆる）しなるべし立枯れし杉の木明るく夕日に映ゆる
キツツキは今朝も穿（うが）てり幼年の記憶の樹液滲み出るまで
春の日に石龜來つるこの山にわが三人子（みたりご）はかへりきたらず
わが胸にふくらみたわむ海境（うなさか）の蒼き潮噴くまひるの鯨
今宵また山火事燃えぬめくらみてはじめて觸れし種子（しゆし）のをののき
杉の枝削りて箸を作りけり春山の正午（ひる）人をおもひて
しろがねに沼のこほれるあけぼのを人あゆみくる花びら踏みて

聲のはろけさ

山人とわが名呼ばれむ萬綠のひかりの瀧にながく漂ふ
山川にふぐりひたせり夏くるとふぐりひたせり細石の上
花吹雪夜空わたるやなかぞらに目合なせる風ありしこと
萬綠の水の下降に叫ばむか丹塗矢となる魚を放ちて
春の夜のさゐさゐしづみ珠衣の吹きたまりたる花びらのごと
風蘭の蔓に捲かれてゐるごとし神ながらなるうつろなるゆゑ
戰の終りし後にわれの植ゑし杉山檜山、　鳥獸憩ふ
夜もすがら山の樹走り傳說のをみなごをみな失ひし戰後
青杉の夜の斜面を昇りゆく螢を見つつ先祖にまじる
わが罪をあがなひくるる檜なり夜すがら軋みその枝痺る
これ以上の阿呆になりてはお手擧げと吾妻は言へどさはさりながら
春山に雉を食うべつ青鬼を國原ふかく遣りていくとせ
あな！　といふ聲のはろけさ——うつしみのずり落ちてゆく虚空きらめき

梢

橡(つるばみ)のあかるき空洞(うろ)を覗きをりかすかに呆(ぼ)けてゆくもたのしも
かたはらに黒牛をりて小童のごとく睡りぬ雨きたるまへ
さびしかりしわが壮年期しなやかに搖りあげくれし梢(うれ)のかなしさ
緑色の山繭のまゆ編まれをる雨夜を醒めて過去世(くわこぜ)おもへり
蛇苺踏みてあゆめりそのかみは剽盜(ひはぎ)なりしか菩薩なりしか

テレビ「眞珠の小箱」で、わたしの短歌を、娘・いつみはうたってくれた。吉野黒瀧村の小南峠の森の中にて。

あがために歌をうたひてくれし娘(こ)も遠ざかりゆく都市のまぼろし
馬の首に乘り飛び去りしをみなごよ空の上には何があるのか　『遠野物語』より
葬式はなさずともよしと長(をさ)の子に言ひしのみにて夏を迎ふる
教師ゆゑはたらき疲れ星を觀ぬ暮しとなりし青年あはれ
しののめの星宿いたくかたむけり山脈(やまなみ)はいま蒼きわが胸
ほのかなる山姥となりしわが妻と秋咲く花のたねを蒔くなり
ひつそりと凍えてゐるやかのボトル雪國の酒場夏越(なごし)の書を
杜若咲く沼のへにひらき見しアフリカの地圖夜半にもひらく
伊吹嶺の大きく見えていそがしく麓を過ぐる人となりたり
草の上に心臟青く燈りけり蛇苺もて緣飾りすも

無頼

折口信夫と春洋の墓に詣でて、三首

羽咋の海はつかに見えて父と子の四角の墓は砂土の上
くつきりと彫られし父といふ文字の瞼にのこり能登の島山
われらせし最(もと)も苦しき戰の忘られし世のバスに乗り來つ
郭公が來啼けば近き山脈(やまなみ)もすこし無頼に青濃く曳かむ
わが骨をきみ撒きくれよ靄低く流るる春の山畑の土に
雹(ひよう)降れり樹下山人(じゆかさんじん)の禿頭はげしく撃ちて雹は彈めり

空の裂け目から

朝朝に起き出でて見る杉山のその素直さよすんすん立ちて
國原に冬日明るし見ることのかなしみ見えてやまなみめぐる
地(つち)の上に球(たま)ころがしてさびしめり球の行方に魂(たま)あそぶゆゑ
ルーペもて枯草の上の蟲見をりわが打つ句點ほどの大きさの
いつしかに老人の多き世となれりその一人だに翁さびせよ
ぞろぞろと老人多くむらがれる博覽會に紛れゆくのか

いつまでも齢(とし)とらぬ友の星冴えよ陸軍歩兵二等兵なり
むらさきの空の裂け目に滲みたる紅淡くして一生(ひとよ)は過ぎむ
永遠といふ觀念を蹴あぐれば美濃の喪山(もやま)のあたりに飛ばむ
わかき日は駱駝を欲しとおもひしにやさしき瘤のごとくに老いぬ

雪降る杉

ひつそりと蕩兒のかへる朝ならむ明るき雪のふれる杉山
こころどは杢目(もくめ)のごとき地模様に柾目(まさめ)のごとき感情奔(はし)る
冬の日にわれ放ちたる白鳩の飛びつづけをる涯を思はむ
龜蟲の遊べる夜半の机にて神神の名を書きなづむわれ
不精髯拔きて投ぐれば沫雪(あわゆき)の山のなだりに青杉ぞ立つ
かたはらにつむりの蒼き僧をりて雪ふりしきる青杉の山
玉葱に馬鈴薯のある卓上に冬のひかりのとどくしたしも
稜(かど)冴ゆる黒き巖(いはほ)をめぐりしとき冬至の夕日近山に落つ
白毫(びやくがう)のすこやかにして雪の山明るくうつる朝の鏡面
山に木を植ゑて疲れし若き日をしづかに語れ青き斜面(なだり)に

岩

山上の巖（いはほ）に夜半の雪つむをわが晩年の情熱とせむ
國原に春の雪ふりいつしらにかすかとなれりわれの性欲
檜（ひ）の山にくれなゐの雪ふりしきりわが錬金の時間（とき）のたかぶり
うつとりと衰へてゆくわがをのこかかはりもなく木に花咲きて
朝あさのわれの幹打つキツツキもまだ娶らずや禁欲ながし
向う岸に赤子洗へる女ゐてやりなほしきかぬ一生（ひとよ）をおもふ
ビルマより夢にかへりしわが兄は敬禮なせりいくたびもわれに
しづかなる糜爛（びらん）のやみに降りつづく天（あめ）の露霜いざ旅ゆかむ
憂鬱な天使のために星星のひかりの紐を結ばむとする
若葉照る午睡の村を過ぎてきつわれに似し神もいまはみどり兒
死ぬほどの戀もなさずて歌などを詠みゐたるわれは何者なるや
黄金の奴隷ひとりを匿したるかの城遠く過ぎし歳月（としつき）
夜となれば沈みてしまふその島に菜の花をもてくちづけなせり

あをあらし

かぎりなくやさしく生きよ山ふかく朴(ほほ)の芽吹きをひと日見守(まも)りぬ
闇青くよだかは鳴けり人竝みにみにくき老をうべなひをれば
人戀ふればひと生(よ)みじかしかしはばら吹きおろしくるこの青嵐(あをあらし)
なんとなくズボンの丈の餘りつつ竹の子生ふる林にをりつ

大阪千里にて二首

蒸し暑きひと日とならむ池のふちに抱き合ひをる高校生見えて
昨夜(きそ)見たるわがデスマスクみおろせる夜明けの沼の靜かなるかな
凪たまる山の窪地によこたへしこのうつしみに花虻たかる

刃物

秋立つと斧ひとふりを子午線にたかくかざしぬ人を戀ふれば
動力鋸(チエーンソー)をいとひきつれど夏果つる溪谷の唸り山の鬼かも
山里の空にかがやきうかびゐる蜻蛉(せいれい)朱(あか)し、空すこし老ゆ
秋草にわれの利鎌(とがま)の錆びゆかむ日を數へをり草に棄てつも

收穫

雪のくるまへの靜けさ西空のしばらく燃えて待つものなけむ

白菜を積みて過ぎゆく一輪車しぐるる山をゆくゴムぐるま
玄圃梨鬼の泪のごとく垂る法起寺の塔仰ぎみしとき
法輪寺のほとけ拝みて野を歩む冬のゆふべとなりにけるかも
凍星の都市の夜空ゆ降りてくるコンドームこそ聖しこの夜
煩悩のいまだ清まらぬいきものよ青杉の山霰ふり來つ
雪のくるまへの靜けさ收穫のなき杣人に太鼓響み來

五月の雪

歌集『鳥獸蟲魚』にて第四回齋藤茂吉短歌文學賞を戴く。平成五年五月。

茂吉の國に遊ぶ

みちのくの藏王の山の雪嶺にへだてられつつ父と子睡る　次男・仙臺にありて
「死にたまふ母」みとりけむ內土藏の佛壇のまへにしばらく居りき
五月の雪またあらたなる月山の白くひかりて旅ゆくわれか
茂吉在さば顎張り出しおそらくはねたみたまはむ『鳥獸蟲魚』を
日もすがら赤銅の巖濡しをる湯の湧き出でてみほとなるべし　湯殿山のご神體
二千四百四十六の石段になづみて突けり羽黑の杖を
羽黑山に蜂子皇子を導きし脚三本の鴉を見むか

碧玉

春がすみ曳く鼓笛隊ゆくりなくわれの記憶の鼓膜ゆさぶる

無意識の濃くたなびくや春の日のさくら花びら土に舞ひたつ

まつさらなランドセル負ひ小走りに小悪魔越えし春の峠を

山躑躅の朱いちじるき山道に否みたりけり學校に行くを

あはれながき夢見なりしか春山に時とどまりてわれは過ぎゆく

脂（やに）たまりしパイプの壺を削りゐつわれを妬（ねた）める神在すべし

春の家族（うから）みな家出でて森閑と家靈のごとく猫の眼ひかる

雨となり野は碧玉となりゆかむことばすくなく家出でて來し

さみどりの芽吹きの山を下りきて茶房の卓に磁石を置きつ

感情の方位をはかるすべもなし陽は傾きて鳥の往く道

小刻みに磁針（はり）はひかりて定まりぬ過ぎゆくものの空のなごりを

閉ぢこめむ春の魑魅（すだま）はさやぐなり晩年の牢屋（ひとや）明るく透きて

向う山の蕨を摘みてかへりこし吾妻はいつもその嵩（かさ）を見す

昏れゆかぬゆふぐれながしかたちなき無上佛（むじやうぼとけ）はまなこつむれるや

親鸞『末燈鈔』

てのひらにのせていとしまむ木佛（きぼとけ）を彫（ゑ）りはじめたり櫻咲く日に

彫りゆけば樟（くす）のほとけは鑿（のみ）持てるわれををろがむ童女となりぬ
蒼みつつ春雨くればこぼれたる樟の木屑の匂ひおもたく
しばらくはことばを棄ててみつめゐよ蒼穹（そら）のリズムに身ぬち裂けるまで
肉太にひと戀ふる歌書きをれば怒濤となりぬ春のやまなみ
世をうとみ山にかへれば勾玉のごとくに屈み睡りゐる妻
白檀のかをりのごとく月讀（つくよみ）のひかり差しきぬ人いねしのち

年たけて

紅葉（こうえふ）のまじりて炎ゆる梢にて羞（はづか）しきことさへづりしのち
つるりんだうの朱實を分けてゆくけもの落人とこそひとは見つらめ
年たけてかすみゆくわれ霜月の阿古父の尉とまむかひてをり　天河辨財天社にて
ひびわれし圓空佛のほほゑみを小童の日に母と拜みき
天川村栃尾の村の觀音に會ひ來し日より秋ふかまりぬ
紅葉の溪谷うがち流れこし水蒼きかな暮れてゆくまで
木枯に鬼ごろし飲む夜のほどろひと戀しくも思はるるかな　鬼ごろし＝球磨燒酎

II

引窓の下

引窓の下に坐りてひもすがらぼんやりとして透けてゆくなり
昴宿（みすまる）のもゆらに渡りゆくまでを引窓のしたに茫然とゐつ
引窓の下に竝ぶるもみぢ葉を夜半の切符となしてまどろむ
まどろめば霜夜の花のくれなゐの咲きゐたるべし引窓の上に
山姥のゆまりも冷えてもみぢ葉は渦巻きをらむ夜のみなかみ
地震（なゐ）すぎてふかまる霜夜いつの世に隠れしわれか天（あめ）のみすまる
あられふる檜原（ひはら）さやげり祀られし狸の糞（ふん）の暈（かさ）をことほぐ
みどりごよ父を遠くへ往かしめよオノマトペもて霰たばしる
少年のヘディングシュートあざやかに夕日没（い）るなり冬のやまなみ
霰ふり白き猪（ゐ）きたる時ならむ父のかたみの銃磨きをれば
たかぶりて霰ふるなりほろほろとわれを舞はしむる傀儡師（くぐつ）ゐるべし
直立ちて血を噴ける幹青杉の冬の林の忿りを統（す）ぶる
ファミリーはやさしきものか公園の冬の芝生に人ひとり臥す
ホテル皇帝・ホテル田園　飛び散りて暴走族の一騎追ひくる

雪雲（ゆきぐも）のあかく焼けたるゆふまぐれ天狗のむれと呑む鬼ごろし
冬山の赤き木の實をみな食みて空とびゆかむ胃袋あかし
紅葉（こうえふ）の天川の里にまた視つるわがデスマスク尉の一面　觀世十郎元雅寄進の能面阿古父
無爲にして過ぎたるかなや引窗に雪ふりつもり額（ぬか）冷ゆるゆふべ
木木病める森出でて來し白き猪を父とおもへばさびしかりけり
雪の上あゆめる鹿の脚みえてひかりまぶしも狩る人われに

花の山

あしびきの山に住まひて年ふりぬ忘却のかさに春の水湧く
とびとびにやまざくら咲くやまなみはわが「殘櫻記」聽かむとすらむ
さくら咲く夕ぐれ青しもの言へばこぼるるものをとどめあへなく
春の日のをみなのあはれおもふとき石押分（いはおしわく）のごとくかなしむ　石押分之子＝吉野の國つ神
水湧ける赤岩のへに憩ふべし歴史はつねにうたはざりしか
ダムの底に沈みてゆかむ大椿あまりにあかし丹生（にふ）の川上（かはかみ）
天誅組の敗れたどりし白屋越（しらやごえ）脚おとろへてなづみかゆかむ
白屋嶽の杉山にして春の日の握り飯三つ食べなづみをり
昨夜（きそ）の雨をいたくふふめる杉枯葉あつめて焚けり白屋嶽の森に

音たてて山をわたれる春風にもののふのごとかなしび添へつ
出材の架線の滑車赤錆びて晝の杉山に横たはりゐる
とく過ぎしひとよなるかな白屋嶽の尾根くだりきつ、けふ花祭
しめやかに語らひくだるをみならのこゑにまじれる春すだま聴く
古妻（ふるづま）にもの言ひをれば向う山に四月をはりの山櫻咲く
女童（めわらは）のごとくに笑（ゑま）ふ古妻の 筍（たけのこ） 掘れり朝の竹林
花の山にひと群れつどひ來つれども村人はみな山畑にゐる
尾根ふたつへだててをれば吉野山ながきいくさも花もまぼろし
無上佛はいかなるほとけよこたはる春あけぼのの臥床（ふしど）に目覺む

變身

夕空をしづかによぎるモノレール人戀しさのなごりを曳きて
森の道たどれるごとく地下道をもぐりきつれば石押分（いはおしわく）か
山火事は幾日（いくか）つづきてゐるならむ堀江の風にわが醉さめず
海に泛く人工島を眺めをり欲望はみな夢にかも似る
晝ひなかわれをおそへる眩暈（めまひ）あり盡十方にひかりぞたぎつ
野の花をあつめて焚けり山住みの護摩のけぶりと人は見るらめ

オホミヅアヲひそかにとまる朝明にてさみどりの谷さみどりの繭
妻つれてわらびを摘みにゆきしかどおくれし花を愛(め)でてこしのみ
ユーカラをうたひてをればいちめんの谷間の胡蝶花(しやが)は翔びたたむとす
變身の時いたれるや茫茫と國原はいま繭のごとしも

夏の巖

しののめにたかぶりおもふこの山を捨つる日おもふ、かなかな潮(うしほ)
やまなみは沸きたつごとし黎明のかなかなのこゑ樹に直(すぐ)立ちて
全山をゆるがせて鳴くかなかなよ星のひかりを消してゆくのか
山百合の花粉にまみれし腕(かひな)もて夏の巖(いはほ)を押してみるかな
ああすでにわれは童子か百雷(ひやくらい)のひそめる嶺の紺青に坐す
キツツキも眞夏土用は暑からむそのくちばしをしばらく休めよ
日ざかりの青萱灼けて波うてり舌垂れてゆく犬にも眞夏

臭韮一本

日もすがら魑魅(すだま)こめたる山苞を霞の山に捨てて來にけり
いつまでもわれにつきくる惡靈に臭韮(かみら)一本(ひともと)投げむとぞする

擦れちがひざまに呟く山姥の流行歌(はやりうた)こそ空焼けしむれ

大いなる暗喩なるべし日の照れる緑金(りよくきん)の森ゆ人出で來るは

しかすがに山にこもれば荒き血のおらびをこめて風渡るなり

挑めども古木(ふるき)の梅の株掘れず山畑なだり寒き極月

わが墓標數百本も立ちてゐる杉の林に雪ふりはじむ

雫

削ぎ立てる巖(いはほ)をつたふ雫よりわが苦しみのゆふべかがやく

人おもふこころ清かれわが谷をのぼる石龜に出逢ひたる今日(けふ)

吾(あ)が母を犯したる日のいろあかき父おもほゆれ烏瓜朱(あか)し

傳説のひとりあるきをするころか身をつつしめば冬の夕映

武寧王のおまるをおもふあしひきの山こがらしにうち臥せにつつ　百済公州博物館

いまだわれ見ざりしもののひとつにてヘア寫眞集たのしきごとし

花あかく森に咲く日や屍のしろきをあまた踏みてかへりつ

あかがねのわれの頭(つむり)に霜降りて神代がたりの夜半のしろがね

酒酌めばみたまのふゆぞこがらしは奥山こえてうたへるものを

山姥のみ杖なるべし乳いろのつららのなかに紅葉(もみぢ)まじりて

正月の餅を供へにゆきたりしかの山櫻枯れていくとせ

火山列島しばし安けしアボリジニのわれがうたへば足曳きの山

近山しろし

食べ物をおのおの分くる子供らのかたはらに坐して山の神祀る

空洞(うろ)ふかき榎の木に巻ける標縄の紙しろくして人も老いゆく

いにしへの行者ら越えしこの坂を人殺しらも過ぎゆきにけむ

いまわれも數字となりてしばらくは點滅しをらむどこかのビルに

花咲ける非在の村をめぐりきて枯草に臥す晝の猪

もみぢせぬ杉の林に坐りゐてまむかひの山の紅葉(もみぢ)に醉へり

ふるゆきに近山しろし山の神をみなと言ひし人のかなしさ

年ふりし惡靈もまた憩ふべし星こぼれくる枯草原に

白き猪(ゐ)は神にあるべし黑瀧の山下りきてわれは吹雪きつ

この山をのがれむとおもふ猪にやさしくしろく春の雪ふる

古國

雨の間(ま)の栗の林にもの思へば朽ちたる栗の實は散らばれり

涌きあがる雲雀のひなはつぎつぎに水無月の空の聲となりゆく
祝祭の可憐なるかな懸命に羽根ふるはせて中空(なかぞら)にゐる
香具山のふもとの草に晝餉とる翁となりて栗の香に醉ふ
筌のねのきこゆるまひる岩窟(いはくら)を覆へる青き竹群の梢(うれ)　天岩戸神社
かたちよき陽石(いし)竝びゐて雨ちかき木下(こした)を過ぐる人もかげりぬ　飛鳥坐神社
孑孑(ぼうふら)の泛きしづみつつ暮れゆかぬ古國(ふるくに)の水萬綠のなか

足摺行

わが生既に蹉跎たり　『徒然草』

あしたより海原を往く舟みえて旅のうれひをあらたにせむか
むらさきを帯びし潮目のひとすぢは失はれたる記憶なるべし
ひねもすを波に打たれてしぶきをる足摺岬の巖(いはほ)みつむる
こともなくかりがねの列向き變へていそぎ往くなりそらみづあさぎ
かりがねの向き變へるときかすかなる亂れのみえて今日の形象
夕闇の四萬十川の對岸に野火燃えうつる、四十年經つ
土佐訛まなびまねびて雨のなかバスは岬の海なぞりこし
足摺の夜の闇ふかし確實にわれに來てゐる老かがやかむ

マッコト　ショウ　リグッタノゥ――わかねども土佐の地酒はわれを醉はしむ
海原にうかびて潮を噴きあぐる鯨に降れるきさらぎの雨
叶崎の海原雨にけぶる日や涯なきものを見つつ過ぎたり
桃色の珊瑚の採れるわたなかに春の雪ふる靜けさを來つ
夢にくるしばてんはみな首なくて相撲とろ相撲とろと言ふにあらずや　しばてん＝河童
土佐にきて天誅組をかたるなく歴史はむごく過ぎゆくものか
われもまた流人なるべし潮風に椿の花の赤きを見れば

クマリの館

ブーゲンビリアの花捲きのぼる菩提樹の芽吹きの下に貧のかがやき
土間に坐し素燒の壺を賣る媼牛と竝びて歩み來つれば
旅人のひと日は過ぎて道端に物賣る人ら埃拂ふや
成金が貧しき國を訪ぬるは人買ひびとのごとくに見えむ
悠久の時間を買へよ、さざなみのペワ湖の水に舟をうかべつ
赤き帆は湖に立ちをり歡喜天さざめくまひるボートは搖ぐ
標高千七百メートルのダンプスの集落に登る。
剝るるは琥珀のうろこ石徑を登りてゆけば簡素にならむ

バッファローのベビーねむれる背負籠落葉を盛(も)りて登るをみなご

マチャプチャレ仰ぎていこふ、苦しみのほどけゆくときわれは幼兒(をさなご)

　　マチャプチャレはヒマラヤの一峯、人いまだ登らずといふ

山びとの暮しのかたちダンプスの切妻の屋根雪嶺に映ゆ

付きてこし物賣ふたり山の上に見世開きして口上語る

もゆらなる響をきかせ鉦(かね)買へとアンナプルナ白き山の頂

　　アンナプルナもヒマラヤの一峯にて八千メートル

アンモナイト買はぬかといふ物賣の一日(ひとひ)をおもひ一世(ひとよ)をおもふ

何ひとつ買はざりしかど山下るわれらに向きてほほゑむ彼ら

ハルマゲドン謳(うた)ひし髭のかの男カトマンドゥのテレビにうつる

　　オウム眞理教の教祖麻原某

喇嘛(らま)僧の勤行つづく赤色(せきしよく)の蠟燭立ちて蠟垂るるかな

　　處女神クマリ、今も王宮近くの館に忌みこもれり。

人も牛も土埃するネパールの座敷わらしにまみえむとする

初潮までふるき館(やかた)に囚はるる童女は森の青き杏子(からもも)

王すらも跪きけむ處女クマリ生贄(いけにへ)なればひざまづきけむ

クマリ棲む館出づれば人群れて旅には棄てつ時間の核(さね)を

流轉

火のごとく雉歩みをり村ひとつ無くなりゆかむ晝の靜けさ
山住みのこの單純に歌あれと野花の蝶を空にばら撒く
煌煌と星宿移る森の夜に村棄つるなと梟鳴けり
しかすがに蟇(ひき)うごきゆく草むらに青梅落ちてまぼろし一人
しばらくは留守になるぞと言ひおかむ、夜の猪　晝の郵便
胡蝶花(しやが)、卯木(うつぎ)、金鳳花咲く岨みちに遊びてをれば空の好色
山菜を摘みていこへば日輪のおぼろとなりて西に傾く
咳聲(しはぶき)の父に似つれば狼の過ぎたるあとか草みなそよぐ
苦しみもけぶりて過ぎむ年ふりし樹木の洞(ほら)にひかりは沈む
空覆ふ槇の木下に食ふ晝餉淫蕩(みだら)にみえて萬緑きたる
くさむらに梅干のたね吐き棄てつかかる孤獨なるしぐさも愛(エロス)
とどまれよまひまひつぶり搖れやまぬ樹木の枝のさみどりの芽に
死はとほくかがやきてをれ杉花粉ゆふべの靄となりて降りくる
かたはらにサリンをいだき睡りゐる若者と行く春の地下道
たかぶりて星宿(ほし)こそ歌と叫べども煩惱さはに都市にまぎるる

オウム眞理教の尊師捕へらる。

卑し卑し、王のむらさき新綠の野を運ばれて五月となれり

祟神

毎週、大阪千里中央のホテルに宿泊して二十數年になる。

眞夜中に磁石とり出し遊びをり都市高層にしばらく倦みて

ニュータウンすでに古びぬ竹群の道行きなづむ金の乳母車

ここにきて二十年過ぐ流れゆくニセアカシアの絮綿（わた）かぎりなし

昨夜（きそ）われと死後を語りし竹群はあしたの池をやさしく抱けり

山鬘（やまかづら）しばらく巻けり木洩日に羽蟲のむれは舞ひ舞ひ渡る

おほるりのこゑ澄みとほり花の香に三輪山中の徑に迷ひつ

山若葉なだるるごとく春蟬のしき鳴くまひる魂（たま）重かりき

祟神たたりたまふな春の夜に杉箸割りて物食めるかな

丹塗矢となりて往きしかわが歌のしらべはつひにとどまらなくに

春がすみふかきかなたに都市ありと人散りゆけりげんげ田暮れて

養殖の牡蠣うまかれと海びとは川の源に木を植うるとぞ

長良川河口のダムは何ならむわからぬままに忘れゆくのか

翼龍は空飛びにけむ黃綠(わうりよく)の靄立ちこめて草にねころぶ
くわくこうのこゑにまじりてほととぎす鳴きやまぬ日のふるづまに觸る
世の中に淡くなりきて山桃のいろふかまるを羞らふ朝明
黎明にくわくこう鳴けりみなづきのやみ蒼く脫ぐ尾根のふくらみ
人戀ひて山下りけむ山人(やまびと)の斧もちて舞ふはげしかりしか
定型のヘッドギアこそきらめけれ、『西行花傳』讀みてかなしぶ
まなかひをすばやく切りし鼬(いたち)すらわが日常の輝きとせむ

村暮るるまで

麥秋の野を割りゆける電車にて暗殺者きみたれよりもやさし
狙はれてゐる愉悅かもあとわづか紫陽花をもて砦となさむ
星星の雫を享(う)けて熟れてゆく白桃(しらもも)ありき人に知らゆな
天(あめ)の魚(うを)の胸裂きゆけり谷川の螢の燈す死者の碧玉
朴(ほほ)の葉に山繭盛りて祀りけり死支度など忘れて久し
ビルマにて死にたる兄の墓洗ふわが子らにそれははじめから石
月出づる嶺にて鳴けるふくろふの翁さぶるか、戰爭ありき
沼のへに杜若咲くところよりへだたりていねむ短き夜を

歌垣に往かむ若者を山の上に見送りし父を野鼠知るや

くわくこうの聲とどまれよ萬緑の野に夕映ゆる村暮るるまで

III

瑞穂の國

敷栲（しきたへ）の布ひるがへしゆくひとの秋さりぬべしビルの林に

性淡き若者群るる苑（その）過ぎてトランペット澄み消ゆるまで來つ

秋空にうつくしきビルまたひとつ聳（そび）えしゆふべ雲焼けただる

寡默なる父の愚かさ　子らのため何をかすらし父の愚かさ

愉（たの）しげに蒼生（あをひとぐさ）のそよぐらむ核もたぬ父の秋の夕暮

ほんねなど忘れたりしか枯草に火をつけたれば炎走れり

枯れいそぐ花野にふともうごきたる巖（いはほ）をはなれかへらむとする

息

木枯にみがかれし光やや亂るる星ぞらのしたに息ととのへつ

冬に入る星ぞら冴えてわかき日の世界内面空間匂ふ

いねし兒はおこさざらめとつぶやける媼やさしき龍田神奈火

みささぎに佇みをれば村雀かたまり落ちて枯野はありき　長屋王の墓にて

青墨（あをずみ）の雪雲重しかへるさに平群（へぐり）と呼べば冬に入るらし

わが家の近くに熊のひそみゐて傳承の日日とく過ぎゆかむ

仔熊尿（ま）りし朝の糞（ふん）の黑くひかり妻は目守りぬ祀れるごとく

傳承

木木はみな冬の樹液を上げをらむ、ああ　孤獨なり愛することは

大空の巖（いはほ）のごとき雪雲よ父となりたる日のはるかなり

岩間より冬の清水の湧ける見ゆ神亡びたるのちと知れれど

木斛（もくこく）の幹をいだけり天雲（あまぐも）の霰たばしる純白の時間（とき）

紅葉（もみぢ）照る夕暮早し國原に下りることなき山びとの道

かくれ里に冬のけぶりの立つ見えて道に迷ひき祖父（おほちち）も父も

しつかりと赤子背負ひて山走る女のあとに乳の香のこる

森に入りて夕餉をなししヘルマン・ヘッセ顎（あぎと）しづかに葡萄酒薫る

シリウスのまた昇りたりその光冴ゆる山住み流謫（るたく）なるべし

木枯にひるがへり飛ぶ鳥たかし蕩兒むかふる父あらなくに

熊出づと村内放送ありし夜は熊の孤獨をおもひみるかな

わが家のしたの谷間に熊をりき冬ごもりまだかなはぬ熊か

開通をいまだせざりしトンネルを抜けてきたりし熊かとおもふ

寒きゆゑトンネルのなか來し熊かわれ冬ごもる里に抜け來し

縫ぐるみの仔熊をくれしわが娘都會にもはや霜は降れるや

子ら幼く「なめとこ山の熊」讀みき凍雪(いてゆき)の夜の熊の弔(とむらひ)

帆船のつねにし泊(は)つる岬あり娶りしのちは見えなくなりぬ

火の瀧のごときビルかな、こともなく人はゆふべを老いづくらむか

「世は定めなきこそよけれ」しかすがに南北朝の殺戮(いくさ)つづけり　『徒然草』

モノレール

大阪千里阪急ホテルにて

目玉焼二つ食うべてモノレール陽を横切れり午前十一時

硝子戸に洋菓子あまた竝びゐてそこ過ぎるときすこし氣どるや

聲高に携帯電話にもの言へる客相次げり阿呆こそ殖ゆれ

絨毯に音樂流るるらうんじにて山をおもへり暮れてゆく山を

ホテルの下に廣き沼ありて

沼のへに高校生は睦み合へり風邪をひくなと高きより見つ
覗き趣味われはもたねどをりふしは竹群めぐる沼を見下ろす
ビニールの白き包みを持てる人儀式のごとくつづけるゆふべ
一人だに知る人なけむこの街に二十餘年の夜と晝過ぎて
人多く住める團地のさきはへと冬のゆふべの竹群に來つ
モノレール空に燈ともし過ぐるとき孤りの夕餉硝子戸のなか
いつせいに筍生ふる夢見けり團地の人ら逃げまどひをり
燈ともせる團地を見ればゆくりなく情報の海に漂ふ巨艦

ひよつとこの面

やり直しきかざる齢か夜の山の闇を削りて雪しろく降る
あしひきの山にかへりて火を焚けば鳥けものらも力づくべし
かくれ里かへりみすれば茫茫と草木繁りて故郷(ふるさと)に似つ
その昔巨根と言はれし翁ゐて淋しげなりき椿赤かりき
小春日は涅槃のごとし枯草にしばらく坐して時間過ぎゆく
すこしづつ惚(ほほ)けてゆかむ花鳥(はなとり)の時間を食べて惚けてゆかむ

天王寺阿倍野橋驛にぼんやりと坐りをる人われに似るといふ

いつしかに髭しろくなりし浮浪者はわれより先に老いむとすらし

全身に痒みの走るときありき都市離れゆく電車の睡り

きらきらと野をころび來し雪だるま夢の縁（ふち）にてふと止（とど）まりぬ

火を焚きてわれは叫（おら）べりぬばたまの冬至の山の闇におらべり

古き代の神の怒りを戀ひをればまだ熱き血のみなぎるものを

裏白（うらじろ）のなだりに降れる玉霰いま許されてものをおもへり

ひよつとこの面付けてわれ踊らむか大年の夜の炎のめぐり

荒寥と霜凍てわたる原みえて猪（い）ひたに走りゆくのみ

山姥の湯氣噴く鍋に骨ありて澄みとほる雪の日の詠唱（アリア）

老いづきて山家（やまが）を棄てし昔男いづこの國に斧忘れしか

降りつみて星殖ゆるかな雪の上に蒼く燈りて故郷（ふるさと）見ゆる

森に入り年送らむか岩のごと老いたる鷲の風を待つ森

南島卽事

大城福清、美枝子ご夫妻に招かれて、南島の御嶽の旅をする。

春風は沖波くだき碧玉（みどり）なす夢の破片（かけら）を光に返す

阿檀(あだん)の實口にふふめば若夏(うりずん)のうれひはありて久高島の雨
島びとはいづこにをるや平なる繁みの涯に波寄するのみ
珊瑚礁の渚を浸す波の鰭漁(すなど)るといふ神のおこなひ
瑠璃の海に刳舟うかべわたる日の雄ごころや島はつねにまぼろし
いづこまで歴史の波に流さるる島なるや扇舞ふなり
たゆみなく岩を洗へる波の上に骨積まれたる春の刳舟
靄おもき御嶽(うたき)の繁みガジュマルの氣根に觸れていづこに行かむ
黒砂糖持ちて歩めば重かりき大和人(やまとんちゅー)は人情うすき
繩文のあはれはいまにつづけるとおもろの歌をわれ讀みなづむ
かぎりなく海蛇の來る岬にて神神の事語りはじめき

久高島・イザイホウ

ゐいふあい　ゐいふあい　ゐいふあいと女ら驅ける御嶽の森を
白鉢巻白装束の祝女(のろ)たちは久高島の闇ひた走りけむ
昔むかしその昔より波の上を流れ來しもの砂となりたり
男らはみな戰に死にたりと神語りする祝女(のろ)もゐるべし
男らの骨を洗へる指やさし紅型(びんがた)染むる時間はやさし
拝所(うがんじゅ)の木の根ひろがる土深し彗星の尾のおぼろなる夜

年たけて明るき狂氣、帆船の帆は傾（かし）ぎつつ世界を照らす

戰はまだ終らぬかこの島は海に泛べるげに髑髏（しやれかうべ）

たかだかと平和記念塔立ちてをり基地近くして美（は）しきその塔

沖縄を見棄てゆくのか六十年安保の群衆（むれ）のその聲いづこ

珍（めづ）らなるもの探（さぐ）らむとこしならず島の洗へる海潮の青

曇天にデイゴの咲ける下ゆきて祝女睡りけむ森に降る雨

久米島をうぶすなとせる青年のくろき睫（まつげ）のまばたきぞする

はたた神鳴りとよみをり久高島の御嶽の繁みわれを拒めり

港川原人のするゐとのたまへる翁は島の雨にけぶりぬ　湧上元雄翁

折口信夫の門下といへるこの翁耳垢の乾濕にこだはりたまふ

殺戮はいまも續けり珊瑚礁砂となりゆくわれの腦（なづき）に

われの手をにぎりて睡るをみなごに癒されてをり潮滿つる刻　わが娘・いつみ

老いゆかば汝を憎みてすごす日もなしとせなくに海邊に睡る

椰子の實の汁吸ひをれば幾萬の兵餓ゑしこといつまでも昨夜（きそ）

この沖を目指して南下したる日の戰艦大和　春の青潮

人はみなその土地に生きてぎりぎりぞ　きざな夢などなすりつけるな

今歸仁（なきじん）の干瀬（ひし）にひろひし貝殻を娘（こ）はさりげなくわれにわたせり

琉球の鍬もて土を掘りてみつ戰死者たちの骨もまじるか
知念城(ぐすく)の森くだりきて月桃(げつたう)の花房垂るる雨の明るさ
琉球の舞踊に酔へる春の夜も安保の掟解かれざるべし
櫻前線日本列島北上す南島にしてをみなご舞へり
幹太きアカキの繁り山の上にこもり屋ありて乳の香匂ふ　宮古島　上比屋山
歳月は津波のごとしものなべて攫ひてゆきしのちの歳月
福木の垣に添ひて登れば狩俣の拜所にして大神島(おがみじま)拜む
『海上の道』讀みし日は若かりき目に見えぬ島へ渡らむとせし
そのかみはみな漂着の神ならむスクナヒコナを砂に埋めつ
母わかく鎮守の森に朝朝を詣でしころゆ不良となりき
潤浸(うりずん)の風に吹かれてものもへば老いてゆくことたのしく思ほゆ

王権

さくらさくら日本の野に咲き満ちてわれをいぢめる人らやさしも
花見する群衆にまじり物食めり家畜のごとくみだらとなりて
西行の招きなるべし吉野山さくらの下のごみすこし拾ふ
春山に法螺貝吹けりいまだ音(ね)にならざる聲をしぼりあげつつ

春の日の古墳七つをめぐり來つひつそりと死はありたきものを
桀の花の原飛び越ゆるみさきどり鴉は赤き鞠銜へゐる
病める木に近寄り立てり若者のごとくに荒く息はづませて

道

職もたぬ日日に戻りてゆふぐれの都市に撒かれし夢踏み歩く
UFOを視たりし人もねむりゐて電車つらぬく國原の闇を
くれぐれて街よりかへるわれのため若葉の山のひだる神いでよ
祖父（おほちち）も憑かれたまひし奥山のひだる神ねむるくさむらに入る
隈笹の茂み覆へる山人の道ほそぼそと續きてをりぬ
春山の削られをりし土の彩まなこを焼きて幾夜か過ぎぬ
若葉濃くなりて重たき夢の縁（へり）素直にあれよあかねさす晝を

旗

高鴨の社の池にむつまじき鴨の家族（うから）に時間は懈（たゆ）し
あかあかと櫻もみぢにさざめけるをみなら群れてさだ過ぎむとす
菊水の旗こそよけれ翩翻と金剛山にはためきてこそ

葛城の病猪（やみじし）いかに、飼育場のゐのししはみな豚となりゐる
鴨神より久留野を過ぎて荒坂へ歩みきつれば金剛嶺（ね）かすむ
冬の日に盛りあがり照りて宇智の野のほとのごとしも浮田の杜（もり）は
ユーモアのままに老いなむ烏瓜あまたをまとひ女神（めがみ）過ぎつる

反響

夏草のはやたけだけし緑青（ろくしやう）を噴くあめつちに蟇（ひき）は動かず
襲ひくる青葉の量（かさ）よくさむらに寝ころびをれば羽化はじまらむ
唐鍬（たうぐは）に樫の楔（くさび）を入るる朝葛城（かづらき）の嶺（ね）に虹かかりゐる
つゆ明くる山のゆふべに合歓（ねむ）咲きてかなかな數千（すせん）われを死なしめむ
ペニスケース空より垂るる黑南風（くろはえ）のかなしみの枝つづらさは巻く
かなかなの聲のうしほよたそがれて李（すもも）の核（たね）の硬きを吐けり
いたはりの眼差のこし逝きたりしジョヴァンニおもひ銀河たわめつ
『銀河鐵道の夜』
カミのゐる場所をかぞへてねむりなむ山百合の香に山家（さんか）ただよふ
炎天の立秋の嶺越えゆきしおほむらさきは風おくり來む
怒ること忘れし鬼のかへりゆくかなかなの潮（しほ）沸き立つ青嶺（あをね）
反響のはるかなる朝天（あま）の河わたりてゆきし白き鹿をり

ひぐらしの來鳴ける森の花青く狂ひ死にするわれならなくに
狩られゆく魑魅(すだま)たかぶる　うら盆の夜の鎭守に太鼓を打てば
かへらざりし友のいくたり、ひたぶるに太鼓を打てり盆の十五夜
夜の森に太鼓を打てり滿ちきつる闇蒼くして無賴を打てり
首吊りのよくある山ぞゆたかなる稜線曳きてわれを醉はしむ　大峯古道
とりどりのちり紙もらひかへり來ぬ都市に撒かれし夢の名殘を　四寸岩山
傘させる人　ささぬ人らの行き交ひて天王寺界隈　七夕の晝
斧もちて山に入らぬ木こりゐて夜半こだませり誰か木を伐(こ)る
夜もすがら木を伐る音のきこえをり娶りしのちもさびしき蕩兒
盆踊りをどれば愉し全天の星のひかりを振りはらひつつ
空わたる鳥灼けをらむ　草の上に置かれし斧も血まみれならむ
亡びゆく國のはたてに蹲る蟇(ひき)引き連れて眞夏の無賴
邊土往く友ら見えなく大空に夏花火炎ゆる世界の戸口
翡翠(かはせみ)の巢穴をながく目守りゐて夕闇を曳く川となりたり

あとがき

歌集『流轉』に収めた作品は、平成四年（一九九二）から平成八年（一九九六）の、約四年餘の作歌、四五八首である。

巻頭の「形象」は、「短歌」平成四年七月號の、わたしの特集號に發表した四十七首の歌である。それから十年になる。歌集に収めるにあたつて四つの小題に分けてある。この年に、「短歌研究」における三十首の連載企畫（二年間で八回）が始まり、その第一回目を擔當した。それらの歌を先に、歌集『青童子』としてまとめ短歌研究杜から五年前に出版した（平成九年・一九九七）。したがつてこの歌集の第Ⅰ章の作歌時は、『青童子』のそれと重なつてゐる。

『青童子』をまとめたころには、仲間の人たちによつてこの歌集『流轉』は完全に編集されてゐたが、なんとなくぼんやり時をすごしてしまつた。だいたいわたしの歌集刊行のテンポはのろくて、七年か十年ほどの間（ま）を置いてきた。でもあまり悠長に構へてゐては、もう殘りの時間がない。死後に人さまの手を煩はすのも心苦しい。

歌集名の『流轉』は、平成七年「短歌」七月號の四十五首のタイトルだつた。すこしいかめしく、重苦しい言葉であるが、移り變りやむことがないといふ意味とその響きが好きであつた。

萬有流轉する時空に、日日の存在を問ふわたしの生き方にふさはしいかと思ふ。佛教の用語として、流轉といふ言葉には、生きかはり死にかはりして、無明の世界の果しない輪廻といふもう一つの意味もある。この年、オウム眞理教の禍禍しい事件のあつたことも忘れがたい。

高度なテクノロジーによる現代の文明は、人間といふ概念すら成り立たなくしてゐるやうにみえる。それだけに人間存在の始源の輝きを、愼ましく、しつかりと歌ひつづけたいと思ふ。

歌集『流轉』を本にするにあたり、田村雅之氏にはたいへんお世話になり、忝く思つてゐる。

平成十四年十月

歌集

鳥總立

とぶさだて

鳥總立
平成十五年十一月二十三日　砂子屋書房刊
装幀 倉本修　Ａ５判二七四頁　一頁二首組　四六四首
巻末に「あとがき」
定価三〇〇〇円

春の山

百合峠越え來しまひるどの地圖もその空間をいまだに知らず

わが打ちし面をかむりてねむりたり天窗のひかり白絹のごと

竹槍を投げてきにけり春がすみ記憶のめぐり包みたる日に

山のまに春のけぶりの立ちのぼり敗れし神を招ける幟（のぼり）

乳色のふくらみゆくや頭（づ）のなかの春といふべき球體ありて

日もすがら幹叩きをれ目にみえぬ蟲這ひ出づる木は孤獨なる

焚火してかへりし夜はいくたびも山のなだりを庭に出て見る

なんとなく春風過ぎる日のひかり生まれるまへを照しゐるなり

息苦し、世界のはたて飛びゆかむ白木の牢に目をつむりをり

そよぎ立つ杉の若木を伐りて來（こ）し春のゆふべは歌を詠みたし

ふと見ればどの歌もみな肥大せるやくざな自我をもてあますらむ

木木にふるきさらぎの雨あけがたに霙となれるまでを聽きをり

紅梅の一枝（いっし）を剪（き）りてかへるべし山かげの雪踏みしめながら

草莽（さうまう）といふことば滅びぬ初午の草餅搗きて香にたつゆふべ

土木作業苦しくするやわが書庫を建てむとすればブラジルもまじる

ブラジルより出稼ぎに來し若者の日本語やさし村人よりも

そのむかし出稼ぎをせし日本人の末裔にして故國に出稼ぐか

ゆふぐれの地下賣場にてもの買ふは都市離れゆくさびしき儀式

茶髪逆立て塵紙呉るる若者ら前鬼(ぜんき)の裔か後鬼(ごき)の裔かも

春の日のわれの記憶をついばめるキツツキよたかくしばらく休め

ロッカーに入れたるままに忘れゐし蛤などをおもふ春の夜

紙の上に鼠三匹貼り付きて山の星座のめぐる靜けさ

山櫻そのひとつだに伐らざりきいさぎよく山の家棄てざりき

木のうれに百鳥(ももどり)啼けり暗殺者ひしめきつどふさくらの下に

花咲ける山に造りしまぼろしの牢ゆるやかにわれを入れしむ

春山にけぶり立つ見ゆ野遊びのやさしき姥らまなく焼かれむ

憑(よ)られ付く身の苦しみかをりをりは天上の闇を婆娑と落せり

さくらさくら二度のわらしとなりゆくや春やまかぜに吹かれふかれて

さわらびを摘みてかへれば草の上に抱けといふなり春の入日は

春風は焚火の炎あふれども人間ひとりを焼くに至らず

シュウクリーム

さくらさくら春のくもりを裂きてゆくわが風切羽まだ衰へず

さしてゆく洋傘に降りし花びらを重しとおもふ職もたぬわれ

死に失せし人さへ森をさまよはむ花びらしろく流れ來る日は

しんしんと雪ふりつもる春の夜にシュウクリームのごとをみなご睡る

もうそろそろ罷（まか）るべきかな歌びとがタレントとなり賑ふところ

塵芥の山ありといふ地圖ひろげ朱の×（バッテン）を入れてさぶしむ

如月の望月くれば義理チョコの麗しき函あまた焼くらむ

晩霜（おそじも）をさびしみをれば眼の下の谷間を埋む工事はじまる

ひよつとこの踊りをわれにせよといふこの愛弟子はわかき山姥

嫁もらふことのみおもひ嫁にやることなほざりに日脚延びゆく

崖の上の竹藪のへに書庫建てむと二十年ほど懶けたりしか

その前に往古より石地藏ありて

幻の季刊「ヤママユ」丹念に選歌をなさむ地藏亭にて

青竹の搖るるひかりに本探すわが山住みに老ふかまらむ

山伏ら地藏に來れば法螺貝を吹き鳴らしけむ魔障あるにや

杉花粉飛び散るそらの花曇孔雀呪法を忘れて久し

紙障子張り替へくるる古妻も狐のごとし花の宵闇

産道を最もくらしとうたひたる子を生まざりし女(をみな)のあはれ
めぐりみな針葉樹林山ざくら咲き出づる日の淡きくれなゐ
エリートにならざりし者の歌ごころふかき氣息をもつとつたへよ
持ちたきは熊鷹一羽肩の上に鋭き爪のわななきあらむ

天體

サキソフォン吹く若者よたまきはる戀の終りを美しくせよ
朝明より運河をのぼる砂利船は莊重にして惡醉ひ渫ふ
人はみな見知らぬ間、父母未生以前のさくら空に咲くなり
年とるはおのが喜劇を見守れる一觀客になりゆくことか
水漬く屍　草生す屍　朝の地下ぎしぎしと人いづこに行くや
癡漢多き御堂筋線、思ひきやわれは女人に觸(さは)られたりき
權力は人を殺して華やぐか——犇きて美(は)し勃起の殿堂
わが彫りし刳舟ならむみどり兒を乘せて逝くなり春の運河を
かぎりなく遠くに燃える山火事をみつめてをりぬ短き夢に
列島に櫻前線きたる日や茶粥を食べて肝(かん)を休めむ
わが戀ひし女人菩薩ら春の夜の星のひかりに見ればほほゑむ

老醜は晒すべきかな、日に干され風に吹かれし魂の襞
葛城の一言主神(ひとことぬし)は憐れまむ春の群衆に紛るるわれを
あけがたにまたきこえくる春山の詠唱(アリア)に耳をふたぎて睡る
觀客はさびしきものぞ神神が姿あらはすまでの恍惚
アフリカのドラムを打てば王權のしづけさありて星座めぐりぬ

庭

青空に木は叫びをり暮るるまで動かぬ蟇(ひき)の疣のかがやき
山櫻の杖突きて行けいつにても靄ある山の綠青(ろくしやう)の徑
朴の葉の鮨を作りて鮨桶に詰め込みをれば柩のごとし
わが砦朽ちたりしかば野良猫は夕靄曳きて通り過ぐらむ
ならびなき劍士たりしに數百年遲れきつれば野良猫を追ふ
黑馬を引きて來りし夕立に洗はれてをり笑へる假面
松の木にのぼりし蛇(くちなは)纏れ合ひ萬綠の庭夕映ゆるかな

雨ちかし

瑠璃色の磁石の針のふるへをり朴の花そらにひらくひかりに

くわくこうの聲に明るむ草のへに投げやりに過ぎし時間熟れたり
雨ちかき日のやまなみは近く見えて蛇苺あかく人忘れしむ
草の上のそのそ行けるひきがへるわれの怒りを撫でさすりつつ
黒南風(くろはえ)の晝をふくらむ青梅の熟れ落つるまで旅に出でゆく
ゲートボールたのしむ友ら若葉ごしにあはれむごとくわれを見送る
わが谷に土搬(はこ)びきて埋(うづ)めゆく地のいとなみよわれは鳥の眼
檜(ひ)の山を吹きおろしくる黃綠(わうりよく)の風のゆくへを眺めてをりぬ
わが骨を散骨(さんこつ)なせる心地してさみどりの靄に山つつまれぬ
水張田(みはりだ)となりたる山の村過ぎて雲雀をそらの芯に放てり

四寸岩山

埒もなき夏の野分の過ぐるなかひぐらしの聲風に亂るる
天上を突く杉の木の素直なる力を愛(め)づる立秋の空
せせらぎに沈める岩を鱗(いろくづ)の出で入りなすを死者は見てゐる
木にむかひ腕ひろぐれば葉むらより風おこりきて鳥になるわれ
天頂に動かずなりし觀覧車、女童(めわらは)よ父の眞夏の記憶
風荒き夏のくさむら流されし王ありしこと夏のくさむら

啼きわたる山ほととぎす雨霧の四寸岩山にことばの燧石（ひうち）
自殺者の多きこの山——山伏の四寸岩山眺望（ながめ）よすぎる
古びたる桟道をひたに驅けくだる女行者のくちびる朱（あか）し
四寸の岩を祀ればまぼろしの耳我嶺（みみがのみね）ゆひぐらしきこゆ
小子部（ちひさこべ）栖輕（すがる）の捕へしはたた神蜾蠃少女（すがるをとめ）は木木のすだまを
さみどりの龜蟲つどふ夜のほどろしどけなきかな薄れゆく星座
灼け伏せる夏のくさむら絡み合ふくちなはの眼に星またたけり
漂泊のいとまだになく森の上のゆふべの雲の明るさにゐつ

おのれを宥せ

くわくこうのしきりに啼けるこの朝明（あさけ）くらき假面も華やぐらむか
靜かなる晩年はこよ郭公の聲のしじまにおのれを宥（ゆる）せ
水量の増えたる川を渡りゆく蛇體（くちなは）の跡たちまちに消ゆ
ゆりまつりこころにもちて水無月の森のみどりに息づくわれか
三輪素麵またすすりつつ山家にてひぐらし蟬の潮（うしほ）聽くかな

虹

けだものの氣配のなかをかへりきぬ目に見えぬ尾を風に靡かせ
笑ひ茸食ひし同胞（はらから）いつまでもわれを宥さぬやさしさにゐる
大根は掘られてありぬ、乳母車置かれてありぬ、合戰（いくさ）ありしか
勳章のごとき毒茸菊薫る日の岨みちに燦爛とせり
安珍の目差しし峯はいづこにや名もうるはしき聖なりけむ
山川にのぞむ出湯に茹でられしこの醉漢は遁げなくてよい
護摩壇の山のかなたに虹見ゆとひりごちつつ朝の湯に入る

形象を死者と頒たむ

この夏のオホミヅアヲを待ちをれば山家の夜の窗のさびしさ
夢なべてかたく銳し夏花の殊に明るきまひるまにして
形象を死者と頒たむわが伐（こ）りし木の年輪のくらきさざなみ
鹿皮に包みし骨も碎くるや山住みながし村すでになく
くさむらにまくなぎ湧きて夏は來ぬしづめきたりし忿怒湧きたつ

病猪

わが咳に熟睡できぬ星あらむ霜しろく置く黄菊白菊
ひめやかにけものは土を歩むらし億萬のもみぢ空に散り敷く
冬に入る日輪白き　産土の飢ゑこそ映ゆれ馬の嘶き
首の痛み賜ひしものか夭折の神かぞふれば霰降るなり
夜もすがら咳(しはぶ)きやまず呪はれし惡靈の核(さね)吐き出さむとす
自轉車の鞍はやさしく支ふらむ秋白光に溶くるごと行け
沐浴はさびしかるべし父母未生以前の湯氣に嬰児(みどりご)となる
翡翠(かはせみ)はわが首斬りて飛び去れり川の上の湯に泛びたる首
かたはらにもののけ姫のねむれるや夜もすがら降る落葉なりけり
人はみなけものとなりてまどろめり太き榾木(ほだぎ)は炎となりぬ
慕情といふ死語拾ひ來つあしひきの枯山(からやま)ゆけばからからと鳴る
空に舞ふ枯葉はなべて歌ふらむ病猪(やみじし)あゆむ尾根の明るさ
つるりんだうのほとりに尿(ゆまり)したまひしもののけ姫はすでに山姥
わが病めるやまひは癒えよ大空の星凍(い)つる夜に『明月記』讀む
枯山(からやま)の戸口にありて遠吠ゆる風の侏儒(こびと)らわれを宥さむ

オホーツクの流木の破片をりをりは祕儀のごとくに取りいだすかな
旅終へて知覺を語る若者と木枯の夜の酒酌み交す
夜もすがら吠ゆる山犬死者だけの棲まへる村となりゆくらしも
山霧のふかき一日（ひとひ）はおのづから遁甲（とんかふ）の術學ぶここちす
鳥けものひかりて遊ぶ森にきておてもやんすれば愉しからまし
くさむらに狼潛みゐたるべし冬の虹太く空に凍（こご）えて
雪けむりあげつつ山を驅け下る病猪（やみじし）はわが父にあらずや
みちのくに傳承の鄕（くに）ありといふ夢長かりき愉しかりにき
ひかり差す朝の戸口に積まれたる初冬の砦大根・白菜
日常はつひにまぼろし百合峠くだりきたりし病猪（やみじし）の後

雪雲

雪の上に鹿倒れたり銃聲は記憶のごとく谷にこだます
雪雲（ゆきぐも）のうごかぬ今日は樹液噴く檜（ひ）の木を削り橇を作れり
戰ひに死にたる兄を偲びつつ不器用に橇作りゐるかな
この橇に何を載せるかわれの挽く檜の木の橇は雪に匂へり
ふる雪のさなかを翔べる冬鳥の嘴のさき火を噴きてをり

山人の焚火の跡か暗緑の岩かげ出づる童男（をぐな）ありけり

雪原のまなかにありて動かざる橇ありぬべし墓のごとくに

晩年の日に殘し置きし椎榾木雪をかむりて運ばれゆけり

たましひは形なきもの雪の日の檜の木の橇となりて運ばる

雪の夜の燈火明るし山住みの幸ひとせむ、悲哀ともせむ

幼年時の光源殘す三人子と正月のテレビぼんやりと觀る

かなしみて叫べるかなた冬鳥は雪雲出でて貧（ひん）のひかり曳く

もののけの森を出づれば西空の雪雲の塔炎えて崩るる

銀箔の鱗（うろこ）をこぼしやまなみを雪雲わたる天犯さるる

果無

栗茸（きのこ）投げ賣りし市（いち）みおろせば秋の霞の澄みて古國（ふるくに）

こころなきわれの影武者冬市のサーカス小屋に紛れ入りけむ

吉野と熊野の境、果無山脈に遊ぶ日ありて

菊の香の濃くたなびけり伏拝王子の邑（むら）に晝月霽れて

果無（はてなし）の尾根を辿りて海を見つ、山越しの海空にあふるる

橅林明るき山のもみぢ葉を踏み分くる日や果無と言ふ

別離

映畫「萌の朱雀」より

音たかくバイク登りてきたるとき山ふところに靜けさは滿つ
一山(いっさん)の木木萌ゆる日や狩られゆくけものの怒り山人の怒り
可憐なる思慕なりしかな寡默にて人らは遠きまなざしをせり
この山に登りきたりし花嫁は白狐より淋しかりけむ
吊橋をバイク渡れり二人乘るバイクは今日を運びゆくのみ
みんなみんな產土棄ててどこへゆく樂園はげに下界にあるか
禮(ゐや)深き別れはありき山住みのえにし果つるとわが思はなくに
風景に目守られたりしこの家も空家(あきや)となりて風景のうち
ドラマの主役は山水(さんすい)ならむ人間の暮しの聲のかそけさを盛る
娘(こ)とふたり地下劇場に泪せり山住みのわれをスクリーンに見て

齋庭

はるかなる齋王群行、かくし繪の隱(なばり)の村の刈田の煙
元伊勢の檜原の杜に降る雪に春のはじめの壽言(ほぎごと)申す

榎村寛之氏、齋宮歴史博物館にて

その父母と訪ねきたりしかの子はも、齋宮の歴史語りたまひき

大津皇子、壬申の亂の日

おぎろなき父のいくさに參じたる十歳の皇子よ闇の夜更けに

木がくれにむささび遊ぶ大美和の齋庭(ゆには)に立ちて夕雲を愛づ　和田萃氏と

もののけ考

しののめに雪ふりつもりまどろめりわが足跡の嶺につづきて

できるだけ文明の速度に遲れつつ生きて來しかど譽められもせず

その巨根いづこに往きて憩ひしや、木の物語　風の語部

雪の上にをろちの鱗こぼれをり凌辱の森問はずや過ぎむ

もののけと蔑まれつつ打つ斧の響きは澄めり冬の林に

軍艦のごとき雪雲(ゆきぐも)西空を覆へるゆふべ岩動くなり

けものよりさらに淸(さや)けき情欲を木枯の夜の星座に晒せ

湧き上がる雪眺めゐて身籠りを告ぐるひとあり龍孕みしと　龍神にて

さだすでに過ぎたるひとのわらわらと吊橋を來るいづこの式部

感情の高貴を守り歌詠まば忘らるるとも悔しむなけむ

角笛

角笛を森に吹きたり初春(はつはる)の木木のこずゑに雪降りはじむ
去年(こぞ)の柿木より捥ぎきて食みたればその澁抜けて神(しん)新たなり
力つきてわが眠るとき瞼より春の樹液の動かむとする
父植ゑしこの杉山の五十年、二束三文となりても美(うるは)し
火を焚けよ淋しき今日は天焦(そらこが)す炎を森にあかあか立てよ
夜もすがら木枯すさぶ森なりきこころを盡し生きねばならぬ
いつしかにゆるされをらむ雪山に夕日は入りてしばらく明るし

さくらは花に

的皪(てきれき)と古木(ふるき)の梅の咲き匂ひ春三月の雪ふみしむる
みなかみの水に洗はれそそり立つ春淺き日の岩根のひびき
出稼ぎといふことばのルーツ梅咲ける岨みちに逢ふ僧と犬のみ
わかき日の歌の無頼をとぶらひて梅咲くしたの雪に明るむ
木を伐(こ)らぬ木こりの森に噴きいづる春の樹液よ空うす曇る
西方の角笛吹けよ磷磷と岩根立たしむ春の雪代

上京はこころものうし切岸のしたをとほりて梅の香に添ふ

血縁をさびしむなかれさすらひて果てしをみなも石となりゐて

浪費癖いまにつづけど恙無し湯水のごとく時逝かしめる

熟さざることばのままに五十年頭蓋に古りし「世界内面空間」

とびきりの莫迦なさざれば歌詠めぬ汝(なれ)の巨根は石をもて擲て

玉かぎるほのかに切れし少年時いまにつづけり「かしら右」とぞ

百合の香を身にまとひつつ山道を飛び去りしもの父かもしれぬ

風ひかる纖(ほそ)きこずゑに山ざくら花ひらくまでの樹液をおもへ

ぼんやりとひとよを過ぎていつしらに置き忘れこし巨根なるべし

あどけなきわがテロリスト角笛のきこゆるまでは草生に睡れ

山鳴ると娘は言へり年どしの花のたよりは身にしむものを

生き別れ死にわかれきつ花ちかき日のゆふやみに夜神樂舞へり

みやま木のそのこずゑともみえざりしさくらは花にあらはれにけり　源　頼政

恍惚を棲家となさばしどけなく花見るらむかさくらは花に

ハンモック

庭椿こもれるひかりハンモック吊りたるあたり雲垂れてきつ

てらてらと輝く葉むらくれなゐの花の蜜吸ひねむりしものを
ハンモックを椿の枝にかけくれししろき腕(かひな)はをりをりそよぐ
花の上に雨ふる朝明(あさけ)をみなごを犯せしことの昨夜(きそ)のごとしも
山つつじ斜面に朱(あか)しかへりこぬ父待ちし日の草匂ふなり
雨空に湧く雲みればこともなく高き聚落に棲みて老いしか
悔恨のふかさをおもへ何の木の古株なるや髑髏(しやれ)となりゐつ
草のわた拂はむとせり若きらの出でたる村に花咲き満ちて
花ぐもりの晝むしあつくドラム打てばぼあーんぼあーんと人死にゆかむ
やみくもに電話かけきぬ仕方なく捨ておきたればまなく死にきと
しめりたる花のほとりに睡りをる蕊(しべ)ふるへつつ世界を抱(いだ)け
木の洞に栗の實朽ちてありしこと芽吹きの山にわれはさびしむ
春風に立てる栃の木幾重ねさるのこしかけ愉しきごとし
櫻散るその青空のハンモックみどり兒いまだ睡りゐるにや

夜の瞼

木の上に睦むむささびぬばたまの夜の瞼に星座さやげり
平穏な晩年の日日ねがへども夏草あらくくちなはくねる

たどたどしく法螺貝吹けばうらぐはし葉櫻の山ふくらみゆかむ
二上（ふたかみ）のふもとを過ぐる電車にてかたはらの妻眠りゐるのみ
まれまれに連れ立ちてゆくことあれば生老病死、老の花園
稼ぐことしらぬ男に連れ添ひてただ老けてゆく妻（め）といふをみな
戸口にてよだかは啼けりくらやみのこよひのうちにここを落ちゆけ

鹿

ゆつくりとあゆみこしかな病める木に手觸れしのちの青痣消えず
柏餅作りたまひし垂乳根よ一山（いつさん）の柏われを手招く
神隠しに逢ひたるわれとおもふまで萬緑の野に家族（うから）つどへり
わが枝にかたつむり白く暮れゆけり勲章のなきひとよのしるし
盛りあがる槇の太根に胡坐して父の狂氣をなつかしみをり
をみなごはかはるがはる沐浴す若葉の巖（いはほ）そそり立つへに
本の谷間ひと夜うろつくこの百足すこし休めよ足くたびれむ
枕邊に法螺貝置きて眠るなりふかきねむりの入口として
山火事はいくよもつづきゐたりけり父は町よりかへらざりしか
青草の孕める瘴氣ひつそりとあらはれし鹿われを許さむ

雨の三輪山

おほるりの聲の明るさ山頂の磐座(いはくら)のへに汗をぬぐへり
三輪山の笹百合匂ふ黒南風の國原青く別れたる日や
古き代に怒りたまひし神の貌太虚(おほぞら)ふかくゐがかむとすも
この上もなく愧(はぢ)らひて幽れたる山人のごとき神ありしこと
蟇(ひき)よりもさらに醜く生きこしと雨の三輪山しばらく仰ぐ

鳥總立

日輪の炎ゆる頂おごそかに槇の秀(ほ)つ枝を剪(き)らむとすらむ
八朔の森に入りけり木木灼けて驟雨奔りぬこともなけれど

伐採した樹木の再生を禱って、古來その樹の梢を切株に立てた。

鳥總立(とぶさだて)せし父祖(おほちち)よ、木を伐りし切株に置けば王のみ首(しるし)
氷河期を生きのこりたる日(ひ)の本(もと)の槇の香りは言葉の柩
兩性具有の記憶の森を脱け出でて眞夏の僧のごとく汗垂る
いつしらに老のきたるを受けいれてほととぎす過ぎる銀河の眞下
できるだけおのれかすかにあるべしとゆふかぜ立てる旋律にゐつ

果し合ひの大刀置き忘る。蟻地獄ふつふつ沸けるうぶすなの眞晝

八月の灼ける巖（いはほ）を見上ぐれば絶倫といふ明るき寂寥

立秋のひかりをはじき蜻蛉とぶ木斛（もくこく）の幹に假面を懸ける

虻多くまつはるひと日脂噴きて木はわれらよりかなしみふかし

鳥總立ことばの秀つ枝立つるなり、血を吸ふ虻を蜻蛉（あきつ）速咋（はやぐ）ひ

ゆふかぜは徐徐に涼しくなりゆかむ立秋の日のくさむら曇る

西行ならばいかに詠むらむゆふだちの槇山ふかく人おもひなば

眞珠色の鯨なるべししなやかにわれの娘は寢返りをする

小夜床を竝べてねむる、苦しみをいまだ知らざるクリームのねむり

海原よりさらに藍濃きパジャマかなわがをみなごに牡鹿は出でよ

はるかなる遊びといへど歌詠みてくはがたのゐる障子明るむ

かすかにも狂ひて過ぎき、戰死せし兄にもらひし紺の天體圖

月黑く照る森の上わが撃ちし銀箔の牡鹿行方わからず

霜柱

冬に入る山のあけぐれ、倦みたれば異類婚多き古典に遊ぶ

蒼穹の洞（うろ）より散れる枯葉にてわがかたはらにしばらく炎（も）ゆる

神風に薙ぎ倒されし森に來つ横たはる木の幹のつやめき

イースター島の石人のごと仰向けに倒れてをりぬなすすべもなく

凍星(いてほし)の夜の山家に目瞑れり死へ熟れてゆくまでのまばたき

鹿猪(しし)らみな夜のねむりのかたはらを荒荒しくも過ぎてゆきしか

煩惱はつねにあたらし霜柱野に鳴りひびく夜明けとなれり

冬の虹

村肝のこころさわげり霰ふるゆふべの山に草木さわげり

人もこぬ岨(そば)のくぼみにくれなゐの落葉溜りて冬に入る山

ことごとく葉を落したる朴の木を見上げてをれば蒼穹の梁

さやうならといくたび振りしてのひらかひらひらとして落葉となりぬ

立てる木に枝ありしこと、山住みのさびしきわれに枝ありしこと

裏白にゆまりをなせる女神ゐて雪雲の縁朱(ふちあか)く炎(も)えをり

十二月二十日は山の魔神が人を襲ふといふ。

ハテノハツカに人殺(と)るといふものがたりハテノハツカはいまも人殺る

平成十二年九月二十二日、颱風七號で山荒れる。

あらたまの年立ちかへる壽言(ほぎごと)を申さむ森の木木倒れをり

山神はハテノハツカに森の木を數へるといふ倒れ木はいかに

木を伐(こ)らぬ木こりなれどもくれなゐの焚火をなせり極月(ごくげつ)の山に

殘りの日を數へてをればわが指に一つ餘れり黑き日輪

藪柑子の朱き實蹴りて行きしかど立枯(たちがれ)の木となりてしまへり

交尾ののち殼のみとなり消えゆきしまひつぶり白き乾坤(けんこん)

氷島に嘯き歩く海豹(あざらし)をあかあか照す落日を見よ

朝おそく日の當りくるわが家の天(あめ)の露霜湯けむりあぐる

野の涯に立つ霜柱歩みゆく天使ゐるべし、しろがねの時間

きりぎしの徑を歩みて人かへる冬の景色をかなしまざらむ

一言(ひとこと)で世界をうたへ、葛城の山にむかへるわれといふ他者

冬の虹空に凍(い)つる日失ひしもののなべては輝きそむる　言離之神

われよりもはるかに永く生きて來し欅歩まむ夜半の血澄みて

石斧

ぞろぞろと鬼どもつづき下りきつるさくら咲く日の山となりたり

花咲けば去年(こぞ)の野分(のわき)に倒れたる蒼杉山にしかたなく寝(ぬ)る

ピコグラム量れるすべも知らなくにはる國原(くにはら)に石斧(せきふ)を拾ふ

花ざかりの嶺見えてをりわれの手をひきくだされしうらわかき母も
草萌(も)ゆるわがししむらを踏みしむる牝鹿(めじか)なるべし霞(かすみ)を曳(ひ)ける

力士

擂粉木(すりこぎ)に白和(しらあへ)なじみ花のごと春の雪ふる引窗の下
ヘリコプター谷間に降りて木を搬ぶ耳しふる日の机にねむる
こともなく染井吉野は咲きそめて立ち遅れたる力士ありけり
雪の日に曳かるる橇に薪(まき)のごと骨積まれをりいくさいくさと
ダイオキシンにつよき群衆入りみだれ櫻の山に花食うぶるか

他者

さみどりの野に捨てられし乳母車をりをりひかりみどりごを待つ
くわくこうの聲の絶え間に迫りくる近山の尾根雨にけぶりぬ
その背中ふたつに割りて綠金の山のなだりを黄金蟲翔ぶ
ほととぎす啼きてわたれる青空に疵痕(きずあと)のごとけふの他者われ
青あらし野をさらふ日やみどりごとなりてしまへりわたくしの他者

「熊野懐紙」を偲ぶ熊野王朝歌會に、後鳥羽院に扮して出演する。

み熊野の王子の嶺を越えゆけば空飛ぶ鳥も風もうからぞ

おぎろなき人に扮する朝戸出にくわくこうの聲とほき嶺より

鼓

ことしもまたほととぎす啼く青空に父の狂氣を濃く曳きゆかむ

わが谷の淡竹（はちく）を夜毎食べにくる猪神（ししがみ）を待つ蒼き狩人

丹生川上の淵に投げたる青粽（あをちまき）がたろはダムに溺れたりしや

がたろ＝河童

夏祭わすれし家族柏餅も粽もなべてスーパーのもの

のぼりこむ螢を待ちてゐたりしが夜の粽を谷間に投げつ

西行に妻と娘のありしかと詮なきことを思ひつつ眠る

海も山も病みてゐたれど曇り日の泰山木の花の靜けさ

次の世に何を遺すや奪ふだけ奪ひつくして滅びを謳（うた）ふ

つづまりは核の力とおもはざれ、戰争ごつこ、夕焼けの丘

山邊の道三首

御旅所（おたびしよ）の齋庭（ゆには）にものを食みをればしどけなくなりぬこの猨田彦

みささぎのくらき皐月ぞいつの日もわれを叱らぬ神ありぬべし

〈めぼ賣ります〉と貼られし紙の邑過ぎて眩暈のごと國原ありき

天川村にて八首

天川の母の山林へ來つれども山見ずにして川の音聽く

川すでに死にたりけりな岩の上に君が代うたふうら若き死者

川を渡り辨財天社に詣でたり流るるものの響きをもちて

この道のさびしさいまに續きをり母若かりき川流れゐき

天川は乳の道(ミルキーウエイ)、母の手にすがりて行きき川沿ひの道

吊橋をわたりて辨財天に詣でたりしめまひなつかしわが幼年期

川沿ひにオートキャンプは賑へりときたま川は氾濫をせよ

辨財天に鼓を打てばかぎろひのゆふやみふかく翁は舞へり

大鴉

夜の庭を跣であるくもののありき魘(うな)されてこし世紀の終り

鹿の糞、ゐのししの糞、きつねの糞、土に凍てつつ草萌ゆるなり

山道にあぐらゐをれば鶲(ひは)のむれ山雀(やまがら)のむれ空に遊べる

「七人の侍」に紛れ怒りをり雨の村里の匂ひを過ぎて

けものらもゐる山祭ちりぢりに別れてゆかむうからとおもふ

終弘法東寺の市に購ひくれし矢立を差せばなべては辭世
屋根の上に夜半降りきつるものの影くるしき夢をはらふ山風
野良犬が仔を產みし春古妻と投票にゆく夕日の岡へ
白票を箱に落せり春愁の奈落仕掛に虛無を落せり
山ゆけばわれは餓鬼阿彌目の玉を奪はむとする黃金の大鴉
霙ふるゆふべの庭に咲きゐたる櫻の花はくらくなりたり
よく睡りしわれの一生、甘酒をいただきかへるけふ花祭
かぎりなく花を喰ひて年ふりし杣の燈火庭におよべり

春日野吟遊六首

いとまありて櫻咲く日の春日野に梢をわたる風を聽くなり
風荒き日の山ざくら散りみだれ木の間の太鼓鬼踊らしむ
白き紙貼られし燈籠に沿ひゆけばうぐひす啼けり鴉も啼けり
散る花をついばむ鳩をおどろかせ性に目覺めし苑を步めり
鹿も鳩もみなやさしかり少年の日に約束を忘れたりし苑
伐られたる角あと白き大鹿を目守りたまひき、前川佐美雄
核もたぬ國の驕りか滿開の櫻の下に歌仙を捲きつ
癡漢・掏摸まぎれゐるべし春の日の電車に搖られみんなまどろむ

都市の空の大観覧車に憩ひをり贅澤といふかわれのみ一人(シングル)

魂を掏られしものらささやきて何を賣りをらむ櫻の園に

史實よりもふかき歷史を語るべし落石は割(さ)く若葉の谿を

かくれ住むうれしさなれど庭蔭に石楠花咲けり目あかしのごと

朝明よりたが艷聞をさへづるや黄鶲の聲、大瑠璃の聲

燈をつけずこのゆふぐれの匂ふまで坐りゐたれば朴の花咲く

山邊の道にて三首

なかぞらにしばらく啼きてゐたれども漂ふごとく土に降りゆく

大方は遊びて過ぎき病氣(いたつき)の國原なれど雲雀發(た)たしむ

歌ひつつ宙にとどまるわが雲雀苦しかるべし萬綠の野に

ゆふやみに鞍をおろせり影武者の悲哀の暈(かさ)をおろしたるのち

蝦夷吟遊

虹みたび出でしを告ぐるをみなごの嫁ぎゆく日をわれ知らなくに

晝臥(ひるぶし)はわびしきものぞ雷のやさしき森に人らはたらく

ひと夜明けて嶺うつりせしくわくこうの聲きこえくる艮(うしとら)の森

山の燈に翔びきたりたるいかめしき兜蟲を目守り夜明けとなりぬ

沖縄の干瀬（ひし）をおもひてまどろめば夏の日照雨（そばへ）の激しかりけり
日の丸の旗をかなしとおもひけり川上村白屋の邑に
おのづから歌詠みすぎし四十年羞（はぢ）らひてをり放蕩のごと

北海道羇旅即詠十三首
「青の會」發會式（一九九九年七月三日）。「現代詩歌におけるアニミズムの問題」

熾んなる炭火の炎、岸を打つ釧路の海の夜の舌黒し
シマブクロフのをどりを踊り呪ひなば濃き霧を吐く森ありぬべし
眉たけき襲（そ）の巨人なり夜もすがら咆哮なせり神亡ぶると　谷川健一氏
阿寒湖のあしたのうみを歩みこし女人菩薩の天衣（てんえ）ありけり
二十年ぶりに會ひたるわがをとめ阿寒湖の妖精も青年の母
コロボックルの矮（ちひさ）き神を蕗の葉の下にかくせり旅の憂ひも
湖の渚の砂を手に掘れば五指熱くなりかなしくなりぬ
かたはらでソフトクリーム舐めにつつ屈斜路湖（くつしやろこ）の奥（おき）をほうとみつむる　岡野弘彦氏
蝦夷の地の夏うるはしく老いそめしまなこうるみて十勝野を見つ　狩勝峠にて
霽れやらぬ摩周湖の霧に目つむりき學生の日の妻が視し紺碧（あを）
雲かかる十勝連峯ラベンダーの香と地ビールは故郷（くに）忘れしむ　ファーム富田にて
「ヤママユ」五號今日出來をらむ照りかへす小樽運河にしばらく流人

旅ゆけばアイヌ・土雲風となるわれの虚空に雲輝けよ

神ながら

蒼穹にしばらく泛ぶ心地せり世を捨てしこと告ぐるすべなく

夕雲に乗りてかへれる菩薩ゐて尾花の原にわれうち伏さむ

まぼろしのだんじり一つ秋霧の嶺越ゆる日や昂りやまず

茸山さまよひをれば產めざりしわれのみどり兒八百萬神(やほよろづがみ)

旅人は空巣とされぬ、村にこし秋の空巣は旅人とさる

好色の神神坐(ま)しぬ、忿怒せる神もいませり朱のうろこ雲

み雪ふる吉野の嶽(たけ)の大菩薩われを許すな神變菩薩

「神名帖」壹萬八千の神の名に先づ讀まるるは金峯大菩薩　東大寺修二會（お水取り）

斧かつぐ前鬼にむかひ壺持てる童顏の後鬼(ごき)はその妻ならむ

ひつそりと角(つの)を覆へる朴(ほほ)落葉踏みしめゆかむわれ神ながら

さかしらの溢るる世かな、なんなりとうたひたまへよわれは讀まざらむ

「めぼ賣ります」と貼紙のある邑(むら)すぎてわれの無意識を誰に頒たむ　ものもらひを拂ふ呪ひ

河堀口(こぼれぐち)過ぐれば阿倍野、人群れて秋の日たのしここ天王寺

朱泥もて落款押せば山の鹿ふたたび鳴けり家近く來て

不機嫌に過ぎたるゆふべ鹿鳴くと娘の言へばこころ和(な)ぎくる

バイアグラにこころ亂ると歌詠みし初老の紳士大阪も雨

初時雨さびしみをればゆくりなく朱塗の椀が水に泛べる

神無月朔日の朝天霽れて臨界といふ言葉の響

秋萩の拂へる露にうちしめる月のひかりはすでに十六夜(いさよひ)

歌の集『くわんおん』讀めり、この菩薩やや老いそめてゐるにあらずや

歌集一册鞄に入れて山下る『くわんおん』は護符、曼珠沙華の道

我ならぬおのれゐるべしいかほどの長きねむりをねむりしものか

無花果を食べてゐたれば紙障子かすかに濕る山霧湧きて

蜂蜜を入れたる葛湯病める胃にをさまる秋の餓鬼阿彌の空

熊野より八百比丘尼(びくに)訪ねきぬ昔むかしは吾妻なりしとぞ

柴栗を山に拾ひてその青實食みしをみなご井光(ゐひか)の裔か

鬼遊ぶ秋の夕暮、赤とんぼわれの顱頂にやさしくとまれ

われ一騎草の紅葉を踏みゆけばはやしろがねの霰たばしる

この首を埋むべき嶺月差せばしろく明るく輝きそむる

幾百萬の地雷を埋む人間のいとなみありて世紀は果つる

わが庭のすがれ棗(なつめ)も散りつくし盡十方(じんじつぱう)に漂泊の秋

さかなの時間

こぞの秋の野分に荒れし山林をそのままにして春過ぎゆかむ
三輪山の山の姿のすさめるをかなしみをれば雲雀あがりぬ
くれなゐの帯となりつつみささぎの濠(ほり)に遊べるさかなの時間　崇神陵
わらび餅食うぶる媼ゆく春の樹木も人も神さぶるのみ　檜原神社
大神(おほみわ)の社にくればなんとなくむささびあそぶ木末(うれ)先づ愛づる

扉

白き馬やしなひてこし歳月の森のかそけさ人に知らゆな
銀漢の闇にひらける山百合のかたはら過ぎてつひに山人
なんといふやさしき鬼か月差せる水引草にくちづけをせり
いくたびもひと捨ててこし、炎(も)えつきるゆふべの嶺のくらくなりゆく
ふるさとより捨てられしわれ苔産(む)せる石を洗へり苔も生きもの
われの子にあらずといひてみな殺しし山人の眼の澄めるぞあはれ　『遠野物語』
曼珠沙華の燈明炎えよ、産土(うぶすな)をいつも守れるは死者なのだから
秋神鳴(あきがみなり)低くとどろく野の涯に生贄のごと虹はかかりぬ

萬國旗はためく秋のグランドを走りゐたれど歡聲はなし

石鏃(いしやじり)磨きて過ぎき、少年は蒼穹をいま飛ばむとすらし

判官義經颯爽と立てる菊人形毀たれをりし町を忘るる

紅葉の山にむかひてひらかれし扉の奥にみちびかれ來つ

わが祖(おや)の討たれしあたりそそり立つ巖の蔭に水湧けるのみ

思ひきやかかる淋しき山里に歌詠み暮し醜く老ゆるを

次の代に高きしらべをつたへむと勵みしをとこ銀杏拾ふ

うからみな狐にみゆる黄昏は夕日にむきてこ゛む゛と鳴くなり

わが打たむ夜半の鼓の音冴えて夜もすがら降る落葉を聴けり

性愛を蔑(さげす)まざりし神神のつどへる秋の夕雲朱し

世紀果つるこの秋の日に嶺越ゆる野鼠の列いづこに行かむ

紅葉の山にかへれば孤獨なる翁のわれに宴はじまる

錬金術もたざるわれら觀念の無賴を打ちて冬に入りゆく

岬

風荒き日の朝熊山(あさまやま)卒塔婆の群立つ森の木枯童子

磯砂の舞ひたつ渚に拾ひたる流木のかけら父の骨かも　伊良湖岬

刳舟の木肌を撫づれどの舟も常世につひに往くことなけむ　海の博物館にて
安乗岬見おろして尾根くだりゆけば志摩のひかりの澄みて翳れる
干魚の竝べる入江、登り來て秋海潮（うなじほ）の光をあつむ　大王崎燈臺
岬より岬へたどる秋の日の海の感情涯しもあらず
宵闇の隱（なばり）過ぎしか蛸燒をしづかに食める女（をみな）ありけり

朝靄

かたはらに魔法壜立ち新嘗（にひなめ）の夜半を覺めをる女ありけり
ひとつ屋（や）に娘もいねて霜月の月まどかなる夜となりたり
この娘何の化身ぞ父われにきびしかれども老のこころ和（な）ぐ
月あかく照りかがやけばこの夜半に雉子啼きいでてさびしくなりぬ
白き蛾は燈火のしたにゐたりしが記憶の島をひとつうしなふ
常世より歸りきたりし浦島のうぶすなのごと苔生（む）しゐたれ
死にゆきし兜蟲かこむ夜のうからかごめかごめを枯葉はなせり
すめらみこと新穀（しんこく）召さるるにひなめの米みのらざる山のことほぎ
望の月西に沒る頃起きいでて酒酌むわれを妻知らざらむ
禮文島の生うにうまし柿の葉の鮨もうましも月賞（め）づるかな

もの食めるこの舌あはれけだものの傷癒ゆる日の落葉のギザギザ

老醜を曝して生くる山住みに蒼穹わたる朱（あけ）のかりがね

醜（しこ）の御楯（みたて）となりし日ありき、生くること稚きままに學びし悲壮

いとけなく尿をかけし梅の木の洞（ほら）いでてくる朝の靄あり

木枯にゆらゆらとする凍星（いてほし）のひかり増しくるまだ生きてをる

星見るは牢こそよけれ全天の星宿移る激しかりけり

古き代の神神のごと無頼ゆゑ醜き老に霰たばしる

願はくは星ふりたまる山巓（さんてん）の窪みに棄てよわれ惚けなば

看取らるる日までは藍のやまなみもやさしくつよく昂りてあれ

こともなく醜くなりし青童子（せいどうし）手觸れし樹樹に冬の蟬啼く

あとがき

ことしの七夕の頃には、この歌集の校正刷の手入れもほぼ完了してゐたのに、どういふことか三ケ月あまりが過ぎてしまつた。ぼうとした時間が、わたしにはどうしても付きまとふ。その間は何を考へてゐたのだらう。忘れてゐたわけではないのに、ぼうとしてゐた。そんな無意識の日日の時間が、少し怖い。

歌集『鳥總立（とぶさだて）』はわたしの第八歌集になる。前の歌集『流轉』のあと、一九九七年から一九九九年末までの三年間の作品、四六四首が収められてゐる。この期間の作歌数がいつもより少し多いのは、一九九八年（平成十年）九月、十年ぶりに季刊「ヤママユ」が復刊され、一九九九年末までに、三號から七號までの四集を數へたからである。

集名の「鳥總立」は、第三號の歌二十首のタイトルだつた。伐採した樹木の再生を禱つて、古來、その梢を切株に立てる儀禮を鳥總立といふ。萬葉集巻十七に、大伴家持が能登で詠んだ旋頭歌がある。

　能登郡の香島の津より發船（ふなだち）して、熊來（くまき）村を指して往く時に作る歌二首

鳥總立て　船木伐るといふ　能登の島山　今日見れば　木立繁しも　幾代神びそ

山人の裔であるわたしが、長らくの山住みのなかで鳥總立を持續してきたのは當然であるが、わたしの言葉のいとなみは、森の樹木といふ象徴的なものだけでなく、その土地そ

の土地に言葉の鳥總を立てることであり、川や湖や岩や平野や渚、あるいは都市の深部にも、原初のいのちの再生を願つてきた。

文明の名における無慘な破壞や、とりかへしのつかない魂の荒廢を目のあたりにするにつけ、わたしの言葉の鳥總はいよいよ燃え上るのである。

「何千年來人間が成功したのは自分自身を繰り返すことでしかなかつたと知れば、原初の名狀し難い偉大さを、陳腐な繰り言の數數を超えて考察の出發點とするといふ考へのあの高貴さに、われわれは到達するであらうから。人間であることは、われわれの一人一人にとつて、一つの階級、一つの社會、一つの國、一つの大陸、一つの文明に屬することを意味するのだから……」。

レヴィ＝ストロースの『悲しき熱帶』のこうした意見は、すでに今日では古典的となりつつあるが、折に觸れてわたしが呪文のやうに呟くことばである。西行の歌や、長明の『方丈記』と共に、「人類はこの地球に假の資格で住んでゐるにすぎず」、「自然への愛や尊敬に席を譲らないで文化の產物の名に値するものはない」といふ、この人類學者の日本人へのメッセージを思ひ出す。

わたしの歌は、人間のいのちの原初としての存在を問ふ稚拙な苦しみそのものであり、未熟な妖しさをまぬがれないが、折折は、のんびりと詠み人知らずのかろやかさをさ迷つたりしてきたのではないかとおもふ。

このたびも砂子屋書房主の田村雅之氏と、裝幀の倉本修氏にお世話になります。

二〇〇三年　神無月

前　登志夫

歌集

落人の家

おちうどのいへ

落人の家
平成十九年八月二十日　雁書館刊
装幀 山口直巳　Ａ５判二七六頁　一頁二首組　四六九首
巻末に「あとがき」
定価三〇〇〇円

木橋

梅の香の濃くただよへる山里に落人のピアノ雪ふる夜明け

藥草のたかく干されしこの里に遍歴の僧つひに來らず

過ぎきつる岬みさきの感情の炎立つ日よ鷹を放てり

やはらかき春の雪踏む山の鹿通りしあとを細く歩めり

倒れ木の上にも雪はふりつもり時は靜かに過ぎむとすらし

人間以前のわれにあらずや槇の葉につもれる雪を食べてゐるのは

母の字を指にて書けり春山の雪やはらかくすこしにじみて

モウイイカイ　モウイイカイ　のこゑきこえ雪尾根こゆる鶲(ひは)のひとむれ

杉山におもくかかれる雪雲のしたゆくわれに罪のうるはし

山の樹は雪をかぶりて立てりけり、落人の家も雪をかぶれり

雪しろの川あふれきぬ春山の女神を抱きて木橋(きばし)わたらむ

遲遲として雪尾根越ゆる觀音のけがれゆくまで日輪けぶる

消えてゆくけふの斑雪(はだれ)の匂ひつつ牝鹿となりし女(をみな)ありしか

雄なしに子孫をなせる生きもののいとなみ思へばすこし怖ろし

なんとなく女になりうる心地して菜の花の村に雪ふるを見つ

軍艦に似し雪雲の燃えてをり、燈明赤し落人の家

晩年の苦しみなれやわが谷の道路工事はいまも續ける

君が代をうたへる父よ亡びゆく大和國原に春の雪ふる

大欅の木末（こぬれ）はしじに雪しろく淺葱（あさぎ）の空にピアノきこゆる

崖の上の山家（やまが）にねむる落人の面（おもて）にふりし雪の消ゆる間（ま）

山人の血

寒のもどりまたもあるべし萬歳（まんざい）はつひに來らず梅匂ふのみ

春の日の國原とほく見おろせば雲たなびけり敗れしものに

神倭磐餘彦命（かむやまといはれひこのみこと）曰（のたまは）く。「斬り棄つるべし、まぼろしの尾を」

『遠野物語』また讀みかへす何ならむ父弔ふといふにあらねど

奥歯二本馴染まぬを歎く妻の邊（へ）になほも娶らぬ美丈夫二人

ガールフレンドいまだもたざるわれの子ら罪贖ふや山人の血の

雪つもる夕ぐれの山下りきぬふかきゆるしに逢へるごとくに

はるゆきの山にうからは殘りをり雪なき街の花の明るさ

携帯電話借りて出づれば家居よりわが空間の狹まるらしも

攫ひたるをみなは髮をなびかせて山驅くらむかわれの不在に

火

苦しみて短きものを書きをれば山の斑雪(はだれ)のすこし明るむ
つひにわれを迎ふるものは何ならむ山鳴りの夜の木木の雪凍(い)つ
はるかなる山人の血のまじりゐて空飛ぶ鳥を射るごとく見む
雪の原に火を焚きをれば赤赤とわが晩年の愛憐(あいれん)燃ゆる
遊行する僧のごとくに眠りなむみぞれが雪に變るしののめ
昂りて天皇制を語りをればゐねむりの妻すこし泣き顔
守るべき山の砦も潰(つひ)えしか、觀念の鳥あゆむ枯草
實直な翁となりし晩年の父をおもへば山鳴り止みぬ
死せむ日の山の斑雪の明るさを眺めてをりぬ鳥の眼(まなこ)で
如月の空ゆく鳥を放ちやり斑雪の山に息ふかくせり

樫の木

カーテンを靜かに引きて梟のみつむる闇を遮りにけり
もしやわれひと攫ひしや蟾蜍(ひきがへる)息ひそめをる夏草のなか
緣先を過ぎゆく夜半のもののけを青葉の闇のたゆたひとしれ

まぼろしの峰峰(みねみね)歩くまひるまを病める木ならむ風集めるは

わがまなこ出でゆく鳥にささげたる紺青の空ひかりの微塵

峯入りの行者の列にしのびをりし白き刺客のゆくへわからず

樫の木に蛇まぐはへる梢より夏來りけり影を濃くして

翁の首

はや夜明けわれを守りしは夜の皮膚、月沒りしのち竹群さわぐ

紙障子へだてて啼けるうぐひすはさみどりの血をひねもすこぼす

おそろしき嶺にかこまれ晩年を過ぐさむわれは蕊の囚人

蒟蒻をさげて隣人のきたる朝まだあたたかく蒟蒻はづむ

かたはらに死者ものいふとおもふまで夜の山ざくら花をこぼせり

岩の上に翁の首を祀りけむ。山のさくらを散らしめにけむ

遲櫻咲く山道を辿りなばこそのしをりのごときわが腕

記憶

どう、どう、どう、山の斜面(なだり)を風吹けばクハガタのゐる木木の八月

颱風の眼のなかに入りて渡りこし蝶やはらかくひかりを撒(ま)けり

山犬をまつれる祠過ぎてのちひだるがみ憑(つ)けりわれの記憶に
いかに飢ゑて死にたりしにやこころざしきよき兵士の忘らえなくに
夕立のしろがねの尾根(をね)をわたりこし餓鬼阿彌にこそ夏草そよげ

投入堂

郡家をばかうげと訓(よ)める谷川の靜かな邑(むら)に人は住めりき
鎭魂の旅ならなくに春寒き因幡の國の雪嶺仰ぐ
『なるはた』のきみの故國をたづぬれば三月盡の雪消えのこる
神變大菩薩むかへくださる三德山三佛寺(みとくせんさんぶつじ)こそ山の砦か
斷崖の投入堂(なげいれだう)を仰ぎみて菩提をおもふ雪しづく垂れ

夏衣

萬綠の大和國原に出でゆけばわが夏衣(なつごろも)死者の裝ひ
かたはらにわかきことばの彈むさへ朝の電車のかがやきとせむ
葛城の山に登りて病猪(やみじし)のごとく歩めりいくさありしか
捕へたるオホミヅアヲを山道にむすめ放てり皐月の空へ
いくまがり弘川寺へくだりゆく老の谷行(たにかう)は靜かにあれよ

繼ぐひとのたえてなかりし孔雀呪法。足萎えくだり西行の墳(ふん)

黄金蟲

女弟子らもゆらもゆらに高鳴りて赤子を產めり、母のうた響(な)れ
死病(しにやまひ)とわれの痛みを言ひたりし媼は行けりブータンへの旅に
荒れ果てし野づかさに立つ松の木につばさなす風さびしき記憶
黄金蟲わが寂寥を越えゆけり梅雨に入る日の西空晴れて

山口、飯豐(いひで)、附馬牛(つくもうし)の字荒川東禪寺及火渡(ひわたり)、青笹の字中澤並に土淵村の字土淵に、ともにダンノハナと言ふ地名あり。その近傍に之と相對して必ず蓮臺野と言ふ地あり。昔は六十を超えたる老人はすべて此蓮臺野へ追ひ遣るの習ありき。老人は徒に死んでしまふこともならぬ故に、日中は里へ下り農作して口を糊(ぬら)したり。その爲に今も山口土淵邊にては朝(あした)に野らに出づるをハカダチと言ひ、夕方野らより歸ることをハカアガリと言ふと言へり。

『遠野物語』

ダンノハナとなりゆく村か黒南風(くろはえ)の日の青草を雉は歩めり
日暮にはみなハカアガリなすらしも蛾の寄るごとく燈火(ともしび)の邊(へ)に
山に棲みしめぐみといふか三人子の父となりしを語るすべなし
死にむかひ熟れゆく病(やまひ)大空は痲藥のごとくわれを包めり

わが歌のその寂寥のみなもとを問ひたまふこそ恥ふかく聞け

惡靈

「ヤママユ」夏季大會で、阿蘇より椎葉村に遊ぶ。平成十二年（二〇〇〇）八月。

晩夏光明るく差せる大阿蘇の湯溜(ゆだまり)を見つその白緑(びやくろく)を

人はみな別るる炎(ほむら)、覗きみる火口の緣(へり)に蛇つらなれり

大阿蘇の女神のほとぞエメラルドグリーンの壺ゆ息立ちのぼる

綠青(ろくしやう)の瘴氣をもちて嬰兒(みどりご)を守りたまへり山の女神は

オホミヅアヲ火口の底に憩ひをり若くあらねばひたぶる戀ひむ

湯だまりのそのさみどりのしづまりのけだるき時間ひとをゆかしむ

火口よりひらひら昇る黄の蝶のゆくへをおもひ感情を灼く

八月の風炎えわたる草千里どの牛も馬も人より立派

玉蜀黍かぶりてゆけばかたはらに馬嘶けり合戰あるや

女弟子ら馬にまたがりさやぐなりはげしき夜を人知るらめや

火の國の大カルデラに人間のいとなみありて星座を張れり

即興の歌合せりカルデラの夜を昴れりさすらふ神も

外輪の山竝天に聳えたりし億萬年の記憶の野鼠

椎葉村八首

その土地に人生きて死ぬ單純を椎葉の村に葛の花咲く

焼畑の山見あぐれば湯のごとく晩夏の日照雨（そばへ）われを濡せり

みたびわれ發砲せむか仕留めたる惡靈（あくりやう）みえて矢立をなさむ

ヤタテ　矢立。矢鉾ともいふ。猪を獵獲し分配の後、三度發砲して山の神に獻ずるをいふ。『後狩詞記』

民俗は何ぞと問ふか蒼穹に心臟の血を塗る人ありき

どく、どく、どく、　大猪の驅けくだり秋風立ちぬ夜の耳川

秋ふかみ山のぬた場に捨てられし血染めの旗を人見つらむか

色あかき神樂の面に埋もれて熟瓜（ほぞち）のごとく人は眠れる

あかがねの山の翁となり果ててまた來（こ）よといふ朱（あけ）の神樂面

神隱し

隱れたるわれならなくに紅葉（こうえふ）の照り映ゆる徑どこまで續く

神隱しの始まりならむ紅葉の峨峨たる嶺に菴むすべと

かへりみちたしかめておけしろがねの鬼の面（おもて）を捜せる一生（ひとよ）

どの家も年寄ばかりどの家も木木の紅葉（もみぢ）に照されてをり

朝朝に石榴を採りて食みをれば童となりて秋ふかみゆく
秋の日のすすきの原に出會ひたる野うさぎの目のこころに残る
日本はどうなるのかと憂ひたる五十年のむかし、そして只今も
きりぎしを染めてのぼれる蔦かづらわが假面（ペルソーナ）罅割（ひびわ）れてゐつ
鬼の子は山にかへせよ。うるはしき童謡（わらべうた）きこゆ、山に棄てよと
蒼穹に心臓の血を塗りたくる山の翁の 咳（しはぶき） 聴けり

霜夜

菊の花咲ける山家（やまが）に睡りをる木樵（きこり）のわきにゐよ白き蛇
新嘗（にひなめ）のまつりをなせば黄金の山こがらしは木木を搖さぶる
鎭守より太鼓とどろき山すその觀音堂に銀杏金色
枯山（からやま）にわが咳の澄みゆくを猪も鹿も聴きをりぬべし
歌詠みにうつつを抜かし生きたればわがめぐりみな荒寥とせり
あしひきの山の霜夜を燃えつづく花びらありき老のきりぎし
世紀果つる山の露霜もののけの過ぎたるあとを歩みきたりぬ

狐

森出づる月の明るさ穀斷（こくだち）をしたりし人の臨終の事
蒼穹に銃を放ちて紅葉の山をおりきぬさびしくあれば
庭先に雉の尾羽根を拾ひたりいつまでもわれは時間のしもべ
美しく老ゆることなどかなはねば山の女神に斧たてまつる
火のごとく狐の鳴ける寒き夜を紅葉の庭に母裁かるる
冬鳥の聲のひびきの高き朝カシミアのコート着て出でゆかむ
杉山を眞向ひにしてふる霰めでたきことはなべて後（のち）の世
クールベの雪景の繪を戀ほしめり薪（たきぎ）拾へる嫗だになく
いくたびもけだものの血糊漱ぎたるたぎつ瀬にわたす杉の丸太を
雪雲が夕日に染まりゆくまでを娘はうたひをりアヴェ・マリアみたび

枯山

霜月に野分きたると朝明より虹いくたびも空にかかれり
しぐれの雨われを濡しぬ興福院（こんぶゐん）すぐればくらき不退寺の門
林住期長かりしわれ年たけて俗中の塵厚くかぶりぬ

在五中将ゆかりのほとけの組める指眞似てみるなり冬のはじめに
をちかへるすべあらなくに瘤もてる楠（くす）の木の幹に身を寄せてをり
酒鬼薔薇聖斗にあらぬ少年期よく自慰なせりさびしくあれば
自慰の折の聖母像（イコン）のごときかの少女その名を忘れ顔も忘れき
煩悩を丸出しにして哭きわめきし鬼枯山（からやま）の風となりゆけ
空澄むと嫁ぎきたりて明るかり鬼の栖と知らざりしゆゑ
祖（おや）らみな山に働き死にたりとおもふさへこそ怒りに似つれ
しぐれの雨土に沁み入る山畑のサフランの花、もう駄目かといふ
秋から冬へ移りゆくまの山の色さびしむわれは父祖のまなざし
朴の葉のすべて散りたる斜面にて野苺食みをり娘とその父は
朱のマフラー蛇となりゆく枯山（からやま）に音樂となりてきこゆる星座
日本赤軍の首領（ドン）たりしとふその女性どこかで見しが思ひ出（いだ）せず
富める者貧しき者らおのおのに霜のあしたを家出づるかな

　　　十二月二十日は山の神が出て人を殺（と）るといふ

森ふかく冬至の麵麭を供へ來つハテノハツカを無事過ぎたれば
やうやくにわれの煩悩も淡くなり歌詠むことは息するごとし

年たけて

三輪明神の木群に遊ぶむささびをおもひつつをり夜(よ)の明けるまへ

年ひとつまたかさねては三輪山の春の淡雪ふみしめてゆく

年たけてわがかなしみのふかければ神のねむりの麓をあゆむ

そのかみの國讓りせしまほろばに拍手打てりおぎろなきかも

梨の芯腐り果つるまで亡びたる古國(ふるくに)のこころ思はざらめや

いくたびも宥しをこふや翁さび霜柱立つ大和國原

かたはらに良き人立ちて夕映ゆる春の三輪山ともに仰げり　古代史家和田萃氏と詣づ

なんとなく山家に住みて歳古りぬけだものならば愛(め)でらるべけむ

三輪過ぎて初瀬、宇陀へと分け入れば久米歌うたふ聲太太し

磐座(いはくら)の岩捲きてゐる標繩に春の霰(あられ)はたまりてをらむ

世紀を送る

大欅の瘤撫でたしとおもひつつ見上ぐるのみに過ぎてしまへり

霜枯れの菊の籬に降る霰しろくさやげり人を戀ふる間(ま)

朝あさに門(かど)の蓑蛾(みのが)を目守るなり蓑を出でざるそのかたまりを

死ぬるまで蓑出でざるや杉山に夕日凍えてものみな忘る
棘かむる蓑蛾のほとを目守りつつこの山里に世紀を送る
この年が過ぐれば何があるならむわれの負債は蓑蟲に聞け
志卑しき奴らが牛耳るか空の凍星（いてほし）わがテロリスト
山おろしはげしく吹けばふときしむ築百年の家のかなしみ
この空の凍える涯に沈みゆく年の終りの鳥を見送る
目覚むれば山の家族（うから）のみな居らず雪は夜陰を降りつもりをり

月を掬はむ

合歓（ねむ）の木にねむの花咲き白き犬埋（うづ）めし後をつゆ霽れゆかむ
百雷のひそめる嶺を奔（はし）りくるしろがねの雨にうたひ出づるも
蟾蜍（ひきがへる）そこ退けてくれ青草をそよがせてゆく形象ありき
蛇苺（へびいちご）あかき窪みにねころびて身をかくしをり鬼の哭（な）く日は
日を呑める女（をみな）なるべし、大空のひかりの縞目（しまめ）繭のごと吐く
栃の木の空洞（ほら）を覗きてかへりきつ若葉濃くなるひかりを曳きて
わが胸を日毎に叩く　嘴（くちばし）よこの竪琴はいまだ響かず
藍ふかき榧（かや）の青實は泪かも古木（ふるき）のうれのわれは一滴

夏の森搖るがせて鳴け、病猪（やみじし）の創（きず）癒ゆるまでひぐらしよ鳴け

森の上に月出でくれば梟は亡き數に入るものら熟（う）れしむ

庭先の盥（たらひ）に水を盈（み）たしめよ月を掬はむ木こりとその妻

女神

春分より日の沒る位置が竹藪にかかりて朱（あか）く春風さそふ

この山に登りきたりし石龜とながく遊べり春寒き日に

湯氣あがる明るき庭にふりそそぐ春のみぞれは記憶のごとし

春寒きふるさとの山に人居らずことしの花は梢に咲ける

降りいでてまた降りやめる春みぞれ焚火の燠のごとくに忿る

ゐねむりの長き春の日犬鷲のこの空飛ぶは天上不吉

いかにわれのねむりの緣（ふち）をきたりしや春の女神（めがみ）に雪ふりしきる

『歎異鈔』第十三章を口ずさみ櫻咲く夜の山にねむらむ

なにごとも、こゝろにまかせたることならば、往生のために千人ころせといはんに、すなはちころすべし。しかれども、一人にてもかなひぬべき業緣なきによりて、害せざるなり。わが心のよくて、ころさぬにはあらず……。　『歎異鈔』

山こぶし咲ける斜面（なだり）にまむかひて年寄といふ言葉を愛づる

ひきがへるふと出できたり花のうへ雪まじりつつ春の雨ふる

木の立てる斜面

眞夜中のわれの燈火を見守るは生れるまへの漆黒の斜面

凍雪（いてゆき）のうへにこぼせるチョコレートそのままにして如月過ぎむ

野遊びにも一人のユダがゐるならむ小禽（せうきん）のこゑ空に澄めれば

おそろしき物飛びきたるここちして春霞立つ空を見上ぐる

歩く人たえてなからむ、宇陀越えの道の倒れ木樵（きこ）りつつ行く

懷中時計机上にうごき崖の上に晝のさくらのひらかむとする

山上の櫻は咲けりわれの子も鬼にまじりてここ過ぎゆかむ

竹藪の竹伐りをればかぐや姫しなやかにたかき梢（うれ）搖さぶらむ

向う嶺（ね）よりわが家（いへ）見ればこともなく山家（やまが）さびしく斜面に立てり

斜面にてわれの屍在るごとし百歳の家花に飾られ

わが魂（たま）はいづこさまよひゐるならむ谷間をへだてわが家見れば

巨いなる鳥のごとくにうづくまる古き家飛ばむさくらふぶきに

嫁入りと空にさへづる、墓發（だ）ちと山に呼ばへり、百歳の鳥

肝病める鳥もあらむか古き家のゆふべをわたる春の地震（なゐ）あり

こんなにもごみ多き暮し俗物のあかしなりせばわれもまたごみ

忘却のふかさをおもへ億萬の花ことごとく梢に咲ける

忘れられしわれは憩へり青草に子の名を呼べるマイクきこえて

娘とわれ大き焚火をする日かも竹林に入る四月の夕日

木の立てる斜面の徑を通ひつつ翁となりぬもののけおきな

走り

山霧の淡く流るる向う山郭公啼けばわれは旅人

はや梅雨の走りの雨か吉野より泊瀬(はつせ)にくればこころ碧玉

夢すでに涸れがれにつつこもりくの泊瀬の谷の田蛙聴けり

けふひとり女人葬りて雨降るか狛(こま)峠越ゆる出雲の杜鵑(とけん)

五月二十四日、「ヤママユ」同人、清水浩子さんの葬儀あり

急速にふかまる老を嘆かざれ異界はつねに蒼くけぶらむ

梅雨に入るやしろの古木(ふるき)そのうろのしめりにもたれ餡を食(た)ぶる

人はみなかたみに離れ欲りすなれ雨に濡れゆくえごの花群(はなむら)

青繭

萬綠の國原ゆけばみどりごの聲まじりつつ田の水ひかる
豐かなる時間はつねに前方にありとおもひて生きて來にけり
こんなにも木木たくましく在る日かな青葉の森にじふいち啼けり
慈悲心鳥と人はいへどもわが庭に啼く聲きけば苦しかりけり
キャラバンの民ら羨しも砂山の駱駝に乗りてパイプを吸へる
無數のわれと一人のわれのはざまにて繭青青と重りてをり
まつくろな時間のよどむ青野原雫（しづく）のごとく人は歩めり

穿つ

引窗の硝子拭かむとする朝明ほととぎす渡る空の淺葱（あさぎ）を
木梯子の修理をなせりこの梯子華奢なりければたれも用ひず
山畑の廣き斜面に咲きをりし牡丹、芍藥家族は知らず
藥草の根（こん）の匂へる古納屋（ふるなや）が毀（こぼ）たれしころふるさと捨てき
杣人（そまびと）の暮しの名殘曳きずりて歌詠みこしは卑怯なりしか
青梅の實を盛りあげし蓆（むしろ）にて虹を仰げり妊りし妻と

見合よりかへりきたりし長（をさ）の子がしみじみと飲む酒の邊（へ）にゐつ

世界の涯にわれの掛けたる杉梯子撓へるときにことばたわめり

山靴の輕きを探せ夏山のかの岩稜（いはかど）の風のかがやき

麥こがし茶碗に盛りて暮れゆかぬこのゆふぐれは假面のごとし

四、五羽ゐる鴉にまじり飛び遊ぶ一羽の鳶の褐色の羽

夜の明けし空をのんびり飛んでゐるじふいちをおもひこれからねむる

いつしかに星觀ずになりし長の子の無聊を知れどつとめきびしき

高野公彦氏迢空賞受賞の夜に

豐かなる髭たくはへて賞受くる君をしのびて梟を聽く

たくましき熊谷守一、いたつきの宮澤賢治、月の明惠ら

これの世に殘されし時いくばくぞもの書かざればながき一日

蛇苺赤き草生によこたはるくたぶれし肝（かん）、螢の沼か

くさびらの生えゆく森と向き合ひてしばらく睡るほとけなるべし

杣と仙こもごもなりて月の出のごとき顱頂のぼんやりと照る

山人が歌詠むゆふべわが窗に來啼けるよだか世界を穿つ

葉櫻

花莫蓙の圓位法師につつしみて葉櫻の酒すこしいただく

C型とくすしは言へりわが谷は瓜や茄子の花盛りなる

著莪(しやが)しろき杉山の徑もうながく人の屍(しかばね)ここを通らず

溷六(どぶろく)のごとくにかなし、みじか夜を櫻桃(あうたう)盛りし硝子の器

職場にて苦しみをらむ若者をみごろしにして櫻桃食めり

ことしまたひぐらし鳴きぬ山人の傲りなるべし蒼き晝臥(ひるぶし)

夏の夜にひかりをこぼす銀漢を流るる時間おもはざらめや

晩年を目守りたまへる惡靈(あくりやう)の夏のまなこは蒼く翳らむ

勲章を祀れるもののかたはらに褌(たふさぎ)を干す圓位上人

妻の髪に白髪(しらが)のすこしまじれるを秋立てる日の夏花とせむ

荒き血

平成十三年（二〇〇一）、早池峯山へ登る。

荒き血のかすかに殘るうつしみは早池峯の山を登らむとする

みちのくの山の女神に言問はむわれを眠らせる花原ありや

向き合へる藥師嶽を霧覆ひ山人として死ぬるほかなし

しなやかな耳搔數本買ふことを苦しき坂を登りつつおもふ

くだりくる山靴に問ふ。鐵梯子まだかと問へり、いくたびも問へり
鐵梯子は八合目なり、そこより上は草生の平地なれば

人みなはわれを見捨てて往くごとしわれを見捨てえぬ娘ぞあはれ
蛇紋岩の山攀ぢるわれ。八月の木沓（きぐつ）の響き、蝦夷の竪琴
肺氣腫とC型肝炎病めるわれ蝸牛のごとく山を登りぬ
年寄のひやみづなりと罵れる聲あふれつつ石群（いは）がれる
衰へしこの山人に咲き群れるウスユキサウよ花の谷行（たにかう）
日本のエーデルワイス（ハヤチネウスユキサウ）

石多き山いたいたし無一物（むいちぶつ）のこころとなりて山人のぼる
昔より身を苦しめて山行くは本來空（くう）のわれに會ふため
山上の花原にきておもひをり人ひとりだに救へざりしを
山頂の石にまじりて睡りたりかたはらにゐるはわれの娘か
早池峯の山暮れゆけば星鴉はや降りねとその聲暗し
石子詰にほどよき窪み。リンネサウ、チシマツガザクラ、ナンブトラノヲ
憎まれて獨りきたりし道ならず花原暮るる狹霧に濡れて
なづみつつ登りきたりし老人はすこし睡りてくだりてゆかむ
附馬牛（つくもうし）村の獵師何某早池峯に小屋掛けはじめ餅焼きし話　『遠野物語』二八

深夜には薄明るめる白望（しらみ）の山あくがれきつつ五十年過ぐ　同書　三三
六角牛山（ろくこうし）のかの白鹿（びやくろく）を撃たむかな夕暮れてゆく石の淋しさ　同書　六一
ハカアガリなしたるごとく眞向ひの藥師嶽蒼く暮れゆくを見つ　同書　一一一
這松の實を啄める星がらす老の谷行は靜かにあれよ
早池峯の神樂をわれに教へむと言葉つくしし翁はるけし
わがリュックも背負ひくださる歌びとの蝦夷のますらをすでに若からず
「ヤママユ」同人、立花正人氏
荒き血と人はいへども山人の血のやさしさをかたみにもてり

日輪

八月の山より出づる日輪の力をおもふ山人われは
夕立は激しく過ぎぬずぶ濡れとなりて歸り來（く）森のうからら
女神の打つ夕立なればひぐらしの聲しみわたるつゆしろがねに
たつぷりと雨もたらしし颱風の行方をたれも語ることなし

早池峯拾遺

山行きと呼ばひて柩家出づる古式を思ひ蛇紋岩登る
青春を探しに行くとつぶやけりきざなる言葉宥したまへよ

早池峯はかなしき山ぞ晩夏（おそなつ）のけだものの糞石（いは）に飾られ
意味重くなりゆくわれを厭ひけり乾坤重くなりし老耄（おいぼれ）
ホシガラスに呼びかけてゐるわが娘颯爽とこの父を捨て行け
みちのくの遠野の鬼ら早池峯の石となりゐてわれを迎ふる
豊かなる尻迫りあがる鐵梯子すこし錆びつつ天垂（あまた）らしたり
なにもかも霧となりゆく心地して石（いは）群がれる花原にゐつ
死の淵をからくものがれし黄の婦人花原に向きてひとりごと言ふ
麓よりヤッホウの聲きこえきて山も淋しく昏れてゆくのか
この山に携帯電話閒に合はず麓の闇に沈みゆくのみ

同時多發テロ

恐ろしきテロありしこと童蒙の世紀始まるしるしといはむ
肉彈となりて飛びしか特攻の昔を思へば泪流れぬ
大空の夏の凍星（いてぼし）搖さぶれる秋風立ちぬ幟（のぼり）のごとく
病むわれに裏切の火はいぢらしき野火となりゆく見えかくれして
曼珠沙華ひしひし圍む樫の木よ人だますより騙されてをれ

煙の宮

感情をしづめてたかく渡りこし狹岑島(さみねのしま)の妹が敷妙　瀬戸大橋

蛸干せる幟竿(のぼりざを)立ちありなしの浪音染みる初冬の砂

白峯のもみぢのなだり谷ふかき煙の宮に風聚(あつま)るか　青海(あをみ)神社

祖谷(いや)の谿のもみぢ照る日やかづら橋ましら渡れば水澄めるかな

水の上にことば鬻(ひさ)ぐか國亡びからくれなゐに秋を鬻ぐか

ここにきて人のこころの妖しさを知るべくなりぬ大歩危小歩危

紺青の空をくぎりて血のにじむ紅葉(もみぢ)の村は山上にある

野胡桃

野胡桃(のぐるみ)の梢はたかく實をつけてしぐれの空を賑やかにせり

大山椒魚(おほさんせうを)硝子をへだて動かざり素掘りのトンネル出づれば時雨　帝釋峽

蝮草(まむしぐさ)赤く群立つ木の間より日差し移れり罪ふかきわれに

決斷の時いたれるや女人らのさざめくところ毒茸群るる

神無月盡三次(みよし)盆地の靄はれて虹色のワイン誰に捧げむ

雪

神さぶる戀をうたひし人麻呂がさびしき息をととのふる朝

正月の國原に白く雪ふれるもうしばらくは生かさせたまへ
恐ろしきテロありし秋のもみぢ葉の赤く積れるところを過ぎつ
むささびも神なりければ雪ふれる木木の梢をほの白くわたる
新春の三輪にて會はむ花のごと雪ふる晝のマントの父に

凍星

朦朧(もうろう)と年明くる山晩年は神のたはむれ聽かむとぞする
凍星(いてぼし)はわがテロリストひたぶるに地球を目ざし飛びつづけをり
冬晴の空ふかければ敷妙(しきたへ)のわがうぶすなに雪の明るさ

春やまごもり

早かりしことしの櫻こともなく亡(ほろ)びを急ぐ物に溢れて
紙障子へだてて鳴ける鶯(うぐひす)の聲聽き分くる春やまごもり
書きなづむわが殘櫻記、髯剃(ひげそ)りしタリバーン兵のその童顔(をさながほ)
森の神の憎まれつこわれは膝(ひざ)突きて初午(はつうま)の餅を地(つち)に拾へり
鶲(ひは)よりも小さき鷲(わし)を彫るまひる櫻はなびら空を覆ひぬ

沈黙

ゆつくりと櫻の枝の杖突きて尾根ゆくものとなりにけるかな

晩年のために作りし牢ならむ天體のひかりあつめむとして

いつしかに時過ぎたりと皺ふくみ山の媼は語りたまへり

霧ふかききさらぎ盡日山住(やまずみ)の頭蓋重たく山を下りぬ

この冬は歌を詠まずにすごし來つさくらは早く咲きはじめたり

うぐひすのこゑのやさしさ梅匂ふ首塚の山われにものいふ

ラヂオよりきこゆる聲のものうさを夜明けに聽けり彼岸中日

ラヂオ深夜便「こころの時代」再放送

わが庭の梅の古木(こぼく)の幹穿つきつつきのわるさ木木みな芽吹く

きつつきの木屑はしろくこぼれつつきつつきはわれを淋しくさせる

きつつきは木のテロリスト春の日のわれの頭上に穴穿ちをり

ふくらみし自我をすてむとこし森にきつつきは空洞(ほら)のある木を打てり

著莪しろき杉山の道歩みきてふと忘れたるわれの齢(よはひ)を

かたはらに睡る古妻(ふるづま)いつよりぞ菩薩となれり櫻咲く夜

槙山の斜面に建てむ山小屋を羽化堂とかねて呼びしたしめり

若者にハッシシを呑ませおぎろなき異郷の神を狩りきし翁
長（をさ）の子のやうやく娶る年ならむ朴（ほほ）の花たかくひかりを浴びる
人聲のとほくきこゆる山里に新緑の濃くなりゆくまひる
大空の沈黙ふかしくれなゐの鳥翔ばしめよ萬緑の野に

春落葉

朴（ほほ）の葉の搖るる高みに花の香のわたるひととき世捨人われ
飛鳥川の勸請（くわんじやう）男綱（をづな）眺めつつその單純を媼は愛（め）づる
川の上に吊されてある男（を）のものも女（め）の形代（かたしろ）も青嵐（あをあらし）吹く

六七一年冬十月、大海人皇子吉野へ隱棲す。『日本書紀』

佛道を修めむとして妹峠越えて吉野に潛みたる皇子
春落葉の尾根徑（をねみち）行けば老年もときにはげしく人に戀ふるか
梅雨に入るまへの明るさどの山もどの川もみな孤獨なりけり
世を捨てむおもひにをれば花虻もかなぶんぶんも西空も晴るる

羽化登仙

きつつきの穿ちし穴のふち朱く若葉の山となりにけるかも

居眠りつつ物食みをれば今年竹げにしなやかに夕空に立つ

とろとろと居眠りてをるかたはらを青大将は時間を曳きゆく

衰へてゆくわたくしを見守れる大鴉ゐてときどき羽振く

「ヤママユ」創刊二十年にして十二號を數ふ。

季刊「ヤママユ」届きたる朝郭公は啼きはじめたりまだ死ぬなかれ

父(とう)さんの使ひにゆきて遠かりし青葉の道の大和國中(くんなか)

草の上にわれの家族(うから)のあつまりて夏至の青梅積みあげしむかし

トンネルに車入るとき萬歳とわれは呟くなぜか知らねど

うぶすなの山を貫くトンネルの直線にしてゆるくカーブす

蛇苺あかきくさむら山賊に取り圍まれて夜をむかふる

朴若葉眺めてをればひらひらと羽生えてくるさびしき五體

瓜や茄子(なす)の花盛りなる谷間にて沐浴なせり往きてかへらむ

ほとの和毛みな抜きしとふひとありき、麥秋の空にとどまる雲雀

あしたより郭公啼きてかたはらにねむれる祝女(のろ)を抱きしむる蛇

羽化登仙は愉しきことば大空を渦巻きのぼる風のしづけさ

路地裏の釣忍搖れ別れたるひと住めるかとおもふなるべし

ゆふぐれの郭公啼けば山里にものの終りは青ふかまるか

ああ空の廻廊にゐる巨き手に托卵されし三つのたまご　　加藤ひろみ

巨き手に托卵されし卵三つとうたひしひとを見守りたまへ
とぎれとぎれの居眠りのまに歌詠めるわけのわからぬ頭蓋の谷間
ここに來て居眠りするは危ふしとおほるりこるり木木にさへづる
まむかひのその黒き森風吹かば羽搏くらしきわれのこころも

熱　帶

負籠をつつめる夜の暗さにて惡靈のゐる夏の草むら
よだか啼く青葉の夜に稜角（かど）ひかる小石を一つ地（つち）に拾へり
遅れては豐前（ぶぜん）に着きしカメルーンの黒き男ら明るくて悲し
セネガルが王者フランスを破りたる皐月盡日われも踊りぬ
ボール蹴るこの單純に人みなの湧き立つ地球愛しき天體
人間のみな亡びたるその後も地球はゆるく流轉をすらむ
太初より燃えてゐる火の火中（ほなか）にて焼かるる神をわれらは目守る
アマゾンの流れをとほく溯り喬き樹上の家にまどろむ
緋の色の鳥にまぎれて體溫より高き溫度の中空（なかぞら）を飛ぶ
うつしみは燃えつきるべし愛撫する記憶の沼の女神（めがみ）の熱帶

ペニスの鞘捨てられてをり夏花の梢にたかく匂ふなるべし
草の汁矢尻に塗りて伏せたれば濕地の森の木木みなそよぐ
檳榔(あぢまさ)の葉かげをかよふ風ありてはげしくひとを戀ひもこそすれ
與那國の女の腕の黥(いれずみ)にくちづけをせし夏至の眞晝間
山霧にしめれる穴よキツツキもビン・ラディンも行方知れずも
藁苞(わらづと)のペニスケースは山鳥の巣のごとくありハンモック白き
これ以上は簡素になれぬきはみにて生くる豊かさあらはれむとす
眼をあけて睡れる翁ただ一度飛び來む星を目守らむとして
サクラサクラ、贋物はやる今の世に本物の歌は仕掛なかりき
夕風は谷間に立ちて郭公は捨てえざりしわが故郷うたふ

不在

雨のくるまへにきたりし夜の蛾のうれひを目守り本を閉ぢたり
萬緑の尾根(をね)を往くとき黄の蝶の吹き飛ばされる大空ありき
山小屋にて吉野根來(ねごろ)の朱のうるし塗るごとくして晩年は來つ
アルコールほとんど抜きし罐ビールいただきし夜は山も老(ふ)けたり
飲めるだけ酒を飲みたる若き日のあの悲しみは何であつたか

青梅の實のふくらめる短夜（みじかよ）や夢のつづきのいつまでも酸し

いつよりかわれの不在をうたひくるこの山の尾根風の竪琴

まひるの花火

朝つゆをふみしめをれば谷間より山霧湧きぬ皐月ふかまる

黑南風（くろはえ）の曇れる走り青草をしばらく薙ぎて郭公を聴く

三輪山の空にのぼれる揚雲雀ああ綠金（りよくきん）のまひるの花火

カミカゼとなりゆくまへに國敗れ無頼なりけり永き山住

尾根（をね）をくる眞夏の素足しろがねの驟雨に濡れて人をおもへり

ひるぶし

胡瓜（うり）茄子（なす）を糠に埋めて眠る夜の杜鵑（ほととぎす）のこゑ銀河をわたる

山の神の面（おもて）を彫りぬ梅雨の夜の朱を塗りかさぬ檜の肌に

杉山の尾根（をね）にて鳴きしひぐらしのことしの聲は空耳なりしか

そらまめほどの柿の實ころがりて雨に打たれをり雷（らい）去りし後

落ちぶれし山の神かもかなかなのことしの聲を待つひだる神

雲炎えて夕尾根わたりうたひをり小鳥も人も死者も假面も

上州より白繭の蠶いただきて。

上州の白繭の蠶絹を吐く夜を少年のごとく醒めをり

谷間には螢むらがり亂るれば羽化せむとする白繭ありき

羽化すればただちに交尾。夜も晝も五日交はり息絶ゆる白蛾

兩の羽ぼろぼろとなりし雄の蛾は雌に先だち息切れてをり

交はりてあでやかになりし雌の蛾は數百の卵(らん)產みて死にゆかむ

翁さぶる夏のひるぶし今年(こと)竹(したけ)十數本が空にあそべる

山の神のその朱(あけ)のいろ塗りかさねわがペルゾーナ血に濁くらむ

風荒き一日(ひとひ)なりけりひと戀ふる窗の竹林はげしくしなふ

「次行(い)き」と勵まし合へる中年の女艷めく世となりにけり

夢多くこのごろみれどどれひとつ思ひ出せぬまま夏至過ぎゆかむ

わが父祖(おや)を亡ぼしたりし雨乞ひの小面を夜の瀧に打たしむ

七夕のゆふべ 綠金(りよくきん)、竹林に夕日差し來つ時間(とき)こそ燃ゆれ

虹みたび森にたつ日の惡靈(あくりやう)よ。さよなら三角　また來て刺客

黃に熟るる青梅の實をみあぐればわれを恨めるひとありしこと

惡靈の假面を掛けし山の家一合の酒に醉ひて眠りぬ

木木の枝にひびきて風の渡る朝生かされてをり假面もわれも

愚かなる生涯かけてみがきたる山の神の面（おもて）いづこに捨てむ
山の神の面（おもて）を付けて舞ひたれば立秋の風立たむとすらむ

殘の年

後南朝の皇子、自天王が神璽（しんじ）をもちてたてこもりし吉野の奥地、三（さん）の公（こう）に明神の瀧ありて。

そのかみの貴種ひそみけむ山中に虹かかりをり瀧のほとりに
人間の棲めざる奥地に隠れたる瀧ありき人勾玉（まがたま）洗ふ
鳥けもの沐浴すらし紅葉（こうえふ）の日差はあかく燈れるごとし
傳承と史實のはざま斷崖を白くけぶりて水そそり立つ
山深き女瀧（めだき）の水に口漱ぐ影武者のわれ若からなくに
若き日をきみはうたふな戰爭と戰後の日日をうたふなきみは
野葡萄の實れる山に呟けりげに人間の貴種とは何ぞ
もみぢ葉を秋のしぐれのいくたびも濡らしをりけりひだる神まつる
ほんものの貴種絶えてのち三の公明神の瀧うたひてやまず
殘（のこり）の年しみておもへり紅葉（こうえふ）の女瀧にむかひけふの餓鬼阿彌

落葉

紅葉(こうえふ)の明るき村をとほりきてまたつぶやけり、みんなはどこへ
老醜をさらせるわれも少しだけ翁さぶるか木枯の日は
くれなゐの落葉の降れる山徑(やまみち)をひと日歩けば死者はやさしき
さなきだに淋しき山にこの秋の落葉を拾ひ酒あたためる
一合の酒に酔ひてはわれうたふ母のうたひし小學唱歌
女狐がわれに呉れたる勳章をかぞへてをれば日暮(ひぐれ)となりぬ
紅葉の山のはざまに瀧しろくひそと立てるを女人とおもふ

皐月の雹

魂はもつともかろき歌ならむ風蘭の花たかく咲きをり
ひぐらしのことしの聲を待ちわぶる古妻(ふるづま)とわれ童のごとし
おたがひに忘るることの多くして麥秋の日の孑孑(ぼうふら)と遊ぶ
青草に皐月の雹のふりそそぎ老年に性のこりゐしこと
いづこにも妖怪變化みあたらず山鹿の糞、猪の糞

今年また鎭守の當屋にあたる。

氏神の當屋なるゆゑ朔日はしののめ分けて娘は行けり
ものとわれしばし安らぐ充ち足りて息づく時間無意味のごとし

八幡はいかなる神ぞ少年の日より問ひつつ鎮守を畏（おそ）る

炭焼の長者屋敷を辿りつつ金峯山上（きんぷさんじやう）の夏雲仰ぐ

産土神すでにはるかになりにつつ村の翁となりゆくわれか

木も鳥もわれのことばも七夕の朝（あした）の雨に濡れてよろこぶ

大阪にて二首

朝床にしろく目覺めて昨夜（きそ）ありし愛しき薔薇のゆくへしれずも

朝床のシーツは凪ぎて水無月の運河の水のとどまらなくに

崩落

伯耆大山に遊ぶ、平成十四年（二〇〇二）八月。

崩落をつづけてやまぬ山上に少名毘古那の神をおもへり

山裂けて伽羅木（きやらぼく）の朱實を食めり殘（のこり）の年は氣ままに生きむ

幽り世に往かむと言ひしかの神を大山（だいせん）の霧に透かし拝めり

玉鋼（たまはがね）うたれゐるべしすこやかに神語りせし日の玉鋼

カニカウモリの花を描けり天上の山の斜面の崩落の底

歳月に削（そ）がれて立てる山頂にひだるの神も哭かざらめやも

女狐

われに添ひて冬枯の山のもみぢ踏みきたりしひとは女狐ならむ
南天の赤き房實に降りつもる冬の時間を雪とこそ見れ
しののめに雪しらじらとふりつもる杉山の夢見てをり街に
夜の扉をひらりとかへしきたるとき月匂ひけり雪の野の涯
國引の傳承見ゆれこの國の拉致されし魂(たま)いづこにをるや
冬の日の暮れてゆくときうちつけに女狐啼けり「きみはわがつま」と
異なれる磁場とこそ言へみ吉野の霙が雪に變はる眞夜中
山鳥の羂(わな)を仕掛けつその羂のかたち幼しわれ國つ神
靜かなる餘生であれよ小春日の枯草分けて孕み鹿歩む
雪の夜の母は清しも全天の星みな宿す娼婦のごとし
メスキルヒの森ゆ曳かれしかの榾木(ほたぎ)、大年の夜にわれの焚く榾

ハイデッガー『野の道』より

あとがき

歌集『落人の家』はわたしの九集目の歌集になります。平成十二年より十四年の約三年にわたる作歌を、いつものように作歌順にまとめたものです。

この三年は、二十世紀を送り新しい世紀を迎えた畫期的な日日でした。アメリカでの同時多發テロがあり、イラクの紛争が泥沼化し、異常に膨張した情報社會や、グローバリズムの社會構造が全世界に浸透し、わたしどもの日常生活にもさまざまな變化と影響が實感され、異様な不安をまぬがれませんでした。

世界の均質化とともに、地球環境の崩壊が豫感され、人間が人間らしく生きることの幸福感や豊かさが困難になりつつあります。

過酷な經濟至上の世の中では、一市民として愼ましくおのれの生をいとなむ風景は、まるで落人のようにすら見えたりします。わたしの變りばえのしない老の山住を、落人の風景と見ることによって、ささやかな歌物語として、今の世を生きぬくことができればと感じるばかりです。

もともと現代詩を書いていたわたしが、二十代の終り、一九五五（昭和三十）年ころから、短歌を日本の傳統詩として試みました。その十數年の歳月を、角川書店の、「短歌」編集長として情熱的にご支持下さった冨士田元彦氏に、今回お世話いただきました。

雁書館主の冨士田氏が、週三回も人工透析をされていると仄聞し、翻然として、あえて冨士田氏のお手を煩わすことを決意しました。

半世紀の歳月の間に、文藝上の志向や立場は、わけもなく疎遠になったりしましたが、老いたる兵（つわもの）の夢の跡を、往年の友に晒し委ねることを、山中茅舎の翁のよろこびとします。

平成十九年　夏至

前登志夫

歌集

大空の干瀬

おほぞらのひし

大空の干瀬

平成二十一年四月五日　角川書店刊

装幀 田口良明　A5判二一四頁　一頁三首組　五三一首

巻末に山繭の会「歌集『大空の干瀬』刊行にあたって」

定価二五七一円

炎

紺青に空割れてゐる冬の日に雪踏みてゆくその淡雪を
けだものの餓ゑをおもひて山の雪ふりはじめたる時間をあゆむ
みにくしとおもふもあはれ人間のつひの炎のゆらめくものを
澁柿の甘くなりゆく冬の日の山の靜けさわれのしづけさ
夕雲に乘りてきたれる觀音は放火犯ならむ冬の林燒く

春曉闇

國原に雪ふる朝明（あさけ）雪けぶる大美和の山拜みたりけり
なんといふ初夢なるや人間の手に負へぬほどのロボット生るる
大虛（おほぞら）を踏みて登りし大神の怒りはいまもわれを哭かしむ
わが娘木木のこだまを身にまとひ春曉闇（げうあん）に柏手を打つ
うぶすなの森のやしろにわが打てる太鼓とどろき春の雪ふる

櫻咲く日に

用のなき暮しをなせど週末はすこし疲れて山を見てをり

朝朝の青杉の山沫雪（あわゆき）に装ひ立てり眞向ひにして
惚（ほほ）くるまでこの無念さは消えざるか消えざるものをいとしまざらめや
妻と娘このもののけの誕生日、春三月の山の雪食（は）む
鹿踊（ししをどり）ここでするのか山畑（やまはた）の墓地の近くは踏みしめられて
木斛も欅も合歡も悔恨も春の樹液を空に上ぐるよ
ミサイルは鶴のごとくに飛びくるや日本列島櫻咲く日に

戸口

しづかなる四月の雪を降らさばや道行（みちゆき）の尾根に雪降らさばや
贋物もいまはわづかに輝かむ滿山の花ふぶくときのま
ゆく春のゆふべの森を出でてこし翁抱きをり赤子のごときを
風景にいだかれをりし童子かもわれの死場所に谷蟇（たにぐく）飼へり　谷蟇＝ヒキガヘル
わたくしの生まるるまへに祖父（おほちち）の飽かず詣でし山深き杜
龍神より護摩壇山の尾根たどり立里荒神にとほく額づく　高野山奥之院、立里荒神
面（おも）赤き獵人（かりうど）が山に放ちたる黑き犬消えて春風吹けり　『今昔物語』
宇智野にて空海が逢ひし山人の犬を呼ばむと山仰ぐわれ
貌（かほ）朱（あか）く長（たけ）八尺の山人の亡びを思へり山櫻伐る

恥ふかきひとよなりしか三十一文字に溺れし山人の塚

青丹よし奈良の都の萬緑に劇團ひとつ立ちあぐるきみ　福田小町さんに

天王寺、阿倍野橋よりさやうならと吉野へかへるこの二十年　加藤ひろみさんに

御堂筋はくらき地下道　戯れ歌をつぶやきをれば言葉の癡漢

ちちははの法要なさずゆく春の山鳥の聲ほろほろ聴けり

この春の花を散らせる春風に「われの行方」を語りてさびし

NHK大阪文化センター特別講座にて

天(てん)の川の溪谷の砂に日は差して女(をみな)みなわれにやさしかりし日

ゆく春の媼の戸口いたどりもわらびもすこし萎(しな)びて置かる

黄金のひだる神こそかなしけれ若葉の嶺をわたる日輪

崖

さみどりの谷間をわたる風の秀(ほ)は蝶の純白捧げてゆけり

青草の上に置かれし木の椅子にたれも坐らずみどりごのわれ

草むらを青大將の過ぐるまも雲雀は空にとどまりて啼け

山鳥の卵は草に忘れられたれを葬(はふ)るのか若きら競ふ

老人はみんな醜し、さりながら老人のうた醜からざり

銀蠅のむらがるまなこ群青色(ぐんじやう)の夢の谷間に瓜・茄子の花

もうすでにきみの一生(ひとよ)はをはりぬと若葉を吹けるこの大欅

大いなる器の類を洗ひゐる春の古妻(ふるづま)唱歌(うた)をうたへる

もののけに取り巻かれゐてくれなゐの樹液めぐれる木はそよぐらむ

虎杖(いたどり)を奪ひ合ひたるわが兄はビルマに死せり申しわけなし

わが兄の虎杖の巣を荒したりし惡童老いて崖見上げをり

まだ若き母こそつねに聖なれやＰＴＡや展覽會にひらひら行くも

雑木林(ざふきばやし)の芽吹きの森の日盛りにまどろみをればみどりごわらふ

ゆふあかねしばらくあれよことばみな削りし歌をくちずさむ闇

金泥(こんでい)の芽吹きの森をゆさぶれる風のちからに人を戀ほしむ

朱

西行の妻にまみゆれ丹生都比賣(にふつひめ)まつれる森の土の朱(しゆ)深し

たのしみて日日を過ぐさむ、晩年のわれをめぐれる夏花の白

高野山の町石(ちやういし)の道のぼりけり春蟬おもくまひるを鳴きて

「二つ鳥居」の草に憩へば女神(めがみ)らは子を産みたしとうたひはじむる

いくたびも襲ひきたりし腓(こぶら)返り若葉の山を下りきつれば

ひだる神に憑(つ)かれしことを山住みの通過儀禮となして果つるか
般若心經を若葉の墓にとなふれば西行の妻と娘かなしも

おほるり

三輪山に春蟬鳴けりたまきはるわれのいのちをいのる人あり
國つ神のふかき歎きをおもひつつ若葉の谷のせせらぎに沿ふ
三輪山の磐座(いはくら)のへにこだまするおほるりの聲晝のさみどり
歌詠みてけぶる雨氣(あまけ)を過ぐさむかチェーンソー唸る森にへだたり
ゆふぐれにひらきはじめしなかぞらの朴の花白き夜となりたり

月

雲の峯明るききまひる尾根歩む木の寂寥を數へてをりぬ
木のしたに山の女神の乳吸へばきつつきは打てりまひるの星を
この翁葬るために寄りきたる鳥けものらにわれも交れり
若葉濃く月のまれびと去りぬべし泰山木の花咲き匂ひ
なんとなく生まれるまへのやさしくてみなかみの夜の妣(はは)が丹塗矢
尺土(しやくど)過ぎてみどりの雨にけぶりたる二上山(ふたかみやま)を電車に仰ぐ

山霧の嶺にて啼けるくわくこうをつつしみて聽く半夏（はんげ）の家族

みなかみに二つのダムが出來てより森物語絶えて久しき

何のためのダムかはしらず、ダム以後はふきげんに川流れくるなり

川上村白屋（しらや）の里の地すべりをダムを造りし人らいかにせむ

山住みの時間を截（き）りてほととぎす夜の稜線をその聲わたる

反文明はポストモダンの遊びならず、コピー言語はいま花ざかり

七夕を過ぎたるのちの星空にほととぎす啼くひかりとなりて

わが睡るねむりの上に花咲けるなかぞらの合歡妹（いも）の手作り

青竹を伐りていねたる夜のふけに月傾けり西空を黄に

ひるぶしに法螺貝聽けり斷崖の藍の谷間に吊されてをり

ひだる神となりてさまよふ日輪のひかりを食める虻むらがれる

竹群に夜明けの月の黄となりて沈みゆくとき山は眠るや

ジーパンを佩きて迎ふる八月の劍の舞は銀河を截らむ

わが睡るねむりの上に生ゆる木のこずゑの鳥總（とぶさ）風を孕めり

夏安居

石龜の甲羅を灼ける日輪にくまなく晒す山の惡靈（あくりやう）

木木に啼くひぐらし蟬の聲澄みて耳鳴りつづくいのちなるべし

金鳥の蚊取線香くゆらせば眞夏の森はわれを睡らせる

油蟬にミンミン蟬の混じる日をひるぶしなせば雷神も睡る

歌詠まず夏安居(げあんご)すればいくたびも首缺け落つるわれならなくに

海老のごとまるまりてわれ眠るくせ惡靈抱きて夏のひるぶし

槇山の高みにありて八月の夕日を招く鬼をかなしむ

槇山の高みに建つる山小屋を羽化堂とこそ名付けて老ゆれ

羽化堂の眞冬に呑まむ鬼ごろし西行を語り連歌をなさむ　山折哲雄氏へ贈る

岩角を飛ぶごとく走る女神(めがみ)なれふと逃(のが)したる眞夏のすだま

夜もすがら稲光りせりくらやみに耳鳴りつづき山百合匂ふ

ゲーム腦のそのつめたさをおそれつつ夏の巖(いはほ)にひぐらしを聴く

ひねもすを森に働きぐらぐらと夕日の坂をかへりこし父祖(おや)ら

秋たつと槇花もちて山下る父の山苞八月を薫る

立秋の森の巖にかなかなのこゑひびくとき人みな孤獨

癌病める君が歌の集『反魂草』出づるを待ちて月盈(み)ち缺(か)ける
藤田世津子さんの歌集を待ちて

八月の青竹伐りて名もしらぬ石のほとけに花たててまつる

猪威（ししおどし）の空筒（からづつ）鳴らす村人の夏のねむりのふかきをおもふ

月出づれば盆踊りせむ吾（あ）が妻と山の狭庭（さには）に盆踊りせむ

ひつそりと月讀（つくよみ）の山に踊るべし尾根ごしに鳴る太鼓のひびき

石の面

御手洗峽（みたらひ）のもみぢを見むと圓空の佛を拜む妣（はは）がうぶすな

秋の日の銀杏あかりに照り映ゆる栃尾觀音罅（ひび）割れふかし

人間がけものに近くひと戀ひば山のもみぢの空に炎（も）ゆるも

もみぢ濃き溪谷を出でてかへりくれば石の面（おもて）のみな力あり

紅葉（こうえふ）の山よりかへり抱かれしか都市の朝（あした）に熊の匂ひす

霧はしる紅葉（もみぢ）の山をさまよひてけだものの餓ゑ羞（やさ）しみてをり

秋の夜の谷間をつたひのぼりくる救急車われの戸口に默す

年

紅葉（もみぢ）の賀、翁うたへば鹿踊（ししをどり）はじまるらしき霰降る夜の

これ以上年はとるまじ紅葉（こうえふ）の山にて舞へり炎となりて

新嘗（にひなめ）の夜半の戸口を叩きをるこがらしの連れてこし風の若者

山雀（やまがら）の群れにまじりて木の葉飛ぶこがらしの村鬼ばかりなり
山道の雪ふみあゆむけだものの朝のあしうらわれのあしうら
をみなごを抱きて眠ればわが眠りいたはるごとく雪ふりつもる
月讀（つくよみ）のひかりおぼろに音もなく雪ふりつもる涅槃なるべし
雪雲（ゆきぐも）の緣燃えゐたるゆふまぐれ女狐とわれみどりごあやす

林冬

つるりんだうの實かたまりてゐる斜面なにか愉しく冬に入る山
鬼の子孫をかなしむなかれ大空に舞ふもみぢ葉をかなしむなかれ
紅葉（こうえふ）の谷にむかひて懺悔せり日にいくたびも嗽（うがひ）をなせり
朱（あか）と黄の欅もみぢに立ちまじりくらき褐色のけやきの黃葉（もみぢ）
樹木葬をたのまれたれど先にわれ死んでしまへばいかにすべけむ
何の木の下に眠るがよからむと友らと語りまなく疲れぬ
埋めたるその骨の上に木を植ゑて山櫻咲けば春の山なり
ふた岐れせし夫婦杉の片方がいたく疲るる氣配なりけり　若狹一の宮にて
若狹彦、若狹姫社の神宮寺、廢佛毀釋にまだ魘（うな）さるるや
ペルシア人實忠和尚（じつちゆうくわしやう）ねたましく遠敷（をにふ）の川の激つ瀬に沿ふ

光明子に愛されたりし壯年の法師實忠の彫り深き貌
良辨（らうべん）といふ名はゆかしその弟子の實忠はいかに錬金術師か
經ケ岬の燈臺白く明るかり秋のをはりの日本海の濤
とほき日にわれと契りしひとならむ髮なびかせて素潛（すもぐ）りなせり
浦島はわが伯父ならむ釣竿をいづこに置きて海に入りしか
大江山の鬼に攫はれしわが妣（はは）をたづぬる旅の夜の穗すすき
燈臺に登れる徑（みち）にわだつみのひびきを聽けり與謝の海原
父も母もみな壯んなる日日なりきやまなみくらくよく哭きし餓鬼
われに抱かれ一夜（ひとよ）を睡る冬の夜の童女の髮の淡き金色
素寒貧の翁なれどもよく笑ふその妻をりて冬の山住
冬の日の林にあそぶ鶸（ひは）のこゑ冴えわたる尾根に霜柱立つ
鹿や猪（しし）の足跡にまじり破廉恥なわれの足跡昨夜（きそ）の雪の上
古き代の忍（しのび）のごとく枯山（からやま）の颪にまぎれてひとをおもひぬ
人はみなどこへ往きしか福壽草の黃色の小徑（こみち）過ぎて來にけり
火を焚きて年あらたまれ霰降り神ながらなる五體のひびき

笙の窟

「笙（しやう）の窟（いはや）」と題目書きて冬の日の雪の山家にこもりてをりぬ

山ふかき女人禁制の窟にて笙奏（かな）づれば雪ふりはじむ

苔むしろ笙の窟に敷きつめて誦經（ずきやう）をなせばをみな愛しも

來迎の菩薩を待たむ山中の笙鳴りわたり忘却の嵩

眞夜中に豆撒ける家齢の數の豆かぞへをり鬼とその妻

そんなにも急ぎたまふな、食らふだけ食らひつくすや文明の業（ごふ）

山かげの雪いつまでも消えざるを相聞のこころもちてながむる

消えのこる雪ふみしむる人間のやさしき飢ゑを雪は刻めり

山かげの雪にのこれる猪鹿（しし）の足跡（あと）たどりてゆけばわれは女人か

山姥（やまんば）が胞衣（えな）埋めたる窪みには福壽草の花一面に咲けり

谷蟇（たにぐく）のさわたる極みダイオキシン滲める土に草萌え出でよ

山伏の蛙飛びこそたのしけれ山の湧き水を蛙うたへる

もの思ふわれが棲むゆゑこの山を鬼の窟とひとはいふらむ

大峯の奥驅道をこし僧と五月の櫻語りし昔

肝病めるこのC型はいつだれがくだされしものかえにしといはむ

エスカレーターに下れるわれと行きちがひ昇りくるむれに猨田彦まじる

地下二階、湯豆腐と蕎麥、銚子は一本にとどめおくべし

そのかみの王のみ首（しるし）埋めたる山の畑に蒟蒻玉伏せる

雪代の水のつめたさ夜もすがら翁の舞をならふともしび

圓空の彫りたる佛みな笑みてわれをめぐれり春立てる山に

窟にて笙吹く翁ゆつくりと月のぼりこよ竹群の上に

大空の干瀬

ことしの花いかにと問へば山鳴りてさびしさまじるとしどしの花

雛の日の夜に降り出でし雪の上を杖突きて出づわれの墮ちたる崖に

ふりしきる雪のきりぎしその底に横たはりをる白き魔障

山道に迷ひゐるのか凍星（いてぼし）のひかり明るき夜の救急車

雪の上を野鼠走るあしうらはつめたくはなきや仔を孕みしか

無意識のはるけさうたへ月の夜の干瀬（ひし）を洗へる春の大潮

わけもなく淋しくなりてもの言へり春うぐひすや山鳩にむきて

われのいのちそんなに長くあらざるを娘に言ひて如月の夜

梅林の梅の木すべて伐れれどもここに來つれば梅の香のする

もう少しお待ちくだされ、何ひとつ悟ることなく過ごし來つれば

海原の明るさの涯に横たはる岬ありけり夢の干瀬見ゆ

これの世にすでにかたちの無き朝も妻は番茶をポットに淹るるか

山川にすべて流しし罪けがれ川瀬の砂の白くかがやく

ひとはみないのちしるゆゑ人戀ふるこころを和紙(かみ)に書きなづむなり

いつまでも春雪のこる山かげに草餅を搗く一つ家ありき

猪の根掘(ねこ)じしたりし福壽草を赤子のごとく妻抱きかへる

生くるとは死の縁(へり)あゆむ行ならむ春山の雪いつしかに消ゆ

雪の日にころび落ちたるきりぎしにタンポポ咲かむ菫も咲かむ

永くながくこの世にありて歌詠まばいぶせくもあらむ森の家族(うから)には

春山の芽吹きのしたをもの言はぬ童のごとくあゆみゆくわれ

大空の干瀬のごとくに春山のけぶれるゆふべ櫻を待てり

いつせいに樹液を上ぐる春の山の林に遊びすこし狂ひぬ

萌黃色の記憶の干瀬をわたりこし女人菩薩にぬかづくあした

人がみなねむれる春のあけぼのをけだものの睫毛に霜下りたるや

春山の草のくぼみに忘れたるつるぎを捜し一生(ひとよ)は過ぎつ

青草にホルンきこゆるぼんやりとさびしき山にやまざくら咲く

くちばし

わが頭蓋をついばみ穿つくちばしは裁きのごとし櫻咲く日に

二〇〇四年三月二十四日、硬膜下血腫手術

かたはらの患者が息をひきたればベッドのままに運ばれ行きぬ

十五年昔に骨のくだけたる患者なりしよこの病院に

昭和天皇のいたつき重き日日なりき草生(む)す屍のごとく臥せりき

あづさゆみ春大空に全山の花散りゆかばやまひ癒ゆべし

春分の夜ふけを長く湯を浴ぶる娘は山の春の生きもの

青草に身をおこすときわけもなく愉しくなりぬ青草の香に

山の氣にいだかれたれば穿たれし頭蓋を覆ひ山櫻咲く

こののちは長く生きたし何ひとつ語らず逝きし死者たちのために

大阪城公園梅林吟遊卽興　四首

「朱鷺(とき)の舞」とふをしばらく眺めをりきさらぎの花のくれなゐ澄める

あはれあはれ樹皮一枚に支へられ花薫るなり「月の桂」といふ

梅林にこし鳥の名を教へられまなく忘るる花のかをりに

麗しく剪定されし梅千本花の香あゆむ徘徊老人

年たけて賞戴きに上京せりこの世の賞のその空しさを

これはこれは歌人（うたびと）あまた相寄れば村人群るる祭禮（まつり）に似たり

凍星（いてぼし）のいよいよ冴えてわが顱頂（ろちやう）霜降るさやぎ鬼も老ゆるか

山畑の草にねむれるこの翁もぐら走れば春のみどりご

頭蓋より抜け出でし夢か山中の櫻のうれにくれなゐ滲む

和讃

雪嶺の輝く空よ疵いまだ癒えざる旅の伏木の荒磯

室堂に泊りし夜の星空のわかきひかりをいまもやさしむ　一九七七年

立山の雪代の水愛しみて居眠りしつつ河をわたりぬ

越中の二上山（ふたがみやま）に登りくれば三味線奏づる一座のをりぬ

幼年の日よりながめしまぼろしの參詣曼荼羅草生（む）す屍

死者ばかりあゆみて行きし若き日の參詣曼荼羅夢のまんだら

當麻寺の練供養（ねりくやう）の日ちちははの爭ひしこと雨降りしこと

來迎のほとけきたるとおもふまで尾根ゆく雲を眺めてをりぬ

朴若葉ひるがへし吹く若葉風彌陀來迎の和讃稱ふる

狐井にきたりて二上（ふたかみ）の夕日見つ五十年昔の春の夕日を　狐井＝恵心僧都のふるさと

スカートをふくらませゆく菩薩をり若葉の谷に和讃きこゆる

椎の葉を撃ちてやまざる雹白くわが郷愁を激しく撃てり

雹降れば競ひ拾へるをみなごを守りたまへよわが夏木立

初夏(はつなつ)のこの氷塊をてのひらに盛りて聞くなり笙の響を

法螺貝をとほく吹かばや夏衣あかるき女人禁制の山

井光

大いなる栃の木下にもの食めるこのよろこびを旅と思はむ

わが娘のこころはるけし笹百合の匂へる斜面風の道あり

空高く栃の花咲き草青しあやまちて人は生まれしならず

夏山のふかきみどりを越えてこし錫杖の音頭蓋にひびく

神倭天皇、秋津島に經歴したまひき。化熊(くわゆう)、川を出でて、天劍を高倉(たかくらじ)に獲(え)、生尾徑(せいびみち)を遮りて、大烏(たいう)吉野に導きき。儛(まひ)を列ねて賊(あた)を攘(はら)ひ、歌を聞きて仇(あた)を伏(したが)はしめき。

未開なるゆゑに尾を曳く山人の尾の聖性を思ひみるかな

あが母と似たりし人の森に入り犯されしこと人に知らゆな

數千の杉の切株くさりゐる山の斜面を鹿濡れてゆく

杉山の廣き窪みに雨近き皐月の風のしばらく憩ふ　井光の井戸にて

歌詠まぬわれをめぐりて山のまの皐月の風のきらきらとせり

わが娘を大山祇神（おほやまつみ）にかへさむと笙（しやう）の窟（いはや）の若葉を登る

人間の骨肉分くるかなしさを若葉の溪に眺めてをりぬ

鬱然と青葉の匂ふこの朝明（あさけ）いのちを山の神に預けむ

吉野首の始祖、井光（ゐひか）の曳けるしろがねの尾根ゆく雲につつまれてゆく

老人はすこし呆けよとおもひけりほたる幾百湧ける谷間に

羞（はづ）かしきことのみおもひ出づる日に郭公鳴けり、じふいちも鳴けり

尾の生えてしまひしむすめのびやかにこの草原に靜かなりけり

反抗せし父のはるけさ、夏草に父の苦惱を思ひてすぐる

梅雨入りの山となりたり朴の木も欅も枝を搖してをりぬ

のつそりと蟇（ひき）動きたる草の上に靜かに雨は降りつづけをり

病猪（やみじし）のかく過ぎにけり林中に黑南風（くろはえ）の日の雲の動ける

佛弟子

病める日のかなた明るし掘らざりし筍はみな青竹となる

國原は水田（みづた）となれり山繭のまゆ編まれをる木木のしづけさ

憎み合ひ殺し合ひする人間の業（ごふ）をおもへり、黒南風（くろはえ）ぞ濃き
風吹けばねむりのままに勃起せる佛弟子（ぶつでし）ありき木木青あらし
さみどりのかなしみならむわが娘空のひかりにものつぶやける
いくたびも霧湧く嶺よいくたびも消えては天（そら）に現るるなり
夏花のしろく咲くなり山住みのはての明るさを娘とあゆむ

靄

風かよふ山の若葉に降る雨を眺めてをりぬ病癒えよと
拾ひたるいのちと人のいふなればころびし崖の底を覗くも
谷間には髑髏（されかうべ）ひとつしろく光りうすむらさきの靄たなびけり
一匹の百足を捕へ若葉夜の娘とわれは戸惑ひてをり
郭公の啼きたる夜にこの夏のよだか來啼けりたれをくやむや
守宮（やもり）ゐる夜の窗の下かぎりなくしづかに繭は編まれをりたり
鹿多くなりたる山か夏草のしげれる道に立ちつくすのみ

天窗

山畑の合歡はその花いろ淡しかりそめに棲みて年月知らず

流れ來てふと氣まぐれにこの山に棲みはじめけむ、斜面の敍事詩
居眠りて物書きなづむへぼ詩人を見守りたまへ天のムササビ
ムササビはわれの瞼をかすめさり夜の谷間の風となりゆく
たれひとり救へざりしよ天窗に月差し入りて故郷明るし
かなかなよ、しののめのどこで鳴くのか、三つ四つ五十六十、木はまだ眠る
虹かかる山抜けてゆくトンネルのゆるきカーブをすこしたのしむ
ほうけたる翁のわれに刃向へる鉾杉の穗の青き幾千
媼より翁ぞよけれ杉山にかかれる虹をくぐりゆくとき
夏草の茂みをわたる吾が妻をいとしみをれば雉子(きぎす)となりぬ
ほほじろにものを言ひをるわれの娘(こ)にまじりて空にものを言ひたり
身のすでに衰へしいまふるさとを旅立ちたしとおもふは何ぞ
尾根越えに夕立白し花嫁を待ちわびたまひし父母(ちちはは)のこと
夏の夜明けアイスクリーム舐めてをるへぼうたびとの涯(はて)の雪景
祟神たたりたまへば夏の夜の梟はみな星をついばむ
かなかなよさびしき父に合歡咲きてふるさとの森ひとつ失ふ

里山

里山のもみぢを愛づる神あらむ冬ごもりせむわれならなくに
風景は霜枯れすれど裏山のもみぢは赤くわれを酔はしむ
「土佐源氏」讀みしはむかし草ふかき檮原（ゆすはら）の村いかになりをらむ
　　宮本常一『忘れられた日本人』
『吉野西奥民俗採訪録』を退屈と思ひし若さなつかしきかな
悲壮なる暴徒となりて十津川へ落ちてゆきにし文久二年　天誅組蹶起
杉山の奥なる嶺の紅葉（こうえふ）に火を焚きをらむさびしき家族（うから）

物忘れ

夜の時間過ぎたるのちの朝の戸に土の匂へる大根しろし
今すこし生きてうたへと枯草に霜柱立つ斜面明るき
霰ふる紅葉（もみぢ）の山にうつすらと記憶喪ひしわれ隨神（かむながら）
ゆつくりと歌詠み過ぎむしののめの冬の運河を砂利舟のぼる
野いちごを冬の日差に食むわれやもうすこし娘（こ）に甘えてをらむ
ことごとく葉をおとしたる朴の木に秋ふかまりて物忘れする

里山に霰ふる日よ枯草の斜面に憩ふ翁は生きよ
こがらしはけふのうれひを青空にばら撒きにけり小鳥のごとく
『海上の道』を語りて年とりぬ朝の電車に若者ねむる
春の雪うすくかむれる佛弟子（ぶつでし）のうごきゆくなり平城京跡

霰さやけし

秋空に三輪山の嶺映ゆる日や神の怒りのやさしさおもふ
紅葉（こうえふ）の照り映ゆる道山ふかくかよふと思（も）へば山住みたのし
テロの世となりてしまへど大美和の神杉に降る霰さやけし
ひもろぎの梢をわたるむささびに大年の夜の星空冴ゆる
大神（おほみわ）の美和の森にてさへづれる歳晩の鳥にとしあらたまる
まほろばの大和にふれる春の雪に木末（こぬれ）もわれもしろくなりゆく

草餅

春雪をふみてあゆめばわれを襲ふけだものよりもしなやかなりき
鞠のごと崖をころびて氣絶せし眠りのふかさ山のきさらぎ
石投げて青竹ひびく谷間なり少年の日の淋しさ消えず

人戀ひて冬の日なたをふみゆけば枯木に花咲くここちこそすれ

狩獵民の裔（すゑ）にてあらむ木木行けばいつしか透けて風にまぎれつ

二月堂ののりこぼしこととしもいただきてペルシアの僧の夢をおもへり

なんとなくたのしきことのあるべしと氣絶せし身のおぼえてをりぬ

ささやかな藏書なれども春寒き星座の夜にひしひしとあり

孫多くもてる村人相寄りて初午の日の草餅を搗く

里山に人働きてくらししを幼く學び草も木も愛（かな）し

桑の葉を枝より捥ぎし音やさしトランク持ちて村出でし少年

花ふぶく尾根道ゆかむいたつきの癒えたまひたる宮澤賢治と

かたはらを過ぎゆくさくら花びらのひねもす絶えず鹿食はれをり

晩年のわれの肖像（うつしゑ）わかかりき運轉免許證に貼られて

狼に殺されし父祖（おや）の晩年をおもへばさくら高嶺にふぶく

山に降る春三月の沫雪（あわゆき）に含羞ののちけだもの往けり

惜みなく春乞食（はるこつじき）に賜りし月日とおもふけぶる國原

打靡き春きたりたり肝硬變と診斷されつつ花の酒酌む

春乞食

ひねもすはくもりてありし日輪の西にかたむき赤くそまりぬ

おほかたは食らふべきこと忘れゐてけだもののごと老いて忿りぬ

西空をほうと眺めて過ぎたりし山住みの一生(ひとよ)かなしまざらむ

木木をゆく春乞食(はるこつじき)に惜みなく梢はたかく花ふらしけり

朴の木の芽吹くやさしさ日輪は青くかすみて大空渉る

日輪のいまだ高きにかへりきぬ蕨を採りし妻と娘は

食ふためにわれの射たりしけだものの息絶ゆるかな春のゆふぐれ

意味ありげな歌詠みのこしほとほとに死ぬほどつらくおもはざらめや

竹の子を掘りてきたりし竹林(ちくりん)に日輪はいま赤く沒(い)りゆく

木花開耶姫らのつどふさざめきを聴くべくなりぬ櫻散る山に

大峯の戸開け櫻の枯れし年少年ひとり谷行(たにかう)にせり

若葉の日の村に死にたるわが友を昔むかしの人とおもへり

いつまでもわれにつきくるひだる神年老いたればつねにひもじき

林中に行乞(ぎやうこつ)なせば木靈となりたる娘花をふらせり

うぶすなの山の若葉に雹打てり女性(によしやう)となりてまどろみゐしに

旗

ゆふやみのいまだ明るきわが谷に夜鷹きたりぬなにをかなしむ

歌詠まず幾日（いくか）過ぎけむ山中の若葉濃くなりすこし惚（ほほ）けぬ

ほととぎすこの晝臥（ひるぶし）の夢のまの寂寥もちて啼き渡りゆく

かぎりなく世界が崩れゆく日にもおたまじやくしは池に涌くなり

菊水の旗ひるがへれ金剛の嶺わたりゆく雨ほととぎす

青葉匂ふ深き窪みに人ねむり山上の夜に星星ひかる

おのづから溢れ出づるか恥多き父の泪のとどまらなくに

おぎろなきかも

大三輪の嶺より吹ける青あらし夜半ひと訪へるわれならなくに

玄賓の菴への徑あゆむとき女性（によしやう）となりぬ夕空霽（は）れて

舊暦の端午を過ぎて山の凪しろがねの尾は棚田を走る

みよし野の山のきこりに恩賜賞くださるといふおぎろなきかも

啼けや啼け山ほととぎすみよし野の皐月の空のそのはるけさを

刺客

わがひとよいかに果つるや山越しに虹わたる日の夏草の道
青梅はみな草むらに落ちたれば杏のごとく黄に熟れゆかむ
白き犬を飼ひをりし日の十五年うぶすなといふ夢踏みしめき
人をらぬ山の中にて香りくる莨のけぶり翁葬(はふ)るや
亡びたる村の鎮守に紅白の餅撒きすらし草餅も撒く
里山の化け物はみなおひと好しうれしくなれば梢を揺らす
王權のゆくへおもはばゆるやかに暮れてゆくべし若葉のゆふべ
うぶすなをなつかしみをれば聲ひびく茶髪をとめら麥秋よぎる
ぬばたまの青葉の夜の庭歩くかの長身も木木のうちなる
わが死せむ日に啼きをらむほととぎすその碧玉(へきぎよく)の聲明るかれ
庭にくるきつつき一羽白梅の幹の木屑をこぼしつづける
わが胸の底のあたりを穿ちをるきつつきといふ刺客ありけり
何もせず晝寝をせよと言ひたまふ翁ありけり泰山木の花
Tシャツの燃ゆる若者隣(となり)席にて青國原に勃起しをるか
若者の多き特急朝つゆを拂へるごとく大和を過ぎむ

羽化せむとする山繭のさみどりを目守りゐたれば水無月の盡（じん）
やままゆのさみどりの繭祀りたりオゾンホールにこころいたみて
青繭を積みてあそべりしろがねの子午線上に夜半の白南風（しらはえ）
合歓咲きてかなかな鳴けば森ふかき木樵（きこり）の汗の湧かざらめやも
虹消えてのちの夕空かぎりなく素直になりて夕星（ゆふづつ）を待つ

みすまる

いつまでも刺客なるべし夏の夜の昴はたかく雪ふらしをり
早う寝よといくたび夜半にのたまひし父母（ちちはは）なりき、つゆの星空
この國の海岸線を行きゆきて無用の老を生きのびゆかむ
鐵漿（おはぐろ）をせし山姥（やまんば）に手をひかれ百人一首そらんじたりしか
庭の木にひぐらし來鳴くほんのりと山明けたれば落ちのびゆけよ
何をしてひと夜すぎしか紙の上にいまだ草色の龜蟲うごく
東大寺戒壇院のくさむらに脱走兵をおもひし昔
人間の語れる聲の森ふかくひびける夏のけだものの跡
七夕のあしたを出でて山くだるこの惡靈（あくりやう）に朝つゆこぼれ
カーテンを引かざりければわれの頭（づ）に大和國原の日差は注ぐ

尺土(しやくど)といふ驛を過ぐれば二上(ふたかみ)の山ちかぢかとしたしかりけり

天王寺・阿倍野へ到る電車にて町なか走る車輪のひびき

弱法師(よろぼし)を語りてをればわが娘ほほゑみねむりここ阿倍野橋

まひるまの頭蓋を撃つやきつつきは光の瀧を溯りたり

山の木を伐りて暮ししひと生(よ)にて炎天の日の蟬しぐれ浴ぶ

土用伐りの杉の香すがしもの言はぬ牡鹿のごとし父たりし男

山くだる八月の川を帯にせる近山(ちかやま)といふ風景ありき

われらみな耳我嶺(みみがのみね)にきたりしと非在の山の眞夏にあそぶ

夕立の雨を吸ひをる立秋の斷崖の苔、人みないづこ

晩年をもつとも若く生くべしと秋草の野のつゆふみしむる

秋草

盂蘭盆に青竹伐りてさびしかり國亡びしとわれ思はねど

岩うちて水流れくるみなかみに岩魚(いはな)を釣れる死者の八月

ゆふかぜの立てるを待てりちちははもしづかに待てり、汗垂る晩夏

風のごと夜の散歩に出でゆきし妻と娘に宵闇ふかし

宵闇の濃くなりゆけばましぐらに固き翅ひらき鍬形蟲(くはがた)ぞこし

山の尾根白く走れる夕立にまなく濡れゆくいのちなりけり
秋草の花咲くなだり山人のながき憩ひのなだりなるべし

極月の山

穂すすきに霰ふる日や。晩年に霰ふる日や、けものみちやさし
里山の冬のなだりに散る紅葉（もみぢ）踏みゆくわれは雄の淋しさ
敗れたる神の行方をたづぬれば霜柱せり山の窪みは
つるし柿いまだ緊らぬ極月（ごくづき）の借金とりはぞろぞろと來む
あかがねに禿げあがりたるわがあたま妻さびしむや山の小春日
わが遺す罪のかたみか碧玉（へきぎよく）の梢（うれ）の卵に雪ふりはじむ
けものらも飢ゑはじむらしあしびきの山こがらしに霰まじれり

赤き指

打たれたる注射のあとのまだ消えず霜きらめける山の神の夜　退院
門（かど）に出で夜ごと待ちくるるひきがへる娘不在の山に雪ふる
霜やけの赤き指もて父われにデンデンムシムシ演じてくれしよ
神の嫁となりてしまふやわがむすめ父の憂ひのすべてを知れり

幼稚園より雪の山道かへり來し童女はすでに神のものなりき

般若心經けふ五度となへしといふ手紙、父の惡業のむくいなるべし

歌ごゑはもゆらもゆらに高鳴れど讀經のこゑは低く澄めるや

歌集『靈異記』の年に生まれしわが娘、『靈異記』の歌われ讀みたどる

山神（やまがみ）の夜は死者こぞり出で語るなり山の暮しの苦しかりしを

戰ひに子を失ひし悲しみをみな怺へをり皺ふかき貌（かほ）ら

雪の谷間

新年（にひどし）の霰たばしる山道をのぼりてゆけばかへらざるべし

人間のこころの奥處（おくか）たづぬればむささびのごと翔ばむわれかも

もうながく都に出でぬこの翁亡き人の數に友らは入るる

寒き夜は背中合はせて坐るべしをのこの友のつれなかりける

竝ぶべき菴はなけれ刻みたる木片（きぎれ）を投げむ雪の谷間に

月代

咳きこめば狐鳴くかときみ言へり雪にこぼるる星座のひかり

森の奥つねに見張れるものをりき斑雪（はだれ）を踏めばけものしたしも

きさらぎの雪をふみつつねんごろに別れのことばまたつぶやきぬ

子ら三人苦しみ生きむしかあれど一期は夢と雪につぶやく

月代（さかやき）はさびしきものぞいくたびもむささびの剃る雪の望月

斧立つる前鬼の泪、後鬼の歌。わが洞窟の羊歯のさやさや

さびしさにきみは忿りてたちまちに春のかすみの幕ひきちぎる

炎えさかる焚火を守る山姥（やまんば）の護摩のけむりは春霞曳く

耳底に鶸（ひは）群れくだる里山の芽吹きの木木の風にまぎれて

季刊「ヤママユ」その選歌稿ぶらさげて雪ふる山を滑り下りつ

わが持てる鞄重たしがらくたに混りて鬼の落し物など

きさらぎの雪かをる夜に溶けはじむうからの記憶ゴディバのチョコ

神群れて遊びたまひし雪の山にかへりなむいざ傳説もちて

山づともみな流れたり山川の瀬音を聴けばわれはみどりご

うた言葉淡くなれども春くれば山のなだりは花咲かむとす

志ゆたかにありしわが父の放蕩傳説われは憎まず

三味線の音色の宵に踊りたる父を眺めて幼く眠りき

義經の千本櫻謡ひをりし父のひたひの禿げ上がりゐき

おのれをば空しうせよとうたひたる母死なしめてはや二十年

三人子が山を下りて生きゆくをよしとおもへり旗立てるごと

眠らざる父を憂ひて遠くより電話をくるる星凍つる日に

縄うたれ引き出されたる祖先(おや)ありき春山の土匂ふうぶすな

柑橘の香のはるかなれ　かろやかに櫂をつかひしわれならなくに

疊薦(たたみこも)平群の山を歩みきて童貞の日の靄立つあはれ

木木芽吹く谷間の水に泛べたる朱塗りの椀に春の雪盛る

山小屋に竈(かまど)を築(つ)かむめらめらと薪の炎のひらめくものを

世捨人

きさらぎの浅葱(あさぎ)の空を鳥わたる春寒き日の雪尾根越えて

まなざしをつねに休める稜線に行き倒れたるけものをるべし

わが頭さつと截(き)りゆくむささびのわたれる谷間、木木の芽さやぐ

明け方に縮緬雑魚を抓みをり酒を斷ちたる世捨人ひとり

人間の幸福とは何、ゆつくりと山に生きたり老いふかめつつ

岬

みさきなれ、ことばの岬。春雨にけぶりけぶりてみさき鳥ゆく

雪舞へる春の彼岸にぼんやりと憎まれてをり里山の先祖に

わが住むはたれの奥墓狼が集まりて欠伸しをりし尾根か

雪嶺ゆみさきに渡るコンドルの空高き飢ゑ澄みてあるべし

狼にはやり病のありけむか文明といふもはやり病か

山ふかき魔障を生きし狼ははやり病に脆かりしかな

折たたみの雨傘買ひに走りくれし中之島の春くたびれまうけ

吉祥菴に山かけの蕎麦を食べをればわが晩年のたちまち過ぎむ

正弁丹吾亭の二階で啄木の短歌（うた）をうたひし十三郎あはれ　詩人　小野十三郎

「奴隷の韻律」と短歌憎みし小野さんの童顔の朗詠忘れかねつも

花の上に雪降りつもる春の日にわが長（をさ）の子は妻を娶らむ

遙かなる非在の岬渡りこしコンドルのつばさ世界を畳む

大口の眞神（まがみ）なるべしどこまでもわれに付きくる生尾（せいび）の碧玉（みどり）

みぞれふる晝の明るさ　長の子の婚に昂るわれならなくに

ひねもすは喪服を着けてゐるごとく山櫻咲く山にむかへり

源三位（げんざんみ）頼政の歌くちずさび山のさくらをこの春も愛づ

みんなみんな僞名をもちて歌詠めばたのしかるべし嘘のたのしさ

花咲けばおのれだまして華やぐかせめて源氏名のかをりをもてよ

ひよどりに脅かされし鶲（ひは）のむれ萌黄の帯となりて谿ゆく
さくら咲く山の菴（いほり）にもの思へばわが晩年の雪ふりしきる

雹

氣まぐれに晝の茶粥を焚きをれば若葉の山の風ひるがへる
萬綠の山より出づるオホミヅアヲ風にまぎれてみづいろぞ濃き
すさまじく物忘れしむ若葉風ブランデンブルク協奏曲鳴る
病める娘（こ）のかたはらにしてわが讀める古代神話の父のさびしさ
年たけて感性いよようらわかき山人の肝硬くなりゆくか
大粒（おほつぶ）の皐月の雹に打たれたり女人禁制（によにんきんぜ）の山くだりきて
青草に睦める蛇のほどけゆき山ほととぎす空を引き裂く
若葉濃くなりゆく宵によだか來ぬ意地わる翁物語りせむ

蛹

簷ふかく艾（もぐさ）匂へり黑南風（くろはえ）の風の尾青し水田（みづた）となりて
われのため神おろしせし杣人の壁土の苆（すさ）焦げてをりしか
そのかみはでんぼを病める子の多き邑（むら）に迷ひていぢめられにき

でんぼ＝吹出物

制吒迦（せいたか）と矜羯羅（こんがら）童子を打ちつれて山を下りぬ森の炎（ほむら）は

生駒嶺のくらがり峠越えたりし同級生の多くかへらず

山姥（やまはは）の乳房豊けし、飲みあまし睡りしわれは蛹のごとし

「てんちゆう」とわれをののしりし鐵漿（おはぐろ）の皺ある唇をおもひ出づるも　てんちゆう＝天誅組

山ほととぎす

くるしみてわれひざまづく青き日やほととぎすの聲草に沁みゆく

おもほえば三輪山神話の神神の人戀ほしめりかなしかりけり

若葉みなひるがへる晝の斜面にて歌のかろみをくちずさみをり

ゐねむりの永き翁を呼びおこす山ほととぎす空啼きわたる

國原の雲に隠るる三輪山の姿かすかになりゆくところ

鹿深みち

そのかみの鹿深（かふか）の道をたづねきて十一面觀音のやさしさにあふ　近江　櫟野寺

油日（あぶらひ）の嶺出でてこしほととぎす水張田ひかる水にこだます

獨り言長かりしかなかの翁　伊賀、甲賀はやつゆに入らむか　草合尚文さんを偲びて

麥畑（むぎばた）のひろがるひるの山里を足萎えあゆむ日時計の翳

神酒（みき）いただき晝寢の長き宮びとは鹿深明るき隠れ里の主（ぬし）　白洲正子『かくれ里』
童形の油日神社に在す神のをのこをろがみ水張田愛づる　ずずいこ根
壬申のかの水無月を鹿深みち驅けり來りし高市皇子
夫問ふと春の電車で隠（なばり）みちかよひし女人穴蟲の妻　歌集『春の電車』岡本智子著
山の神の假面をつけて迫り來む黑南風（くろはえ）の日の低き嶺あり
麥畑のひるに停れる大型の觀光バスに睡りてゐたし

晩夏

あきのきりんさう　ごぜんたちばな、草花の名を呼びをればわれは山人
穗すすきの山の狹霧（さぎり）はつゆとなりことば少なき娘（こ）を歩ましむ
谷へだて硫黄をふくむ風吹けりけもののごとく友やさしまむ
安達太良（あだたら）の狹霧に巻かれ歩むなりつるりんだうもがまずみの實も
山上の狹霧の霽（は）るるときのまを石に憩へるきみのさびしさ
あはれいかに人のこころの散りゆくや安達太良山の猪（しし）の孤獨
晩年を弟子にそむかるる茶飯事を運命として草笛吹けり
狹霧飛ぶ山登るとき降（くだ）りくる人みなやさし鬼の子孫か
歌詠むはわれの生尾（せいび）が針の目處（めど）潜るがごとし知らず過ぎたり

草花の名をつぎつぎと忘れゆく老の山踏み狭霧に酔へる

生尾

森出でて來りしわれのそよがせるけだものの尾の淋しかりけり
蟇(ひき)よりも醜く晝を居眠りて地下鐵に坐す乾坤の秋
ホームレスとなりたるわれに降る落葉とめどもなしに降る落葉かな
いやらしき街を歩めど高層のビルのひかりに魂(たま)散る秋ぞ

レヴィ＝ストロースの讃美せし古老

人類で最も美(は)しといはれたるインディアンの翁ながめたかりき
なんとなく『海邊の墓地』にしたしみき、戰場へ行くまへの日日にて
ただひとつあるトンネルのくらきかな吉野へかへる電車に眠る
放蕩のわれを迎へし山小屋の秋のゆふべをむささび飛べり
樹下山人おぼろおぼろに戀ひばもみぢの山に霜降り來らむ
幼年の眠りふかかり天井に棲みたる蛇のとぐろ巻く下

額田部の友に

いまだわれ生きてものいふけものにて夕雲の朱(あけ)ひたぶるに喰らふ
ふるさとの魑魅魍魎を呪へどもわがけだものの尾の行方はや

賜物

木枯の夜は歌詠まむ飛び散れる木の葉にまぎれあそぶ神をり
さかしらのもてはやさるる世となれど大き力の山竝みわたる
歌詠むを人に知られぬわざなれとおもひしことのなつかしきかな
わが友らみな遠ざかる冬の日は一本たたらかたはらにをれ
いつまでも童子のままに老いたればふるさとの山夜半立ちあがる
山靴の重き三足いつまでも新しければこもごも祀る
山雀(やまがら)とともに飛び散る木枯のそのくれなゐの木の葉はうたふ
燃えるごみも人も死にせむ夕雲の縁(へり)明るくて冬鳥わたる
見も知らぬ人の内臓いただきて生きむとすらし死に見放され
紅葉(こうえふ)のいちめんに敷ける庭に舞ふ風あり老のほむらのごとく
からき世の心弱りか山住みの家族(うから)をうたひさびしくなりぬ
大根や白菜くれし隣人ともみぢを語り、死者の夕闇
吉祥菴の山かけ蕎麥をすすらむと都市のまひるの地下の生き物
人間の生膽(いきぎも)賣れる商社にて基督の像を仰ぎてをりぬ
黄昏の海に虹たついつまでも離れてゆかぬ淋しき友ら

樹下山人かく老いたりな溪流に岩魚(いはな)釣らむと居眠りてをり

雄雄しかり、角(つの)ある山の鹿立てり。野生は神の賜物なれば

山道に降る雪しろし大峯(おほみね)のお花畑の眞夏を戀ふれ

背後靈おぼろに見えて山上に紅葉(もみぢ)は雲を空に燃やせり

霰うつ山の檜原をかへり來て夕日の村を葬(はふ)るごと見つ

歌集『大空の干瀬』刊行にあたって

歌集『大空の干瀬』は、前登志夫の第十集目の歌集になります。平成十五年より十八年の四年間の作品を、ほぼ作歌順に収めたものです。

前登志夫は平成二十年四月五日、旧暦如月尽日、西行のあとを慕うかのように逝ってしまいました。

『落人の家』以降の歌を、平成十九年の春頃から、少しずつパソコンで整理をはじめていたのですが、平成二十年一月中旬に、急いで第十歌集としてまとめるよう依頼されました。出来上がった原稿を送ったのは、一月末日でした。二月三日、先生は吐血して天理病院に入院しました。

最期まで仕事をし、歌集のことを気にかけていましたが、鞄に入れて病院に運ばれていた原稿が、開かれることはありませんでした。

動転のあまり、歌集名を聞くのを忘れていました。先生の推敲のあとを見ることもかないませんでした。生前に刊行できなかったくやしみのなか、「ヤママユ」編集委員で相談し、歌集名を『大空の干瀬』と決め、順子夫人の了解をいただきました。

角川学芸出版の山口十八良氏の並々ならないご配慮に深く感謝申しあげます。

装幀の田口良明氏のお骨折りに、厚くお礼申しあげます。

平成二十一年一月

山繭の会

歌集　野生の聲

やせいのこゑ

野生の聲

平成二十一年十一月三十日　本阿弥書店刊
装幀　司修　Ａ５判二一二頁　一頁二首組　三四七首
巻末に山繭の会「あとがきにかえて」
定価三〇〇〇円

蒼穹の磁場

ふかぶかと草に眠れる翁をり敍事詩を語り歩み來つれば
なんとなくうかれて過ぎし一生なりいづこにもみな佛いまさむ
人間の生膽を取る世となりて紅葉の錦神のまにまに
樹のしたにながく憩へる山伏はをみなを欲しと言ひて去りゆく
百年を待たずにわれら飢うるとぞ食斷ちの治療ほどこされしに
蒼穹の磁場をたどりて歌詠めりソングラインを鳥わたるべし
つばらかに日暮をゆけよのちの世は人の亡びを星星かたる

大臺ケ原に登りて

伯母峯の一本たたらひそみをりし山ふところはくれなゐふかし
伯母峯は姥峯ならむ天上の紅葉を戀ふるわれならなくに
うるはしき山姥となりしわが友ら色とりどりの菓子を分け合ふ
大蛇嵓の神も紅葉　差し向かふ大普賢嶽の斷崖炎ゆる
羚羊も目眩むといふ大蛇嵓にわれの娘は手をとりくるる
斷崖のもみぢおそろし谷行の仕置に遭ひし若き日ありき
かの翁童子のわれにささやきき本來空とふ明るき呪文を

狩人のならひなるべし物蔭にわが身の消えてしまふ時あり

白川渡に宿りしむかし川原にて顔を洗ひし朝なりしかな

哭かしむなをみな戀ふればうろこ雲川磷磷と空を流るる

山神のあらそふ聲す木枯がこの山小屋をゆさぶるひと夜

伯母峯の一本たたら年の瀬のまれびと待てり冬まれびとを

全山の紅葉（こうえふ）果てて雪ふれば猪の肉うまくなりゆかむ

老の日は谷行ならむ天上の紅葉（もみぢ）を焚きて雪を迎ふる

霰たばしる

みづからの落葉を敷きてそそり立つ大き公孫樹のしたを過ぎゆく

冬の鳥なべて鋭く尾根を截る神亡びたるのちの雪嶺

聾若き佛弟子（ぶつでし）たちにかこまれて紅葉（もみぢ）を焚ける觀世音菩薩

「タイタニック」を夜空に唱ふ星の夜のもののけ姫はもの言はずけり

さなきだにさびしき村に熊出づと霰たばしるゆふべ告げくる

山住みの棘幾本を抜きしかな熊の爪跡のこる柿の木

霜柱ふみてあゆめる月の輪の熊の蹠（あしうら）おもひて眠る

國原のどの村里も燈をともし凍（い）てしまる夜を漂ふごとし

病めるもの、息引けるもの、年の瀬の星のひかりに空飛べるもの
これやこのみたまのふゆぞ衰へし翁を打ちて霰たばしる

洞

いつよりか山の語部まづわれは木木の語りを聴かむとすらむ
できるだけ雑念しづめ歌詠まむことばは神のたまものなれば
志低き世となり歌すらやマーケットのごと商品の列
高層のビルの窗邊で削らるる奥齒の洞(ほら)に標縄をせむ
霜の夜は廢棄されたる大根や白菜の嵩を清めてくれむ
この道のわれの孤立もしかたなしまれびとのごと魔神曳ければ
星空の凍(い)てせまりくる冬の夜は竈の炎雪ふらしむる

晩年

長かりしわが林住期やはらかき木(こ)の間の雪をふみてかへらむ
いつまでも落葉とぎれぬ天上の梢のあるやまだ死なざらむ
人間の記憶の奥はいづこにや射たりし雲の角(つの)のしたしさ
この道の細しといへり咳ばらひなしつつあゆむわれの翁は

日常の吉野に何の意味あらむ雪雲(ゆきぐも)出でて鳥燃ゆる見ゆ
玉鋼(たまはがね)造りし者ら姨峯の一本たたらわれを見張れる
萬年筆にインキを入れてもの書けば咒詞のごとしも追はれし者の
晩年のわれに賜ひし冬薔薇のほのかに匂ひ夕霧ふかし
せつぱつまりなほ自在なれ繩文の感情凍(い)つる沼をめぐりて
晩年のけぶれる若さ山翁尾根越えゆけり雪の來るまへ

雪雲

この上なく素直になりて老いむとす恥ふかくわれ生きてきつれば
淋しさに人はかすかに狂ふべし落葉ふらせる見えざる梢
はやすでにわたくしといふもの無きとしれ雪雲(ゆきぐも)炎えて山の空ゆく
手袋もこの古き靴も棄てがたしまづ手はじめにわたくし棄てむ
世間より棄てられしことに氣づかざればうれしげに過ぎしわれの若き日
北方より核彈頭の飛び來るや列島の山みな紅葉(もみぢ)せり
戰場の涯にともりし燈のあかり東洋の闇ふかかりしかな
自在なるあけぐれにしてうつしみは曝木(されぎ)の花となりにけらしも
死神か匂へる薔薇か地平よりわれに近づく夕日赤かり

かりがねの渡りしあとに雪雲のあかく炎ゆるをかなしまざらむ

珠玉

欲ふかく長く生くるをいましむる冬山竝の藍色ぞ濃き
救急車サイレン鳴らし空往けり高架の道は虹のごとしも
杉山に雪降りくればちちははの追善供養するここちせり
晩年の日日こそ珠玉しかすがに醜きおのれたしかむる日日
人間の亡びたるのち雪雲(ゆきぐも)の縁(へり)赤く燃えて日は暮れゆくか

翁の齢

うまさけの三輪のやしろにぬかづきていのちをおもふ肝(かん)病めるわれは
茶を淹(い)るる山の眞清水うまき日やわが晩年の年あらたまる
大三輪の春の森よりくだりこし翁の齢をかぞへむとする
箸墓のほとりをめぐり三輪山を仰ぎてをれば春の雪ふる
春雪に足跡つけてふみゆけば山邊(やまのべ)の道かなしかりけり

死者たち

岩肌の燻（くすぶ）りゐたれ降る雪に焚火の炎いどむしばらく
としどしに掛くる標縄あらたなる藁の匂ひて和解をなさむ
西方（さいはう）の木沓を履けり國栖びとの醸（か）みたる酒をすこしいただき
家家に佛壇置かれ黑光る蕩兒の歸り待ちて百年
かの尾根に山櫻の苗植ゑおかむ山の石竝び青苔むせる
十津川を溯りきて天の川にまぐはひにけむ夕星（ゆふづつ）の鹹（しほ）
亡びたる村とはいふないつまでも物語りをる死者たちの斜面
若き日に弑（しい）せし人の歩めるか青がすみ曳く春の山なみ
朴（ほほ）の葉に鹽鯖の鮨包みけむ皐月のひとはよく笑ふ木木
斧もちて木の根を削れ盛り上がる木の根を削れ死者たちの尾根

文語を生くる

石ひとつ谷に投ぐれば逃げまどふ神神の裔（すゑ）か夜半の竹林
獵銃をつひに持たざる山人の家のあたりを晝の鹿ゆく
雪降らぬ冬過ぎゆかむ、溢れくる泪は熱く冬過ぎゆかむ

この山を捨てざりしわれをあなどるや天窗にゐるしろき野良猫

春かみなり靄をふくみて鳴りたれば貂（てん）走るなり老の目覺めに

山人はずるいと言ひて逝きましし鈴鹿の人の歌くちずさむ

庭先の山畑荒れてけものみちたが造りしやわれをいざなふ

いまもなほ文語を生くる山人のまぎれ入るべしジンタ鳴る鬼市（きし）

鬼市＝古代のサイレント・トレード

そのかみの鬼市のなごりか冬市にけだものの皮鞣（なめ）して來つれ

仙人の古裘（ふるかはごろも）差し出せば勳章のごとき菓子呉るるにや

春の嶺

尾根づたひ雨降りくれば花しろく涅槃と書けり杉の立木に

春の山を連れて歩めりわが娘草ふみゆけば雨やはらかし

春靄に濃くつつまれてうづくまる翁は抱けり雫の明るさ

昔より行者の窯跡とつたへられし山の窪みの土燒けてをり

五體投地まねてしをれば天上の尺取蟲となりてしまへり

命終のおぼろおぼろにかすむ日はひとおもふこころやさしくあらむ

花虻は記憶の枝に遊びゐて日差はながく蜜を包めり

いつの世のうれひにあらむ、白黑の映畫のごとくみぞれ降る晝
老ゆるほど若くあれよと言ひたまふをみなの友のかなしかりけり
春落葉明るき尾根を雉走りわれのとむらひ終へしかとおもふ

傳承の翅

遠くより春かみなりのとどろきて歌くちずさむ霧の花むら
青杉の山に入りてさまよひし春山のかをり夢にかすめり
山ふかく人呼びあへる聲すなり人間のこゑはるかなるころ
ゆるやかに青空みがく杉の木の梢の先の孤獨をおもへ
俗界の遠かすむはや山なみに黃砂けぶりぬ娘もだして
美はしき山のうからよ三人子はみな疵深く生きてをるなり
櫻咲く山に死にたる山びとの悔しみの嵩ひとに語るな
どんよりとわれの曇(くもり)のふかきひる黃の蝶舞へりそらの淺葱(あさぎ)に
春風に吹かれてあそぶ黃の蝶の數かぎりなく空に貼り付く
天上の無數の翅の降りしづむ皐月の雪を踏みて步まむ

雹

やまざくら遠く眺めてさかづきをしづかにあぐる翁となれり
山姥はみな山ふかくかくれけむをりをり桃など流したまへり
春風の花散らしをる落人の村すぎてより夕日かたむく
おのおのの毛竝をもちて山の夜の暗きを走る生きものの闇
くるしめる家族のことはうたはざれ雨にけぶれる芽吹のみどり
ひさびさのぎつくり腰の春の日に木木の芽吹を眺めてをりぬ
山住のわれは影武者、翁さび花にまぎれてたれの影武者
いまははや貴種もをらねば山住の影武者にふるさくらのふぶき
むささびの夜ごと遊べる春山の喬き梢は芽吹きてをらむ
國栖、井光亡びたるのちにはじまりし國とおもはば美しからむ
山姥に牛乳運べ、春の雪蹴散らしながら牛乳運べ
他界など見えなくなりてさまよふかスーパーマーケットにつどふ山姥
川とほく草萌ゆる村過ぎゆけり人の世の亡び美しくあれ
この岩にブランディ注ぎ下りきぬ別れを知れるわれならなくに
雪つもる四月の森に抱きをれば雛(ひひな)となれり山姥御前
いくたびも花ふらせゐる春の日の乞食(こつじき)あゆむ亡びし村を
神風となりにし友よことしまたさくらは咲きてわれまだ生きむ

屍骸(しかばね)となりゆくわれにふる花のやまざくらこそ遠く眺むれ

花の上に雹ふる朝明、戰爭に死にたる友の名を唱へむか

究極の歌のこころか大空の星のひかりに燃えつくるわれ

さきの世の川

日もすがら眠りたりけり乞食(こつじき)もきたらぬ家に山吹溢れ

夜の若葉濡せる雨を聽きをればむささびも木も死者も濡るらむ

釣鉤は瀬音に揉まれみなかみへ流るる時間、聾(みみしひ)の碧玉(みどり)

ひるがへる吉野の鮎をささげむか石押分之子(いはおしわくのこ)らの屍(かばね)に

山吹に覆はれゐたる溪流をきらめきのぼる少年のわれ

風そよぐ幾夜かありて狼のむれ下(お)りくらし霧にまぎれて

竹の子を夜夜盗(と)りにくる猪をわれは憎まず子連れなるゆゑ

底光る獵銃欲しき、さきの世の川流れくる深き闇の夜は

さきの世は前生(ぜんしやう)なりや、後(のち)の世か。源流へさかのぼりゆく川

立合(たちあひ)の殺氣あるべしおのづからせせらぎに血の流るる靜寂(しじま)

幼年

雲かかる青き峯より鬼ひとりくだりこし日は木の葉さやげる
幼年のわれがまろびし草いきれ背割りて翔べりかなぶんぶんは
ふるさとをうかれしわれか草木みなよくもの言へるうぶすなの山
おそろしきもののはじめと歌ひたる美を戀ふるわれ、鬼戀ふるわれ

R・M・リルケ『ドゥイノの悲歌』をしのびて

閑古鳥さびしかるべし村びとの少くなりて聴く人なければ
ふるさとは鬼の村なり遠足に鬼みなゆきて郭公啼けり
郭公のしきりに啼ける尾根青く装ひし母山をくだりき
眉しろく蠶となれり若葉食み幼年の日にかへるここちす
閑古鳥尾根にて啼けばふるさとの若葉は日日に濃くなりにけり
生涯をうかれうかれし童子にてよくもの言へる木を伐らむとす

鋸

あしひきの山の夜空の天の河りんりんとして木木に響けり
夜となればひかりとなりて天の河わたりてゆかむわがほととぎす
大いなる岩かつぎのぼる神ありて果實は熟るる星のひかりに
庭先の石榴の枝を拂ひをれば山鳥の雛草を走れり

くらやみの虚空にありてひたすらにひかりを交すかなしからずや
七夕の銀河を挽ける鋸のひびきとなりぬ山ほととぎす
ほととぎす山の夜空を啼きわたりたまきはるわれうつつの銀河

絣

溪谷の上に垂れたる黄苺をどつさり採りてくれし兄なり
戰爭に死なざりければわが兄は八十八歳物忘れをらむ
わが兄に連れ添ひし人もしあらばをりをりわれをねたみたまはむ
谷川の螢をとりに行きしかど絣のゆかた眠りゐる兄
釣りたての丹生川の鮎をくだされし山人の友いづこに潛るや
みよしのの吉野の鮎とたはむるる死者ありぬべし淸き島邊に
寂寥は季節の底を過ぎゆかむ銀河をわたり啼くほととぎす

梅雨の星星

三輪山にお山をすれば息きれて殘りの日日をしみておもほゆ
三輪山の山の姿の荒れたるをくやしみ語り十年(とせ)近きを
平成十年九月二十二日の颱風にて

神すらや嬬問ひたまふ愛しさをしのび來つれば奥つ巖座
黑南風の大和國原はるかなる水田となりて夜をむかふる
倭迹迹日百襲姫こそやさしけれ箸墓にふる梅雨の星星

青竹

八月の山の夜空を啼きわたる鳥を數へて眠りに入りぬ
青竹に山の眞清水汲みとりて野の草花を投げ入れむとす
八月の闇夜に伐れとつぶやきし山の翁は竹林を出づ
夕立にしとどに濡れて暮れゆけるこの山のまの木樵を辭せむ
倒れたる大杉の木のいつまでもたふれてをりぬ山の斜面に
山の石祀られをれば秋風にふと轉びけり秋草の原に
無職なれ木樵といふはいまの世の謀叛の者と見る人なけむ
斧かつぎ歩みさらむか、人わすれ歩みさらむか、山越ゆる虹
まなかひを君過ぎされぱひるがへりまたひるがへるてふてふの空
ひぐらしのこゑ壹千のひびき合ふ青杉の山まだ拔けられず

斧ふたたび

このままに眠りてしまふわれならず夕焼雲を帽子に掬ふ
星あかりにわれを尋ねてくるひとのきのことなれり傘をひらきて
しののめに靴下はきてもの書けるひぐらしの山に狂人ひとり
夏颱風近づくといふ望月に利鎌を研ぎてたかぶる翁
颱風の眼（まなこ）に入りて飛びたしと月を眺めておもふなりけり
斧ふたたびかざして尾根を走らむか、歸命盡十方無碍光如來
さるすべり草の菴に咲ける日やつゆひとしづく目守りてをりぬ
鈴鳴らし奥山の雲くだりこし老山伏（おいやまぶし）はわれかもしれず
なだらかな立秋の尾根たどりゆく翁はまろぶ死者のごとくに
秋草の山を下れよ山人（さんじん）の怒りうたへよ鱗雲炎（も）ゆ

ひるがへりみゆ

産毛（うぶげ）だつ桃流れこし川上の丹生のやしろに白き馬をらず
落人の家とこそ言へ風荒き山の斜面（なだり）の谷間に臨む
川上の碧玉の水に釣りあげしことばなるべしひるがへりみゆ

土雲（つちぐも）とののしられたるものの裔（すゑ）眞夏の岩を押してみるなり
こんなにも醜くなりし明けぐれやおぼろおぼろに山かすみゆく
立秋の山くだりこし山人の山苞（やまづと）はみな王のみ首（しるし）
蠟燭の火をともしつつ甲蟲の屍（し）をいたみをる娘に添へり
佛弟子のしづかに眠るあかときを立秋の日の山ほととぎす
稲妻の運びきたれる流木を川邊の砂に横たへにけり
あしひきの山にかへりてをりをりはぼんやりせよと言ひたかりけり　次男に
立秋の運河のほとり蟬鳴きて戰後の日日をまた數へみる
ホームレスつづきて眠る堤にて耳聾ふるごとわれに鳴く蟬
とめどなく高速走る車の列見上ぐる者はわれ一人のみ
立秋の日輪はこぶトラックの長き姿は空を走れる
都會には愉しきことの多からむ黑人の歌手ら群るるエレベーター
栗のいが青くこぼるる坂道に兄を見送りし夏の終りは
　雷（いかづち）のはげしき晝もわがままなこの老ぼれは晝寢をなせり
家よりも低きに鳴れる雷（いかづち）をしたしきもののごとくおもへり
斧もちて石榴を伐らむ秋空に高く裂けたる實のきらきらし
何食はばよろしきものか言問へば何も食ふなと山人言へり

風をはさまむ

かぎりなく輕くなりゆくいのちにて秋草原に風吹きゆかむ
體溫計脇にはさみておぎろなき吉野の山の雲の涯見む
颱風の近づくといふゆつくりと來る颱風はものおもふらむ
槇の木の梢を伐りて箸作り死者に捧ぐる風をはさまむ
欲しきものすくなくなりぬ半島も悲しみをらむ秋の七草
あはれあはれ聲うばはれき大神鳴（おほかみなり）山の夜空を渡りたまへり
さびしさに山にかへれるわれならず鬼の怒りを癒したまへよ
花持ちていたはりくれしをみなごの媼となれりしづかなるかな
おはぎなど食べたしとおもふ老人の病は癒えよ秋彼岸までに
落人の家出でてこしこの翁秋七草の風に斬られつ

鬼道の秋

朱の假面つけて踊れよあしひきの山の木の實は星降るごとし
團塊の世代はむかしありけりとみこしは秋の嶺を越えたり
父祖（おほちち）の討たれてありし尾根みちの秋霧ふかし毒きのこ群れて

みどりごのわれを背負ひて踊りゐしおこまちやんのこと何ひとつ知らず

十八歳のおこまちやんの乳房吸ひをりし蠶のごときみどりごなりき

ふたたびは記憶の外のゆふやみにうづくまるわれやさしくあらむ

一日に一石(いつこく)の山栗拾ひたりしこの山里の秋をしのべり　黑瀧村赤瀧

山道に野鹿の角の落ちてをりもうかへらねばならぬこの道

秋ふかむうたげなるべし、月夜茸、紅天狗茸、笑茸竝(な)む

霰ふり人戀しかりはるかなる鬼道をゆけるわれならなくに

花折

往きてかへるみちのはるけさ少年のまま年とりし淋しさみゆれ

夏花の匂ひに噎(む)せてきたりしに落葉のつもる道となりたり

雲かかる遠山畑(とほやまばた)とうたひなば木の實を拾ふ神ありぬべし

山鳥の尾羽根過ぎけむ紅葉(こうえふ)の斜面にあそぶさきの世のわれ

奥山のおどろが下にも道ありやけもののみちをやさしく歩む

花折(はなをり)の峠を行けば生きかはり死にかはりこしわれかとおもふ

この村はまなく人無くなりゆかむ神のやしろの紅葉(もみぢ)掃かれて

紺青のそらを飛び散る黄のもみぢ人を戀ほしみ息たゆるわれ

むざんなれ。もみぢの敷ける山上の餓鬼阿彌の邊に霰たばしる
吉野熊野なにも無ければうたひをりぶつぶつと湧く聲の曼荼羅

山行　平成十九年六月七日

歌の友ら七十人とお山せりふりそそぐ日よ餓鬼阿彌われに
箸の墓みおろしをればことしまた梅雨入り近し風青みつつ
美しき歌の友らもやや老いて大物主神のほとりに憩ふ
夕立は泊瀬の谷にけぶりたり思出のごと遠きかみなり
神すらや人を戀ほしみ亂れけりやさしきひとのわれに在りし日

なべては辭世

ものなべて遠くなりゆく冬の日にもみぢ赤しとそら見上げをり
杉箸を削れる町の削り屑ふゆのゆふぐれ川砂に燃ゆ
少年の日にあくがれきたちまちに老人として枯葉を散らす
少年が老人となる年月に戰爭ありて友多く死す
けだものに見守られつつ大いなる槇の木下の菴にねむる
明け方に雪はふりしかあたらしき狸の足跡愚鈍にけぶる

われのみの湧井の水に張られたる薄き氷に御酒（みき）たてまつる
護摩たけるごとくに薪のほむらもて歌詠みをればなべては辭世
山住みの雄たりし日の淋しさをなつかしみをり耳すこし癈（し）ひて
冬の夜をねむらず歩むけものをり雪うすく敷ける星空の下

貴重品

狼のつらなり走る枯山（からやま）の夜の響きを聽きてねむらむ
紅葉のカード一枚差し入れて苔むせる扉ひらかむとする
誰一人知る人もなき大阪の病院に來て臟腑さらすや
靜脈瘤破裂となりて極月（ごくげつ）は都市高層にまどろみてをり
いくたびも機械呑まさるるをかしさよわが地獄繪のはじまりとせむ
戸じまりもせず眠りをる山の家の貴重品とは果して何か
苦しみて歌詠み來しか樂しみて歌詠み來しか炎（も）ゆる雪雲（ゆきぐも）
嶺越えて霰のしろく奔る日やいぢめたりし友なしとせなくに
立枯のかの大杉のゆつくりと髑髏（され）となりゆく山へかへらむ
見舞ふとはやさしきことば立枯の木にふりつもる雪のしづけさ

山霧

いまだわれ生きてありぬとおもひなば山霧ふかく泪あふるる
紅葉の明るき村をよぎりたりわがふるさとをことたしかむ
われ亡くばいかに生きむか木に遊ぶ鳥にものいふをさなごころは
星空の太虚の闇になれを置きてほそぼそ生くる老となりたり
もの書きて疲れしわれをさすりくるる觀音菩薩いづくよりこし
罪ふかき父のやまひの大方をあがなひくれし子はありぬべし
ひたすらにわれも語らむ草や木や鳥や蟲などのことば語らむ

椿の實

山の家の庭にきたりて鹿鳴けばひと戀しかり星敷きつめて
あかときの燈火はいよよ明るくて霜ふりをらむけもののみちにも
杉の葉の落ちてしめれる徑すぎて檜の山の風となりゆく
崖の上を滑空なせるむささびは木枯の夜の枯葉にまぎる
葛の根を掘るゐのししよ冬の夜のわれの眠りの底に遊べる
葛湯食みねむれる夜ふけ道行きの狐忠信憂ひをふくむ

山人の鬼市(サイレント・トレード)　み雪ふる吉野の山を人は出でこよ

數千年むかしに森を出でたりしうからはみんな雪雲(ゆきぐも)かざす

都市こそは幻影なりと詠みてより半世紀ちかく呪はれてきつ　歌集『子午線の繭』

向う山に狐火(きつねび)蒼くつらなるを幼年の日に眺めき母も

木枯が夜の戸口を叩くたび森物語はじまらむとす

夕暮の川のほとりでトランプをしてをりしわれ紅葉(もみぢ)を持ちて

日ぐれよりジョーカーもちてあそびをり夜の紅葉に川流れゐて

古狸ひそみてをれば匂ふべし柚子の木下は砂こぼれけり

少年のわれ通るたびに砂撒きしかの古狸いかになりしか

昔より古狸の巣といはれたる柚子の木のした酔へる心地す

妻や子をおもひて更くる霜の夜や俗物の燈火森を深くす

山の翁だまさむとする古きつねいつまでもその姿見するな

冬の庭あゆめるものの何ならむ、狐・狸か猪(しし)・鹿。木の葉

うちつけに冬きたりぬとみちのくゆ運ばれし葉書、落葉にまぎれ

山の家の夜半のやね撃つ椿の實父祖(ふそ)の忿りのとほくきこゆる

もはやわれを騙してくれぬけものらにチョコレートなどばら撒きてやる

かすかなる電流かよふロープ曳く晩年の日のたくらみひとつ

簪は插頭（かざし）なるべし雪雲は朱く炎えつつひとあゆましむ
九州も四國も雪といふ朝は旅ごころ湧く翁なりけり
うるはしき椿の灰をつちに盛り神と人とはまぎれてゆけり
杉山も檜の山もこがらしにさやげる夜の斧のしづけさ
土ふるを雨がんむり貍と書くかの古たぬき砂をこぼしき
いつまでも騙されをらむ冬の靄森をおほへり落葉の森を
森出でて川の流れに沿ひくれば牛乳飲める老（らう）オルフォイス

身邊の異界

歌一首詠みなづみをる老病者朝の山水（やまみづ）に恥をさらせり
癒ゆるなきやまひをもちて朽ちたりし神の空洞埋めむとすも
病院をのがれかへりて山川（やまがは）に冬の翡翠川眺めをり
ほとばしる民俗の血を語りきてかたりあへなし名をもたぬ神ら
幼子のわれを抱きしおこまちやん匂ひのこしていづこにゆきしや
その面（おもて）をわれは知らねどおこまちやん似たる地藏とおもひて久し
雪道を先にゆきしは山鹿の牡ならむ空の裂け目に虹あらはれて
盡十方暗くなりゆくわがめぐり殺（と）るべき人のありといはなくに

山神よ恵みたまへよ、いま少しやさしき異界空にかかげよ
村人の屍を焼くわがつとめ無くなりしより何亡びしか

大寒に入る

錆釘を戸に打ち込みて年は暮る債鬼のごとく來るものあり
とんどより持ちかへりたる蠟燭の炎を守り小正月迎ふ
わがいのちはや盡きたるか恥ふかきこの生のはて雪ふりしきる
「二十日正月」といふことばなつかし、尼講といふ寄合に妻は行きたり
ふりしきる雪の靜けさ聽きゐたる家族をかこむ森の魑魅ら
正月の二十日の夜に降る雪のつもれる嵩に死をなげくまじ
醫師とは畏きものぞわがいのちあと半歳とのたまひて笑まふ
すこしわれ生き過ぎたのかとおもふとき森はしづかに大寒に入る
なべてみな捨てよと言ひて捨てざりしわが煩惱のぬかるみ深き
大木のしたにねむれる山鹿につもれる雪は夢のなごりか
いつまでもつづけるいのちみえざれど雪ふりしきる空わたる鳥
くるしめる異界のうから、『森の時間』あと拾數編は書きたかりしに
杉檜の枝を拂ひてひと冬を遊びしわれは若かりしかな

枝も幹もいのちの比喩とおもほえばかたちあるもののさびしさみゆれ
久米歌の春のとどろき喬きよりばさりと雪を落す枝あり

虚空

藏王堂に般若心經となふれば新春の雪虚空に舞へり
うつしみは本來空とおもへども雪ふりしきるうつしみ歩む
われの歌碑一基もなくて吉野山下らむとするいさぎよかりき

言葉

ストーリーのよくわからねど讀みをへてかなしみのこる匂ひなるべし
猪鹿除け(ししよけ)の綱張られたる山畑に父に叱られし日の少年がゐる
ゆふづつのひかりをわれに見よといひしおこまちやんなにかさびしかりけむ
とろとろと人の屍燃えてゐる森の焼場の闇はものいふ
ひさかたの天(あめ)の露霜、薪もちて人を焼きたる寒中の森
つらなりて霜柱みちくだりくる鬼どもをむかふ南天の赤き實
やままゆの蛹のごとしわが記憶雪に埋もれ腐り果てざる
山中の聖なる鬼を裏切りしわれはそのかみ女人なりしか

やまひゆゑものを食へざる身となりて食の危險を調べてをりぬ
斷食をしたりし聖者ありしこと蠟燭はいま蠟を垂らせり

春のえにし

きさらぎの雪ふる朝明天理教の大太鼓鳴り死者ゆたかなり
まつたけを採りたのしみしかの山の冬の泉にくちづける夢
もの食むをゆるされたれど何ひとつ食ひたきものの無き身となりぬ
山里より見舞ひてくれし老人はことしの春は遲しといへり
雪の夜に西瓜を食めるこの翁、湯たんぽを腹に添へて眠れり
寢返りをうつ底力まだあれや國のまほろば霜柱滿つ
三輪明神大神神社の福壽箸木肌（きはだ）つやめく箸をさびしむ
餓鬼阿彌もよみがへりなば百合峠越えたかりけむどこにもあらねば
われはいま靜かなる沼きさらぎの星のひかりを吉野へひきて
山かげの沼に群れをるおたまじやくし春のえにしを忘れざらめや

あとがきにかえて

うろこ雲が空いちめんに炎えている。通草（あけび）の蔓が風に揺れる。紅葉に飾られた山道が吉野「ヤママユ庵」へと私たちを導いてくれる。

大きな朴の葉のような手を振って、槙山の木陰から「おーい」と先生が出迎えてくださる。やさしく、おだやかな笑みを浮かべて。

前登志夫。もともとが非在の師であったのか、それとも師が作り出してきた変幻自在の影武者と向き合いながら歌学びの歳月を重ねてきただけなのか。

今もなお、そんな茫々とした思いにかられる。すべてがなつかしい記憶となって蘇ってくるのである。

このたび前先生の遺歌集『野生の聲』を世に送り出すことになった。第十一歌集に当たる。第十歌集『大空の干瀬』は生前より先生がまとめるように指示されていたのだが、推敲の時間もかなわぬままに桜とともに逝ってしまわれた。本歌集も同様であり、内心忸怩たる思いは残っているが今となっては仕方がないことである。

歌集『野生の聲』は、平成十八年の暮れから亡くなられる直前の平成二十年の三月までの歌稿をまとめ一巻としたものである。歌の半分以上は総合誌「歌壇」の連載「野生の聲」として発表された作品群であり、これに加えて、総合誌「短歌」「短歌研究」「短歌往来」「短歌現代」、さらに「ヤママユ」、「帆柱」「大美和」などに発表された作品を加えた。「ヤママユ」の仲間と相談の結果、歌集名を先生の思い入れが深かったと推察される『野生の聲』とした。先生が愛読され、再三お話にも出たレヴィ＝ストロースの『野生の思考』なども心に残っていたからである。

自然本来の野生を失ってしまった現在、先生の一首一首の歌の奥処から響み聴こえてくるはるかな野生の声に虚心に耳を澄まそうと思う。その多くは歌を生きる日のかなしい咆哮にちがいないだろう。

この集を編むにあたり、快く出版を引き受けてくださった本阿弥書店の本阿弥秀雄氏、歌集に携わってくださった奥田洋子さん、安田まどかさんほかスタッフの方々、それに装丁をお願いした司修氏には深く感謝申し上げる。とりわけ、本阿弥秀雄氏は吉野「ヤママユ庵」にて前先生に触発され作歌を始められたという。そのえにしも大切にしたい。

山繭の会

平成二十一年　霜月のころ

拾遺

金峯山時報　頌春歌

谷行　昭和四十六年

をのこ子のふたりをつれて新年の檜木原行く清く生きむと
よこたはる女性のかたち消え殘る樹下の雪を子はふみて行く
三人して奥驅けの道に出で行かむ十年の後はひともはるけし
腦天大神のくらき谷間にお百度を踏みたるひとよ秋の日あはれ
杉山の木の間の外に雪ふれり谷行ののち覺めたるごとく
藏王堂の檜皮葺の彩のみづみづし雪消の朝もわれは旅人　赤尾兜子夫人

法燈を迎へて　昭和五十一年

聲明の燈のあかるさや霜月のひえいの山ゆ藏王堂に來し
はるかなるみほとけの燈のまばたけば修驗の山は紅葉せりけり

新春吉野　昭和六十二年

旅人となりてあゆめる山上の町竝やさし朝雪敷きて
藏王堂の大屋根見ゆる窗の邊に物書きし日や苦しかりにき

千年にわたりて吉野をうたひ來し文藝の道思へば險し

新春の山　昭和六十三年

幾曲り花なき山をのぼりゆくこの靜けさに空澄みわたる
戰爭に征く年の春山越えに吉野の花を訪ねきたりし
藏王讃歌うたひて春を迎へむかたるみたる世の冬霞曳く

嶺の嵐に　昭和六十四年

南朝のいくさ思へば山人の聲とよもせり嶺の嵐に
吉野山を下りてゆきし正行の靜けさよ雪ふりはじむ
『太平記』また讀みたどる新春の吉野の宿はきりぎしに建つ

花に遊べる　平成二年

藏王堂の姿見ゆればなつかしき人らをしのび花に遊べる
しののめの山行くひじり杉山のかなかなの聲紺青の瀧
花のごと春の雪ふるみ吉野の吉野の山に人と會はむか

忿怒　平成四年

奥千本の杉山行けば紅ふくむ杉の落葉に雪ふりはじむ
欲望のかぎりをつくす今の世に神變大菩薩忿り給はぬか
吉野山歌ひ語りて老いそめぬはかなしやみなつめたくなりて

花の山　平成五年

しめやかに藏王堂の屋根に降りつもるあかときの雪を思ひてねむる
花の山にほとけまつりて經誦(ず)する人のおこなひなつかしきかな
西行の歩みたまひし道なれば花愛(め)づる人らほのぼのとせり

吉野詣　平成六年

子供の頃、櫻峠の山道を歩いて、花會式の日に花見に行った。晩秋の日、その峠路に再び杖をひく。

うらわかき母こまらせて花見せし吉野詣の春の山道
六十年夢のごとしもわが母にひかれてゆきし櫻峠の道
いつしかに年月(としつき)經(ふ)りぬくれなゐのつるりんだうにしばらく憩ふ

山上の町　平成七年

藏王堂をしばらく眺めゐたりしが稚子松地藏の峠（たわ）を越えゆく

腦天の大神在（いま）す谷くらし石段（いしきだ）くだる太鼓の音に

吉野山の人みなとほくなりたれど山上の町をあゆむたのしさ

墨青く　平成八年

墨青く般若心經書き終へて滿七十歳の元旦迎ふ

いくたびも吉野をうたひ年ふりぬ山上の町に春の雪ふる

藏王堂に春の雪ふる靜けさを西行法師と共に眺めつ

花　平成九年

ことしまた吉野の花を語らむか花みることのふかきあはれを

わかきよりさくらの花に遊びけり齡重ねし人もさくらも

この山に藏王權現祀られて盡十方に花吹雪せり

春風に　平成十年

悼　梶野順葆師

藏王堂の大屋根反りて冬空の澄みしづまりぬ君はいまさず
ことしまた四寸岩山くだりきて茶屋跡のへに人をおもはむ
春風に法螺貝吹けばやまなみにむらさきいろの霞たなびく

風神　平成十一年

藏王堂に蠟燭の燈を供ふればあらたまの年いまたちかへる
風神のいたく吹きけむ藏王堂の大屋根高し空の淺葱（あさぎ）に
新春の霜柱立ち倒れ木の奥千本みち行きなづみたり

奥駈行　平成十二年

新春の勤行の氣の澄みわたり丸柱立つ吉野藏王堂
晦（みそか）山伏なしし圓空しのびつつ雪ふる嶺を眺めゐたりき
奥駈行にかよへる徑のはるけさか四寸岩山の雪踏みしめる

謠曲　谷行　平成十三年

新年の雪嶺となりし山上を遠く拜めり山人われは
謠曲　谷行を藏王堂にて觀しことのよろこびふかし役小角やさし

こともなく世紀は移りかはれども藏王權現守らせたまへ

新春の雪　平成十四年

幼年の日より拜みき山上の新春の雪照り輝くを

「サンジョサン」と呼び親しみきいつしかに翁となりて呼ぶ「サンジョサン」

奥山に金峯の嶺の聳ゆるを運命として吉野山人

奥驅道　平成十五年

藏王堂の新年の讀經すがすがし四寸岩山の雪ふみしむる

奥驅の道ゆくわれを夢に見つ癸未　正月元日

岩根ふみ木の根またぎて奥驅の道にしばらく迷ひてをりき

年あらたまる　平成十六年

藏王堂に讀經聽きて年明けぬ日(ひ)の本(もと)のこころ豐かにあれと

はるかなる笙(しやう)の窟(いはや)の歌枕しらべゐつれば年あらたまる

金嶺(きんれい)に新春の雪ふりつもり日の本の歌亡びざるべし

翁　平成十七年

新年の青空澄みて藏王堂そびゆる山によろこびぞあれ
藏王堂の讀經を聽きて山上の町あゆみゆくわれは翁ぞ
わが娘と連れ立ちゆかむ新春の上千本に舞ふ雪しろく

翁は舞へり　平成十八年

西行菴の櫻咲く日に出會ひたる麥藁帽子の五條管長
藏王權現忿りたまひしこの山のさくらのしたで酒を酌みたし
葛城の山にしづめる春の夕日吉野に映えて翁は舞へり

雪の繭　平成十九年

新春の菴に差せる日のひかり役小角傳書きなづみをり
裏山に登りて遠く伏し拜む金峯山上　雪の繭なり
峯入りのかなはぬ老いに降りきつる藏王堂の雪花のごとしも

「大美和」　三輪明神大神神社 社報

丹塗矢　平成三年

三輪山の神語せむをみなごらうつとりとしてすこしはにかむ
夜よるは變身したまふその神のかなしみふかし大和國原
丹塗矢となりて流れしみなかみにああ紺青のかなしみ激つ
太虛を踏みて登れるあけぼのの神の嘆きを聽かむとぞする
いつしかにやまなみくらくなりにけりたらちねの母ゆきし花原

春の國原　平成四年

國原に春の雪降りわけもなく人戀ほしかり三輪山しろく
山の神はつねに忿りてゐたまふとしみじみおもふ富める世なれど
夕茜消えたるのちに沫雪のほどろほどろと闇にしづめる
倭の高佐士野こそ先づ往けと若きらに言ひていつしか老いつ
大三輪の神の忿りの紺碧を遠拜みせむ春の國原に

即興五首　平成四年

なにものの加護なるべしや谷間より朴(ほほ)の白花匂ひくるなり
木から木に夜空をわたるムササビよ勾玉(まがたま)いだき青年眠る
雨脚のけぶれるなかを園わたる蝶蝶の黄のさぶしき眞晝
投げ出せよこのくさむらに青梅の實の落つる日をおのれ投げうて
大山蓮華の花昏れてゆく宵闇に女童(めわらは)なりし日の吾娘(あこ)をおもへり

散らまく惜しも　平成五年

いにしへの三輪の御山(みやま)を照らしけむ紅葉(もみぢ)を思ひて立冬となる
宇陀田原片岡邸の大欅もみづるを仰ぐ白洲正子刀自
いつしかに翁となりしこの主茶粥に入るる餅を語りつ　片岡彦左衛門氏
保田與重郎の歌碑つつましく立ちてをり欅紅葉はこの秋朱(あか)し
千年の欅のもみぢ飛び散りて鳥の塒山藍ふかきかな

若葉の風　弓月ケ嶽にて　平成五年

三輪山を越え吹きあぐるまひるまの若葉の風は空のまほろば
春がすみ濃くなりゆけば國原に出逢ひし人もいまはまぼろし
ブランディ入り珈琲のみて人麻呂の隱したりし妻あはれみをりつ

褐色の春のきのこのむら立てる弓月ケ嶽の晝酒に醉ふ

春落葉やはらかくして泊瀬(はつせ)への小徑下りつすだま蒐めて

夢　平成六年

冬の日はいづこにゆかむみそかなる謠曲「三輪」のしらべきこえて

大き神の妻問ひにけむぬばたまの闇をおもひて年明くる待つ

まきむくの穴師の山を下り來し倭をぐなは霜をまとへる

散り敷けるもみぢを踏みて歩みけりこともなきわが明け暮れなれど

横田利平氏の大三輪歌碑建立除幕を祝して

頬あかき翁の歌碑の建てる日の大美和の杜なつかしきかな

ことのはるけさ　平成六年

五月二十八日、近水會の人ら六十名と山邊の路を歩く

去年(こぞ)の春二度も登りし弓月ケ嶽なつかしみつつ穴師をわたる

人麻呂の妻問ひの歌詠みをれば井寺の池にかいつぶり鳴く

銀行にはたらく人らその妻とのどかにゆけり萬緑のなか

つつしみて三輪の社(やしろ)に正座せり鈴のねふれり綠金の時間(とき)

大三輪の白酒うまし神さぶる戀のこころのきよまりゆかむ
山人と里びとの逢ふ歌垣にことば交ししことのはるけさ

神の姿を　平成七年

三輪山に降る春の雪みるみるに神の姿をしろくあらはす
人情のゆたけさ消ゆる國原に茫然として山を仰ぎつ
井寺池の春の夜明けを鳴きをりしかいつぶりこよひ寒くしあらむ
桑の實のむらがり熟るる水の邊に忿りたまひし神をおもへり
三輪山のふもとめぐりし春の日のうれひ年どしに淡くなりきつ

荒御魂　平成七年

おぎろなき荒御魂かないかづちの轟く晝を詣で來つれば
三輪山の神の丹塗矢語らへば羞へるあり睨む學生もあり
神と人まぐはへる夜の闇わかく大和國原湖（うみ）のごとしも
玄賓菴をみそかにたづぬる女性（によしやう）ありき笹百合匂ふ夏草猛し
死者とこそ語らふ日日の多くなりおぼろおぼろに三輪山かすむ

翁　平成八年

三輪山の尾根たどり來つ山人のさびしさ春の土より湧けり
藤の花踏みて歩みき春闌けし若葉のひかり奥不動の徑
春の日の小高き小野を七往(ななゆ)きしをみなごらみないづく行きけむ
神隱し解けざるままに山住みの翁となりしわれの年月(としつき)
色褪せぬ落葉もありて磐座(いはくら)のつらなれる邊(へ)に年あらたまる

刳舟　平成八年

春山に祝詞を聽きてゐたりけり空より花は散りこぼれきて
大方の約束忘れ過ぎゆかむ若葉の山に郭公のこゑ
合歡の木の芽吹きのしたに埋めたる犬の屍(しかばね)しろきゆふぐれ
神すでにかへりたまひしこの朝明大山蓮華の白き花割るる
少彦名神去(い)にし海原わが彫りし刳舟のゆく蒼き海原

齢　平成九年

新年(にひどし)の言靈ならむ三輪山にたなびく靄の朱(あけ)をふふめる

人はみな齢(よはひ)を重ぬしめりたる三輪の神杉に手觸れしは昨夜(きそ)
三輪山を神の愛(エロス)とあがめつつ曉闇(げうあん)の雲消ゆるまで見つ
素麵の干さるる町を過ぐるとき血を喀きしごと咲く冬薔薇(ふゆさうび)
こころなき人とおもへや椿市(つばいち)の冬の日差しに別れきにけり

晩年　平成十一年

三輪山の山のかたちの毳立つをかなしみにつつ秋過ぎゆかむ
磐座の巖(いは)に倒れし杉の木を山鳥のごと潜りてゆけり
けだものの屎放(くそま)りにけむ、風神のはげしかりしよ大和國原
三輪山の山のほとりに晩年を過ごさむとおもふ秋の夜の夢
山邊の道にぞ會へる初時雨われを宥(ゆる)さむ神いますべし

春の雪　平成十二年

茫茫と春の雪ふるまほろばの三輪のお山は見えなくなりぬ
三輪山に春の雪ふることほぎを稚(をさな)く言ひて別れし昔
紡錘の山の稜線美はしくととのふまでは國亡ぶるな
夜よるに玄賓菴を訪(をとな)ひし女人戀ふれば春の雪ふる

まほろばの神の嘆きの聽こゆべし春の雪ふる檜原歩めば

皐月　平成十二年

藤の花散り敷く徑に迷ひけり奥の不動より三輪山に來て
三輪山の神の嘆きをしのびつつ磐座のへに汗を拭へり
葛城の山に登りて眺むれば三輪山の紺いよよ深しも
郭公のしきりに啼ける一日にて歌はまだかと森の聲する
まほろばの大和の空をさと切ればげに皐月なりほととぎす啼く

翁　平成十三年

山霧に覆はれたりし三輪山のしろき姿を拜みまつる
黑南風の國原くらし、國つ神石となりゐる晝の靜けさ
くさむらにさゆりの咲けるひそけさを愛でたまひしか敗れし神は
こもりくの泊瀬の山にほととぎす啼きわたりゆき山霧ふかし
蛇苺あかきくさむら三輪山を仰ぎてをればすでに翁ぞ

春の國原　平成十六年

翁さびし鬼の叩ける大太鼓くにはらの靄かすかに動く
國原の夜明け流るるいくすぢの川思ひをり年のはじめに
美しき春のくにはら國つ神まつれる森の玉砂利を踏む
畏るべき大神なれどをりをりは童のごとくわるさしたまひき
あらたまの年たちかへり地のへに龜蟲もわれもいのちを抱けり

神杉　平成十六年

大美和の神に禱らむ願ひごとかすかなれども雨に濡れゆく
黑南風の大和國原人なみに苦しみありて神杉仰ぐ
神さぶる戀といふべし草の上にひろげし歌帖すこし濕れる
猛毒をもてる牙なり山中の神の時間を守りてをらむ
森の聲しだいに遠くなりゆけど木木の魑魅は亡びるなけむ

霜柱　平成十八年

紅葉の吉野の里を出でくれば三輪山の姿われにやさしき
飛鳥路をひとり歩きしわかき日やひと死なしめし悲しみありて
山田道をしづかに下り三輪山の冬の翠に夢をはふりき

五十年はや過ぎたりき愚かにて無頼なりにし歌びとわれは
この國はいかになりゆく、まほろばの霜柱踏み年をむかふる

「歌壇」本阿弥書店

黄金蟲　平成十年八月號

雨やみしゆふべの空を一文字に黄金蟲高く飛んで行きたり
幾千の茅の輪潛りてこしわれに郭公の聲虹をかかぐる
ややすこし吃音まじるかんこどりわが木隱れの非在をうたふ
わが庭によだか來啼けりその聲はまさしく森のくらやみのこゑ
一家族ここに棲ひて苦しめど森のうからとよだかは見るや
竹笊に盛りあげられし青梅と五合の枡の山桃の夜
サッカーを眺めゐたれど疲れたり庭に憩へばむささび飛べり
祭なき世の若者は叫びをりサポーターといふ明るき群衆
觀音と地藏の木偶の居るごとくわれらを見るや森のけものは
獨逸より娘の電話ありしこと夜半の樹木にその母は告ぐ

久米寺より新澤千塚を過ぎ、益田岩船、鑵子塚・牽牛子塚古墳の
眞弓、越智野を歩く。四首。

をみなごの白脛(しらはぎ)にこそくらみけれ。俗に還りし山人ぞ良き
萬綠の木隱れの徑しなやかに幾曲りして人歩ましむ
巡禮のごとくに人ら續きゐて古墳の徑に塞神(さい)となりつる
美はしき養老ホーム過ぎしのち石室の闇覗きゐるかも

威嚴あるもののをかしさ、ごとひきの歩みにつきて虹を見上ぐる
家族(うから)みないづこに行きてしまひしや青草原に夕虹立てるに
ことしまたひぐらし啼けり。夕空の雲炎(も)えてをり、翁舞ひせむ
このままに生きてをりたし。木隱れのうからは蒼き靄をへだつる
祝祭は靜かにあれよ山霧の木立を分けて白き鹿來つ
朝空をわたれる鳥の消ゆるまで眺めてをりぬ旅人のごと

ごとひき＝蟾蜍の方言

あとがきにかえて

『前登志夫全歌集』がようやく日の目を見ることとなった。いつの間にか、旧暦きさらぎ尽日、花の咲き始めた日にこの世から前が辞去してはや五年になる。

前登志夫は生涯歌びとという名の詩人であり続けた。今になってもどこか謎めいた存在のままである。多感な二十代を西洋現代詩の洗礼を受けながら、天性の詩質を磨き、抒情詩人として詩を書き続けてきた。伊豆に一年間住むなど故郷を離れて各地を遍歴したこと、吉野に帰山してからも、郷土文芸誌「望郷」を編集発行し、自らも本名の前登志晃の名で詩を発表していた。また、郷土の先輩詩人たちとの交流も明らかにしなければならないだろう。十津川出身の野長瀬正夫、「日本未来派」を立ちあげた龍門村出身の池田克己などから受けた影響についてなど興味が尽きない。

こうした事実を無視して、前登志夫の歌の世界を語ることはできないだろう。残念ながら、当時の原稿や資料の発見と整理はまだこれからの作業にかかっている。しかし、前の歌びととしての全体像をつかむ上では、この全歌集が底本となり、きっと吉野山中に燦然と輝く詩的宇宙への道案内をしてくれるにちがいない。

これは、前の稀有なる作歌世界の壮麗な曼陀羅である。同時に、それは山中の孤高を保ちつづけた、いわば吉野の志たかき歌と文学と民俗の砦である。反世界、反文明、そして、この世の中の仕組みから落ちこぼれていく聖なるたましいが集う砦である。

この一巻をもって、後の世の慧眼の士にすべてを託すしかあるまい。めまぐるしく世界や社会や人々の価値観や思考などが変化していく中で、短歌史、いや文学史にどのようないぶし銀の輝きを放つか、あるいは忘れ去られていくか、それはただいまの私たちの問題ではない。

　全集が刊行に至るまでには、多少の紆余曲折があった。というのも、前は晩年近くになって、歌集は正字体、歴史的仮名遣いでとの意向を歌弟子の一人である榎幸子さんに伝えていた。たとえば第六歌集『青童子』はすべて新字体で表記されているが、全歌集はすべて正字、歴史的仮名遣いで統一するという形で進行した。今日では稀なことかも知れないが、漢字のかたちと日本語のしらべの美しさをことさら大切にする前ならではのこだわりであった。

　したがって、校正に当たっては、榎幸子さん、喜夛隆子さんのお二人を中心にして、「山繭の会」の編集委員の面々にもご苦労をお願いした。その中で、いくつかの問題点も生じてきた。基本は底本を尊重するということだが、第一歌集『子午線の繭』、第二歌集『靈異記』、第三歌集『繩文紀』については、この三冊が『前登志夫歌集』として小沢書店から刊行された際に前自らが底本の歌集の作品に多少の手直しをしている事実があった。この点については後年に刊行された『前登志夫歌集』の方を優先した。

　また、全歌集を読み直していくうちに、いくつかの誤植や文法的な誤謬も見つかってきた。明らかな誤植についてはあえて訂正したが、できるかぎり原本に忠実にと心がけた。最期の二冊の歌集『大空の干瀬』（角川書店）と遺歌集『野生の聲』（本阿弥書店）については、原本通りとしたが、前にはきっと悔いが残る作品も多かっただろう。呻くような推敲によって、歌ががらりと変わってしまうことは前の歌には多く見られた。

　さらに、拾遺として、遺歌集で取りこぼした歌（「歌壇」平成十年八月号）、吉野山蔵王堂の発行する「金峰山時報」、三輪明神大神神社社報「大美和」に発表した歌を加えた。

これで完全だとはいえないが、前登志夫の歌業の大半はこの一巻に収められている。

前の歌は、どれひとつをとってみても平明な作はない。いや、平明そうに見える歌ほど案外と難解なのかも知れない。あまり、意味をたどりすぎると、逆に言葉というやっかいな山中のけもの道に迷ってしまうだけだ。一首の歌を言葉以前の一世界として感受する。そのためには、緊張感と畏怖と純粋とをもって対峙し、何度も世界に向かって口誦してみることだ。きっと、こころに反響し、その反響の環が次第に幾重にもこころの襞にじんわりと深くしみ入ってくることだろう。

おだやかな表情の裏側に大きな修羅を曳きずり、煩悩の高い崖をかかえながら、憎しみや嫉妬、猜疑、そしてどうしようもない孤独に苛まれながら、吉野山中の単調な風景の中に、さまざまな美的形象を創造し続けた歌びと。この世と他界とを村という共同体を通じて自在に往環した歌びと。しかし、その素顔を容易には明かそうとしなかった。そう、終生の影武者だ。文明からの刺客に脅えながら、多くの影武者を作り出していった。前自身ははたして誰の影武者であったのだろうか。

晩年に向けても、前のもつ歌の狂気と詩的情熱はかたちこそ変えながらも持続し、衰えることはなかった。たとえば、蠟燭の炎の芯に近い赤い部分からその上の青く透明な部分へと昇っていくように。おのれをむなしうする、おのれを歌の中から消し去る、そんな自在さも晩年の成熟のひとつだった。ちっぽけな自我意識を歌の本質と勘違いしている歌びとへの静かな抗いとでも言おうか。しんみりと言葉を嚙みしめ、一首の歌のしらべのよさを味わってみるといい。「ゆっくりと桜の花を眺めることができれば、なにもいうことがりません」（『林中鳥語』ながらみ書房）、前登志夫が真に評価を受けるのはこれからである。

本書を快くお引き受けいただき、粘り強く編集、刊行までこぎつけてくださった短歌研究社の堀山和子さま、装幀をお願いした司修さま、ほかスタッフの方々に感謝いたします。

二〇一三年　桜花の頃

山繭の会
喜多弘樹

《運営委員》
大崎瀬都　十鳥敏夫
大友清子　立花正人
喜多弘樹　千代治子
熊岡悠子　根来譲二
小坂淳子

《編集委員》
櫟原聰　遠山利子
榎幸子　萩岡良博
喜夛隆子　福井和子
小谷陽子　森岡千賀子
田中佳世子

年譜

一九二六年（大正一五年）
一月一日、奈良県吉野郡秋野村（現・下市町）広橋字清水にて、父理策、母可志の二男として誕生。本名・前登志晃。五歳上に兄、三歳下に妹。

一九三二年（昭和七年）　六歳
広橋小学校に入学。四年から下市小学校へ転校。

一九三八年（昭和一三年）　一二歳
旧制奈良中学（現・奈良高校）に入学。下宿を八回替わる。小説を書く。この頃のことは、後に「森の時間」にも少し書かれている。

一九四三年（昭和一八年）　一七歳
同志社大学に入学。

一九四四年（昭和一九年）　一八歳
万葉集を愛読する。また、近代の文学をよく読む。

一九四五年（昭和二〇年）　一九歳
一冊の詩集（未完）を残して軍隊に行く。兄が、ビルマにて戦死する。

一九四六年（昭和二一年）　二〇歳
紀州白浜に、郷土の先輩詩人野長瀬正夫氏を訪ね、数日居候し遊ぶ。アンソロジー『日本詩集』の編集を手伝い三好達治など代表的詩人の生原稿に触れる。

一九四八年（昭和二三年）　二二歳
「詩風土」「日本未来派」「詩学」に詩を発表。京都から、小島信一・大森忠行・大槻鉄男氏らと「新世代詩人」創刊。リルケ、ヴァレリーに最も親しむ。大学を中退する。

一九四九年（昭和二四年）　二三歳
熊野、四国、信州等を毎年のように訪れ、以後各地を遍歴。吉野より「詩神レポート」を発行。詩集『宇宙驛』の「初期詩篇」や「深夜の牛乳」等をこの頃多く作る。毎年春、植林の作業をする。

一九五〇年（昭和二五年）　二四歳

伊豆に一年間住む。柳田国男『遠野物語』を愛読。

一九五一年（昭和二六年）　二五歳

吉野に帰山。前川佐美雄を訪問。以来前川邸に再三宿泊の恩義を蒙り、文学的影響を受ける。保田與重郎氏に紹介される。池田克己氏帰省時、池田邸に泊まる。小野十三郎氏に会う。「日本歌人」に依頼され「桜」詩一篇を寄稿。

一九五二年（昭和二七年）　二六歳

詩誌「詩豹」創刊。柳田国男『山の人生』に感動。折口信夫の『古代研究』、歌集『海やまのあひだ』に親しむ。民俗を学びつつ古典を読む。亀井勝一郎氏に紹介される。斎藤史氏に出会う。陸奥を旅す。

一九五三年（昭和二八年）　二七歳

村野四郎氏に会い再三助言を受ける。「荒地グループ」の鮎川信夫、木原孝一、田村隆一、中桐雅夫氏らと会う。小島信一氏のアパートにたびたび逗留し、居候になる。幾多の影響を蒙る。

一九五四年（昭和二九年）　二八歳

ふもとの町の書店で「短歌」創刊号（折口信夫特集）を偶然手に入れ、不思議な昂りを覚える。

一九五五年（昭和三〇年）　二九歳

短歌を試作、〈異常噴火〉の体験をする。筆名を安騎野志郎とする。「日本歌人」夏行に参加（信濃）。

一九五六年（昭和三一年）　三〇歳

六月、詩集『宇宙驛』（昭森社）出版。東京・虎の門「キムラヤ」にて出版記念会。九月、「短歌」（諸井誠、勝本冨士雄、山口勝弘、大森忠行）座談会「新しい藝術の力・藝術の新しい力」に歌人として出席。一〇月、「短歌研究」（大岡信、谷川俊太郎、高柳重信、岡井隆）座談会「なぜ短詩型を選んだか」に出席。

一九五八年（昭和三三年）　三二歳

父祖以来の山村生活に定着し、孤独な晴林雨読の日を送る。「短歌」四月号「オルフォイスの地方」三〇首から前登志夫の名に戻す。同号で塚本邦雄・上田三四二氏と「詩と批評をめぐって」鼎談。歌壇への発表が最も旺盛な数年間となる。

一九六〇年（昭和三五年）　三四歳

NHK放送詩集「前登志夫の人と作品」放送。安西冬衛氏の解説「前登志夫の精神記号について」。

一九六一年（昭和三六年）　三五歳

村上一郎氏の要請で、紀伊国屋新書に書き下ろし評論『隠遁の論理』を執筆するが挫折して未完。

一九六二年（昭和三七年）　三六歳

三月、郷土の民俗学の先輩、岸田定雄氏の紹介で、林順子と結婚。

一九六三年（昭和三八年）　三七歳

この頃、大峯山系や各地の霊山に登る。

一九六四年（昭和三九年）　三八歳

一〇月、第一歌集『子午線の繭』（白玉書房）出版。東京新聞、朝日新聞他で大きくとりあげられ、歌壇よりも先に文壇や詩壇で高い評価。一二月、長男浩輔誕生。

一九六七年（昭和四二年）　四一歳

三月、エッセイ集『吉野紀行』書下ろし出版（角川写真文庫）。この頃よりTV・新聞・雑誌等で吉野を語ることが多くなる。歌と民俗の研究集団「山繭の会」誕生。毎日放送TV「真珠の小箱」に「吉野の山人」と題し出演。以後毎年出演する。

一九六八年（昭和四三年）　四二歳

二月、次男雄仁誕生。この前後約十年都市に殆ど出なくなる。現代歌人協会・関西で講演「詩歌の原郷」。

一九七〇年（昭和四五年）　四四歳

毎日放送TV「真珠の小箱」五百回特集として「壬申の乱」全四回、依田義賢脚色・足立巻一演出の原作担当。

一九七一年（昭和四六年）　四五歳

「短歌」二月号に評論「わが山河慟哭の詩心」を発表。

一九七二年（昭和四七年）　四六歳

三月、第二歌集『靈異記』（白玉書房）出版。吉野山中にあって「山霊を歌う歌人」の評価と独自の歌風を確立。同月、長女いつみ誕生。「短歌」一二月号で小野十三郎氏と対談「言語と文明の回帰線」。

一九七三年（昭和四八年）　四七歳

四月、三一書房『現代短歌大系』第八巻に高安国世、田谷鋭氏と共に「前登志夫集」収録。朝日新聞連載「作家Who's Who」（『現代の作家一〇一人』新潮社）の第四人目に紹介される。「週刊朝日」（一二月一四日号）「わたしの城」に書斎が掲載。

一九七四年（昭和四九年）　四八歳

「短歌」一二月号で岡野弘彦・馬場あき子氏と鼎談「わが歌の源に輝くとき」。「短歌」四月号より、「歌の思想」連載開始。大阪・金蘭短期大学に教授として招かれ、一五年間の山籠りを解く。

一九七六年（昭和五一年）　五〇歳

「国文学」四月号に「人麻呂の抒情」。四月、評論集『山河慟哭』（朝日新聞社）出版。短歌新聞社現代歌人叢書で自選歌集『非在』出版。「短歌」七月号で岡野弘彦・岩田正氏と鼎談「歌の無頼」。八月、蒜山にてヤママユ夏季研究会。

一九七七年（昭和五二年）　五一歳

「国文学」一二月号短歌特集に「韻律論　意味・イメージ・調べ」執筆。「短歌」三月号特集「前登志夫の現在」。「短歌」愛読者賞受賞。同四月号で吉増剛造・辺見じゅん氏と鼎談「歌へ歌、故郷をくくれ」。「短歌研究」四月号に三〇首。上田三四二・塚本邦雄・馬場あき子氏と「短歌」別冊増刊号座談会「現代短歌のすべて」。「国文学」六月号折口信夫特集で広末保氏と対談「迢空折口信夫の問いかけるもの」。『黒瀧村史』編集刊行。八月、飯綱高原にてヤママユ夏季研究会。一一月、第三歌集『繩文紀』（白玉書房）出版。一二月、エッセイ集『存在の秋』（装丁司修氏・小沢書店）出版。

一九七八年（昭和五三年）　五二歳

二月、「現代歌人文庫」（国文社）で自選歌集『前登志夫歌集』刊。「国文学」二月号に「ポラーノの広場」執筆。「短歌」四月号で小川国夫氏と対談「言葉が人間を語る」。同六月号「吉野感愛」山本健吉氏と口絵対談。NHKTV「女性手帳」で「吉野諷詠」に出演（五日間）。『縄文紀』により第一二回迢空賞受賞。八月、大王崎にてヤママユ夏季研究会。「短歌研究」九月号「短歌研究新人賞」選考委員を近藤芳美・生方たつゑ・岡井隆・前田透・上田三四二と担当。大阪朝日カルチャーセンター開講、短歌講座毎週担当。中上健次氏と吉野下市で対談「文学の場としての吉野・熊野」。

一九七九年（昭和五四年）　五三歳

朝日新聞「早春のうた」四回、読売新聞「私の風土記」に「火」一五回連載。「短歌」七月号で山本健吉・岡野弘彦氏と鼎談「吉野にて歌を語れば」。八月、高野山にてヤママユ夏の大会。

一九八〇年（昭和五五年）　五四歳

大阪朝日カルチャーセンター「和歌千年の流れ」を「朝日選書」とする出版契約。読売歌壇（大阪）選者となる。八月、歌誌「ヤママユ」創刊。一一月、朝日新聞コラム「日記から」連載。「短歌」一二月号で玉城徹氏と対談「短歌新時代への架橋」。

一九八一年（昭和五六年）　五五歳

「短歌」一月号より「山家日記」連載開始。一月から七回「古代歌謡と民俗」、六月から五回「西行」講義（よみうり文芸サロン）。四月、父死去、満九二歳。六月、シリーズ『古寺巡礼西国2』の「観心寺」書き下ろし（淡交社）刊。七月、作品集『前登志夫歌集』（装丁司修氏・小沢書店）出版。一〇月、読売新聞に「全詩歌集刊行に思う」。

一九八二年（昭和五七年）　五六歳

一月、朝日新聞「新人国記」〈奈良県〉出る。二月、「流離の歌」五回講演（よみうり文芸サロン）。五月、大峯山上ケ嶽の戸開けに息子二人と登拝。九月、中国に旅する。読売新聞（大阪）にエッセイ「樹下三界」連載開始（一一年間四百回）、角川書店より五冊の単行本に。一一月、ラジオ・カルチャー「吉野讃歌」。NHKTVコラム「吉野歌日記」。大阪・真宗仏教講演会にて西行を話す、聴衆一五〇〇人。

一九八三年（昭和五八年）　五七歳

三月、ヨーロッパ（フランス・スペイン・スイス）に遊ぶ。五月一五日、熊野本宮大社歌碑除幕式。NHKTV「わたしの万葉集」で各地を取材旅行。河合雅雄氏らと「婦人の友」座談会。NHKラジオ「万葉集・初期の歌人たち」全一四回語る。七月、よみうり文芸サロンシリーズ「はぐれ者の聖性」の第一回総論。八月、比叡山にてヤママユ研究会。九月、中国華南への旅。千里サロンで「良寛」を三回語る。慶應義塾大学「古代学」で講演。「短歌研究」一一月号に短歌セミナー「樹木をよみこむ」執筆。一一月、エッセイ集『吉野日記』（角川書店）出版。NHKTVシリーズ「日本語再発見」でインタビュー。

一九八四年（昭和五九年）　五八歳

「短歌」一月号で角川春樹氏と対談「ことだまの鬼」。雑誌「ポスト」に随筆一年間連載。三月、エッセイ集『吉野紀行』新版（角川選書）。ヨーロッパ（ギリシア・オーストリア・ドイツ）へ。七月、山本健吉・角川春樹・中上健次氏らと熊野に遊び折口信夫が若き日に遭難した大台ケ原山の峡谷へ尾鷲から往古川を遡る。一一月、朝日新聞「しごとの周辺」連載。一二月、母死去。満九〇歳。

一九八五年（昭和六〇年）　五九歳

「短歌研究」一月号に「一首に結晶する」執筆。NHKラジオ「一冊の本」で「風の又三郎」を語る。朝日新聞に「遠野物語」執筆。「国文学」四月号西行特集で久保田淳氏と吉野山中「ヤママユ菴」で対談。五月、秋田魁新報短歌大会に行き、男鹿半島、田沢湖、遠野の芽吹きに遊ぶ、泉谷周平氏同道。九月、講談社『大和の古道』にエッセイ「古代のしるべ」を執筆（写真・田中眞知郎氏）。同月、雑誌「旅」の仕事で出雲の西国巡礼の古寺めぐり、北尾勲氏の案内。一〇月、吉野蔵王堂の落慶法要にて「蔵王讃歌」作詞、大合唱（作曲・服部克久氏）。「アサヒグラフ」に「わが家の夕めし」紹介される。NHKラジオ「ことばの歳時記」出演。一一月、東北短歌大会で講演。蔵王に登り平泉他を立花正人氏と吟遊。同月、熊野湯の峰でヤママユ研究会。

一九八六年（昭和六一年）　六〇歳

「短歌研究」一月号に七首と「ペンネームの由来」執筆。日経新聞日曜特集シリーズ「競う」で万葉の犬養孝氏と対談。交通公社『旅の歳時記』、毎日新聞社『現代名筆万葉百首』中の一首鑑賞。『修学院離宮』書き下ろし（シーグ出版）。三月、国立文楽劇場栞に「妹背山女庭訓」執筆。四月、谷川健一氏と吉野の花に遊ぶ。「俳句」座談会、山本健吉、森澄雄、中上健次氏らと。エッセイ集『樹下三界』（角川書店）出版。五月、よみうり文芸サロンで親鸞『歎異抄』一二回。八月、吉野にてヤママユ研究会。以後毎年吉野で開催。一〇月、NHKTV、市民大学講座「万葉びとの歌ごころ」（一二月まで三ケ月放送）。一二月、アサヒグラフ特集「昭和短歌の世界」。

一九八七年（昭和六二年）　六一歳

三月、同朋社『中国詩歳時記』にエッセイ。「国文学」四月号特集「古今集から新古今集へ」に「歌の流れに」執筆。四月、エッセイ集『吉野遊行抄』（角川書店）出版。宮島短歌大会で講演「花鳥の奥へ」。「短歌研究」八月号に二〇首。九月、歌誌「ヤママユ」第二号発刊。『吉本隆明25時』出演（弓立社より出版）。一〇月、第四歌集『樹下集』（小沢書店）出版。久保田淳・秋山駿氏他による書評多数。愛媛県文化振興財団シンポジウム「日本文化を考える」に多田道太郎氏らと招かれる。

一九八八年（昭和六三年）　六二歳

雑誌「太陽」一月号「短歌の現在（いま）」にインタビュー。一月、朝日新聞「都市の遠近」に執筆。二月、NHKラジオ第一「朝のティータイム」に出演。藤沢病院へ前川佐美雄師を見舞う。短歌新聞にインタビュー「日常の底を破る認識」。「花づな」（菱川善夫氏編集七号）に特集「前登志夫の宇宙とアイヌ神謡集」。三月、前登志夫監修『奈良紀行』（主婦の友社）出版。『原像日本③古代を彩る地方文化』（旺文社）にエッセイ「わが古代感愛の日々」。読売文化講座「歌人自作を語る」シリーズに出演。「太陽」四月号にエッセイ「青垣山隠（ごも）れる大地」。四月、宮崎県「照葉樹林文化論シンポジウム」に佐原眞・中沢新一氏らと招かれる。南の会「梁」の人々と会う。五月、山本健吉氏逝去、密葬に上京。『樹下集』で第三回詩歌文学館賞受賞。北上市での授賞式に出席。七月、NHK趣味講座「短歌」でインタビュー。八月、吉野でのヤマユ夏季研究会の折、「天狗がふと夜明けの夢にあらわれ、この崖を飛べ」とさそわれ、未明の斜面を跳び、背骨や脚の骨を砕かれる。町立大淀病院に入院。「国文学」一一月号「人麻呂・貫之・定家」特集に「人麻呂影供のことなど」を口述。「歌壇」「雁」の特集企画。一一月、骨は潰れたまま、腰椎と胸椎が一つになって回復に向かう。一二月、約五ケ月ぶりに金蘭短期大学へ出講。よみうり文芸サロンで「右大臣実朝」を三回語る。

一九八九年（平成元年）　六三歳

「歌壇」一月号「シリーズ・今日の作家」に上田三四二氏と特集。「現代短歌雁」九号に前登志夫特集（吉本隆明氏ら執筆）。冬、腓がえりに悩まされる。三月、怪我をしてから半歳経過、コルセットを外す。六月、「真珠の小箱」に出演。七月、『吉野鳥雲抄』（角川書店）出版。八月、読売新聞夕刊で『吉野鳥雲抄』のインタビュー「千年の流れに耳傾ける」。朝日カルチャーセンターから『短歌遊行――生きるよろこび』の四時間講座テープ発売。「短歌研究」一一月号に「『西行』からの手紙」執筆。九月、お茶の水図書館ホールで、「山住みの文学について」講演。朝日新聞の「向き合う人生」に、夫妻のインタビュー記事。

一九九〇年（平成二年）　六四歳

「新潮」一月号より「森の時間」連載開始。「歌壇」一月号に塚本邦雄氏と対談。三月、よみうり文芸サロンで萩原朔太郎を二回語る。以後、三好達治・金子光晴らの近代詩人を論じる。七月、師匠の前川佐美雄逝去。読売（東京）に追悼談話。共同通信追悼文「稀有なる詩的光芒」。八月、NHKラジオ第二、シリーズ「こころを読む」で「西行を読む」を四回語る。九月、「国文学」臨時増刊「短歌創作鑑賞マニュアル」に「韻律」「自然」を執筆。「国文学」一〇月号「和泉式部特集」インタビュー。一一月、東吉野村のふるさと創生事業として歌碑「朴の花たかだかと咲くまひるまをみなかみにさびし高見の山は」（『靈異記』）が建立され除幕式が行われる。

一九九一年（平成三年）　六五歳

「短歌研究」一月号に「歌人のデビュー作〈前川佐美雄〉」を執筆。「歌壇」一月号より「歌のコスモロジー」連載開始。三月、『森の時間』（新潮社）出版。岡井隆氏と対談（『感じる歌人たち』エフエー出版）。四月、NHK衛星放送「歴史街道」シリーズ「山の辺の道」に出演。「新潮」五月号で吉増剛造氏と対談。「国文学」七月号古事記特集に「神語の国原」執筆。七月、前川佐美雄一周忌法要（新庄町極楽寺）。「日本歌人」七月号追悼特集に「稀有なる詩魂の成熟」執筆。朝日新聞「往復書簡」に執筆。八月、「真珠の小箱」に長女いつみと出演。『山河慟哭』小沢書店より復刊。九月、エッセイ集『吉野風日抄』（角川書店）出版。一〇月、NHK教育TV「私の健康ライフ」で山住みの生活を語る。宮崎での朝日新聞・森林文化協会「森林と人間」シンポジウムに招かれる。大阪にて、俳人協会三〇周年の記念講演。一一月、NHKラジオ第二「自作を語る」で『森の時間』を語る。朝日新聞・回顧'91「文学」のベスト5に川村二郎氏によって『森の時間』が選ばれる。

一九九二年（平成四年）　六六歳

「新潮」新年号に短編「わらいたけ」執筆。「新潮」二月号で白洲正子氏と対談「神様が降りてくる」。「俳句」で岡井隆・中上健次氏と一、二月号連続鼎談「時代のなかの定型を読む」。四月、NHK衛星放送「歴史街道」シリーズ「吉野」に出演。五月、吉野の葉桜の下で白洲正子氏と対談（「芸術新潮」六月号）。日経新聞に「空の若葉に」連載開始（二一〇回）。「短歌」七月号で大特集「吉野の山人・前登志夫の世界」（二三〇ページ）。九月、「真珠の小箱」出演。一〇月、第五歌集『鳥獸蟲魚』（小沢書店）出版。「短歌研究」一〇月号より作品連載開始（三〇首ずつ二年間・八回）。NHK教育TV

「テレトークINなら」出演。一一月、九州旅行。熊本より佐賀・吉野ヶ里遺跡へ。

一九九三年（平成五年）　六七歳

二月、詩歌の旅――バリ島。四月、近江叶匠寿庵の「すないの里」で講演「古代のこころを生きる」。五月、『鳥獣蟲魚』で第四回斎藤茂吉短歌文学賞受賞。NHKラジオ第二「私の日本語辞典・短歌と言葉」放送（三回）。七月、NHKラジオ第一「吉野に生きて吉野に遊ぶ」放送（三回）。エッセイ集『吉野山河抄』（角川書店）出版。「新潮」一〇月号で白洲正子氏と対談「南北朝異聞」。一一月、大和、桜井市で講演「歌ごころの原郷――まほろばのトポス」。毎日（大阪）文化センターで「古代を考える」講義（五年間六〇回）。

一九九四年（平成六年）　六八歳

三月、和歌山歌人クラブで講演「歌とその風土」。五月、詩歌の旅――古代百済新羅を偲びて。七月、「晨」創刊一〇周年記念講演「歌ごころの宇宙」。八月、「心の花」全国大会（堺市）で講演「詩的自立について」。一二月、吉野黒滝村赤岩で歌碑建立除幕式。

一九九五年（平成七年）　六九歳

二月、高知で「短歌芸術社」創設七〇周年記念講演「詩ごころ歌ごころ――現代を生きるために」。三月、詩歌の旅――ネパール。六月、「水甕」全国大会（橿原市）で講演「言葉とそのトポス」。六月、「真珠の小箱」出演。

一九九六年（平成八年）　七〇歳

「新潮」新年号で秋山駿氏と対談「年齢について」。NHK衛星放送「ふるさと旅列車」出演。読売新聞（大阪）にソネットの詩を発表。三月、沖縄旅行――ウタキの旅、久高島・宮古島。「雪解」六〇〇号記念大会で講演「辺土の魂」（東京会館）。一〇月、広島で柊短歌会四五周年記念講演「年輪について」。一二月、エッセイ集『木々の声』（角川書店）出版。

一九九七年（平成九年）　七一歳

四月「短歌研究」作品連載を軸にまとめた第六歌集『青童子』（短歌研究社）出版。川村二郎氏他書評多数。「NHK歌壇」五月号より「歌のある風景」連載開始（後に『病猪の散歩』として出版）。五月、ＮＨＫＴＶ「心の時代――詩の歳月」に出演（吉野黒滝村）。八月、「夜のしじまに」（ＮＨＫラジオ第二）放送。「短歌朝日」九、一〇月号で小川国夫氏と対談「歌びとは世界的な反響を感愛し、言霊や幻聴を短歌宇宙詩に変えられるか」。

一九九八年（平成一〇年）　七二歳

二月、『青童子』により、第四九回読売文学賞受賞。三月、読売新聞にコラム「潮音風声」連載開始（一〇回）。フジＴＶハイビジョン「吉野の桜　桜の吉野」大谷直子と出演。五月、毎日放送ＴＶ「叡智の歌」出演。「太陽」奈良・大和路特集「倭に棲む」執筆。六月『関西の天然記念物』に「森のトトロのつぶやき」を執筆（東海財団刊）。九月、「ヤママユ」三号復刊。藤枝市へ小川国夫氏に招かれ講演「歌のコスモロジイ」。ながらみ書房の及川隆彦氏インタビューに来訪。

一九九九年（平成一一年）　七三歳

「新潮」三月号で谷川健一・岡野弘彦氏と鼎談「わが国土の再建」。五月、和歌山放送「熊野古道――後鳥羽上皇」出演。七月、谷川健一氏「青の会」結成記念大会で講演（北海道釧路市）。『短歌と日本人』（岩波書店）第五巻「短歌の私、日本の私」に坪内稔典氏によるインタビュー掲載。

二〇〇〇年（平成一二年）　七四歳

三月、鳥取で講演、三徳山三佛寺、砂丘、万葉因幡国庁など見学。四月、大和歌人協会で講演「いま何故短歌を詠むのか」。役行者千三百年祭として、蔵王堂で謡曲「谷行」が奉納される。八月、エッセイ集『明るき寂寥』（岩波書店）出版。「ヤママユ」夏季大会、阿蘇より椎葉村へ。九月、関西ＴＶ「西行法師――英雄たちの京都千年伝説」出演。東京新聞に「吉野の山里で世紀を送る」執筆（三回）。

二〇〇一年（平成一三年）　七五歳

三月、桜井・宇陀、広域歴史文化講演会で「万葉のこころ――国つ神への挽歌」。四月、吉野川上村匠の聚で講演「古代からのメッセージ――未来へ語り継ぎたいもの」。八月、「ヤママユ」夏季大会（花巻市）、早池峯山に登る。九月、香芝市二上山博物館で講演「万葉びと　大伯皇女と大津皇子」。一〇月、「柊」五〇周年記念講演「老の美について」。一二月、奈良市連合文化協議会で講演「豊かに生きよう――日本文化の伝統に根ざして」

二〇〇二年（平成一四年）　七六歳

三月、NHKラジオ第一「心の時代――亡き母を思う」放送。「家庭画報」四月号に「白洲正子を偲ぶ」執筆。八月、「ヤママユ」夏季大会、大山寺宿坊、大山に登る。一一月、第七歌集『流轉』（砂子屋書房）出版。

二〇〇三年（平成一五年）　七七歳

三月、「NHK歌壇」四月号より「羽化堂から」連載開始。八月、「ヤママユ」夏季大会、紀伊勝浦、熊野の霊場を訪う。一一月、第八歌集『鳥總立』（砂子屋書房）出版。一二月一一日、『流轉』並びに過去の全業績により、第二六回現代短歌大賞受賞。

二〇〇四年（平成一六年）　七八歳

三月、エッセイ集『病猪の散歩』（日本放送出版協会）出版。四月、高岡市万葉歴史館で講演「天二上と空の渚」。「サライ」五月六日号「奈良特集」にインタビュー掲載。六月、「作家の原風景」に三枝昂之氏によるインタビュー（「歌壇」一〇月号）。七月、NHKラジオ第一「心の時代――山の声を聴く」放送。八月、「ヤママユ」夏季大会、郡上八幡、郡上大和にて。一二月、エッセイ集『歌のコスモロジー』（本阿弥書店）出版。

二〇〇五年（平成一七年）　七九歳

一月二八日『鳥總立』により第四六回毎日芸術賞文学Ⅱ部門で受賞。同月、文化財と防災の学会で、基調講演、京都会館。二月、四月、毎日文化センター、特別公開講座「咲く桜、散る桜」。「短歌現代」五月号より「林中歌話」連載開始。五月、NHKBSハイビジョン「日本巡礼「吉野　山日記」出演。六月『鳥總立』とこれまでの全業績により第六一回日本芸術院賞文芸部門受賞、併せて恩賜賞受賞。七月、下市町名誉町民章を受ける。同月、特別公開講座「わが歌の世界」（朝日カルチャー奈良）。八月、「ヤママユ」夏季大会、吉野山にて。一一月、日本芸術院会員となる。同月、胃潰瘍のため大淀病院へ入院。

二〇〇六年（平成一八年）　八〇歳

二月、『万葉びとの歌ごころ』（日本放送出版協会）出版。四月、朝日新聞（大阪）に毎月エッセイ、「菴のけぶり」を連載。同月、現代歌人協会の公開講座（「前登志夫に聞く——吉野に込められた祈りと畏れ」）のため上京（学士会館）、パネラー、日高堯子・水原紫苑・穂村弘氏。六月、茨城県歌人協会の講演（「異界としての歌の風景」）のため水戸行（水戸市・県民文化センター）。八月二〇日、三輪山セミナーイン東京の講演（「詩的原郷としての三輪山」）のために上京（有楽町・よみうりホール）。同月、「ヤママユ」夏季大会、「地方に生きるもう一つの意味について」談話（安達太良山麓・岳温泉）。九月、『存在の秋』（講談社文芸文庫）出版。

二〇〇七年（平成一九年）　八一歳

四月、若菜祭講演会「地の霊と万葉集」。六月、三輪山に登る。八月、「ヤママユ」夏季大会（吉野山）。同月、第九歌集『落人の家』（雁書館）出版。十月、観心寺文化講座「観心寺の魅力」講演。熊野・玉置神社に詣でる。一一月、家族と天川村のみたらい渓谷に遊ぶ。同月、文化庁の要請で母校奈良高校（旧制・奈良中学）にて二時間の講演。一二月、静脈瘤破裂により大阪・済生会中津病院に入院。

二〇〇八年（平成二〇年）　八二歳

二月三日、吐血。天理病院に入院。連載中の「羽化堂から」（「NHK短歌」四月号）、「巻頭秀歌」（「NHK短歌」四、五、六月号）を口述筆記。三月一九日退院、「大乗歌壇」四月号選歌とコラム「林中鳥語」を執筆、これが絶筆となる。四月五日、桜の咲き初めた吉野「ヤママユ菴」にて永眠。四月七日、密葬。没後の五月一七日、京都・西本願寺に隣接する東急ホテルでお別れの会（本葬）がもたれた。一〇月、吉野蔵王堂境内に歌碑建立除幕式。

二〇〇九年（平成二一年）

一月、エッセイ集『林中鳥語』（ながらみ書房）出版。四月、エッセイ集『羽化堂から』

（日本放送出版協会）出版。同月、第一〇歌集『大空の干瀬』（角川書店）出版。一一月、遺歌集『野生の聲』（本阿弥書店）出版。

二〇一〇年（平成二二年）

九月、『野生の聲』で第三回日本一行詩大賞受賞。

（著者自筆年譜に喜多弘樹が加筆）

著書目録

【単行本】

〈詩集・歌集〉

宇宙驛（詩集） 昭31・6 昭森社
子午線の繭（第一歌集） 昭39・10 白玉書房
靈異記（第二歌集） 昭47・3 白玉書房
縄文紀（第三歌集） 昭52・11 白玉書房
樹下集（第四歌集） 昭62・10 小沢書店
鳥獸蟲魚（第五歌集） 平4・10 小沢書店
青童子（第六歌集） 平9・4 短歌研究社
流轉（第七歌集） 平14・11 砂子屋書房
鳥總立（第八歌集） 平15・11 砂子屋書房
落人の家（第九歌集） 平19・8 雁書館
大空の干瀨（第十歌集） 平21・4 角川書店
野生の聲（第十一歌集） 平21・11 本阿弥書店

〈評論・随筆その他〉

山河慟哭 昭51・4 朝日新聞社
存在の秋 昭52・12 小沢書店
古寺巡礼 西国2 観心寺 昭56・6 淡交社
吉野日記 昭58・11 角川書店
吉野紀行 新版 昭59・3 角川選書
樹下三界 昭61・4 角川書店
吉野遊行抄 昭62・4 角川書店
吉野鳥雲抄 平元・7 角川書店
森の時間 平3・3 新潮社
山河慟哭（小沢コレクション） 平3・8 小沢書店
吉野風日抄 平3・9 角川書店
吉野山河抄 平5・7 角川書店
木々の声 平8・12 角川書店

明るき寂寥　平12・8　岩波書店
病猪の散歩　平16・3　日本放送出版協会
歌のコスモロジー　平16・12　本阿弥書店
万葉びとの歌ごころ　平18・2　日本放送出版協会
林中鳥語　平21・1　ながらみ書房
羽化堂から　平21・4　日本放送出版協会

【全集・作品集】

現代短歌大系8　昭48・4　三一書房
現代短歌全集15　昭56・4　筑摩書房
前登志夫歌集　昭56・7　小沢書店
現代短歌全集15（増補版）　平14・8　筑摩書房
現代短歌全集16（増補版）　平14・9　筑摩書房

【文庫・叢書】

吉野紀行　昭42　角川写真文庫
非在（解説＝佐藤通雅）　昭51　現代歌人叢書（短歌新聞社）
前登志夫歌集（解説＝百目鬼恭三郎）　昭53・2　現代歌人文庫（国文社）
縄文紀（解説＝櫟原聰）　平6・12　短歌新聞社文庫
前登志夫歌集（解説＝前川佐重郎　年譜＝著者）　平17・9　短歌研究文庫
存在の秋（解説＝長谷川郁夫　年譜＝著者）　平18・9　講談社文芸文庫

目次細目

歌集　子午線の繭

樹

樹　9
海にきて　9
月讀行　10
雉村　11
霏霏　11
都市の神話　12
豫言　12
樹・樹・樹　13
見者　15
刑　16
合歓の花しだるる下に　16
新道　16
夜の甕　17
物象　17
冬の合唱　18
鶴　19
埴輪の兵　20

オルフォイスの地方

オルフォイスの地方　21
血の灼ける夏　23
魚・發光　24
ガーゼの思ひ　25
歩みて行きき　25
舌・睫毛・唾液　26

叫ぶ 27
水は病みにき 29
蛇 30
反響 31
火の鳥 31
犯すことなき 32
鳥祭 33
交靈
時間 35
候鳥記 37
鴉 39
交靈 39
蝕 41
SONNET 婚 44
四月となれり 45
薄明論 46
山人考 48
傳承 53
變身 54
後記 56
歌集　靈異記
罪打ちゐたれ
ものみなは 63
山林抖擻 64
形代かげる 64
雪木魂 65
罪打ちゐたれ 66
死者は泪もたねば 67
麥一粒 68
歳晩 69
繪馬の馬 70
谷行
狼 70

冬市 71
雪ある木の間 72
死者の幾何學 72
谷行 73
甕 74
青山のふかき狭間に 76
くらきまなこを 77
異形 78
前鬼後鬼 79
磷磷 80

喝食

萩ひとむらに 82
井光の水 83
幽祭 83
礫 85
罪乞はば 86
金剛藏王權現 86
わが谷暗し 87
さくら咲く日に 87
吉野の杉 88
蟬 89
ここ過ぎて 89
首濕りつつ 91
その一人だに 91
丹塗矢 92
潮ノ岬にて 92
喝食 92

後記 95

歌集 縄文紀

鬼市

白き花 99
禽獸界 101
青き木枯 103
傳承 103

このししむらに　104
雁の死　104
冬の雅歌　105
栞の花　106
鬼市　106
山のまぼろし　108
花近し　109
輪廻の秋　110

曇しづめる

海原の風　114
青人草　114
いつみきか　115
生尾　115
けもの道　118
曇しづめる　119
常民　121
繩文紀　121

日時計

燧　128
童蒙　128
秋　131
山颪　132
婆娑と吹き來つ　133
日時計　133
音樂の漂ふごとく　135
金色の陽　137
若葉　138
國原　138

あとがき　141

歌集　樹下集

韻律のふかきしじまに

晩夏　147
越中行　148

鹿のごとくに 148
北千里の秋 149
猨田彦 149
草萌ゆる山 151
火の國 153
ながき戰後を 154
虹のごと 154
入日の渦 156
運命として 156
非在の不二 157
夜の檜山 158
夏草 158
法師蟬 160
稲妻とほく 160
水の上 161
單純に 162
群衆 162
小歌論 163
雨師 164
荒神の庭 165
前鬼後鬼 166
冬のひかりに 166
都市 167
瑠璃光 167
雨しろく來る 168

夏こだま

志なほくあるべし 169
銀河系 170
夏こだま 172
ゆるされびと 173
饗宴 174
立秋の蟬 175
言離の神 175
除夜の鐘 175
檜の皮 176
はだれ 176
稱名 176
彼方 177
盡十方 178

けものみち　179
ひかる草茸　179
自畫像　180
丸柱立つ　180
生死の涯　181
あめのみすまる　183
花　184
殘櫻記　184
雫　184
青草　185
この首　185
白き猪　186
熊野の鴉　186
炎　187
ある歌　187
山上の闇　188
若葉の彗星　188
ひかりの微塵　189
みなかがやきぬ　190
森へ　190

春の鬼

脛　192
山上の町　193
凍雪　193
冬の境　193
鳥住行　194
冬のまぼろし　195
赤き燈火　195
雪しろく　196
十萬億土　196
杉匂ふ　197
瀧坂の道　198
天の河　198
ひたごころ　200
つくつくほふし　200
熊野　201
神ながら　201
藏王讚歌　202
歸鄉　202

素志 203
猛きことばを 203
蒼穹 204
林中小徑 205
夢 205
春の鬼 206

あとがき 207

歌集　鳥獸蟲魚

I

國原 211
鳥の塒山 212
裘 213
山の星宿 214
首 215
鳥の謀叛 215
みすまる 216
落葉　日付のある歌 217
春の霙 221
籤 221
殘櫻抄 222
若葉の村 224
斜面 224

II

野に臥す　病院日誌 225
秋の杖 226
まばたきふかし 227
底にしづめて 228
黑暗 228
後夜 229
朴の花 230
蝸牛考 230
暗綠の森　或る自畫像 232
空のはたてに　百首歌 232

III

杉 239
花にふる 239
即事 240
はるかなる他者 240
鳥獣蟲魚 240
手紙 242
葛城青し 243
壁 244
春の雪 245
牢 246
坂 246
新羅斧 246
花骨牌 247
崖の上に 248
空の遊園地 249
沐浴 250
火 251
秋野 252
山道 252
あとがき 254

歌集 青童子

生贄 259
黄昏の種子 261
白光 262
棘 264
童子 266
素心 268
ありとおもへず 270
貌 272
望郷 274
櫻 277
翁童界 278
あとがき 281

歌集　流轉

I

形象　285
聲のはろけさ　286
梢　286
無頼　288
空の裂け目から　288
雪降る杉　289
岩　290
あをあらし　290
刃物　291
收穫　291
五月の雪　292
碧玉　293
年たけて　294

II

引窗の下　295
花の山　296
變身　297
夏の巖　298
臭韮一本　298
雫　299
近山しろし　300
古國　300
足摺行　301
クマリの館　302
流轉　304
祟神　305
村暮るるまで　306

III

瑞穗の國　307
息　307
傳承　308

モノレール 309
ひよつとこの面 310
南島即事 311
王權 314
道 315
旗 315
反響 316

あとがき 318

歌集　鳥總立

春の山 323
シュウクリーム 324
天體 326
庭 327
雨ちかし 327
四寸岩山 328
おのれを宥せ 329
虹 330
形象を死者と頒たむ 330
病猪 331
雪雲 332
果無 333
別離 334
齋庭 334
もののけ考 335
角笛 336
さくらは花に 336
ハンモック 337
夜の瞼 338
鹿 339
雨の三輪山 340
鳥總立 340
霜柱 341
冬の虹 342
石斧 343
力士 344
他者 344

鼓　345
大鴉　346
蝦夷吟遊　348
神ながら　350
さかなの時間　352
扉　352
岬　353
朝靄　354

あとがき　356

歌集　落人の家

木橋　361
山人の血　362
火　363
樫の木　363
翁の首　364
記憶　364
投入堂　365
夏衣　365
黄金蟲　366
悪靈　367
神隠し　368
霜夜　369
狐　370
枯山　370
年たけて　372
世紀を送る　372
月を掬はむ　373
女神　374
木の立てる斜面　375
走り　376
青繭　377
穿つ　377
葉櫻　378
荒き血　379
日輪　381
煙の宮　382

野胡桃 383
雪 383
凍星 384
春やまごもり 384
沈默 385
春落葉 386
羽化登仙 386
熱帯 388
不在 389
まひるの花火 390
ひるぶし 390
殘の年 392
落葉 392
皐月の雹 393
崩落 394
女狐 395

あとがき 396

歌集 大空の干瀬

炎 401
春曉闇 401
櫻咲く日に 401
戸口 402
崖 403
朱 404
おほるり 405
月 405
夏安居 406
石の面 408
年 408
林冬 409
筌の窟 410
大空の干瀬 412
くちばし 414
和讚 415
井光 416

佛弟子 417
靄 418
天窗 418
里山 420
物忘れ 420
霰さやけし 421
草餅 421
春乞食 422
旗 424
おぎろなきかも 424
刺客 425
みすまる 426
秋草 427
極月の山 428
赤き指 428
雪の谷間 429
月代 429
世捨人 431
岬 431
雹 433
蛹 433
山ほととぎす 434
鹿深みち 434
晩夏 435
生尾 436
賜物 437
歌集『大空の干瀬』刊行にあたって　山繭の会 439

歌集　野生の聲

蒼穹の磁場 443
霰たばしる 444
洞 445
晩年 445
雪雲 446
珠玉 447
翁の齢 447

死者たち 448
文語を生くる 448
春の嶺 449
傳承の翅 450
雹 450
さきの世の川 452
幼年 452
鋸 453
絣 454
梅雨の星星 454
青竹 455
斧ふたたび 456
ひるがへりみゆ 456
風をはさまむ 458
鬼道の秋 458
花折 459
山行 460
なべては辭世 460
貴重品 461
山霧 462
椿の實 462
身邊の異界 464
大寒に入る 465
虚空 466
言葉 466
春のえにし 467
あとがきにかえて　山繭の会 468
拾遺 471

初句索引

凡例

一　所収全作品の初句を表音式五十音順に配列し、その所収歌集名（略称、冒頭の二字とした）と掲載頁数を示した。但し、助詞の「は」「を」等は、表記の通りとした。

一　初句が同じものは第二句まで、第二句まで同じものは第三句まで記した。

あ

　花咲くなだり　大空　四二八
　山を下れよ　野生　四五六
秋空に
　うつくしきビル　流轉　三〇七
　紺碧の鐘　鳥獸　二三五
　三輪山の嶺　大空　四三一
秋空の　青童　二六七
秋たつと　大空　四〇七
秋立つと
　斧ひとふりを　流轉　二九一
　婦負野の雨に　樹下　一五四
秋七草　樹下　一九〇
あきのきりんさう　大空　四三五
秋の日の
　銀杏あかりに　大空　四〇八
　くれぐれわたる　青童　二六六
　コルセットしろく　鳥獸　二三五
　障子を貼りて　青童　二六〇
　すすきの原に　落人　三六九
　魑魅にまぎれ　鳥獸　二三五
　砂地にたてば　子午　二六
秋の夜の
　谷間をつたひ　大空　四〇八
　月差しくれば　樹下　一七八
秋萩の
　花のくれなゐ　樹下　二〇〇
　拂へる露に　鳥總　三五一
秋日差　鳥獸　二五三
秋ふかき　鳥獸　二五三
秋ふかみ　落人　三六八
秋ふかむ　野生　四五九
秋祭　靈異　八五
惡黨と　青童　二七一
惡人と　鳥獸　二三七
惡靈の　落人　三九一
飽くるなく　青童　二六三
あけがたに　鳥總　三三七
明け方に
　縮緬雜魚を　大空　四三一
　雪はふりしか　野生　四六〇
曉方に　靈異　七六
あけがたの　子午　九
明け方の　鳥獸　二二三
朱雲の　繩文　一一三
明けそむる　樹下　一七五
夜明(あけ)近く　子午　二五
曉の蟬　靈異　八九
あけはなつ　子午　二三
通草(あけび)のわた　繩文　一〇三
あけぼのに　繩文　一一〇
朝あさに　落人　三七二
朝朝に
　起き出でて見る　流轉　二八八
　金の御嶽を　繩文　一一四
　石榴を採りて　落人　三六九
朝あさの
　馬は驅けゆく　子午　二三
　われの幹打つ　流轉　二九〇
朝朝の　大空　四〇二
朝おそく　鳥總　三四三
朝明(あさけ)より
　運河をのぼる　鳥總　三三六
　鴉は啼きて　樹下　一八六
　たが艷聞を　鳥總　三四八
　誰が血流るる　樹下　一五一
朝越の　靈異　八九
朝越は　靈異　九〇
朝空を　拾遺　四八九
朝つゆを　落人　三九〇
朝露を　子午　四九
朝床に
　しろく目覺めて　落人　三九四
　やうやく臥せば　樹下　一七九
朝床の　落人　三五四
朝戸出に　鳥獸　二一四
朝戸出の　鳥獸　二四九
朝鳥の　靈異　八一
朝の鳥　靈異　七六
朝の陽を　子午　四五
朝日さす　靈異　六八
朝まだき　樹下　一七一
欺かれ　子午　四三
朝夕に　青童　二七五
鮮けし　繩文　九九
足あとは　繩文　一三四
足音を　樹下　一八八
紫陽花の　鳥獸　二五〇
足摺の　流轉　三〇一
あしたには　靈異　七六
あしたより
　海原を往く　流轉　三〇一
　郭公啼きて　落人　三八七
朝(あした)より　子午　二五
足萎えの
　こやしふみ馬あかときに　繩文　一一三
　こやしふみ馬やまとうた　繩文　一二四
あしひきの
　山にかへりてをりをりは　野生　四五七
　山にかへりて火を焚けば　流轉　三一〇
　山の霜夜を　落人　三六九
　山の夜空の　野生　四五三
あしびきの
　山こがらしに　樹下　一九一
　山に住まひて　流轉　二九六
　山の泉に　靈異　六七
　山より出でて　靈異　六四
　山より吹ける　繩文　一三四
脚太き　樹下　一五八
脚ほそく　樹下　一八三
檳榔(あぢまさ)の　落人　三八九
飛鳥川の　落人　三八六
飛鳥路を　拾遺　四八七
明日香野の　樹下　一八九
あづさゆみ　大空　四一四
明日なれば　樹下　一六三
汗あえて　樹下　一五六

安達太良の　大空 四三五
新しき　子午 一三
阿檀の實　流轉 三一一
あてもなく　鳥獸 二三〇
あどけなき　鳥總 三三七
あなうらゆ　子午 一一
あな！　といふ　流轉 二八六
あな昏し、　繩文 一一七
安乘岬　鳥總 三五四
虻多く　鳥總 三四一
油蟬に　大空 四〇七
油日の　大空 四三四
アフリカの　鳥總 三三七
阿呆らしと　樹下 一九八
雨脚の　拾遺 四八一
雨雲の　青童 二六六
雨雲を　靈異 六六
雨空に　鳥總 三三八
アマゾンの　落人 三八八
天の岩戸の　樹下 一四七
天の河　樹下 一九九
天の原　繩文 一三〇
海人びとの　繩文 一一一
海部（あま）びとは　靈異 七九
阿彌陀籤　鳥獸 二一一
雨ちかき
　日のやまなみは　鳥總 三三八
　日日の日輪　繩文 一三三
あめつちの　鳥獸 二二四
天地の　靈異 八一
雨となり　流轉 二九三
天なるや
　大阿蘇小國　樹下 一五三
　大阿蘇の嶺を　樹下 一六一
天の魚の　流轉 三〇六
雨のくる　落人 三八九
雨の間の　流轉 三〇〇
雨やまぬ　樹下 一五九
雨やみし　拾遺 四八八
『綾の鼓』　樹下 二〇三
あやまちて　青童 二五九
歩みかへさむ、　子午 四八
歩みきて　子午 五〇
歩み來て　子午 三八
あゆみこし　樹下 一六三
歩みつつ　子午 三五
荒あらし　靈異 八二
荒荒し　靈異 七九
荒荒しく　青童 二六三
荒磯の　子午 一〇
荒き血と　落人 三八一
荒き血の　落人 三七九
あらそひて　繩文 一一七
あらたまの
　年たちかへり　拾遺 四八七
　年立ちかへる　鳥總 三四二
　年の始めに　樹下 一九二
霰うつ　大空 四三八
あらればしり　繩文 一〇一
霰ふり
　白き猪きたる　流轉 二九五
　人戀しかり　野生 四五九
あられふる　流轉 二九五
霰ふる
　杉の木原を　鳥獸 二三八
　紅葉の山に　大空 四三〇
　山のけものよ　鳥獸 二三九
　山のひびきに　樹下 二〇五
あらはにて　靈異 七
ありありと
　痕殘れるや　樹下 一六一
　非在の山の　樹下 一五三
ありがたき　樹下 一八九
アリランに　青童 二七六
アルカディア　樹下 一四七
歩く人　落人 三七五
アルコール　落人 三八九
あるときは　子午 三一
在るものの　樹下 一八一
ある夕は　子午 二六
ある夜ひそと　子午 二〇
道化師（アルルカン）　子午 四一
荒れ果てし　落人 三六六
あはあはと
　なべては過ぎて　鳥獸 二二二
　燃ゆる小石を　子午 二三
　雪ふりつもる　青童 二七九
あはき夢　繩文 一二五
會はずして　子午 一九
泡だちて　子午 二四
沫雪の　樹下 二〇三
沫雪は　樹下 一六二
あはれあはれ
　王のしるしの　青童 二六九
　翁の面の　鳥獸 二三三
　をみなの撞ける　樹下 一五九
　かたみの地獄　樹下 一五三
　玉座はつひに　鳥獸 二三六
　クルドの民よ　鳥獸 二五一
　聲うばはれき　野生 四五八
　去年の枝折を　青童 二七七
　樹皮一枚に　大空 四一四
　夏の炎の　樹下 一六一
あはれいかに　大空 四三五
あはれ劫初の　繩文 一一七
あはれながき　流轉 二九三
安珍の　鳥總 三三〇
アンテナの　子午 四七
アンモナイト　流轉 三〇三

い

イースター島の
　石人像は　鳥獸 二二二
　石人のごと　鳥總 三四二
言ふまじや、　鳥獸 二二六
家家に　野生 四四八
家家の
　戸口を叩き　子午 三八
　なだりに梅は　繩文 一三七

　水相寄りて　樹下　一七九
家家は　樹下　一四九
家出でて　縄文　一一三
家もなし　子午　一
家よりも　野生　四五七
雷の　野生　四五七
雷を　縄文　一二四
いかなれば
　過去世の闇は　縄文　一〇三
　雪山は鳴る　靈異　九〇
いかに飢ゑて　落人　三六五
如何にして　子午　四五
いかにわれの　落人　三七四
いかほどの
　化粧もなさず　鳥獸　二四五
　煙草を喫みて　縄文　一二四
怒ること　流轉　三一六
いきほひて　靈異　八一
生き難き　樹下　一六三
息苦し　子午　三〇
息苦し、　鳥總　三三三
息苦しき　青童　二六四
生き死にの　子午　五三
生き來れば　樹下　一八三
息絶えし　鳥獸　二一六
息づきて　樹下　一六一
息つめて　子午　二三
生きていま　樹下　一六八
憤り。　子午　五三
憤り、　靈異　七一
生きながら　子午　三六
生の醜　子午　四
生き行かむ　縄文　一一〇
生き別れ　鳥總　三三七
幾千の
　青杉の秀の谷のぞみ　縄文　一〇三
　青杉の秀の搖れうごく　縄文　一一三
　茅の輪潜りて　拾遺　四八八
　葉むらのゆるる　樹下　一七三
　刃ものを道に　樹下　一四九
いくたびか
　霰の過ぐる　縄文　一〇五
　稲妻の切る　子午　二八
　稲妻はしる　樹下　一五一
　雲捲く嶺の　縄文　一四〇
　けだものの身と　靈異　九〇
　杉の秀を噴く　縄文　一三六
　戸口の外に　子午　三三
　虹たつ日なれ　縄文　一一三
　春立たむとし　子午　五四
いくたびも
　欠伸をなして　青童　二七八
　沫雪つもる　樹下　一八五
　いづこの國と　青童　二七四
　歌のわかれを　青童　二七七
　枝渡りする　鳥獸　二一六
　襲ひきたりし　大空　四〇四
　機械呑まさるる　野生　四六一
霧湧く嶺よ　大空　四一八
けだものの血糊　落人　三七〇
背信の創を　子午　一六
花ふらせゐる　野生　四五一
ひと捨てでこし、　鳥總　三五三
惚けし母に　樹下　一九一
宥しをこふや　落人　三七三
吉野をうたひ　拾遺　四七六
　われを犯せし　鳥獸　二五〇
いくつかの　青童　二六二
幾百の　樹下　一七三
幾百萬の　鳥總　三五一
いくまがり　落人　三六五
幾曲り
　花なき山を　拾遺　四七四
　まがれる坂も　鳥獸　三三三
生くるとは　大空　四一三
生くる日の　樹下　一七六
いけにへの　縄文　一二九
生贄の　縄文　一三四
犧牲を　縄文　一三〇
威嚴ある　拾遺　四八九
生駒嶺の　大空　四三四
いさをしの　青童　二六九
いさぎよき　縄文　一三四
いざさらば
　彌山の山に　子午　四六
　夕べの雲の　鳥獸　三三八
いざわれの　靈異　七三
石臼を　子午　四七
石打ちて　靈異　六六
隕石(いし)打てば　樹下　一五四
石多き　落人　三八〇
石龜の　大空　四〇六
石段の　樹下　二〇一
いしきだを　樹下　一七〇
石子詰に　落人　三八〇
石地藏を　青童　二五九
石積みて　樹下　一七三
石投げて　大空　四二一
石に彫られ　子午　四一
石の塔　青童　二七五
石の山　子午　四一
石ひとつ
　置きてかぎりぬ　靈異　八八
　谷に投ぐれば　野生　四四八
　飛びもきたらぬ　青童　二七五
石舟川(いしぶりがは)の　樹下　一八一
石ぼとけ　樹下　一五八
石鏃　鳥總　三五三
石をもて　靈異　七五
いづこにか　樹下　一六一
いづこにて　子午　四六
いづこにも
　著莪群れてゐる　鳥獸　三三三
　女人の聲の　樹下　一八八
　まことはなきと　青童　二六九
　妖怪變化　落人　三九三
いづこまで
　家建ち竝ぶ　樹下　一七五

行く馬ならむ　子午　三
　歴史の波に　流轉　三三
泉より　子午　二
泉わらふ　繩文　一〇一
いづれの行も　樹下　一九四
いそがしく
　近代化する　青童　二七五
　時間をはこぶ　樹下　二〇六
磯砂の　鳥總　三五三
抱かねば　子午　四〇
痛きまで　子午　二
頂に　靈異　六八
頂の　子午　三
虎杖を　大空　四〇四
いたはりの　流轉　三一六
一握の　靈異　六三
一家族　拾遺　四八八
一合の　落人　三九三
無花果を　鳥總　三五一
一日に　野生　四五九
一年の　樹下　一六六
壹萬年　鳥獸　二三五
いちめんに
　椿の花の　靈異　八三
　垂氷となれる　鳥獸　二一六
一塊の　靈異　六九
一莖の　繩文　一〇六
いつさんに　子午　三
一山の
　かなかな啼ける　樹下　一七九
木木萌ゆる日や　鳥總　三三四
木木搖れさわぐ　青童　二七九
いつしかに
　入日はあかく　樹下　一五五
　翁となりし　拾遺　四八一
　時過ぎたりと　落人　三八五
　年月經りぬ　拾遺　四七五
　髭しろくなりし　流轉　三二一
　星觀ずになりし　落人　三七八
　やまなみくらく　拾遺　四八〇
　ゆるされをらむ　鳥總　三三六
　老人の多き　流轉　二八八
いつしらに　鳥總　三四〇
いつせいに
　樹液を上ぐる　大空　四一三
　筍生ふる　流轉　三一〇
一村の　子午　二五
いつの日も　樹下　一五〇
いつの世の　野生　四五〇
一匹の
　蛇吊し去る　子午　三〇
　百足を捕へ　大空　四一八
いつまでも
　落葉とぎれぬ　野生　四四五
　刺客なるべし　大空　四二六
　春雪のこる　大空　四一三
　成熟なさぬ　青童　二八〇
　騙されをらむ　野生　四六四
　つづけるいのち　野生　四六五
　童子のままに　大空　四三七
齡とらぬ友の　流轉　二八九
　わが名呼ばれず　鳥獸　二四八
　われにつきくる惡靈に　流轉　二九八
　われにつきくるひだる神　大空　四三三
いつみきか、　繩文　一二五
いつよりか
　山の語部　野生　四四五
　われの不在を　落人　三九〇
凍てひかる
　天のみすまる　鳥獸　二一七
凍星（いてぼし）の
　山の星宿　鳥獸　二一四
　都市の夜空ゆ　流轉　二九二
　ひとつを食べて　樹下　二〇六
　夜の山家に　鳥總　三四二
凍星（いてぼし）の　大空　四一五
凍星は　落人　三八四
凍雪と　青童　二七九
凍雪の　落人　三七五
井寺池の　拾遺　四八三
いとけなき
　日にこぼしたる　樹下　一五九
　指もて刺せる　靈異　七一
いとけなく
　神隱しより　靈異　八九
　尿をかけし　鳥總　三五五
井戸澄める　子午　三六
いとまありて　鳥總　三四七
挑めども　流轉　二九九
稻妻に　子午　二八
稻妻の
　運びきたれる　野生　四五七
　映ゆる夜の森　繩文　一一七
稻妻は
　針葉樹林に　青童　二七九
　夏の終りを　樹下　一六〇
稻架（いなはさ）と　靈異　八二
稻びかり　繩文　一二八
いにしへの
　行者ら越えし　流轉　三〇〇
　ほかひも戀ひし　樹下　一四九
　三輪の御山を　拾遺　四八一
犬連れし　樹下　一八二
稻熟るる　靈異　八四
いねがてに　樹下　一九〇
いねし兒は　流轉　三〇八
稻の穗の　靈異　六九
居眠りつつ　落人　三八七
居眠りて　大空　四一九
ゐねむりの
　永き翁を　大空　四四四
　長き春の日　落人　三七四
稻もちて　繩文　一二六
猪と　鳥獸　二三三
猪の
　來る夜夜を　繩文　一一五
　岱ある木の間　繩文　一〇七
　岱せるなだり　樹下　一七九

根掘じしたりし　大空　四一三
伊吹嶺の　流轉　二八七
いましばし　青童　二六六
今すこし　大空　四三〇
いまぞ吹く　樹下　一六六
いまだ生きて　樹下　一九三
いまだかたく　繩文　一〇八
いまだ見ぬ　繩文　一一七
いまだ娶らぬ　青童　二七八
いまだわれ
　生きてありぬと　野生　四六二
　生きてものいふ　大空　四三六
　見ざりしものの　流轉　二九九
いまにして　子午　二〇
今の世に　鳥獸　二四三
いまの世の　繩文　一三三
今の世の　繩文　一一七
いまははや
　貴種もをらねば　野生　四五一
　たのしきことの　青童　二六九
今ははや
　他人の所有と　繩文　一〇五
　古びし斧の　靈異　九〇
　眼ひとつと　樹下　一九五
　われに知らえぬ　繩文　一〇三
いまもなほ　野生　四四九
いまわれも　流轉　三〇〇
今よりは　鳥獸　二二八
意味ありげな　大空　四一三
意味重く　落人　三八二
形象（いめいじ）の
　毛竝をたてて　子午　一四
　みなこぼれあせ　子午　一五
夢（いめ）にくる　繩文　一二三
妹と　子午　五五
卑し卑し、　流轉　三〇五
祖谷（いや）の谿の　落人　三八三
禮（ゐや）深き　鳥總　三三四
いやらしき　大空　四三六
癒ゆるなき　野生　四六四
入會の　樹下　一五二
入日差す　鳥獸　二二七
色あかき　落人　三六八
色褪せぬ　拾遺　四八四
いろいろの　繩文　一三三
圍爐裏べに　樹下　一八二
岩うちて　大空　四二七
岩押して　鳥獸　二四七
岩蔭の　鳥獸　二二九
岩角を　大空　四〇七
磐座の
　巖に倒れし　拾遺　四八五
　岩捲きてゐる　落人　三七二
　稜にて見けり　靈異　七三
磐座を
　背負へるごとき　樹下　一七〇
　つたへる水は　樹下　一九七
岩となる　繩文　一二五
岩に貝を　子午　一〇
岩にくる　靈異　七七
岩に來る　子午　五四
岩にこもる　子午　四〇
岩に咲く　繩文　一一三
岩根ふみ　拾遺　四七八
岩の上に
　翁の首を　落人　三六四
　米燒きて捧ぐ　子午　四三
　時計を忘れ　子午　五五
岩の上の　鳥獸　二三五
岩のなかに　子午　二八
岩肌の　野生　四四八
岩ひとつ　鳥獸　二二三
岩間より　流轉　三〇八
岩群に　繩文　一三三
岩炎えて　鳥獸　二三九
窟にて　大空　四一二
岩をつたふ　子午　三一
インディアンを　青童　二六一
韻律に　樹下　一四七
韻律の　樹下　一八三

う

羽化すれば　落人　三九一
羽化せむと　大空　四三六
羽化登仙は　落人　三八七
羽化堂の　大空　四〇七
家族（うから）棄てて　繩文　一一四
うからみな　鳥總　三五三
家族みな　拾遺　四八九
拜所（うがんじゅ）の　流轉　三一三
うぐひすの　落人　三八五
肯（うけが）ひの　子午　一八
肯はぬ　靈異　六六
牛賣りし　子午　五四
氏神の　落人　三九三
牛つれて　靈異　七七
失ひし　樹下　一九一
喪ひし　青童　二六〇
うすあかり　鳥獸　二一六
薄陽さし　子午　二三
うすべにの　青童　二五九
渦巻いて　子午　一四
渦巻きに　樹下　一五四
埋めたる　大空　四〇九
歌一首　野生　四六四
歌ひつつ　鳥總　三四八
うたふこと　鳥獸　二三四
歌垣に　流轉　三〇七
歌ごゑは　大空　四二九
うた言葉　大空　四三〇
宇陀田原　拾遺　四八一
歌なれや　樹下　一五〇
歌の集　鳥總　三五一
歌の友ら　野生　四六〇
歌詠まず
　幾日過ぎけむ　大空　四二四
　夏安居すれば　大空　四〇七
歌詠まぬ　大空　四一七
歌詠みて

　けぶる雨氣を　大空　四〇五
　世すぎをなせど　青童　二六八
歌詠みに　落人　三六九
歌詠みの　青童　二六七
歌詠むは　大空　四三五
歌詠むを　大空　四三七
歌詠める　樹下　一五五
打たれたる　大空　四二八
うちつけに
　雲かがよへば　鳥獸　三三三
　冬きたりぬと　野生　四六三
うちなびき　樹下　二〇四
打靡き　大空　四三三
うちなびく　鳥獸　二四五
宇智野にて　大空　四〇二
打ちやまぬ　繩文　一三一
うつうつと
　果樹園のなか　子午　一八
　木の間をまはる　靈異　六六
　鹿あゆみくる　青童　二七二
美しき
　歌の友らも　野生　四六〇
　死はあらざらむ　繩文　一三五
　傳說ならず　鳥獸　二三四
美しく
　老いむとすれど　鳥獸　二三一
　老ゆることなど　落人　三七〇
うつしみの　靈異　八九
うつし身の　靈異　八一
うつしみは
　いまだも坐せり　樹下　一九〇
　本來空と　野生　四六六
　燃えつきるべし　落人　三八八
鬱然と　大空　四一七
うつとりと　流轉　二九〇
うつろなる　繩文　一三九
海阪を　靈異　七九
海境を　樹下　一九一
海原に　流轉　三〇二
海原の
　明るさの涯に　大空　四一二
　波の秀ふみて　樹下　一五四
海原より　鳥總　三四一
海原を　鳥獸　二二七
產毛だつ　野生　四五六
產土神　落人　三九四
うぶすなの
　森のやしろに　大空　四〇一
　山の若葉に　大空　四三三
　山を貫く　落人　三八七
うぶすなを　大空　四三五
うべなひは　樹下　一七三
うまさけの　野生　四四七
馬の首に　流轉　二八七
馬曳けば　繩文　一二五
馬曳けよ　繩文　一三三
生れこぬ　靈異　六五
湖（うみ）となる　繩文　一一六
海に泛く　流轉　二九七
海にきて　子午　九
海に向く　繩文　一一四
海も山も　鳥總　三三五
梅いまだ　繩文　一〇九
梅匂ふ　樹下　一六三
梅の枝　樹下　一七六
梅の香の
　濃くただよへる　落人　三六一
　低く流るる　鳥獸　二四五
梅の花　青童　二七一
梅干の　青童　二七三
敬ひて　靈異　八二
浦島は　大空　四一〇
裏白に　鳥總　三四三
裏白の　流轉　三一一
盂蘭盆に　大空　四三七
盂蘭盆は　繩文　一三一
裏山に
　登りて拜む　鳥獸　二四六
　登りて遠く　拾遺　四七九
裏山の　青童　二七七
うらわかき
　母こまらせて　拾遺　四七五
檜の山に　靈異　七一
潤浸（うりずん）の　流轉　三一四
胡瓜茄子（うりなす）を　落人　三九〇
瓜や茄子の　落人　三八七
うるしこし　繩文　一三七
賣るものの　繩文　一〇八
うるはしき
　椿の灰を　野生　四六四
　山姥となりし　野生　四四三
美（うるは）しき　拾遺　四八七
美はしき
　山のうからよ　野生　四五〇
　養老ホーム　拾遺　四八九
麗しく　大空　四一四
樹梢（うれ）仰ぐ　靈異　八六
熟れいそぐ　繩文　一一七
梢（うれ）ふかき　繩文　一一一
うろこ雲
　天いちめんに　繩文　一二一
　たかく炎ゆるぞ　樹下　一七四
空洞（うろ）ふかき　流轉　三〇〇
洞（うろ）もてる　繩文　一〇七
釉藥　鳥獸　二四四
雲海の　鳥獸　二四四
運命に　繩文　一〇九

え

永遠と　流轉　二八九
永遠の　青童　二六六
永劫回歸　鳥獸　二三八
醉（ゑ）ひ癡れて　青童　二六三
ゑいふあい　流轉　三一三
ゑゑ　しやごしや　青童　二六九
エスカレーターに　大空　四一一
蝦夷の地の　鳥總　三四九
枝打ちし　繩文　一〇三
枝折りて　繩文　一一九

枝ごとに　樹下　一六二
枝と枝　靈異　八〇
枝細き　靈異　六五
枝も幹も　野生　四六六
越中の　大空　四二五
枝長鳥（えなが）すら　子午　三三
えにしありき。　靈異　七六
緣ありて　靈異　八八
繪のごとく　子午　四五
海老のごと　大空　四〇七
選ばれし　靈異　八四
えらびたる　縄文　一〇二
エリートに　鳥總　三三六
襟の星　青童　二七三
彫（ゑ）りゆけば　流轉　二九四
演技みせぬ　青童　二六六
圓空の　大空　四二二
緣先を　落人　三六三
エンジンを　鳥獸　三三一
遠足の　樹下　一四九
遠足を　鳥獸　三三六
炎帝の　鳥獸　三三一
炎天に
　ふつふつ湧ける　鳥獸　二四三
　峯入りの行者　青童　二五九
炎天の　流轉　三一六
炎天を　青童　二七二

お

尾ある人
　往きたるのちを　鳥獸　三三一
　岩より出で來　縄文　一二七
負籠を　落人　三八八
老いそめて　樹下　二〇四
老ちかき　鳥獸　二二二
老いづきて　流轉　三二一
老の日は　野生　四四四
老い母に　樹下　一七九
老い惚けし　樹下　一九六
老いゆかば　流轉　三三三
王權の　大空　四三五
黄金の
　奴隷ひとりを　流轉　二九〇
　ひだる神こそ　大空　四〇三
鶯宿の　縄文　一一〇
王すらも　流轉　三〇三
櫻桃を　鳥獸　二二一
王道を　樹下　一八二
媼より　大空　四一九
黄綠の
　空靜けくて　縄文　一〇九
　靄ある山の　縄文　一三六
　靄かかりたる　鳥獸　二四九
生ふる樹の　縄文　一一二
大阿蘇の　落人　三六七
大いなる
　暗喩なるべし　流轉　二九九
　銀杏の下の　縄文　一三六
　岩かつぎのぼる　野生　四五三
　器の類を　大空　四〇四
　栃の木下に　大空　四一六
　夏の終りの　樹下　一六〇
　檜皮の天の　樹下　一九三
巨いなる
　岩に齋きて　靈異　六六
　鳥のごとくに　落人　三七五
大江山の　大空　四一〇
大叔父の　子午　四三
大風の　鳥獸　二三一
大方の　拾遺　四八四
おほかたは　大空　四二三
大方は　鳥總　三四八
おお！　かなかな　靈異　七二
狼に
　殺されし父祖の　大空　四三三
　はやり病の　大空　四三三
狼の
　過ぎたるあとぞ　靈異　九一
　つらなり走る　野生　四六一
狼を　靈異　六九
大き神の　拾遺　四八二
巨き手に　落人　三八八
大きビルディング　子午　二五
大口の　大空　四三三
大欅の
　木末はしじに　落人　三六二
　瘤撫でたしと　落人　三七二
大阪の
　郊外となりて　子午　二〇
　ビルみな暮れて　樹下　一六七
　夜空が遠く　鳥獸　二四一
大山椒魚　落人　三八三
雄雄しかり、　大空　四三八
大斜面の　子午　一一
大杉の　樹下　一七七
おお昴、　鳥獸　二一七
大空に　鳥獸　二三〇
太虛（おほぞら）に　靈異　八四
大空の
　巖のごとき　流轉　三〇八
　沈默ふかし　落人　三八六
　夏の凍星　落人　三八二
　干瀨のごとくに　大空　四二三
　緣あかるめる　樹下　一七四
大虛を　大空　四〇一
太虛を
　脱け出でて來し　靈異　八三
　踏みて登りし　樹下　一八五
　踏みて登れる　拾遺　四八〇
おお退屈　子午　一五
父祖（おほちち）の　野生　四五八
祖父も　流轉　三二五
大粒の　大空　四三三
大年の　樹下　一八七
大歳の
　般若心經　樹下　一八〇

夜の篝火　樹下　一六三
大蛇を　樹下　一七三
おほなむち　靈異　六六
おほなむち。　靈異　七六
おお　冬の　靈異　八〇
オホミヅアヲ
　火口の底に　落人　三六七
　ひそかにとまる　流轉　二九八
大峯の
　青嶺におこる　樹下　一九四
　蟻の門渡に　青童　二七一
　奥驅道を　大空　四一一
　戸開け櫻の枯れがれて　樹下　一七〇
　戸開け櫻の枯れし年　大空　四三三
大三輪の
　神の忿りの　拾遺　四八〇
　白酒うまし　拾遺　四八三
　春の森より　野生　四四七
　嶺より吹ける　大空　四二四
大美和の　拾遺　四八七
大神（おほみわ）の
　美和の森にて　大空　四三一
　社にくれば　鳥總　三五三
大山蓮華の　拾遺　四八一
おほよそは　青童　二七一
おほるりの
　こゐ澄みとほり　流轉　三〇五
　聲澄む眞晝　繩文　一一七
　聲の明るさ　鳥總　三四〇
犯したき　青童　二七一
丘のうへ　子午　一一
翁さび　繩文　一二九
翁さびし　拾遺　四八七
翁さぶる
　夏のひるぶし　落人　三九一
　わがかたはらに　鳥獸　二五一
翁舞ふ　繩文　一三〇
沖繩の　鳥總　三四九
沖繩を　流轉　三一三
おぎろなき
　荒御魂かな　拾遺　四八三
　父のいくさに　鳥總　三三五
　人に扮する　鳥總　三四五
　村のはじめを　繩文　一〇四
置忘られ　子午　九
奥驅行に　拾遺　四七七
奥驅の　拾遺　四七八
奥千本の
　落葉を焚きて　樹下　一八〇
　杉山行けば　拾遺　四七五
　地圖かきなづむ　鳥獸　二五〇
奥津城の　樹下　一九四
奥齒二本　落人　三六二
億萬年　子午　二〇
億萬の　樹下　二〇六
奥山に
　大山蓮華　靈異　八六
　金峯の嶺の　拾遺　四七八
　雪ふるあした、　繩文　一〇五
奥山の
　岩うつ谺　繩文　一一二
　岩うつことば　靈異　六六
　おどろが下にも　野生　四五九
　もみぢを濡し　鳥獸　二二一
奥山を　樹下　一五五
遲れては　落人　三八八
おごそかに　繩文　一三七
おごりなき　樹下　二〇五
をさなかる　樹下　一六六
幼きものの　樹下　一四七
幼きものら　靈異　七五
幼な子に　繩文　一〇八
幼子の　野生　四六四
幼兒の　靈異　六八
長の子の　落人　三八六
惜みなく　大空　四三三
おしら神　青童　二七三
雄なしに　落人　三六一
襲ひくる　流轉　三一六
遲櫻　落人　三六四
晩霜を　鳥總　三三五
おそるべき　青童　二六五
畏るべき　拾遺　四八七
おそろしき
　嶺にかこまれ　落人　三六四
　物飛びきたる　落人　三七五
　もののはじめと　野生　四五三
恐ろしき
　テロありし秋の　落人　三八四
　テロありしこと　落人　三八二
おたがひに　落人　三九三
御旅所の　鳥總　三四五
おたまじやくし　繩文　一二一
落人の
　家出でてこし　野生　四五八
　家とこそ言へ　野生　四五六
をちかへる　落人　三七一
復（を）ち返る　青童　二七一
をちかたに　繩文　一三〇
をちこちに　鳥獸　二二七
落ちこぼれ　樹下　一八九
落ちぶれし　落人　三九〇
弟の　繩文　九九
おどけたる　子午　四三
男らの　流轉　三一二
男らは　流轉　三一二
音たかく　鳥總　三三四
音たてて　流轉　二九七
おとなへば　子午　四七
音のなき
　夜の稲妻は　子午　四九
　夜の稲光　子午　一八
少女子（をとめご）の　鳥獸　二五三
少女乘れる　鳥獸　二三九
をとめらは　樹下　一六五
少女らは　鳥獸　二四三
音もなき　繩文　一二七
音もなく

朝空わたる
　花火のひらく　青童　二六二
踊る埴輪の　縄文　一三〇
衰へし　子午　四三
衰へて　落人　三八〇
　叛きもあへぬ　樹下　一六四
　ゆくわたくしを　落人　三八七
鬼遊ぶ　鳥總　三五一
鬼出でて　鳥獸　二一九
鬼の子は
　いまか哭くらむ　縄文　一一六
　山にかへせよ。　落人　三六九
鬼の兒は　靈異　七七
鬼の子孫を　大空　四〇九
鬼一人　縄文　一〇〇
尾根越えに　大空　四一九
尾根越えの　縄文　一一七
尾根越しに　樹下　一六三
尾根しろく　縄文　一一二
尾根近く　鳥獸　二二五
尾根づたひ
　雨降りくれば　野生　四四九
　わが知る渚、　靈異　七九
尾根づたふ　子午　四〇
尾根に立ち　子午　三六
尾根に立つ　鳥獸　二三四
尾根ふたつ　流轉　二九七
尾根をくる　落人　三九〇
おのおのに　縄文　一三三
おのおのの　野生　四五一
斧かつぎ
　歩みさらむか、　野生　四五五
　かよへる木の間　靈異　八一
斧かつぐ　鳥總　三五〇
をのこうた　青童　二七六
をのこ子の　拾遺　四七三
おのづから
　溢れ出づるか　大空　四二四
　歌詠みすぎし　鳥總　三四九
　われを踏みつける　靈異　七七
斧立つる　大空　四三〇
斧にふる　樹下　一五二
尾の生えて　大空　四一七
斧伏せて　鳥獸　二二三
斧ふたたび　野生　四五六
斧もちて
　いづこに行かむ　樹下　一六二
　木の根を削れ　野生　四四八
　石榴を伐らむ　野生　四五七
　合歡の樹下に　青童　二五九
　山に入らぬ　流轉　三一七
おのれをば
　空しうせよと　大空　四三〇
　むなしうなさば　鳥獸　二二三
おはぎなど　野生　四五八
鐵漿（おはぐろ）を　大空　四二六
伯母峯の
　一本たたら年の瀬の
　野生　四四四
　一本たたらひそみをり
　野生　四四三
伯母峯は　野生　四四三
脅えやすき　樹下　一五五
オホーツクの　鳥總　三三三
おぼつかな　樹下　一九六
をみなへし
　石に供ふる、　靈異　七三
　たをりてぞゆく　縄文　一三一
をみなごの
　けぶる春の日　縄文　一〇八
　白脛（しらはぎ）にこそ　拾遺　四八九
　しろはぎにこそ　青童　二六九
　つぶら瞳や　靈異　九三
をみなごは　鳥總　三三九
をみなごを　大空　四〇九
面赤き　大空　四〇二
思ひきや
　かかる淋しき　鳥總　三五三
　これのふぐりも　樹下　一五〇
　地下の茶房に　縄文　一一三
　槇の木ぬれは　樹下　一六四
　わが山住みの　樹下　一八六
思ひきり
　恥ぢむとしけり　靈異　六四
　むかうへ杖を　鳥獸　二三〇
思ひ出も　子午　三三
重き荷を　樹下　一五一
おもほえば
　戰争のなき　青童　二七七
三輪山神話の　大空　四三四
親子づれの　青童　二七一
親知らず　樹下　一六七
親無しに　子午　四三
祖らみな　落人　三七一
老ゆるほど　野生　四五〇
おらびつつ　樹下　一六九
オランウータンに　鳥獸　二三三
オリーヴの　子午　三〇
をりをりは　鳥獸　二五〇
折口信夫の　流轉　三一三
折たたみの　大空　四三三
オルガンと　縄文　一〇八
おろかしき　縄文　一二九
愚かしき　子午　四五
愚かしく　子午　二九
おろかなる　樹下　一七六
愚かなる
　生涯かけて　落人　三九二
　父を罵る　縄文　一二七
をろがめば　樹下　一八四
おろそかに　樹下　一六六
雄鶏の　靈異　六七
オンドルの　青童　二七七
女弟子ら
　馬にまたがり　落人　三六七
　もゆらもゆらに　落人　三六六

か

カーテンを

静かに引きて　落人　三六三
　引かざりければ　大空　四二六
ガールフレンド　落人　三六二
飼犬は　青童　二七〇
悔恨の　鳥總　三三八
悔恨は　靈異　八九
『海上の道』　流轉　三一四
『海上の道』を　大空　四三一
懷中時計　落人　三七五
開通を　流轉　三〇九
貝寄せの　樹下　一五三
外輪山　樹下　一五三
外輪山に　樹下　一五三
外輪の　落人　三六七
回廊を　樹下　一七七
孵さむと　子午　二六
かへらざりし　流轉　三一七
かへらじと　鳥獸　二三九
歸らむと　靈異　六三
歸り來る　子午　三八
かへりなむ　青童　二六九
かへりみち　落人　三六八
歸るとは
　つひの處刑か　子午　三五
　幻ならむ　子午　三五
蛙に似し　子午　一三
かへるべき
　朝はありて　縄文　一〇六
　村はいづくぞ　縄文　九九
山の間の村　樹下　一六五
歸るべき　縄文　一一八
貌朱く　大空　四〇二
顔のごと　縄文　一三六
貌の中に　子午　二六
貌もたぬ　子午　四六
かがなべて　樹下　二〇五
かがやきて　縄文　一一六
かかる夜の　樹下　一六六
餓鬼阿彌も　野生　四六七
かきくらし　靈異　八〇
かきつばた　青童　二六六
杜若　流轉　二八七
書きなづむ　落人　三八四
柿の木に　縄文　一二三
柿の澁　青童　二六七
柿や栗　鳥獸　二三七
蝸牛歩む　靈異　六六
かぎりなく
　跫音ひびく　樹下　一五五
　海蛇の來る　流轉　三一二
　會陰をわたる　青童　二七〇
　落ちつづけゐる　樹下　一七八
　落ちゆく夜半に　縄文　一三六
　輕くなりゆく　野生　四五八
　枯葉を落す　樹下　一九〇
　拒みてたてる　靈異　六九
　世界が崩れ　大空　四二四
　遠くに燃える　鳥總　三三六
　遠くはなれて　青童　二六三
　花を喰ひて　鳥總　三四七
ひかり溢るる　鳥獸　二三九
　螢の湧ける山の夜に　樹下　一七三
　螢の湧けるわが谷に　靈異　六七
　蜜したたれる　鳥獸　二三五
　やさしく生きよ　流轉　二九一
かくありて　縄文　一二三
かく在りて　縄文　一二五
かく生きて　鳥獸　二三六
核査察　青童　二七六
愕然と　子午　四〇
額縁の　鳥獸　二三三
核もたぬ　鳥總　三四七
香具山の　流轉　三〇一
幽(かく)り世(よ)に　落人　三九四
かくれ里　流轉　三一〇
かくれ里に　流轉　三〇八
かくれ住む　鳥總　三四八
幽(かく)れたる　靈異　七五
隱れたる　落人　三六八
崖したに　子午　一七
崖したの　靈異　六四
崖づたふ
　電車に忘れ　子午　三六
　夜の電車に　子午　一九
崖に着く　子午　二一
崖のある　子午　四四
崖の上に
　ピアノをきかむ　子午　三三
ほんのしばらく　鳥獸　二四八
　まづいろづきし　青童　二六六
崖の上の
　竹藪のへに　鳥總　三三五
　山家にねむる　落人　三六三
崖の上を　野生　四六三
影武者の　青童　二六八
翳(かげ)もちて　子午　二八
昃(かげ)りあふ　子午　一七
陽炎の　子午　二六
陽炎のなか　子午　四七
火口より　落人　三六七
　鵲(かささぎ)は　青童　二七五
傘させる人　流轉　三一七
かさひくき　樹下　一九六
火山列島　流轉　三〇〇
カシオペイアと　鳥獸　二三一
樫の木に　落人　三六四
樫の榾(ほだ)　縄文　一三四
樫の幹　樹下　一五六
歌集一册　鳥總　三五一
歌集『靈異記』の　大空　四二九
かしはばら　樹下　一七二
柏餅　鳥總　三三九
かすかなる
　電流かよふ　野生　四六三
　響みをのこし　靈異　八七
　　めまひのなかを　靈異　九三
かすかにも　鳥總　三四一
風荒き

夏のくさむら　鳥總　三三八
　一日なりけり　落人　三九一
日の朝熊山　鳥總　三五三
日の山ざくら　鳥總　三四七
風かよふ
　山の窪みの　流轉　二六五
　山の若葉に　大空　四一八
稼ぐこと　鳥總　三三九
風くらし　繩文　一三〇
風そよぐ　野生　四五二
風たまる　流轉　二九一
風つよき　繩文　一二四
風つよく　樹下　一八九
風のごと
　鶸過ぎゆけり　繩文　一一〇
　夜の散歩に　大空　四三七
風の知らぬ　子午　一五
風ひかる
　秋の樹林は　鳥獸　二二七
　繊きこずゑに　鳥總　三二七
風吹けば　大空　四一八
風やみて　子午　一三
かたちよき　流轉　三〇一
かたつむり
　枝わたりゆく　鳥獸　二二六
　わづかにうつる　樹下　一七三
蝸牛　繩文　一三三
傾きて　繩文　一三九
傾ける　靈異　七八
語らひて　子午　一七

かたはらで　鳥總　三四九
かたはらに
　黑牛をりて　流轉　二八七
　サリンをいだき　流轉　三〇四
　死者ものいふと　落人　三六四
　舌垂らしをり　子午　五五
　つむりの蒼き　流轉　二八九
　睡る古妻　落人　三八五
　眠れるものの　鳥獸　二二一
　蟇目覺むるや　鳥獸　二四一
　魔法壜立ち　鳥總　三五四
　もののけ姫の　鳥總　三三一
　良き人立ちて　落人　三七二
　わかきことばの　落人　三六五
かたはらの　大空　四一四
かたはらを　大空　四三三
傍を　子午　三四
家畜なれ。　子午　五五
家畜らは　子午　四六
徒渉る　靈異　七四
郭公が　流轉　二八八
くわくこうの
　聲とどまれよ　流轉　三〇七
　聲に明るむ　鳥總　三三八
　こゑにまじりて　流轉　三〇六
　聲の絶え間に　鳥總　三四四
　しきりに啼ける　鳥總　三三九
郭公の
　來啼ける山に　繩文　一一六
　しきりに鳴ける　鳥獸　二四〇
　しきりに啼ける尾根青く　野生　四五三
　しきりに啼ける一日にて　拾遺　四八六
　啼きたる夜に　大空　四一八
學校を　青童　二七一
月山の　青童　二六五
合唱の　子午　一九
褐色の
　鐵橋をわたり　子午　二九
　春のきのこの　拾遺　四八二
豁然と　鳥獸　二四二
かつてなき　子午　二〇
葛城に　鳥獸　二二七
葛城の
　一語の神よ　靈異　七九
　しぐれはやさし　樹下　一七五
　斑雪の痛き　子午　四五
　一言主神は　鳥總　三二七
　一言主神を　樹下　一九四
　山にしづめる　拾遺　四七九
　山に登りて眺むれば　拾遺　四八六
　山に登りて病猪の　落人　三六五
病猪いかに、　流轉　三一六
葛城より　鳥獸　二三五
稜冴ゆる　流轉　二八九
門に出で　大空　四二八
叶崎の　流轉　三〇二

かなかなの
　聲のうしほよ　流轉　三一六
　潮に沈める　靈異　七八
かなかなよ　大空　四一九
かなかなよ、　大空　四一九
愛し、　子午　二九
かなしみて
　叫べるかなた　鳥總　三三三
　檜を植ゑし　樹下　一五八
かなしみに　鳥獸　二三三
かなしみは　子午　九
カニカウモリの　落人　三九四
鍛冶神（かぬちがみ）　繩文　一三三
鐘撞けば　鳥獸　二二四
かの湖を　樹下　一九二
かの翁　野生　四四三
かの尾根に　野生　四四八
かの尾根の　鳥獸　二三〇
かのこゑに　子午　一〇
かの太刀を　繩文　一三三
かの沼の　鳥獸　二二四
かの嶺の　青童　二六二
神隱し
　解けざるままに過ぎゆくか　繩文　一二四
　解けざるままに山住みの　拾遺　四八四
神隱しに
　逢ひたる兄の　鳥獸　二五三
　逢ひたるわれと　鳥總　三三九

神隠しの
　かの森の道　樹下 一七三
　始まりならむ　落人 三六八
カミカゼと　落人 三九〇
神風と　野生 四五一
神風に　鳥總 三四二
紙障子
　張り替へくるる　鳥總 三三五
　へだてて啼ける　落人 三六四
　へだてて鳴ける　落人 三八四
神すでに　拾遺 四八四
神すらや
　媚問ひたまふ　野生 四五五
　人を戀ほしみ　野生 四六〇
上千本の　鳥獸 二三三
神と人　拾遺 四八三
かみなりの　樹下 一六〇
カミのゐる　流轉 三一六
紙の上に
　鼠三匹　鳥總 三三四
　眞直の線を　子午 五四
神の嫁と　大空 四二八
神群れて　大空 四三〇
ガム嚙みて　子午 三三
嚼む麵麭（パン）に　子午 二六
龜蟲の　流轉 二六九
瓶もちて　靈異 七〇
鴨神より　流轉 三一六
寡默なる　流轉 三〇七
羚羊も　野生 四四三
伽倻山に　青童 二七六
からき世の　大空 四三七
烏瓜　樹下 一九五
硝子戸に
　幾百の山蛾　繩文 一一八
　洋菓子あまた　流轉 三〇九
　若葉の梢　樹下 一五六
硝子戸の　樹下 一八七
硝子戸を　子午 二六
硝子の骨　鳥獸 二三七
硝子窗に　鳥獸 二四二
韓の國　青童 二七五
枯山に
　地圖をひろげて　靈異 八一
　わが咳の　落人 三六九
枯山の
　戸口にありて　鳥總 三三一
　林に春の　青童 二七九
狩られゆく　流轉 三一七
かりがねの
　向き變へるとき　流轉 三〇一
　渡りしあとに　野生 四四七
かりがねは　靈異 七三
かりがねも　繩文 一〇三
雁の死を　繩文 一〇五
刈り干しの　樹下 一六一
狩人の　野生 四四四
刈る麥の　靈異 七八
枯れいそぐ　流轉 三〇七
枯れがれて　繩文 一〇一
枯草の　繩文 一〇三
可憐なる　鳥總 三三四
川上の　野生 四五六
川上村　大空 四〇六
河ぎしの　子午 三〇
河岸の　子午 二六
川ここに　鳥獸 二五〇
川すでに　鳥總 三四六
翡翠（かはせみ）の　流轉 三一七
翡翠は　鳥總 三三一
川沿ひに　鳥總 三四六
川とほく　野生 四五一
河流れ　子午 三〇
河に來る　子午 二九
河に投げる　子午 二九
川の上に　落人 三八六
河幅に　子午 三〇
河原に　樹下 一七一
河原を　子午 三三
河ふたつ　樹下 一七一
河分の　靈異 六三
河わたる　靈異 八七
川を渡り　鳥總 三四六
柑橘の　大空 四三一
觀客は
　子守の子らと　靈異 九二
　さびしきものぞ　鳥總 三三七
閑古鳥
　尾根にて啼けば　野生 四五三
　さびしかるべし　野生 四五三
簪は　野生 四六四
神さぶる
　戀といふべし　拾遺 四八七
　戀とし言はむ　樹下 一六一
　戀をうたひし　落人 三八三
元日の　鳥獸 二三九
感情の
　高貴を守り　鳥總 三三五
　方位をはかる　流轉 二九三
感情を　落人 三八三
寒蟬の　繩文 一〇四
乾燥の　子午 三七
甲高き　青童 二七五
神無月　鳥總 三五一
神無月盡　落人 三八三
寒の水　繩文 一〇一
寒のもどり　落人 三六二
寒の鱈　樹下 二〇六
觀音と　拾遺 四八八
芳しき　繩文 一〇三
寒靄の　靈異 六四
神倭　落人 三六二
肝病める
　このC型は　大空 四二一
　鳥もあらむか　落人 三七五
癌病める　大空 四〇七
甘藍の　子午 四六

き

　人はかよひき　靈異　八八
木の根にて　子午　九
樹の央(まなか)　子午　一〇
木の幹を　鳥獸　二四八
木梯子の　落人　三七七
騎馬民族　鳥獸　二五一
黄鶲(きびたき)の　樹下　一四九
著ぶくれし　鳥獸　二三〇
氣まぐれに　大空　四三三
君が代を　落人　三六二
きみの脚に　子午　二九
きみのする　子午　二九
きみの指に　子午　二九
歸命盡十方　樹下　一七七
木も鳥も　落人　三九四
キャラバンの　落人　三七七
救急車　野生　四四七
究極の　野生　四五三
球根の　樹下　一九七
九州も　野生　四六四
急速に　落人　三七六
仇敵は　靈異　七一
舊暦の　大空　四二四
經ケ岬の　大空　四一〇
教行信證を　樹下　一九三
凶作の　子午　三八
行者還嶽產の　靈異　七八
行者らの　樹下　一八八
鄕愁の　青童　二六三
教師ゆゑ　流轉　二八七
橋上に　子午　二九
今日ひと日　樹下　二〇三
けふひとり　落人　三七六
けふを生きる　子午　一三
巨大なる　子午　一八
清らのみ　繩文　一〇四
きらきらと　流轉　三一一
伐られたる　鳥總　三四七
伐り株が　鳥獸　二四七
きりぎしに　樹下　一五〇
きりぎしの
　上なる空の　繩文　一三八
　徑を歩みて　鳥總　三四三
きりぎしを　落人　三六九
崖を　繩文　一三六
霧しまき　靈異　九四
剪りて來し　繩文　一〇六
霧にまぎれ　子午　一一
霧の橋　子午　一六
桐の花　青童　二七四
霧はしる
　杉の木原に　靈異　八八
　紅葉の山を　大空　四〇八
霧霽るる　樹下　一六五
霧ふかき
　奥千本に　繩文　一三三
　きさらぎ盡日　落人　三八五
　晝插木する　繩文　一二九
霧ふみて　繩文　一二五
錐もちて　子午　三一
霧湧ける　靈異　七五
麒麟鳴く　繩文　一一六
斬るごとく　子午　五五
きはまりて　子午　四七
木を伐らぬ
　木こりなれども　鳥總　三四三
　木こりの森に　鳥總　三三六
木を伐りし　樹下　一九九
樹を伐れば　繩文　一一三
樹を挽ける　子午　二一
銀河系
　そらのまほらを　樹下　一七三
　まひるま横切る。　繩文　一二一
近刊の　青童　二七九
銀漢の　鳥總　三五三
銀行に　拾遺　四八二
金鳥の　大空　四〇七
金(きん)色の魚　子午　三七
銀の簾　靈異　八四
銀蠅の　大空　四〇四
銀箔の　鳥總　三三三
金鳳花、　鳥獸　二三三
金嶺に　拾遺　四七八

く

悔すらも　子午　二六
悔ならむ、　子午　九
悔のごと　子午　五四
食ふために　大空　四三三
クールベの　落人　三七〇
くくみ鳴く　子午　三三
草負ひて　繩文　一一一
草にゐる　繩文　一二五
草の上　鳥總　三三八
草の上に
　青梅の實を　繩文　一三八
　心臟青く　流轉　二八七
　ねむれる蹠、　靈異　六八
　晝食を食べをる　子午　三四
　われの家族の　落人　三八七
草の上の　樹下　一七一
草の上を　繩文　一二五
草の汁　落人　三八九
草の實の
　こぼるる花野　鳥獸　二三八
　こぼれるごとく　鳥獸　二五三
草の實を　樹下　一七九
草のわた　鳥總　三三八
草花の　大空　四三六
草喰める　子午　三九
くさびらの　落人　三七八
草深き　繩文　一三一
くさむらに
　青梅の實の　樹下　二〇四
　梅干のたね　流轉　三〇四
　狼潛み　鳥總　三三三
　さゆりの咲ける　拾遺　四八六
　晩夏の汗を　樹下　一六一
　まくなぎ湧きて　鳥總　三三〇

　立秋の蟬　樹下　一七五
　われ立ち舞へば　鳥獸　二一一
草むらに　鳥獸　二四一
草莽（くさむら）に　繩文　二二七
くさむらの
　沼のほとりに　鳥獸　二三七
　ほとりに夜半の　鳥獸　二三七
草むらを
　青大將の　大空　四〇三
　湧く雲ならむ　樹下　一六九
嚏（くさめ）して　子午　五五
草萌えろ、　樹下　一五五
草餅を　青童　二七四
草萌ゆる
　春山畑に　樹下　一八四
　わがししむらを　鳥總　三四四
草燒けば　繩文　一〇五
くしけづる　子午　五〇
串刺して　子午　二四
串刺しの　子午　二〇
國栖・井光　繩文　二一七
國栖、井光　野生　四五一
國栖翁　繩文　二一三
くすぐられ　子午　四〇
醫師（くすし）とは　野生　四六五
楠の木に　青童　二六七
葛の根を　野生　四六三
國栖びとの　靈異　九三
葛湯食み　野生　四六三
藥水　鳥獸　二二三
藥水・　青童　二六〇
くたびれて　流轉　二八五
百濟觀音　青童　二七七
くだり來て　樹下　一八四
くだりくる　落人　三八〇
くちあけて　子午　一三
くちなはの　鳥獸　二二三
朽ちのこる　繩文　一〇〇
嘴の　子午　一七
口髭を　樹下　二〇〇
口ひびく　繩文　一〇〇
くつきりと　流轉　二六八
ぐつすりと　鳥獸　二四一
國境の　靈異　七四
國興る　子午　四三
國つ神の　大空　四〇五
國原に
　秋の燈火　繩文　二一一
　出できて思ふ　鳥獸　二三四
　美しき虹　鳥獸　二三七
　虹かかる日よ　鳥獸　二二一
　虹立てる日や　鳥獸　二四三
　春の雪ふり　流轉　二九〇
　春の雪降り　拾遺　四八〇
　春の雪ふる　鳥獸　二四五
　人はかへれど　樹下　一八五
　晝月しぐる　鳥獸　二四四
　冬のかすみの　樹下　二〇六
　冬日明るし　流轉　二八八
　雪ふる朝明　大空　四〇一
國原の
　雲に隱るる　大空　四二四
　空息づきて　繩文　一三〇
　空しぐれつつ　樹下　一四八
　空のぼりくる　繩文　一二七
　どの村里も　野生　四四四
　花野に睡る　鳥獸　二二一
　花野に拾ひし　鳥獸　二三一
　夜明け流るる　拾遺　四八七
國原は
　陸のたひらの　鳥獸　二二二
　水田となれり　大空　四一七
　ふもとにかすみ　靈異　九三
國原へ　鳥獸　二三五
國原を
　めぐれる青き　鳥獸　二三一
　われは見に來つ　繩文　一〇九
國引の　落人　三九五
國敗れ　青童　二七六
國讓り　鳥獸　二一四
くねくねと　鳥獸　二二七
首おもく　鳥獸　二四六
首きられ　子午　一三
首たてて　靈異　七一
首吊りの　流轉　三一七
首の痛み　鳥總　三三一
首ひとつ　鳥獸　二三三
窪地にて　子午　一八
熊出づと　流轉　三〇九
熊楠の　青童　二六七
隈笹の　流轉　三一五
熊野灘　樹下　一九一
熊野に坐す　樹下　一九一
熊野本宮　樹下　一八七
熊野より
　連れかへりにし　鳥獸　二二三
　八百比丘尼　鳥總　三五一
クマリ棲む　流轉　三〇三
汲み上ぐる　子午　五四
汲みあげる　子午　一八
久米歌の　野生　四六六
久米島を　流轉　三一三
雲かかる
　青き峯より　野生　四五三
　遠山畑とうたひなば　野生　四五九
　遠山畑と人のいふ　鳥獸　二二三
　十勝連峯　鳥總　三四九
供物もち　子午　三八
雲の峯
　あかねにもえて　樹下　一九〇
　明るきまひる　大空　四〇五
雲炎えて　落人　三九〇
曇り日に　子午　二一七
曇り日の　靈異　六七
悔しまむ　樹下　一九四
悔ゆるごと　樹下　一七五
食らひたる　青童　二六四
くらき血の　子午　五〇
くらき嶺　鳥獸　二一九

くらき夜の　縄文　一二八
くらぐらと
　國原わたる　縄文　一三八
　夜空を滑る　鳥獸　二五三
昏ければ　靈異　八八
暮しもち　靈異　八三
暗道の　子午　三五
くらみつつ　靈異　七三
くらやみの　野生　四五四
栗茸　鳥總　三三三
栗のいが　野生　四五七
栗の木を　靈異　八四
栗の花
　つよく匂ひて　縄文　一二六
　匂へるあした　縄文　一三九
栗の實の　青童　二六〇
栗拾ひ　鳥獸　二三五
刳舟の　鳥總　三五四
狂ふべき　靈異　七八
くるしみて
　棄てし故郷に　青童　二六一
　われひざまづく　大空　四三四
苦しみて
　歌詠み來しか　野生　四六一
　短きものを　落人　三六三
　われは生くべし　縄文　一〇三
くるしみの　縄文　一三〇
苦しみの
　枝張れるしたに　樹下　一八九
　ひと夜を明けて　鳥獸　二三七
苦しみも
　けぶりて過ぎむ　流轉　三〇四
　一日一日ぞ　鳥獸　二一三
くるしめる
　異界のうから、　野生　四六五
　家族のことは　野生　四五一
くる波の　縄文　一三九
くるめきて　子午　四九
クレーンは　鳥獸　三一六
くれぐれて　流轉　三一五
暮れぐれて　鳥獸　三三一
暮れてゆく　縄文　一〇八
くれなゐに　縄文　一一八
くれなゐの
　落葉のつもる　鳥獸　三三九
　落葉の降れる　落人　三九三
　帶となりつつ　鳥總　三五三
　椿の花を　靈異　九四
昏れゆかぬ
　葉脈の闇を　縄文　一一八
　青き梢の　縄文　一三〇
　ゆふぐれながし　流轉　二九三
暮れゆかぬ　靈異　六七
暮れゆけば　樹下　一六一
黑牛の　青童　二七六
黑牛は　鳥獸　二四七
黑馬を
　捧げて雨を　靈異　六八
　引きて來りし　鳥總　三三七
黑き巖に　縄文　一一四
黑き斑を　子午　二七
黑き森に
　かこまれ過ぎむ　樹下　二〇二
　差す月かげを　樹下　二〇三
くろぐろと
　朽ちたる門を　子午　一七
　夜明けの樹樹は　樹下　一四七
黑砂糖　流轉　三一二
黑潮に　靈異　九二
黑瀧村（くろはえ）　鳥獸　二一七
黑南風の
　國原くらし、　拾遺　四八六
　國原見つつ　樹下　二〇四
　雲かかりゐる　樹下　一五七
　雲切るる日よ　樹下　一七三
　くもりしづめる　樹下　一七四
　曇しづめる　縄文　一一八
　曇れる走り　落人　三九〇
　空ひくき日は　靈異　六六
　晝をふくらむ　鳥總　三三八
　嶺づたひくる　青童　二六五
　大和國原はるかなる　野生　四五五
　大和國原人なみに　拾遺　四八七
黑ひかる　鳥獸　二三五
桑の葉を　大空　四二三
桑の實の　拾遺　四八三
軍艦に　落人　三六二
軍艦の　鳥總　三三五
ぐんぐんと　縄文　一三九
郡家をば　落人　三六五
動章の　鳥總　三三〇
動章を　落人　三七九

け

蹴上げて　子午　三
溪谷の　野生　四五四
形象を　鳥總　三三〇
携帶電話　落人　三六二
溪流に　青童　二七三
ゲートボール　鳥總　三三八
ゲーム腦の　大空　四〇七
汚れたる　樹下　一四八
下校する　鳥獸　二一四
今朝張りし
　檜原の氷　鳥獸　三一八
　森の氷は　鳥獸　三一八
今朝ふりし　樹下　一八五
夏至の日の　樹下　一七三
けだものに　野生　四六〇
けだものの
　歩める跡に　鳥獸　二一四
　餓ゑをおもひて　大空　四〇一
　かよへる道の　樹下　二〇六
　屎放りにけむ、　拾遺　四八五
　氣配のなかを　鳥總　三三〇
　行きし道あり　子午　三
血緣の　靈異　六六
血緣を　鳥總　三三七

血壓を　鳥獸　二四一
結界に　繩文　一二二
月光を　子午　一三
月蝕を　樹下　一五一
決斷の　落人　三八三
潔癖に　青童　二七〇
げに熊野　樹下　二〇一
褻の日日を　青童　二六五
けぶるごと　鳥獸　二四五
けものすら　繩文　一三〇
けものみち　子午　一五
けもの道
　青きわが夏　繩文　一三一
　いよいよ暗し　繩文　一一八
けもの道に　繩文　一二五
けものより　鳥總　三三五
けものらは　子午　三
けものらも
　ゐる山祭　鳥總　三四六
　飢ゑはじむらし　大空　四二八
源三位　大空　四三二
虔十の　青童　二七四
玄賓菴を　拾遺　四八三
玄賓の　大空　四二四
玄圃梨（けんぽなし）　流轉　二九二
權力は
　ここにおよばず　繩文　一〇四
　人を殺して　鳥總　三三六
權力を　靈異　六九

こ

鯉幟　子午　三九
耕耘機　子午　三
睾丸に　靈異　六八
高原の　子午　一九
高校生の　青童　二七三
かうかうと
　獸と人の　子午　一五
　薄の原を　靈異　七四
煌煌と　流轉　三〇四
がうがうと　鳥獸　二一八
恍惚と
　くれなゐの葉を　繩文　一〇四
　花咲きみちて　青童　二六三
恍惚を　鳥總　三三七
黄砂吹く　繩文　一三八
好色の　鳥總　三五〇
洪水警報の　鳥獸　二二五
昂然と　靈異　七九
高層の　野生　四四五
かうと鳴る　樹下　一八五
紅梅の　鳥總　三三三
交尾ののち　鳥總　三四三
光明子に　大空　四一〇
孝養の
　ひとつだになき弟は　樹下　一九六
　ひとつだになきこのわれを　樹下　一九五
　ひとつだになき無頼われを　樹下　一八四
高野山の　大空　四〇四
高野槇の　繩文　一二二
紅葉の
　明るき村をとほりきて　落人　三九三
　明るき村をよぎりたり　野生　四六二
　いちめんに敷ける　大空　四三七
　いまだのこれる　鳥獸　二二五
　カード一枚　野生　四六一
　樹樹伐りてゐつ　繩文　一一三
　溪谷うがち　流轉　二九四
　けやき林に　青童　二六八
　下照る徑に　鳥獸　二一九
　谷にむかひて　大空　四〇九
　溪間に出でて　鳥獸　二一六
　照り映ゆる道　大空　四二一
　照り映ゆる道を　子午　五三
　天川の里に　流轉　二九六
　なだりにしづむ　靈異　七五
　まじりて炎ゆる　流轉　二九四
　山にかへれば　鳥總　三五三
　山にむかひて　鳥總　三五三
　山のはざまに　落人　三九三
　山よりかへり　大空　四〇八
　吉野の里を　拾遺　四八七
紅葉は　子午　三七
紅葉を　子午　四八
荒寥と　流轉　三一一
聲あげて　繩文　一二四
聲若き　野生　四四四
戀ほしめば
　けだものの尾は　靈異　八〇
　欅のこずゑ　靈異　六四
　古國ありき　繩文　一一八
　若葉の露の　鳥獸　二二三
珈琲の　子午　三
木がくれに
　いましばらくは　青童　二六五
　陀羅尼をとなふ　繩文　一三〇
　一つ蟬鳴き　靈異　七一
　むささび遊ぶ　鳥總　三三五
木がくれの
　蒼き巖に　繩文　一二〇
　木地小屋の跡　繩文　一〇八
木隱れの　靈異　七一
五月の雪　流轉　二九二
黄金蟲　落人　三六六
木枯が　野生　四六三
こがらしに
　吹かれて越ゆる　鳥獸　二三八
　星のひかりの　鳥獸　二一四
木枯に
　鬼ごろし飲む　流轉　二九四
　ひるがへり飛ぶ　流轉　三〇八
　吹きとぶ青き　鳥獸　二二六
　みがかれし光　流轉　三〇七

ゆらゆらとする　鳥總　三五五
こがらしの
　過ぎたるのちを　樹下　二〇四
　一日は吹きて　鳥獸　三三四
木枯の　大空　四三七
こがらしは　大空　四三一
小刻みに　流轉　二九三
穀神に　靈異　八四
黑板の　鳥獸　三三六
仔熊尿りし　流轉　三〇八
穀物や　子午　四六
苔むしろ　大空　四一一
ここ過ぎて
　いくさに征きし　靈異　七三
　いよいよ稚し　靈異　九〇
　いよいよくるしき　樹下　一六六
　また行かむとす　樹下　一七八
ここにきて
　二十年過ぐ　流轉　三〇五
　人のこころの　落人　三八三
ここに來て
　居眠りするは　落人　三八八
　さびしむものか　樹下　一八三
ここにして
　言葉は絕ゆと　子午　四五
　われのいのちは　繩文　一四〇
こころあつく　鳥獸　三三四
志
　卑しき奴らが　落人　三七三
　なほくあるべし　樹下　一六九
低き世となり　野生　四四五
　ゆたかにありし　大空　四三〇
こころだに　樹下　一七五
こころどは　流轉　二八九
こころなき
　人とおもへや　拾遺　四八五
　われの影武者　鳥總　三三三
こころやさしき　青童　二七七
五十年　拾遺　四八八
梢から　子午　三一
戸籍なき　子午　二〇
巨勢の野の　鳥獸　三三三
午前二時の　鳥獸　二四一
こぞの秋の　鳥總　三五三
去年の柿　鳥總　三三六
去年の春　拾遺　四八二
五體投地　野生　四四九
御朝拜の　樹下　一八三
乞食と　靈異　八二
乞食の　靈異　九三
乞食も　青童　二七四
乞食を　鳥獸　二二四
古塔より　子午　三〇
こときれし　樹下　一七七
ことごとく
　葉をおとしたる　大空　四三〇
　葉を落したるこの朝の　鳥獸　二一四
　葉を落したる朴の木を　鳥總　三四二
言離（ことさか）の
　神降りたまひし　樹下　一六五
　神のなげきの　樹下　一七五
ことしの花　大空　四一三
ことしまた
　四寸岩山　拾遺　四七七
　ひぐらし鳴きぬ　落人　三七九
　ひぐらし啼けり。　拾遺　四八九
　梟啼きぬ　青童　二七八
　吉野の花を　拾遺　四七六
今年また
　ひぐらし鳴きぬ　繩文　一二五
　吉野を語り　鳥獸　二四六
ことしもまた　鳥總　三四五
ことだまの　樹下　一八七
ことだまを　樹下　一八六
言問ひの　靈異　八八
言問はば　樹下　一七一
異なれる　落人　三九五
ことばいまだ　樹下　二〇二
ことば多く　繩文　一三〇
言葉すくなく　子午　四五
ことばなく
　過ぎゆく秋は　樹下　一四九
　若葉の森を　樹下　一七一
娘（こ）とふたり　鳥總　三三四
こともなく
　岩清水湧き　鳥獸　二三〇
　老いたるひとの　青童　二六六
　かりがねの列　流轉　三〇一
崩れてゆける　青童　二七〇
　世紀は移り　拾遺　四七八
杣が家とぞ　鳥獸　二四七
染井吉野は　鳥總　三四四
醜くなりし　鳥總　三五五
　われの子を産みし　鳥獸　二四〇
こなたより　子午　三七
前妻（こなみ）より　青童　二六九
後南朝の　鳥獸　二四八
木末（こぬれ）には　靈異　八六
この朝明　鳥獸　二三九
この痛き　鳥獸　二四三
この岩が　子午　一二
この岩に　野生　四五一
この岩の　靈異　六九
この岩を　繩文　一〇七
この上なく　野生　四四六
この上も　鳥總　三四〇
この飢ゑや　繩文　一三八
この馬は　繩文　一二一
この翁　大空　四〇五
この沖を　流轉　三一三
この面（おもて）　子午　一八
この國の　大空　四二六
この國は　拾遺　四八八
この首を
　いくたび捲きし　樹下　一四七
　埋むべき嶺　鳥總　三五一
　もちて步まば　樹下　一七三
この空の　落人　三七三

さ

西行庵の　拾遺 四七九
西行ならば　鳥總 三四一
西行に　鳥總 三四五
西行の
　歩みたまひし　拾遺 四七五
　妻にまみゆれ　大空 四〇四
　招きなるべし　流轉 三一四
西行を　鳥獸 二三〇
歳月に　落人 三九四
歳月は　流轉 三一四
在五中将　落人 三七一
罪障の　鳥獸 二一九
才乏しき　樹下 一八四
才無くて　靈異 八〇
苛みて　靈異 七九
歳晩に　樹下 一九七
西方に　樹下 一五五
西方の
　木沓を履けり　野生 四四八
　空燃えてゆく　子午 一六
　角笛吹けよ　鳥總 三三六
材木を　子午 一八
藏王權現　拾遺 四七九
藏王讚歌
　うたひつつ山を　樹下 二〇三
　うたひて春を　拾遺 四七四
藏王堂に
　讀經聽きて　拾遺 四七八
　春の雪ふる　拾遺 四七六
　般若心經　野生 四六六
　詣でしのちに　樹下 一九三
　蠟燭の燈を　拾遺 四七七
藏王堂の
　大屋根反りて　拾遺 四七七
　大屋根見上ぐ、　靈異 八七
　大屋根見ゆる　拾遺 四七三
　姿見ゆれば　拾遺 四七四
　讀經を聽きて　拾遺 四七九
　新年の讀經　拾遺 四七八
　檜皮葺の彩の　拾遺 四七三
　檜皮削れる　樹下 一八〇
　丸柱ひかる　樹下 二〇三
藏王堂を
　いくたびも眺め　鳥獸 二四六
　しばらく眺め　拾遺 四七六
酒鬼薔薇　落人 三七一
賢木もち　靈異 七五
逆さまに　子午 四七
さかしまに　子午 一四
逆しまに　子午 一三
さかしらの
　溢るる世かな、　鳥總 三五〇
　もてはやさるる　大空 四三七
さかな漁る　子午 三〇
さかな燒く　子午 二一
坂にある　子午 二四
坂の上に　樹下 一六三
坂のぼり　鳥獸 二四〇
溯る
　ジャズひと群の　子午 四七
　はがねの鰭の　子午 三五
月代(さかやき)は　大空 四三〇
熾んなる　鳥總 三四九
サキソフォン　鳥總 三三六
さきの世は　野生 四五三
狹霧飛ぶ　大空 四一五
さきはひの　鳥獸 二四一
咲く花に　繩文 一〇〇
咲く花の　繩文 一〇〇
櫻木の　靈異 七四
さくら咲く
　青き夕べと　繩文 一一〇
　さびしき時間　樹下 一六三
　その花影の　靈異 六六
　日の近みかも　樹下 一七〇
　山の菴に　大空 四三三
　夕ぐれ青し　流轉 二九六
　ゆふべとなれり　青童 二六三
　ゆふべの空の　青童 二六七
櫻咲く
　日の森くらし　青童 二八〇
　山に死にたる　野生 四五〇
さくらさくら
　日本の野に　流轉 三一四
　二度のわらしと　鳥總 三三四
　春のくもりを　鳥總 三三五
サクラサクラ、　落人 三八九
さくら樹下　子午 一四
櫻前線　流轉 三一四
櫻散る　鳥總 三三八
さくらの材　繩文 一〇七
さくらんぼ　鳥獸 二一一
櫻桃　鳥獸 二一三
佐久をゆく　子午 一七
酒酌めば　流轉 二九九
叫ぶ岩に　子午 三八
叫べよと　子午 三九
酒やめむ　靈異 八七
ささやかな　大空 四一三
さしてゆく　鳥總 三三五
刺すごとく　子午 一四
さそり座の　樹下 一六四
さそはるる　樹下 一五三
さだすでに　鳥總 三三五
殺意ありや。　子午 三四
獵夫(さつを)ども　繩文 一〇一
サッカーを　拾遺 四八八
颯爽と　青童 二七〇
殺戮は　流轉 三一三
敏くして　鳥獸 二一四
里山に
　霰ふる日よ　大空 四二一
　人働きて　大空 四三三
里山の
　化け物はみな　大空 四二五
　冬のなだりに　大空 四二八
　もみぢを愛づる　大空 四三〇

し

屍の　鳥獸　二三五
鹿ひとつ　靈異　九三
鹿も鳩も　鳥總　三四七
鹿や猪の　大空　四一〇
敷栲(しきたへ)の　流轉　三〇七
食斷ちし　樹下　一七一
しぐるると　樹下　一六七
しぐれの雨
　土に沁み入る　落人　三七一
　われを濡しぬ　落人　三七〇
醜(しこ)の御楯(みたて)と　鳥總　三五五
四、五羽ゐる　落人　三七八
自在なる　野生　四四六
自殺者の　鳥總　三三九
猪威(ししおどし)の　大空　四〇八
鹿踊(ししをどり)　大空　四〇二
鹿踊り　鳥獸　二一四
史實よりも　鳥總　三四八
ししむらの
　腐肉を投げて　子午　五五
　冬こそ出づれ　樹下　一九二
ししむらを　靈異　七一
死者笑まふ　靈異　八九
死者住まぬ　繩文　一三五
死者たちは　子午　二八
死者とこそ　拾遺　四八三
死者の斧　子午　三三
死者の死よ、　子午　五五
死者ばかり　大空　四二五
死者も樹も　子午　一四
死者よりも
　おくれて聴けば　靈異　六八
　遲れて峠　靈異　七六
猪鹿除(ししよ)けの　野生　四六六
鹿猪(しし)らみな　鳥總　三四二
しづかなる
　狂氣の涯と　樹下　一七八
　四月の雪を　大空　四〇二
　死後をおもへば　樹下　二〇四
　糜爛のやみに　流轉　二九〇
　宥しなるべし　流轉　二八五
　夜半の雲居に　繩文　一二九
靜かなる
　地下の茶房に　繩文　一一三
　虹かかりけり　繩文　一一〇
　晩年はこよ　鳥總　三三九
　山の田植は　繩文　一二六
　餘生であれよ　落人　三九五
しづもれる　靈異　八〇
死せむ日の　落人　三六三
舌垂れて　子午　三一
耳朶に觸る、　子午　四〇
羊齒群るる　青童　二八〇
羊齒群れる　子午　一六
「七人の侍」に　鳥總　三四六
しつかりと　流轉　三〇八
漆黑の　鳥獸　二三〇
實直な　落人　三六三
しつとりと　鳥獸　二四五
十方に
　かなかなさやぐ　靈異　八八
　散りふぶく雪の　繩文　一〇一
自轉車の　鳥總　三三一
仕留めたる　鳥獸　二一七
死なせたる　青童　二六〇
しなやかな　落人　三七九
しなやかに　鳥獸　二三〇
死に失せし　鳥總　三三五
死匂ふ
　あかときの河　子午　四〇
　紅葉の溪に　子午　三七
死神か　野生　四四六
死にざまを　青童　二七〇
「死にたまふ母」　流轉　二九二
死ににける
　父をおもへば　樹下　一七七
　人を思ひて　樹下　一九二
　老婆を焼けば　樹下　一五五
死にむかひ　落人　三六六
死病(しにやまひ)　樹下　一七六
死病と　落人　三六六
死にゆきし
　兜蟲かこむ　鳥總　三五四
　わが動物の　子午　一四
死ぬことのみ　青童　二七三
死ぬほどの　流轉　二九〇
死ぬるまで
　蓑出でざるや　落人　三七三
　われにつき來る　鳥獸　二四九
死の後に　鳥獸　二三八
死ののちも　子午　三四
しののめに
　靴下はきて　野生　四五六
　篠の井の驛に　子午　一七
　たかぶりおもふ　流轉　二九八
　むかつて走る　子午　三三
　雪しらじらと　落人　三九五
　雪ふりつもり　鳥總　三三五
しののめの
　星宿いたく　流轉　二八七
　富士あらはれて　樹下　一五七
　山行くひじり　拾遺　四七四
死の淵を
　かたはらにして　青童　二六〇
　からくものがれし　落人　三八二
柴栗を　鳥總　三五一
しばしばも　子午　二九
死はとほく　流轉　三〇四
しばらくは
　居眠りなして　青童　二七七
　ことばを棄てて　流轉　二九四
　留守になるぞと　流轉　三〇四
慈悲心鳥と　落人　三七七
澁柿の　大空　四〇一
シベリヤの　鳥獸　二四一
終弘法(しまひこうぼふ)　鳥總　三四七
縞馬の　子午　三三
島影の　靈異　七九
島びとは　流轉　三一二
シマブクロフの　鳥總　三四九

　あはれはいまに　流轉　三一二
　日輪ひとつ　樹下　一七一
昭和天皇の　大空　四一四
土産店の（ショーウインドー）　子午　二一〇
職業を　靈異　八二
燭臺の　靈異　八三
職場にて　落人　三七九
職もたぬ
　日日に戻りて　流轉　三一五
　われの一期に　靈異　八七
初潮まで　流轉　三〇三
除夜の鐘　樹下　一七五
詩より歌へ　鳥獸　二四三
白梅の　樹下　一七六
白神の　青童　二七三
白川渡に　野生　四四四
しらじらと
　朝を目覺むる　繩文　一三六
　朴の木立てる　樹下　一八六
　礫かがやける　繩文　一四〇
白南風に　繩文　一三七
白峯の　落人　三八三
白桃の　靈異　八九
白桃は　青童　二六六
白桃を　鳥獸　二四二
白屋嶽の　流轉　二九六
シリウスの
　蒼きひかりは　樹下　一六三
　また昇りたり　流轉　三〇八
白犬の　鳥獸　二二三
白馬を　靈異　六六
しろがねに　流轉　二八五
しろがねの
　橋梁たわめる　子午　一三
　金屬パイプ　樹下　一八〇
　冬は來たると　子午　三八
　噴水の秀の　樹下　一八〇
　水噴きあぐる　樹下　一六七
銀（しろがね）の　子午　三九
しろき朝の　子午　九
白き犬を
　飼ひをりし日の　大空　四三五
　連れて歩めば　樹下　二〇六
　連れて歩める　青童　二七八
　森に放てば　鳥獸　二四七
白き猪（ゐ）の　樹下　一九七
白き猪は　流轉　三〇〇
白き馬　鳥總　三五三
白き蛾は　鳥總　三五四
白き紙　鳥總　三四七
白き鹿に　鳥獸　二二二
白き鷄　子午　二〇
白絹に　青童　二七三
白き花　樹下　一五一
しろき餅　繩文　一三四
白く曇る　繩文　一一〇
しろくしろく　樹下　一五七
白鉢巻　流轉　三一二
咳聲（しはぶき）の　流轉　三〇四
死を生くる　靈異　八九
詩を作るより　樹下　一五九
死を積める　子午　三
塵埃車　子午　一八
塵芥の　鳥總　三三五
心經に　樹下　一七六
心經を
　唱へあゆめり　樹下　一八八
　唱ふるわれに　樹下　二〇〇
芯削る　繩文　一〇四
新月の　鳥獸　二二三
盡十方　野生　四四四
盡十方に　樹下　一八九
眞珠色の　鳥總　三四一
人獸の　子午　四七
新春の
　菴に差せる　拾遺　四七九
　勤行の氣の　拾遺　四七七
　霜柱立ち　拾遺　四七七
　三輪にて會はむ　落人　三八四
しんしんと
　青き傾斜に　靈異　七三
　脛の入江に　子午　三
　雪ふりつもる　鳥總　三三五
壬申の　大空　四三五
「新世界より」の　樹下　一四九
神饌に　靈異　八五
神童子の　青童　二六六
身燈の　靈異　九二
神變大菩薩　落人　三六五
信欲りす　子午　四四
「神名帖」　鳥總　三五〇
神妙に　繩文　一〇三
深夜には　落人　三八一
新綠の　青童　二七三
人類で　大空　四三六

す

西瓜食ふ　樹下　一五九
彗星の　樹下　一八九
垂直に
　うつしみめぐる　樹下　一七八
　樹液はのぼれ　樹下　一五〇
水平に　樹下　一六一
水量の　鳥總　三三九
睡蓮の　繩文　一二七
數千年　野生　四六三
數千の　大空　四一六
スカートを　大空　四一六
頭蓋より　大空　四一五
姿なき
　秋の囚人　子午　五〇
　樹を搖さぶりて　子午　四八
素寒貧の　大空　四一〇
スキーより　樹下　一九二
杉落葉
　あかきたそがれ　青童　二六一
　赤みを帶ぶる　鳥獸　二一六
杉花粉　鳥總　三三五
杉枯葉　鳥獸　二四四

過ぎきつる　落人　三六一
杉木原
　かよひて山に　靈異　七一
　かよへる道の　靈異　八九
　雪來るまへを　繩文　一一三
杉木群　繩文　一〇八
透きとほり　靈異　九〇
透きとほる　繩文　一一六
杉の枝　流轉　二八五
杉の木に
　雷神落ちて　鳥獸　二一三
　雪ふりつもる　鳥獸　二一六
杉の木の　鳥獸　二三〇
杉の斜面　子午　一五
杉の葉の　野生　四六二
杉の秀の　靈異　九一
杉箸を　野生　四六〇
杉檜
　みな直立てる　樹下　一九三
　山には植ゑつ　鳥獸　二三四
杉檜の　野生　四六五
杉森の　靈異　七〇
杉山に
　藍ながるれば　樹下　一六八
　朝日差しそめ　靈異　七一
　沫雪ふれり　樹下　一六二
　入りきておもふ　靈異　七三
　おもくかかれる　落人　三六一
　心臟青く　樹下　一七九
　童子ふたりの　繩文　一〇五
　遠ひぐらしの　繩文　一三〇
　とだえもなしに　樹下　一八三
　啼く山鳩は　鳥獸　二一二
　虹かかりたる　鳥獸　二一三
　春のひかりの　青童　二六四
　春の雪ふる　鳥獸　二四六
　一つひぐらし　繩文　一二五
　法師蟬啼き　樹下　一六一
　夕日あたりぬ　青童　二五九
　雪降りくれば　野生　四四七
　雪ふるかなた　樹下　一五六
　夜霧はうすく　樹下　一六四
　われを襲はむ　靈異　六三
杉山の
　奥なる嶺の　大空　四三〇
　尾根にて鳴きし　落人　三九〇
　木の間の外に　拾遺　四七三
　このゆふまぐれ　樹下　一七四
　斜面の雪は　樹下　一六九
　しろき斑雪に　鳥獸　二三九
　たかき尾の上に　樹下　一八三
　たかき嶺より　樹下　一八九
　焚火の上に　鳥獸　二二五
　遠ひぐらしを　靈異　六八
　滲める水に　繩文　一〇七
　斑雪しろき　鳥獸　二三八
　廣き窪みに　大空　四一七
　峯を仰ぎて　鳥獸　二三〇
　森出でて見る　樹下　一七七
　雪ふみゆけば　青童　二六二
杉山も　野生　四六四
杉山を
　金色の陽に　繩文　一三七
　眞向ひにして　落人　三七〇
すぎゆきは　子午　一八
過ぎゆきは　樹下　一九二
過ぎゆきも　子午　三七
杉わけて　靈異　七一
直立ちて　流轉　二九五
直立てる　靈異　六八
少彦名神　拾遺　四八四
直なれば
　青杉の秀の　繩文　一二四
　われは悼まむ　靈異　八八
すこしづつ
　氣狂ふきざし　樹下　一五九
　惚けてゆかむ　流轉　三一〇
すこしわれ　野生　四六五
すさのをの　繩文　一四〇
すさのをは　鳥獸　二三四
すさまじく　大空　四三三
すさみたる　子午　一六
頭上にて　子午　四一
鈴つけて　靈異　八〇
鈴鳴らし　野生　四五六
すずめ蜂の
　大き楕圓の　鳥獸　二一三
　丸き巣ふとる　鳥獸　二二五
すつぱりと　鳥獸　二四四
棄てえざる　樹下　一九三
捨てて來し　靈異　八三
すでに朱の　子午　三九
すでに無人の　子午　三六
すでにわれは　鳥獸　二二五
捨て行かば　繩文　一〇二
ストーリーの　野生　四六六
ストレッチャーにて　鳥獸　二二五
スプーン・ナイフ　樹下　一六三
素振りなす　靈異　六九
墨青く　拾遺　四七六
墨薄く　鳥獸　二四六
炭燒の　落人　三九四
すみれ色の　繩文　一二八
すめらみこと
　新穀召さるる　鳥總　三五四
　病みたまひける　鳥獸　二二五
播粉木（すりこぎ）に　鳥總　三四四
するすると　子午　一七
擦れちがひ　流轉　二九九
すんすんと　青童　二六〇

せ

性愛を　鳥總　三五三
性淡き　流轉　三〇七
世紀果つる
　この秋の日に　鳥總　三五三
　山の露霜　落人　三六九
製材の　子午　一〇
青春を　落人　三八一

正裝の　鳥獸　二四七
制吒迦（せいたか）と　大空　四三四
青銅の
　陽を轉ばせて　子午　三七
　森たちまちに　子午　三八
聖と俗　青童　二六〇
世界の涯に　落人　三七八
セガンティニの　子午　二〇
咳きこめば　大空　四三九
急き打てる　子午　四〇
脊椎を　鳥獸　二二八
石佛に　子午　一九
石油ストーブ　繩文　一三三
寂寥は　野生　四五四
世間より　野生　四四六
せせらぎに　鳥總　三三八
雪景と　靈異　八七
雪溪の　鳥獸　二三七
雪原に　子午　一三
雪原の　鳥總　三三三
雪中に　鳥獸　二三六
せつぱつまり　野生　四四六
雪嶺の
　輝く空よ　大空　四一五
　坐せる室内　子午　五四
　麓を行きて　繩文　一一五
　まぶしきあした　繩文　一三五
雪嶺は　樹下　一五一
雪嶺ゆ　大空　四三三
セネガルが　落人　三八八
せりあがる　子午　三九
セロ彈きの　靈異　六八
前鬼後鬼
　いづこにをるぞ　靈異　七九
　わがかたはらに　鳥獸　三三九
全山の
　紅葉果てて　野生　四四四
　櫻のこずゑ　樹下　一九六
全山を　流轉　二九八
戰場の　野生　四四六
全身に　流轉　三二一
せむすべの　青童　二七三
戰爭に
　子を失ひし　樹下　一九三
　死なざりければ　野生　四五四
　敗れてはやも　青童　二六一
　征く年の春　拾遺　四七四
戰爭の　樹下　一六八
仙人の　野生　四四九
千年に　拾遺　四七四
千年の　拾遺　四八一
『千年の愉樂』を　青童　二五九

そ

雜木林の　大空　四〇四
蒼穹に
　しばらく泛ぶ　鳥總　三五〇
　銃を放ちて　落人　三七〇
　心臟の血を　落人　三六九
蒼穹の
　洞より散れる　鳥總　三四一
　磁場をたどりて　野生　四四三
蒼穹より　鳥獸　二五三
葬式は　流轉　二八七
喪失の　繩文　一一八
喪失は　青童　二七三
早春の
　鳥けものらと　繩文　一〇七
　陽の明るさに　鳥獸　二四五
　星あざらけし、　繩文　一三三
　夜の海より　繩文　一三九
壯大なる　鳥獸　二一九
左右の溪に　子午　三九
素麵（さうめん）の　拾遺　四八五
草莽（さうまう）と　繩文　一一〇
草莽といふ　鳥總　三三三
草木蟲魚　繩文　一一九
削ぎ立てる　流轉　二九九
即興の　落人　三六七
俗物の
　あかしと知れよ　樹下　一七九
　苦しみなれば　樹下　一五〇
測量技師　子午　四七
測量の　繩文　一一四
底光る
　黑曜石の　鳥獸　二一七
　獵銃欲しき、　野生　四五三
そそのかす　子午　四四
そそり立つ
　岩窟の秀を　樹下　一四七
　斷崖を覆ふ　鳥獸　二三三
　ビルの窗みな　青童　二六一
　山の狹間を　樹下　一八三
俗界の　野生　四五〇
その薄き　子午　三四
その面を　野生　四六四
そのかみの
　王のみ首　大空　四一二
　帶を解く音　子午　一〇
　鹿深の道を　大空　四三四
　鬼市のなごりか　野生　四四九
　貴種ひそみけむ　落人　三九二
　國譲りせし　落人　三七二
そのかみは
　でんぼを病める　大空　四三三
　みな漂着の　流轉　三一四
その巨根　鳥總　三三五
その背中　鳥總　三四四
その土地に　落人　三六八
その日から　子午　二五
その父母と　鳥總　三三五
そのむかし　鳥總　三三四
その昔　流轉　三一〇
蕎麥する　樹下　一四七
祖父の手に　繩文　一三七
杣と仙　落人　三七八
杣人と　鳥獸　二二三
杣人の　落人　三七七
叛かれし　鳥獸　二二三

叛きたる　縄文　一〇〇
そよぎ立つ　鳥總　三三三
空覆ふ　流轉　三〇四
空澄むと　落人　三七一
空高く　大空　四一六
空にきく　子午　二七
空に棲めぬ　子午　四一
空に投ぐる　子午　三三
空に鳴る　子午　一一
空に舞ふ
　枯葉はなべて　鳥總　三三一
　木の葉銀箔、　鳥獸　三一八
そらまめほどの　落人　三九〇
空わたる
　鳥は知るなれ　靈異　七五
　鳥灼けをらむ　流轉　三一七
空を指す　縄文　一〇八
ぞろぞろと
　鬼どもつづき　鳥總　三四三
　老人多く　流轉　二八八
存在の　縄文　一三五
そんなにも　大空　四一一

た

ダイオキシンに　鳥總　三四四
體溫計　野生　四五八
太鼓うちて　青童　二七三
大根は　鳥總　三三〇
大根や　大空　四三七
胎兒以前　子午　四九
大蛇嵓（だいじゃくら）の　野生　四四三
大小の　靈異　八六
太初から　子午　二四
太初より　落人　三八八
「タイタニック」を　野生　四四四
颱風の
　雨いくたびも　鳥獸　二一三
　襲ひ來し夜　鳥獸　二三五
　近づく朝明　鳥獸　二一三
　近づくといふ　野生　四五八
　眼に入りて　野生　四五六
　眼のなかに入りて　落人　三六四
『太平記』
　ごつごつ詠むは　鳥獸　二四八
　また讀みたどる　拾遺　四七四
　讀みくだされし　鳥獸　二四六
大木の
　さみしさ知れり　靈異　九一
　したにねむれる　野生　四六五
當麻寺の　大空　四一五
耐へてこし　縄文　一三一
絶え間なく　鳥獸　二四〇
倒れ木の
　上にも雪は　落人　三六一
　白き谷間よ　子午　三九
倒れたる　野生　四五五
倒れゆく　靈異　七五
他界など　野生　四五一
高鴨の　流轉　三一五
喬き樹の　子午　二九
たかだかと
　櫟の樫の　鳥獸　三二一
　平和記念塔　流轉　三三三
　朴の花咲く、　縄文　一三一
誰がための　樹下　一六七
鷹のごとく　靈異　六八
たかぶりて
　霰ふるなり　流轉　二九五
　星宿こそ歌と　流轉　三〇四
昴りて　落人　三六三
高見山　靈異　六五
たかはらに　靈異　八五
瀧尻の　樹下　一八一
激つ瀬に　靈異　八六
たぎつ瀬の　樹下　一八一
焚火して　鳥總　三三三
たくましき　落人　三七八
竹串に　子午　一九
竹笊に　拾遺　四八八
丈足らぬ　樹下　二〇〇
竹の子を
　掘りてきたりし　大空　四三三
　夜夜盗りにくる　野生　四五二
竹群に
　懸れる月の　子午　一五
　かこまれてゐる　青童　二七一
　春のはやちの　縄文　一三九
　ひかり渦巻く　縄文　一一三
　夜明けの月の　大空　四〇六
竹群の　靈異　七四
竹群ゆ　靈異　六四
竹藪に　子午　二一
竹藪の
　竹伐りをれば　落人　三七五
　中に太れる　靈異　六四
竹槍を　鳥總　三三三
凧あぐる　靈異　八七
蛸干せる　落人　三八三
たづきなく　縄文　九九
たそがれの　樹下　一九一
黄昏の　大空　四三七
戰ひに
　子を失ひし　大空　四三九
　死なざりしわれ　鳥獸　二三五
　死にたる兄よ　樹下　一九六
　死にたる兄を　鳥總　三三三
　死ににける兄、　樹下　一五〇
　敗れたる春　靈異　六五
戰の　流轉　二八六
戰ひの
　終りしところ　子午　二〇
　後の白雲　樹下　一五八
　日に拗ねたりし　樹下　一九八
戰は　流轉　三一三
ただひとつ　大空　四三六
疊薦　大空　四三一
祟神
　たたりたまふな　流轉　三〇五
　たたりたまへば　大空　四一九

立合の　野生　四五三
たちあがり　子午　五五
太刀置きて　靈異　七四
立枯れて　鳥獸　二五三
立枯の
　かの大杉の　野生　四六一
　樹をそのままに　子午　一八
立枯れの　靈異　七五
たちならぶ　樹下　一六五
立ちのぼる　樹下　二〇三
たちまちに
　白くなりたる　樹下　一九二
　遁げてゆく森　樹下　一五三
たつぷりと　落人　三八一
立岩の　靈異　七三
たてがみは
　青葉の闇に　縄文　一三六
　はやしめりつつ　樹下　一六四
立山の　大空　四二五
立山を　樹下　一四八
立てる木に　鳥總　三四三
立てる樹の　鳥獸　二五一
立てるまま　靈異　七九
たどたどしく　鳥總　三三九
七夕の
　あしたを出でて　大空　四二六
　銀河を挽ける　野生　四五四
　ゆふべ緑金、　落人　三九一
七夕を　大空　四〇六
たなびきて　縄文　一三三
谷間に　縄文　一〇六
谷川の　野生　四五四
谷蟆(たにぐく)の　縄文　一三〇
谷蟇の　大空　四二一
谷くらく　靈異　六三
谷行の
　掟を知らず　樹下　一八八
　後にきたりし　鳥獸　二三〇
谷越えて　縄文　一二一
谷こめる　樹下　一七九
谷底の　樹下　一五九
谷底を　子午　一七
谷へだて
　硫黄をふくむ　大空　四三五
　かたみに鳴ける　縄文　一三七
　鍛冶のおこす　靈異　六六
谷間には
　髑髏ひとつ　大空　四一八
　螢むらがり　落人　三九一
谷間まで　樹下　一九七
谷間より
　霧湧く山の　縄文　一三五
　春山風は　鳥獸　二三三
　よだかの聲は　縄文　一二五
愉しげに　流轉　三〇七
たのしみて　大空　四〇四
たばしれる　鳥獸　二三六
旅終へて　鳥總　三三二
足袋しろく　樹下　一八二
旅に生くる　縄文　一一五
旅にして　樹下　一五四
旅人と　拾遺　四七三
旅人の　流轉　三〇二
旅人は　鳥總　三五〇
旅人を　靈異　七六
旅ゆけば　鳥總　三五〇
犢鼻褌(たふさぎ)の　鳥獸　二一三
たぶの木に　樹下　一五四
食殘す　子午　二六
食べ物を　流轉　三〇〇
玉かぎる　鳥總　三三七
魂の　子午　四九
たましひは
　尾にこもるかな　縄文　一二七
　形なきもの　鳥總　三三三
魂は　落人　三九三
魂を　鳥總　三四八
玉砂利の　樹下　一九一
玉葱に　流轉　二八九
玉鋼
　うたれゐるべし　落人　三九四
　造りし者ら　野生　四四六
たまゆらは　青童　二七一
玉依姫　靈異　九二
ダムの底に　流轉　二九六
たゆまずに　樹下　二〇四
たゆみなく
　岩を洗へる　流轉　三一二
　虚空をにぎり　樹下　一五一
　夕空にあがる　樹下　一四九
盥にて　靈異　八〇
盥には　鳥獸　二三六
たらちねの　樹下　二〇六
たれかまた　鳥獸　二三七
誰かまた
　血のみなかみを　樹下　一五三
　雪ほのぼのと　縄文　一三五
たれひとり　大空　四一九
誰一人　野生　四六一
誰もゆかぬ　鳥獸　二四五
たれゆゑに　鳥獸　二四五
團塊の　野生　四五八
斷崖の
　投入堂を　落人　三六五
　もみぢおそろし　野生　四四三
斷食を　野生　四六七
單純に　縄文　一〇七
『歎異鈔』　落人　三七四
ダンノハナと　落人　三六六

ち

小子部(ちひさこべ)　鳥總　三三九
動力鋸(チェーンソー)を　流轉　二九一
近きゆゑ　青童　二七五
ちかぢかと
　かへり來ませる　樹下　一七八
　虹わたる朝明　縄文　一二九
近露の　樹下　一八二
地下鐵の　子午　一二

地下道の　子午　一五
地下二階、　大空　四二一
近山に　靈異　八〇
近山の　流轉　二八五
近寄れば　子午　三五
力つきて　鳥總　三三六
癡漢多き　鳥總　三二六
癡漢・掏摸　鳥總　三四七
地球滅ぶ　鳥獸　二三三
地圖になき　靈異　七七
父・母・妻　子午　五五
乳色の
　春なかぞらに　樹下　一五六
　ふくらみゆくや　鳥總　三三三
父植ゑし　鳥總　三三六
父すでに　樹下　一九一
遲遲として　落人　三六一
父なれば　樹下　二〇三
父に子の　子午　二一
父のなき　樹下　一八〇
父の墓　樹下　一八九
父の日に　樹下　一八五
父の骨を　青童　二六四
父の喪の　樹下　一八〇
父ははに　繩文　一一一
ちちははの
　法要なさず　大空　四〇三
　病み伏しし部屋に　樹下　一九九
ちちははを　樹下　一六八
父も母も
　往きし萬緑　樹下　二〇四
　みな壯んなる　大空　四一〇
父よ父よ、　青童　二六三
父われに　繩文　一一三
父われの　鳥獸　二二一
血のにじむ　子午　三七
知念城(ぐすく)の　流轉　三一四
血のいろの　青童　二七六
血の奧に　樹下　一五〇
地の終り　子午　一三
血の渇き　子午　四六
茶髮逆立て　鳥總　三三四
茶を淹るる　野生　四四七
長鼓(チャンゴ)打ち　青童　二七六
沼空の　鳥獸　二五一
鳥獸蟲魚の　繩文　一一四
彫像は　子午　四九
丁丁と　子午　三三
提燈に　繩文　一〇六
挑發に　子午　四三
散り敷ける　拾遺　四八二
散りのこる　樹下　一八四
散る花の　樹下　一六九
散る花を　鳥總　三四七
ちんぐるま　樹下　一四八
鎮魂の　落人　三六五
鎮守より
　太鼓とどろき　落人　三六九
　太鼓ひびけり　鳥獸　二三三
沈默の
　村を過ぎ來つ　子午　四九
　雷青き日や　繩文　一一九

つ

つひにして
　常民ひとり　繩文　一三七
　われのみ黑く　子午　二一
つひにわれ
　この小詩形に　樹下　一六二
　吉野を出でて　樹下　一八六
つひにわれを　落人　三六三
つひの日に　樹下　一七七
啄みて　子午　三九
津輕野の　青童　二七三
疲れたる　樹下　一九九
月あかく　鳥總　三五四
「次行き」と　落人　三九一
月出づる　流轉　三〇六
月出づれば　大空　四〇八
月暈を　鳥獸　二二八
月黑く　鳥總　三四一
繼櫻　樹下　一八一
つぎつぎに　子午　二五
付きてくる　繩文　一〇一
追(つ)きてくる　靈異　八〇
付きてこし　流轉　三〇三
槻の木に　靈異　七七
月の出に　子午　三五
月の出の
　明るき斜面　靈異　七八
　樹木の隈は　繩文　一二〇
　　ゆらげる闇を　繩文　一一三
次の世に　鳥總　三四五
次の代に　鳥總　三五三
月の夜は　子午　一〇
月見草　樹下　一五七
憑きものの　子午　五五
月夜茸　鳥獸　二一八
つくづくと　子午　三九
繼(つ)ぐひとの　落人　三六六
附馬牛(つくもうし)村の　落人　三八〇
月よみの　樹下　一五一
月讀の　大空　四〇九
土崩(つちくえ)の　子午　二五
土雲と　野生　四五七
土車　樹下　二〇一
土黑く　樹下　一六六
土(つち)の上に　青童　二七七
地の上に　流轉　二八八
土ふるを　野生　四六四
つつしみて
　魂寄り合へば　樹下　一四七
　三輪の社に　拾遺　四八二
つつましく　子午　一三
つづまりは
　核の力と　鳥總　三四五
　われ穿たれて　鳥獸　二四八
つながれし　子午　三四
常ならぬ

年來たるべし、　靈異 八七
　一生を思へば　縄文 一三〇
常の人の
　苦しみのうへ　樹下 一五五
　無心にちかく　樹下 一五六
角笛を　鳥總 三三六
椿の蜜を　樹下 一五三
つばくろの
　糞白き土間に　縄文 一一六
　またひるがへる　縄文 一三一
茅花(つばな)折りて　樹下 一七三
鍔廣き　子午 一八
つばらかに　野生 四四三
唾湧きて　子午 四〇
呟きて　樹下 一四八
つぶやけば
　業苦のはじめ、　縄文 一一九
　げに口ひびく、　樹下 二〇五
爪立ちて　鳥獸 三三三
妻つれて　流轉 二九八
夫問ふと　大空 四三五
妻と子の　靈異 九〇
妻と娘　大空 四〇二
妻の髪に　落人 三七九
妻も子も　樹下 一五五
妻や子を　野生 四六三
罪ありて　子午 二九
積木する　靈異 七八
罪ひとつ　靈異 七六
罪ふかき　野生 四六二
紡ぎゆく　縄文 一〇四
爪印は　縄文 一三三
詰襟の　樹下 一七三
詰襟は　樹下 一七〇
通夜にゆきし　樹下 一七四
艶めきて
　椿の谷を　靈異 六四
　冬の筏は　子午 三八
つゆ明くる　流轉 三一六
梅雨入りの　大空 四一七
つゆ空ゆ　樹下 一九八
梅雨近き　縄文 一三三
梅雨ちかき　縄文 一三四
梅雨に入る
　まへの明るさ　落人 三八六
　やしろの古木　落人 三七六
つゆのへに　鳥獸 二四三
つゆの月　縄文 一二七
梅雨の夜の
　つゆをふくみて　樹下 一六四
　槇山出づる　樹下 一七三
つゆふくむ
　天つ日朱し　縄文 一一八
　夕星出でぬ、　縄文 一二四
　夕べの靄に　縄文 一二五
露ふくむ　樹下 一七五
つらなりて　野生 四六六
釣りたての　野生 四五四
吊橋を
　バイク渡れり　鳥總 三三四
　わたりて辨財天に　鳥總 三四六
釣鉤は　野生 四五三
つるし柿　大空 四二八
つるはしの　子午 一六
鶴嘴の　子午 三六
橡(つるばみ)の
　あかるき空洞を　流轉 二八七
　實のぴちぴちと　樹下 一九五
つるみて　子午 四〇
つるりんだうの
　朱實を分けて　流轉 二九四
　ほとりに尿　鳥總 三三一
　實かたまりて　大空 四〇九

て

Tシャツの　大空 四三五
定家葛　樹下 一九八
定型の　流轉 三〇六
貞操帶に　青童 二六四
ていねいに　樹下 一九四
テーブルに　子午 五四
出稼ぎといふ　鳥總 三三六
敵意ある　子午 二七
できるだけ
　おのれかすかに　鳥總 三四〇
　雜念しづめ　野生 四四五
　文明の速度に　鳥總 三三五
的皪と　鳥總 三三六
手漉き紙　縄文 一二七
掌につつみ　子午 三五
手の孤獨　子午 一四
てのひらに
　柘榴の朱實　縄文 一二七
　のせていとしまむ　流轉 二九三
手袋も　野生 四四六
手も足も　樹下 一九九
てらてらと
　輝く葉むら　鳥總 三三八
　照れる巖の　縄文 一三一
　晩夏の道に　子午 二八
　若葉照る日や　青童 二六五
照りこもる　縄文 一〇三
テロの世と　大空 四二一
手を積みて　子午 五五
天川の　鳥總 三四六
天川は　鳥總 三四六
天川村　流轉 二九四
天刑と　鳥獸 三三八
天日に　子午 四四
傳承と　落人 三九二
天上に　青童 二七六
天上の
　一枝を折りて　鳥獸 三二一
　梢に垂るる　樹下 一九八
　地に咲きたる　樹下 一四八
　無數の翅の　野生 四五〇
傳承の　縄文 一三七
天上を
　戀ふる噴きあげ　樹下 一六三

突く杉の木の　鳥總　三二八
轉身を　繩文　一〇〇
傳說の　流轉　二九九
天誅組の　流轉　二九六
「てんちゅう」と　大空　四三四
天頂に　鳥總　三三八
天人の　子午　一〇
天王寺　流轉　三一一
天王寺、　大空　四〇三
天王寺・　大空　四二七
天の川の　大空　四〇三
天平の　樹下　一四八
天窗の
　硝子に映り　子午　四九
　硝子に降れる　靈異　八二
天を仰ぎ　青童　二七九

と

獨逸より　拾遺　四八八
當歸の香　樹下　一四九
童形の　大空　四三五
唐鍬に　流轉　三一六
逃散の　繩文　一二一
父さんの　落人　三八七
東大寺　大空　四三六
燈臺に　大空　四一〇
どう、どう、どう、　落人　三六四
塔のある　子午　一四
東方に　靈異　七六
透明な　鳥獸　二五一
童蒙の
　くらきこころを　繩文　一〇八
　夏のくらさを　繩文　一三〇
　日に見たりけり　繩文　一二七
玉蜀黍　落人　三六七
當用日記を　鳥獸　二三六
とほき日に　大空　四一〇
遠くとほく　繩文　一二〇
とほくゆく　樹下　一六七
遠くより
　秋の津波の　鳥獸　二三四
　春かみなりの　野生　四五〇
遠ざかり　青童　二七〇
遠遠に　繩文　一〇五
『遠野物語』　落人　三六二
都會には　野生　四五七
戸隱の
　原の穗すすき　樹下　一四七
　原ゆきゆかば　樹下　一四七
尖石　繩文　一二八
鴇色の　靈異　七六
時じくに
　山を訪ひくる　靈異　八六
　雪ふる國や　靈異　九一
時じくの　子午　二四
刻ながく　鳥獸　二三三
閧の聲　鳥獸　二四九
「朱鷺の舞」　大空　四一四
讀經する　子午　四七
讀經の　繩文　一二六
とぎれとぎれの　落人　三八八
とく過ぎし　流轉　二九七
毒茸の　樹下　一九一
どくだみの　樹下　一五九
戸口から　子午　一二
戸口にて
　崖なす家に　子午　四五
　しばらくわれは　青童　二六八
　よだかは啼けり　鳥總　三三九
どく、どく、どく、どく、　落人　三六八
時計のごと　子午　一二
棘かむる　落人　三七三
土建屋・山師　繩文　一三七
どこにても　青童　二七五
どこの國も　青童　二七六
常世より　鳥總　三五四
「土佐源氏」　大空　四二〇
土佐訛　流轉　三〇一
土佐にきて　流轉　三〇二
歲木樵る　樹下　二〇六
年越しの　靈異　八六
都市こそは　野生　四六三
年ごとに
　栃餅をくれし　青童　二六八
　わが老見えて　青童　二六四
歲ごとに　樹下　一七一
年ごとの　樹下　一九九
閉ぢこめむ　流轉　二九三
年たけて
明るき狂氣、　流轉　三一三
　かすみゆくわれ　流轉　二九四
感性いよよ　大空　四三三
賞戴きに　大空　四一五
見ゆるかなしみ　繩文　一三三
　わがかなしみの　落人　三七二
としどしに　野生　四四八
年とるは　鳥總　三三六
年とれば　青童　二七六
都市の空の　鳥總　三四八
都市の夜に　鳥獸　二一八
年ひとつ　落人　三七二
年ふりし　流轉　三〇〇
年古りし　繩文　一二四
戸じまりも　野生　四六一
年寄の　落人　三八〇
栃の木の
　ほのぐらき空洞に　鳥獸　二二三
　空洞を覗きて　落人　三七三
橡の木の　靈異　八三
栃の實を　青童　二六七
栃餅を　鳥獸　二二一
十津川の　樹下　一八二
十津川を　野生　四四八
とどまれよ　流轉　三〇四
とどめあへぬ　繩文　一二六
とどろきて　樹下　二〇六
となふれば　青童　二五九
唱ふれば　靈異　七六
どの家も　落人　三六八

どの神も　子午　一五
どの幹も　樹下　二〇六
とびきりの　鳥總　三三七
飛散れる　子午　三
とびとびに　流轉　二九六
鳥總立
　ことばの秀つ枝　鳥總　三四一
　せし父祖よ、　鳥總　三四〇
濁六(どぶろく)の　落人　三七九
土木作業　鳥總　三三三
乏しさを　子午　一四
土間に坐し　流轉　三〇三
とめどなき　樹下　一七八
とめどなく　野生　四五七
富める者　落人　三七一
燈(とも)しつつ　繩文　一三九
羨しみて　鳥獸　二一八
友らみな　青童　二六七
燈るごと　子午　五三
土用伐りの　大空　四三七
響(とよも)して　繩文　一一八
捕へたる　落人　三六五
ドラマの主役は　鳥總　三三四
鳥打帽　鳥獸　二二三
鷄(とり)が啼く　樹下　一七六
鳥けもの
　食ひくらひて　青童　二六二
　くらしのうちに　繩文　一〇一
　ひかりて遊ぶ　鳥總　三三二
　みな狩られたり　鳥獸　二三〇
　沐浴すらし　落人　三九二
鳥栖(とりすみ)の
　釣鐘撞けり　鳥獸　二四四
　峯越えて來し　樹下　一五九
とり憑ける　靈異　七四
とりどりの
　色をまじへて　鳥獸　二三〇
　ちり紙もらひ　流轉　三一七
　丸柱立つ　樹下　一七六
　山蛾のむれの　樹下　二〇四
鷄のゐぬ　靈異　九一
鳥の道　樹下　一七九
「奴隷の韻律」と　大空　四三三
とろとろと
　居眠りてをる　落人　三八七
　人の屍　野生　四六六
火の燃えてゐる　樹下　一七八
　山畑に燃ゆる　繩文　一〇三
泥のなかに　靈異　六八
永遠といふ　鳥獸　二一六
鈍器あり　子午　三四
どんぐりの　樹下　一九〇
團栗の　靈異　七五
曇天に　流轉　三一三
とんどより　野生　四六五
トンネルに　落人　三八七
どんよりと　野生　四五〇

な

地震(なゐ)すぎて　流轉　二九五
苗負ひて　樹下　一四九
長かりし　野生　四四五
永き不在　子午　一〇
ながき夜の
　木枯ながく　樹下　二〇一
　霜夜にかなし　樹下　一九五
　檜山のなだり　樹下　一六八
永くながく　大空　四一三
流さぬ血も　繩文　一一四
哭かしむな　野生　四四四
なかぞらに　鳥總　三四八
なか空の　子午　二五
なかぞらを　繩文　一〇八
長長と　樹下　二〇六
中之島　樹下　一六九
中邊路を　樹下　一八一
長良川　流轉　三〇五
流れ來て　大空　四一九
死骸(なきがら)を　子午　二七
鳴きしきる　子午　三〇
今歸仁(なきじん)の　流轉　三一三
亡き妻の　樹下　一八二
水葱(なぎ)のもと　子午　四三
亡き母の　樹下　一九六
啼きわたる　鳥總　三三九
鳴きわたる　靈異　六五
薙ぐ草の　樹下　一八五
なぐさまぬ　樹下　二〇一
嘆かへば
　嬰兒の襦袢　靈異　九二
　鉾立つ杉の　子午　三六
投げ出せよ　拾遺　四八一
啼けや啼け　大空　四二四
鳴けや鳴け、　鳥獸　二四〇
梨の芯　落人　三七二
なづみつつ
　來し北千里　樹下　一六三
　登りきたりし　落人　三八〇
鉈振りて　樹下　二〇五
なだらかな　野生　四五六
雪崩する　子午　一七
那智瀧の　樹下　一八七
夏終る　鳥獸　二二三
夏草に
　息きらしけり　子午　一九
　まろべばわれも　鳥獸　二四二
　徑かくれたり萱むらの　樹下　一九九
　徑かくれたり吹く風は　樹下　一八五
夏草の
　蒼きほむらに　樹下　一五九
　茂みに伏して　子午　二四
　茂みをわたる　大空　四一九
　しげれる山に　樹下　一七七
　はやたけだけし　流轉　三一六

夏草を　樹下　一六八
夏こだま　樹下　一六五
夏颱風　野生　四五六
夏の終り　子午　四九
夏の種子　靈異　七八
夏の日の　樹下　一九九
夏の日は　靈異　八五
夏の森　落人　三七四
夏の夜明け　大空　四一九
夏の夜に　落人　三七九
夏の夜の　子午　二七
夏花の
　しろく咲くなり　大空　四一八
　匂ひに噎せて　野生　四五九
夏祭　鳥總　三四五
夏祭り　樹下　一七四
棗の實　繩文　一一三
夏山の
　かの湖に　子午　一八
　木樵に續く　樹下　一五四
　ふかきみどりを　大空　四一六
七階の　青童　二七一
七草の
　粥食うべつつ　靈異　九三
　日の夕茜　靈異　九三
七越の　樹下　二〇一
七里(ななさと)に　樹下　一九一
何うつす　子午　二六
何食はば　野生　四五七
何ひとつ　流轉　三〇三
何待つと　靈異　七四
なにもかも　落人　三八二
何もせず　大空　四二五
なにものの
　加護なるべしや　拾遺　四八一
　過ぐるいたみぞ　樹下　一七八
なにものも　子午　四九
なにゆゑに　鳥獸　二三六
何をして　大空　四二六
菜の花の
　明るさほどに　鳥獸　二四七
　原飛び越ゆる　流轉　三一五
なべてみな　野生　四六五
なめらかに　青童　二七四
ならびなき　鳥總　三三七
竝ぶべき　大空　四二九
成金が　流轉　三〇二
成りなりて　鳥獸　二三八
鳴神の　樹下　一七七
『なるはた』の　落人　三六五
繩うたれ　大空　四二一
南朝の　拾遺　四七四
南天の　落人　三九五
なんといふ
　初夢なるや　大空　四〇一
　やさしき鬼か　鳥總　三五二
なんとなく
　うかれて過ぎし　野生　四四三
　生まれるまへの　大空　四〇五
　『海邊の墓地』に　大空　四二六
　女になりうる　落人　三六一
　杉箸割きて　樹下　一六八
　ズボンの丈の　流轉　二九一
　たのしきことの　大空　四二三
　春風過ぎる　鳥總　三三三
　山家に住みて　落人　三七二
何の木の　大空　四〇九
何のための　大空　四〇六
南北に　青童　二七六
難民の　鳥獸　二三四

に

新年の
　青空澄みて　拾遺　四七九
　霰たばしる　大空　四二九
　岩おこしゐる　靈異　六五
　言靈ならむ　拾遺　四八四
　さくらの枝に　樹下　二〇二
　雪嶺となりし　拾遺　四七七
新嘗の
　祭を終へし　樹下　一六六
　まつりをなせば　落人　三六九
　夜半の戸口を　大空　四〇八
丹生川上　樹下　一八三
丹生川上の
　除夜の篝火ゆ　靈異　六五
　淵に投げたる　鳥總　三四五
二月堂の　大空　四二三
憎しみの　靈異　七〇
肉體も　繩文　一〇九
肉彈と　落人　三八二
肉太に　流轉　二九四
憎まれて　落人　三八〇
憎み合ひ　大空　四一八
濁り田に　樹下　一六五
濁りたる　青童　二六一
二三羽の　子午　四六
虹かかる
　朝の杉山　樹下　一五八
　山抜けてゆく　大空　四一九
虹消えて　大空　四二六
西空を　大空　四二三
虹みたび
　出でしを告ぐる　鳥總　三四八
　森にたつ日の　落人　三九一
二十年の　樹下　一九三
二十年ぶりに　鳥總　三四九
二十四番　繩文　一一四
にせものの　鳥獸　二一四
贋物も　大空　四〇三
二千四百四十六の　流轉　二九三
日常が　青童　二六四
日常の
　息のまにまに　樹下　二〇一
　吉野に何の　野生　四四六
日常は　鳥總　三三三
日常を　繩文　一一三
日輪の
　あらはるるまで　鳥獸　二四一

いまだ高きに　大空　四三三
　炎ゆる頂　鳥總　三四〇
日輪を　鳥獸　二三六
荷造りを　樹下　一九〇
日本は　落人　三六九
丹塗矢と
　なりて戀ひしか　鳥獸　二四一
　なりて流れし　拾遺　四八〇
　なりて往きしか　流轉　三〇五
丹塗矢は
　流れ來しかな　靈異　九二
　流れながれて　鳥獸　二五〇
日本赤軍の　落人　三七一
若王子（にやくわうじ）　樹下　一八二
ニュータウン　流轉　三〇五
にらみあふ　青童　二六四
庭先に　落人　三七〇
庭先の
　石榴の枝を　野生　四五三
　盥に水を　落人　三七四
　山畑荒れて　野生　四四九
潦（にはたづみ）　樹下　一五五
庭椿　鳥總　三三七
にはとりも　鳥獸　二三九
庭にある　子午　二六
庭にくる　大空　四二五
庭の木に　大空　四二六
庭の樹に　鳥獸　二三〇
人間以前の　落人　三六一
人間が　大空　四〇八
人間の
　争ひごとを　樹下　二〇〇
　生肝賣れる　大空　四三七
　生膽を取る　野生　四四三
　いとなむことの　青童　二六三
　餌付けを拒む　樹下　一五三
　かく多く往く　鳥獸　二三三
　語れる聲の　大空　四二六
　記憶の奥は　野生　四四五
　幸福とは何、　大空　四三一
　こころの奥處　大空　四二九
　骨肉分くる　大空　四一七
　言葉重たき　樹下　二〇三
　資格をここに　縄文　一〇九
　住む地の上を　樹下　一八〇
　棲めざる奥地に　落人　三九二
　つひに亡びる　青童　二六五
　亡びたるのち　野生　四四七
　みな亡びたる　落人　三八八
　みな滅ぶ日を　縄文　一一三
　弱さを持ちて　縄文　一一一
人間は　樹下　一九六
人情の　拾遺　四八三
忍辱山（にんにくせん）　樹下　一九八

ぬ

縫ぐるみの　流轉　三〇九
額井嶽の　樹下　一七一
脱ぎざまの　子午　一三
抜き胴の　青童　二六三
ぬばたまの
　青葉の夜の　大空　四二五
　夢に見えつつ　樹下　一五七
　夜の村あり　子午　三六
　若葉の闇につつまれし　鳥獸　二四九
　若葉の闇にとり出だす　鳥獸　二四〇
　若葉の闇を　鳥獸　二四九
沼のへに
　杜若咲く　流轉　三〇六
　高校生は　流轉　三一〇
濡れつつも　樹下　一五〇
ぬれぬれと　子午　四〇

ね

寝返りを
　うつ底力　野生　四六七
　うつたびわれを　鳥獸　二四三
願はくは　鳥總　三三五
猫背して　子午　四六
寝言にて　鳥獸　二三九
寝ころびて　鳥獸　二四三
寝小便の　樹下　一五九
鼠の屍　子午　二七
熱すこし　鳥獸　二四三
熱のごと　靈異　六三
寝ぼとけと　青童　二七六
寝佛の　樹下　一九八
合歡咲きて　大空　四二六
合歡の木に　落人　三七三
合歡の木の　拾遺　四八四
合歡の空　子午　二四
合歡の花　子午　一六
眠らざる　大空　四三一
睡る髪　子午　四八
睡るまも　鳥獸　二三四
狙はれて　流轉　三〇六
念入りに　青童　二七九
年輪の　樹下　一八六

の

野遊びにも　落人　三七五
野遊びの　青童　二七六
野いちごを　大空　四二〇
野うさぎと　鳥獸　二一七
脳天大神の　拾遺　四七三
脳天の　拾遺　四七六
農夫（のき）より　子午　三九
簷出でて　縄文　一一一
簷高く　子午　一八
簷ふかき　靈異　八〇
簷ふかく　大空　四三三
野胡桃の　落人　三八三
鋸と　縄文　一〇六
のこぎりの
　あと隨きて入る　子午　五四

叫ぶ森あり　子午　二七
殘の年　落人　三九二
殘りの日を　鳥總　三四三
覗き趣味　流轉　三一〇
後の世の　樹下　一七四
のつそりと　大空　四一七
喉渇き　子午　四〇
野に臥せば　鳥獸　二三三
野に山に　青童　二七〇
野鼠の　鳥獸　二五三
ののしりて　繩文　一〇三
野の涯に　鳥總　三四三
野の涯を　子午　二一
野の花を　流轉　二九七
野の佛　子午　二八
のびやかに　青童　二六八
野葡萄の　落人　三九二
のぼりこむ　鳥總　三四五
昇りゆく　繩文　一二五
飲めるだけ　落人　三八九
野も山も　鳥獸　二四七
野良犬が　鳥總　三四七
呪はれし　樹下　一五三
野をめぐる　青童　二六九
野を行かぬ　繩文　一三一
野をよぎる　鳥獸　二一四

は

バイアグラに　鳥總　三五一
肺氣腫と　落人　三八〇
背後靈　大空　四三八
沛然と　繩文　一一九
這松の　落人　三八一
梅林に　大空　四一四
梅林の　大空　四二二
ハカアガリ　落人　三八一
はかなかる　繩文　一二一
はかなしと　樹下　一六四
墓のこと　靈異　九一
墓までの　鳥獸　二三六
齒がみして　繩文　一三三
はからひに　鳥獸　二三四
剝るるは　流轉　三〇二
吐き棄つる　靈異　六七
萩に照る　青童　二六一
萩の枝に　樹下　一四八
羽咋の海　流轉　二八八
白菜を　流轉　二九二
麥秋の　流轉　三〇六
麥秋も　青童　二六四
白人と　青童　二七一
白鳥座　子午　一九
白票を　鳥總　三四七
薄明の　樹下　一七三
剝落を　鳥獸　二二七
はぐれ者に　樹下　一九〇
羽黑山に　流轉　二九二
羽黑山の　青童　二六五
恥多き　鳥獸　二三〇
箸清く　靈異　八七
恥知れば　樹下　一六八
箸の墓　野生　四六〇
箸墓の　野生　四四七
恥ふかき　大空　四〇三
嘴ほそき　子午　二五
橋わたり　子午　三〇
羞かしき　大空　四一七
果し合ひの　鳥總　三四一
はたた神
　荒ぶる夜は　樹下　一四九
　鳴りとよみをり　流轉　三一三
　鳴る春の日に　樹下　一五五
　またひらめけば　樹下　一八二
八月の
　青竹伐りて　大空　四〇七
　朝明青竹　青童　二五九
　風炎えわたる　落人　三六七
　野を灼きつくす　青童　二七二
　槇山ゆきて　樹下　一七五
　灼ける巖を　鳥總　三四一
　山の夜空を啼きわたる　野生　四五五
　山の夜空を鳴きわたる　靈異　七五
　山より出づる　落人　三八一
　闇夜に伐れと　野生　四五五
　湯津石村に　靈異　八九
　夜空をわたる　子午　二四
八十八歳の　樹下　一八四
蜂の巣の　樹下　一六六
八戸に　青童　二七三
八幡神社に　靈異　七七
八幡の　繩文　一〇六
八幡は　落人　三九四
蜂蜜を　鳥總　三五一
「二十日正月」　野生　四六五
はつかなる　繩文　一三〇
バッグより　鳥獸　二四〇
伐採されし　青童　二七二
八朔の　鳥總　三四〇
初時雨　鳥總　三五一
初瀬山　樹下　一七七
初夏の　大空　四一六
八百年　青童　二七七
バッファローの　流轉　三〇三
はてしなき　鳥獸　二三七
果無の
　尾根を辿りて　鳥總　三三三
　山なみわたる　樹下　二〇一
ハテノハッカに　鳥總　三四二
花・鳥を　鳥獸　二一二
花あかく　流轉　二九九
花虻は　野生　四四九
花いまだ
　木末にのこれる　鳥獸　二三三
花おそき
　ひらかぬ春の　樹下　一五八
　ことしの春の　樹下　一五五
　今年の春よ　樹下　一五八

花折りて　樹下 一七三
花折の
　峠を行けば　野生 四五九
　われは旅人　靈異 七三
花骨牌　鳥獣 二四七
花雲に　鳥獣 二二三
花ぐもりの　鳥總 三三八
鼻毛抜き　青童 二七五
花莨蓙の　落人 三三九
花ざかりの　鳥總 三四四
花盛りの　青童 二七八
花咲けば
　おのれだまして　大空 四三三
　去年の野分に　鳥總 三四三
　わが裘　鳥獣 二四八
花咲ける
　非在の村を　流轉 三〇〇
　山に造りし　鳥總 三三四
花菖蒲　鳥獣 二三〇
花しろく　繩文 一三三
花すぎて　樹下 一七七
花束を　樹下 二〇三
花ちかき
　あけぼのを啼く　繩文 一一〇
　日に鳴りとよむ　樹下 一八八
　わがあけぐれに　靈異 八八
花近き
　あしたをいそぐ　繩文 一一九
　日の雪みぞれ　樹下 一五〇
　夜の山わたる　繩文 一三三
花ちかく　樹下 一五一
花なべて　靈異 九三
花にふる　鳥獣 二三九
花に群れる　子午 三一
花の上に
　雨ふる朝明　鳥總 三三八
　雹ふる朝明　樹下 一五六
　雹ふる朝明、　野生 四五三
　雪降りつもる　大空 四三三
花の木の　繩文 一一〇
花の雲に　鳥獣 二四〇
花のごと
　きさらぎの雪　繩文 一三三
　春の雪ふる　拾遺 四七四
花の山に
　ひと群れつどひ　流轉 二九七
　ほとけまつりて　拾遺 四七五
花の山の　鳥獣 二四八
花原に　鳥獣 二三八
花火する　靈異 六八
花びらを　樹下 一七七
花札の　繩文 一三一
花吹雪
　くらぐらわたる　樹下 二〇三
　する村は酢し　子午 四六
　夜空わたるや　流轉 二八六
花ふぶく　大空 四三三
花見する　流轉 三一四
花群に
　のぼれる月を　靈異 九四
　もろごゑひそみ　繩文 一〇〇
花むらを　青童 二六三
花群を　靈異 九四
花もちて　樹下 一七〇
花持ちて　野生 四五八
埴輪の馬に　子午 三一
羽根たたむ　子午 一七
刃のうすき　鳥獣 二一七
刃のごとく
　狼ひとつ　子午 五五
　夜空に上る　子午 二七
母戀ひて　青童 二六八
羽撃けぬ　子午 三四
母に抱かれ　青童 二六四
母の顔　樹下 一八四
母の字を　落人 三六一
母の骨　樹下 一九七
母の骨を　樹下 一九六
母わかく　流轉 三一四
早かりし　落人 三八四
はやすでに　野生 四四六
早池峯の
　神樂をわれに　落人 三八一
　山暮れゆけば　落人 三八〇
早池峯は　落人 三八二
はや梅雨の　落人 三七六
はや夜明け　落人 三六四
早う寝よと　大空 四三六
撥ひ難き　繩文 一三四
はらひたる　樹下 一五〇
薔薇の根の　青童 二六五
梁たかき　子午 三三
針鼠　繩文 一二六
梁太き　子午 四六
春浅き　子午 三一
春落葉
　明るき尾根を　野生 四五〇
　やはらかくして　拾遺 四八二
春落葉の　落人 三八六
春河鹿　樹下 一八二
春がすみ
　濃くなりゆけば　拾遺 四八一
　曳く鼓笛隊　流轉 二九三
　ふかきかなたに　流轉 三〇五
　ふもとに湧きぬ　鳥獣 二四七
春風に
　立てる栃の木　鳥總 三三八
　吹かれてあそぶ　野生 四五〇
　法螺貝吹けば　拾遺 四七七
春風の　野生 四五一
春風は
　沖波くだき　流轉 三一一
　焚火の炎　鳥總 三三四
はるかなる
　遊びといへど　鳥總 三四一
　稲妻の夜を　子午 二八
　妹の力に　樹下 一六九
　齋王群行、　鳥總 三三四
　十萬億土　樹下 一九七
　笙の窟の　拾遺 四七八

ひ

春の杉山　樹下　一五四
ひきがへる　落人　三七五
蟾蜍（ひきがへる）　落人　三七三
彈き手のなき　子午　三〇
祕儀のごとく　靈異　七〇
引窗に
　雀の影は　樹下　一七八
　夕雲の朱　鳥獸　三一四
引窗の
　硝子拭かむと　落人　三七七
　下に坐りて　流轉　二九五
　下に竝ぶる　流轉　二九五
蟇よりも
　さらに醜く　鳥總　三四〇
　醜く書を　大空　四三六
ひぐらしの
　來鳴ける森の　流轉　三一七
　聲あはせ鳴く　樹下　一八九
　こゑ壹千の　野生　四五五
　聲沁み入るぞ　繩文　一二五
　聲みじかくて　繩文　一三九
　ことしの聲を　落人　三九三
茅蜩の　靈異　六七
ひぐらしは　繩文　一二九
日暮には　落人　三六六
日ぐれより　野生　四六三
髯籠（ひげご）にぞ　青童　二七一
髯ぬきて　鳥獸　二三九
緋鯉ゐる　樹下　一五六
ピコグラム　鳥總　三四三
ひさかたの
　天の露霜、　野生　四六六
　天二上の　鳥獸　二四九
日ざかりの　流轉　二九八
ひさに來し　樹下　一六七
ひさびさの　野生　四五一
ひしひしと
　球根の芽の　青童　二六一
　山なみせまり　靈異　八一
　夜の白雲　繩文　一三九
犇犇と　樹下　一九三
悲壯なる　大空　四二〇
ひそかなる
　快樂を思へど　繩文　一〇九
　驗のごとく　子午　三二
　われの岩場に　靈異　七三
ひそとやみ　子午　一四
日高川の　青童　二六七
ひたすらに
　いま在る時を　繩文　一〇九
　われも語らむ　野生　四六二
ひたひたと　子午　一三
ひたぶるに
　翁の舞を　鳥獸　二五一
　山行く業を　靈異　九三
ひだる神と　大空　四〇六
ひだる神に
　憑かれしことを　大空　四〇五
　憑かれし話　靈異　七七
ひだる神を　青童　二五九
びつしりと　樹下　二〇六
ひつそりと
　秋の檜の木を　樹下　一七八
　朝の津波の　鳥獸　二三九
　蟻の列つづく　鳥獸　二四二
　孔雀の舞へる　樹下　一九一
　凍えてゐるや　流轉　二八七
　斜面にかへり　樹下　一六九
　背骨摧けて　鳥獸　二三五
　地平にふるふ　子午　二七
　月讀の山に　大空　四〇八
　角を覆へる　鳥總　三五〇
　蕩兒のかへる　流轉　二八九
　遠山櫻　靈異　九四
　鳥影走り　子午　四九
　人縊れたる　樹下　一九五
　水の面の　靈異　九〇
　山道よぎる　青童　二六〇
　雪くるまへに　鳥獸　二三七
人いねて　樹下　一六四
ひと生まれ　青童　二七二
人多く　流轉　三一〇
人おもふ
　こころ清かれ　流轉　二九九
　こころつかれぬ。　靈異　七七
人をらぬ　大空　四二五
人がみな　大空　四一三
ひとくちに　子午　一六
人戀ひて
　冬の日なたを　大空　四二三
　山下りけむ　流轉　三〇六
人戀ふる
　こころすなほに　鳥獸　三三五
　ことをつつまぬ　鳥獸　二二九
人戀ふれば　流轉　二九一
人聲の　落人　三八六
一言で　鳥總　三四三
ひとしきり　子午　一八
人知れず　青童　二六三
ひとすぢの　鳥獸　二四七
ひとたびは
　血は流れ出て　繩文　一一九
　癡をなすわれに　靈異　六九
ひとつ屋に　鳥總　三五四
ひとときは
　鴉のすぐる　繩文　一三九
　雪しまきけり　繩文　一〇八
ひとときも　子午　三四
ひととせの　樹下　一六一
ひととせは　青童　二六八
人の死を　樹下　一五一
人のする　靈異　八四
人の世の　鳥獸　二三一
ひとはみな　大空　四一三
人はみな
　かたみに離れ　落人　三七六
　けものとなりて　鳥總　三三一
　その土地に生きて　流轉　三一三
　どこへ往きしか　大空　四一〇
　見知らぬ間、　鳥總　三三六

齢を重ぬ　拾遺　四八五
　別るる炎、　落人　三六七
ひと日だに　樹下　二〇三
人ひとり　樹下　二〇〇
一ふさの　靈異　九〇
ひと冬は　縄文　一〇六
ひと冬を
　墮ちし落石　樹下　一五三
　鳴く鶸ありき　子午　九
ひとまるや、　樹下　一七四
人麻呂の　拾遺　四八二
人みなの　鳥獸　二五三
人みなは　落人　三八〇
人群れて　鳥獸　二一一
人も牛も　流轉　三〇三
人もこぬ　鳥總　三四三
燈ともして　青童　二七八
燈ともせる　流轉　三一〇
ひと夜明けて　鳥總　三四八
一夜經て　靈異　八三
ひとり食ふ　子午　三三
ひとりごと　鳥獸　二三一
獨り言　大空　四三四
孤りする　子午　三三
一人だに　流轉　三一〇
ひとりにも　子午　四三
一椀の　靈異　八一
雛の日の　大空　四一二
雛の日は　縄文　一三三
日にいくど　鳥獸　二四五
ビニールの
　白き包みを　流轉　三一〇
　袋につつむ　鳥獸　二二六
微熱にて　鳥獸　二四三
ひねもすは
　くもりてありし　大空　四三三
　喪服を着けて　大空　四三三
ひねもすを
　うぐひす鳴けり　鳥獸　二三三
　鳥翔び交へる　鳥獸　二一六
　波に打たれて　流轉　三〇一
　森に働き　大空　四〇七
緋の色の　落人　三八八
檜木原　靈異　八一
火の國の
　阿蘇の山原　樹下　一五三
　大カルデラに　落人　三六七
火のごとく
　雉歩みをり　流轉　三〇四
　狐の鳴ける　落人　三七〇
燈のしたに　子午　四五
火の島に　樹下　一五三
火の瀧の　流轉　三〇九
燈の溜る　子午　二六
日の照れる　子午　四一
陽の照れる
　黑き森より　樹下　一九〇
　遠き森より　子午　二五
　若葉の森を　鳥獸　二二三
陽のひかり
　ふくめる曇　縄文　一〇三
　短く弱く　縄文　一〇五
日の丸の　鳥總　三四九
檜の山に
　くれなゐの雪　流轉　二九〇
　たゆたふ夜の　靈異　七〇
檜の山の　靈異　九四
檜の山を　鳥總　三三八
檜原きて　靈異　七七
ひびわれし　流轉　二九四
姫娑羅の　靈異　八五
ひめやかに　鳥總　三三一
ひめゆりに　鳥獸　二四一
日もすがら
　蒼きほむらの　樹下　一六八
　赤銅の巖　流轉　二九二
　秋風の靡く　鳥獸　二三八
　落葉つづけし　鳥獸　二三四
　落葉の降れる　樹下　二〇四
　白南風わたる　縄文　一三六
　魑魅こめたる　流轉　二九八
　椿の花の　縄文　一三〇
　眠りたりけり　野生　四五二
　花守るごとく　縄文　一〇九
　毬つきあそぶ　樹下　一五四
　幹叩きをれ　鳥總　三三三
　われをめぐれる　樹下　二〇二
紐なして　子午　四〇
ひもろぎの
　岩窟の巖　樹下　一八五
　梢をわたる　大空　四二一
白毫の　流轉　二八九
百三十一の　樹下　一七〇
百姓の　子午　四三
白檀の　流轉　二九四
百年を　野生　四四三
百雷の
　ひそむやまなみ　縄文　一二九
　ひそめる嶺を　落人　三七三
百雷は　樹下　一八五
びゅーんびゅーん　鳥獸　二五〇
病院を　野生　四六四
氷河期を　鳥總　三四〇
氷島に　鳥總　三四三
漂泊の　鳥總　三三九
飄飄と　鳥獸　二四三
雹降れば　大空　四一六
雹降れり　流轉　二八八
ぴよこんと　青童　二七三
ひよつとこの
　踊りをわれに　鳥總　三三五
　面付けてわれ　流轉　三二一
ひよどりに　大空　四三三
ひらたく　縄文　一三八
ひるがへる
　山の若葉を　樹下　一五九
　吉野の鮎を　野生　四五二
　若葉のなだり　縄文　一一六
晝くらき
　廄に佇ちて　縄文　一一三

杉の木群に　靈異　八〇
正午過ぎの　鳥獸　二四九
晝と夜の
　さかひを還り　縄文　一一六
　境を行けば　子午　三七
ビルの上で　子午　一九
晝のごと　子午　一三
ビルのごと　子午　三六
午の鳥　靈異　九四
晝の星　靈異　六五
晝ひなか　流轉　二九七
ひるぶしに　大空　四〇六
晝臥に　青童　二六〇
晝臥は　鳥總　三四八
晝臥を　青童　二六〇
ビルマにて　流轉　三〇六
ビルマより　流轉　二九〇
晝も夜も　鳥獸　二三三
拾ひたる　大空　四一八
ひろがりて　靈異　九三
廣き野に　青童　二七一
鷄、小雀　青童　二六二
鷄のむれ　縄文　一一四
枇杷食みし　樹下　一六〇
枇杷食める　靈異　六七
鷄よりも　落人　三八四
火を焚きて
　年あらたまれ　大空　四一〇
　われは叫べり　流轉　三一一
火を焚けよ　鳥總　三三六
火を出すと　縄文　一〇九
燈をつけず　鳥總　三四八
日を呑みて　縄文　一三四
日を呑める　落人　三七三
ひむがしの
　低山出づる　樹下　一七五
　槇の木群を　樹下　一六四
壜に寫る　子午　二八

ふ

ファミリーは　流轉　二九五
不安と題し　樹下　一六五
風景に
　いだかれをりし　大空　四〇二
　目守られたりし　鳥總　三三四
風景の
　薄むらさきを　縄文　一一三
　涯におよべる　鳥獸　二三一
風景は　大空　四二〇
ブーゲンビリアの　流轉　三〇二
風神の　拾遺　四七七
風船と　青童　二六二
風蘭の　流轉　二八六
笛の音の　縄文　一二七
ふかぶかと
　洞をいだける　鳥獸　二四八
　草に眠れる　野生　四四三
　睡れる妻と　子午　四七
噴きあがる　樹下　一五七
噴きあぐる　樹下　一六三
噴き出づる　子午　二三
不機嫌に　鳥總　三五一
吹く風に　子午　二一
福木の垣に　流轉　三一四
ふくしもよ。　縄文　九九
福壽草　青童　二六二
腹上死　鳥獸　二一九
ふくらみし　落人　三八五
ふくらみを　樹下　一七九
伏拝（ふしをがみ）　樹下　二〇一
不盡高嶺　樹下　一七一
藤の花
　散り敷く徑に　拾遺　四八六
　踏みて歩みき　拾遺　四八四
藤袴、　青童　二七三
不精髯　流轉　二八九
臥す牛も　縄文　一三九
二上（ふたかみ）の　鳥總　三三九
ふたたびは
　記憶の外の　野生　四五九
　戻らぬ犬か　鳥獸　二一七
ふたたびも　子午　四二
「二つ鳥居」の　大空　四〇四
ふた岐れ　大空　四〇九
佛國寺の　青童　二七七
佛弟子の　野生　四五七
佛道を　落人　三八六
ふと見れば　鳥總　三三三
ふと群を　樹下　一五三
ぶなの木の　青童　二六七
橅林　鳥總　三三三
武寧王の　流轉　二九九
踏みしだく　子午　三七
ふみしむる　樹下　一八八
ふもとには　樹下　一六一
麓より　落人　三八二
冬市に　靈異　七三
冬霞　鳥獸　二一七
冬きたる　鳥獸　二四四
冬ざるる　樹下　一五三
冬空に　縄文　一二五
冬空を　鳥獸　二二七
冬鳥の　落人　三七〇
冬に入る
　この地の上に　鳥獸　二二七
　日輪白き　鳥總　三三一
　星ぞら冴えて　流轉　三〇七
　山のあけぐれ、　鳥總　三四一
　山の樹木の　樹下　一八〇
冬の岩　樹下　一九四
冬の尾根　鳥獸　二三八
冬の鳥　野生　四四四
冬の虹　鳥總　三四三
冬の庭　野生　四六三
冬の日に
　盛りあがり照りて　流轉　三一六
　われ放ちたる　流轉　二八九
冬の日の
　暮れてゆくとき　落人　三九五

すめらみことと　縄文　一三九
鎧をつけて　青童　二六五
ホワイトホース　縄文　一〇三
盆踊り　流轉　三一七
ほんねなど　流轉　三〇七
煩惱の
いまだ清まらぬ　流轉　二九二
熾盛なるかな　鳥獸　二三六
煩惱は　鳥總　三四二
煩惱を　落人　三七一
本の谷間　鳥總　三三九
ほんものの　落人　三九二
ぼんやりと
高層の部屋に　鳥獸　二三九
葉を落しゐる　鳥獸　二五三
ひとよを過ぎて　鳥總　三三七
身の盛り過ぐ　樹下　一九二

ま

舞ふごとく　青童　二七〇
舞へ　舞へ　鳥獸　二三三
まかがやく
午睡の村を　子午　三九
わたつみの涯に　鳥獸　二三九
播かざりし　青童　二六一
勾玉の　樹下　一八三
勾玉は　鳥獸　二五一
勾玉を　鳥獸　二四八
凶凶しき　縄文　一三五
槇の木の　野生　四五八
まきむくの　拾遺　四八二
巻向の　鳥獸　二四六
槇山に
月出でくれば　樹下　一六四
ふる夕立の　青童　二七三
夕立はしり　樹下　一八九
槇山の
こぬれをつたふ　樹下　一九〇
斜面に建てむ　落人　三八五
高みにありて　大空　四〇七
高みに建つる　大空　四〇七
なだりにとよむ　縄文　一二三
槇の梢を　樹下　一九九
眞葛原　鳥獸　二五一
蠛子（まぐなぎ）の　子午　四九
枕邊に　鳥總　三三九
負けるのを　青童　二六四
孫多く　大空　四二三
魔女ランダ　青童　二六三
眞白なる　樹下　一八二
交はりて　落人　三九一
眞直ぐにぞ　靈異　六七
貧しさの　靈異　六八
まだくらき　鳥獸　二二五
まだ暗き　靈異　九〇
またとなき　子午　二一
また降りて　鳥獸　二一三
また讀める　縄文　一〇六
まだ若き　大空　四〇四
街なかに　鳥獸　二三六
街なかの
高みに睡る　青童　二六三
堀江を溯る　青童　二六六
街にきて　樹下　一六七
マチャプチャレ　流轉　三〇三
まつくらな　樹下　一八八
まつくろな　落人　三七七
マッコト　ショウ　流轉　三〇二
まつさらな　流轉　二九三
眞つ青な　鳥獸　二五〇
まつたけを　野生　四六七
松の木に　鳥總　三三七
松葉杖　鳥獸　二三五
祀られし　青童　二六五
まつりごつ　鳥獸　二一一
「政事に　子午　四三
政治（まつりごと）を　子午　四一
祭太鼓
しきりに打ちて　鳥獸　二四一
しきりに打てば　縄文　一二六
祭なき　拾遺　四八八
窗あける　子午　四〇
まどかなる　鳥獸　二四五
窗しらむまで　靈異　七五
窗にくる　鳥獸　二一二
窗ひらき　子午　四九
まどろめば　流轉　二九五
まなかひに
梯子は立ちて　縄文　一二四
斑雪の山は　子午　五四
花の絮飛び　縄文　一一六
ふりしは晝の　靈異　七三
まなかひの　靈異　六九
まなかひを
君過ぎされば　野生　四五五
すばやく切りし　流轉　三〇六
まなこひとつ　靈異　七三
まなざしを　大空　四三一
魔の時は　鳥獸　二三九
まひるまの　大空　四二七
まぼろしに　樹下　二〇四
まぼろしの
だんじり一つ　鳥總　三五〇
峰峰歩く　落人　三六四
女神のほとに　鳥獸　二四四
幻の
季刊「ヤママユ」　鳥總　三三五
砦となしし　鳥獸　二四五
まほろばの
神の嘆きの　拾遺　四八六
大和にふれる　大空　四二一
大和の空を　拾遺　四八六
眞向ひに　樹下　一八二
まむかひの　落人　三八八
蝮草　落人　三八三
守るべき　落人　三六三
眉しろく　野生　四五三
眉たけき　鳥總　三四九
繭のなか　子午　五五

迷ひ入る
眞夜中に　樹下　一九四
磁石とり出し　流轉　三〇五
電車とまりて　青童　二七三
豆撒ける家　大空　四一一
眞夜中の
エレベーターは　鳥獸　二四一
われの燈火を　落人　三七五
眞夜中を　繩文　一三九
魔羅出して　青童　二六三
鞠のごと　大空　四三一
まれまれに　鳥總　三三九
曼珠沙華　落人　三八二
曼珠沙華の
燈明炎えよ、　鳥總　三五三
ひとたび活けて　青童　二六七
曼陀羅の　靈異　六九
曼茶羅を　樹下　一七三
滿天に　子午　一〇
滿天の　鳥獸　二三〇
萬年筆に　野生　四四六

み

見合より　落人　三七八
みあぐれば　繩文　一三八
見あぐれば
空いつぱいに　靈異　八一
春の山燒く　子午　四六
未開なる　大空　四一六
神酒いただき　大空　四三五
幹太き　流轉　三一四
幹みきの　繩文　一三六
酒(みき)みたす　子午　一三
み熊野の　鳥總　三四五
水分(みくまり)に　子午　三七
水分の
貌ほのぐらし　靈異　九四
神にささぐる　靈異　九二
やしろを出でて　樹下　一八七
皇子の首　靈異　八二
胎りを　樹下　一五三
みごもれる　子午　二四
ミサイルは　大空　四〇三
みさきどり　鳥獸　二二
みさき鳥
からすあそべる　繩文　一三六
鴉に餅を　繩文　一三四
からすのわたる　繩文　一〇六
からすは黑し　繩文　一一八
からすは畑に　繩文　一一一
みさきなれ、　大空　四三一
岬より　鳥總　三五四
見放くれば
國原を截る　靈異　八四
能登の島山　樹下　一四八
みささぎに　流轉　三〇八
みささぎの　鳥總　三四五
みしらざる　繩文　一〇一
見知らざる　子午　四四
湖の　鳥總　三四九
みづうみを　樹下　一九二
みづからの
足あとをゆく　子午　一四
内をつとめず　樹下　一九五
落葉を敷きて　野生　四四四
自らの　繩文　一〇六
水涸れて　子午　二三
水澄みて　子午　三〇
水ちかき　子午　三
水漬く屍　鳥總　三一六
水の上に
をみな二人の　樹下　一六三
ことば鬻ぐか　落人　三八三
水の上は　靈異　九〇
水の邊に　鳥獸　二四一
水舞へる　鳥獸　二一六
昴宿(みすまる)の　流轉　二九五
みづみづし　子午　二一
水湧ける　流轉　二九六
晦(みそか)山伏　拾遺　四七七
みぞれ雨に　樹下　一七六
みぞれふる
さびしき晝に　子午　一六
はがねの橋の　子午　一六
晝の明るさ　大空　四三三
霙ふる
春の檜山に　樹下　一五〇
檜原經にけり　靈異　八一
ゆふべの庭に　鳥總　三四七
吉野の嶺を　子午　四三
霙より　鳥獸　二三九
御嶽より　鳥獸　二三三
みたびわれ　落人　三六八
御手洗(みたらひ)峽の　大空　四〇八
三人子が　大空　四三一
三人子の　樹下　二〇五
三人子は　繩文　一一三
三人子を　鳥獸　二四九
三人して　拾遺　四七三
道白く　子午　二四
充ち足りて　子午　四〇
盈ちて來る　子午　四三
みちのくに　鳥總　三三三
みちのくの
藏王の山の　流轉　二九二
遠野の鬼ら　落人　三八二
人ら黙して　青童　二六五
山の女神に　落人　三七九
みちのくへ　鳥獸　二三一
みちのくを　鳥獸　二一一
道のべに　靈異　七六
みちばたに　靈異　七三
道ばたに　靈異　七二
三津(みづ)の峠(たわ)　靈異　八四
三津の村　靈異　七五
みつむるは　子午　四五
御堂筋は　大空　四〇三
看取らるる　鳥總　三五五
みどり濃き　樹下　一八五

みどりごと　靈異　九一
みどりごの　野生　四五九
みどりごよ　流轉　二九五
嬰兒を　靈異　九〇
みなかみに　赤き犢鼻褌　鳥獸　二四九
筏を組めよ　縄文　一三三
音樂のごと　鳥獸　二五一
二つのダムが　大空　四〇六
みなかみの　蒼き夕べに　縄文　一三八
水に洗はれ　鳥總　三三六
みなかみへ　子午　四七
水上へ　子午　二九
みなぎらふ　靈異　八四
みな暗き　子午　二三
みなしろき　樹下　一八七
水底に　赤岩敷ける　靈異　六三
ふかく沈みし　鳥獸　二四七
水底の　あしうら白き　子午　三三
岩にしづめる　縄文　一〇三
礫もちて去ぬる　靈異　八三
港川　流轉　三一三
みな人は　樹下　一六二
みなみより　樹下　一八五
みにくしと　大空　四〇一
醜しと　鳥獸　二三七
嶺蒼く　縄文　一一七
峯入りの　かなはぬ老いに　拾遺　四七九
行者となりし　樹下　一七〇
行者の列に　落人　三六四
嶺越えて　野生　四六一
嶺づたふ　鳥獸　二三三
見のかぎり　縄文　一三九
蓑笠に　鳥獸　二五〇
見殘せし　靈異　七〇
身の盛り　樹下　二〇四
身のすでに　大空　四一九
水張田（みはりだ）と　鳥總　三三八
御火燒の　縄文　一〇三
みひらきて　酒場の止り木より　子午　三六
書を眠れる　縄文　一一三
見舞ふとは　野生　四六一
耳底に　大空　四三〇
耳のごとき　青童　二七一
みもしらぬ　子午　二四
見もしらぬ　子午　三八
見も知らぬ　大空　四三七
み社を　鳥獸　二二四
み雪ふる　鳥總　三五〇
みゆるなし、　子午　一二
命終の　野生　四四九
みよしのの　野生　四五四
みよし野の　大空　四二四
みるままに　樹下　一七一
視るわれに　青童　二七五
三輪過ぎて　落人　三七三
三輪素麵　鳥總　三三九
三輪明神　野生　四六七
三輪明神の　落人　三七三
三輪山に　お山をすれば　野生　四五四
春蟬鳴けり　大空　四〇五
春の雪ふる　拾遺　四八五
降る春の雪　拾遺　四八三
三輪山の　磐座のへに　大空　四〇五
尾根たどり來つ　拾遺　四八四
神語せむ　拾遺　四八〇
神の嘆きを　拾遺　四八六
神の丹塗矢　拾遺　四八三
笹百合匂ふ　鳥總　三四〇
空にのぼれる　落人　三九〇
ふもとにありて　靈異　九一
ふもとめぐりし　拾遺　四八三
やさしき朝よ　鳥獸　二四六
山のかたちの　拾遺　四八五
山の姿の荒れたるを　野生　四五四
山の姿のすさめるを　鳥總　三五二
山のほとりに　拾遺　四八五
三輪山を　神の愛と　拾遺　四八五
越え吹きあぐる　拾遺　四八一
民俗は　落人　三六八
みんなみに　縄文　一三七
みんなみの　海部の入江は　縄文　一一四
大峰の空に　縄文　一〇四
みんなみんな　産土棄てて　鳥總　三三四
僞名をもちて　大空　四三三
みんみんに　樹下　一七八

む

無意識の　濃くたなびくや　流轉　二九三
はるけさうたへ　大空　四一二
無一物と　鳥獸　二一八
無爲にして　流轉　二九六
むかしから　子午　三三
昔むかし　流轉　三一二
昔より　行者の窯跡と　野生　四四九
古狸の巣と　野生　四六三
身を苦しめて　落人　三八〇
麥青く　樹下　一七三
向き合へる　落人　三七九
麥こがし　落人　三七八
麥の穗の　金色の芒　樹下　二〇三
みどりしたたり　青童　二七九
麥畑の　ひるに停れる　大空　四三五

ひろがるひるの　大空　四三四
麥を刈る　子午　三六
向う岸に
　赤子を洗へる　流轉　二九〇
　菜を洗ひゐし　子午　一三
向う嶺より　落人　三七五
向う山　繩文　一〇七
向う山に
　狐火蒼く　野生　四六三
　辛夷は咲きぬ　樹下　一五一
向う山の
　額くらけれど　繩文　一一一
　ぬかにしぶとく　繩文　一〇三
　蕨を摘みて　流轉　二九三
むささびの
　仔をかばふなる　樹下　一五三
　棲まへる樹樹に　鳥獸　二三三
　また啼き出でて　樹下　一八七
　夜ごと遊べる　野生　四五一
ムササビは
　みな相寄りて　鳥獸　二四八
　われの瞼を　大空　四一九
むささびも
　神なりければ　落人　三八四
　夜明けをかへり　青童　二七〇
むざんなれ。　野生　四六〇
蒸し暑き　流轉　二九一
蝕まれ　繩文　一一八
武者繪の凧　靈異　八七
無上佛は　流轉　二九七
無職なれ　野生　四五五
無心より　樹下　一八一
無數のわれと　落人　三七七
娘とわれ　落人　三七六
胸分くる
　萩ひとむらに　靈異　八三
　穗薄の秀の　繩文　一〇五
胸に穴　子午　三三
郁子（むべ）の實を　靈異　七四
夢遊病者　鳥獸　二三九
無用なる　繩文　一三一
村追はれ　子午　四七
むらがれる　靈異　八九
むらぎもの　樹下　一六七
村肝の　鳥總　三四二
むらくもに　樹下　一七一
村暗し　子午　三五
むらさきしきぶの　樹下　一九八
むらさきに　靈異　七三
むらさきの
　うづ巻く谷を　靈異　七三
　濃く黑き日日　繩文　一三三
　空の裂け目に　流轉　二八九
　血潮まじれる　青童　二六一
　夕靄あつく　繩文　一一九
紫の　青童　二八〇
むらさきを　流轉　三〇一
村中の　子午　三四
村棄つる
　思ひいくたび　樹下　一九二
　日は明るかれ　靈異　七八
　若者と酒を　鳥獸　二三三
村にも　子午　三三
村ひとつ　樹下　一五八
村人の　野生　四六五
村よりも　子午　五五
群なして
　山をくだれる　鳥獸　二一六
　呼びかふ夕べ　子午　三八
室堂に　大空　四一五

め

女神の打つ　落人　三八一
女狐が　落人　三九三
めぐりあへず　子午　一三
めぐりみな
　凍雪の夜を　繩文　一三四
　針葉樹林　鳥總　三三六
　はだれの山と　樹下　一七六
　森くろぐろと　樹下　二〇二
目眩く　繩文　一一六
目覺むれば　落人　三七三
メスキルヒの　落人　三五五
珍らなる　流轉　三一三
目玉燒　流轉　三〇九
娶らざりき。　子午　二八
〈めぼ賣ります〉と　鳥總　三四六
「めぼ賣ります」と　鳥總　三五〇
眼もなく　子午　二一
目も鼻も　鳥獸　二二三
女童（めわらは）つれ　樹下　一九九
女わらはと　樹下　一六八
女童と　樹下　一七四
女童の　流轉　二九七
女童は　繩文　一三三
女童を　樹下　一四七
眼をあけて　落人　三八九

も

モウイイカイ　落人　三六一
もう少し　大空　四一二
もうすでに　大空　四〇四
毛氈苔の　樹下　二〇一
孟宗の　子午　四六
もうそろそろ　鳥總　三三五
猛毒を　拾遺　四八七
もうながく　大空　四二九
朦朧と
　年明くる山　落人　三八四
　わが煩惱の　鳥獸　二三三
燃えあがる　靈異　八六
萌黄色の　大空　四一三
炎えさかる　大空　四三〇
燃えるごみも　大空　四三七
モーターある　靈異　七五
茂吉在さば　流轉　二九二
木食を　繩文　一〇五
沐浴は　鳥總　三三一

もしやわれ　落人 三六三
默しつつ　縄文 一二
默すれば　靈異 八三
默ふかく　縄文 一〇八
餅くれと　樹下 一九三
持ちたきは　鳥總 三二六
望の月　鳥總 三五四
木斛の
　冬の葉むらに　靈異 六四
　幹をいだけり　流轉 三〇八
木斛も　大空 四〇三
元伊勢の　鳥總 三三四
物賣れる　青童 二七四
もの音は　子午 一一
もの思ふ
　こころも淡く　樹下 一七四
　われが棲むゆゑ　大空 四二一
もの書きて　野生 四六二
ものとわれ　落人 三九三
ものなべて
　凍てゆく森に　縄文 一一五
　遠くなりゆく　野生 四六〇
　透りてしまふ　子午 三七
物象（もの）なべて　子午 一三
ものの隅（くま）　靈異 八三
もののけと　鳥總 三三五
もののけに　大空 四〇四
もののけの　鳥總 三三三
ものの名を（長歌）　子午 五〇
もの食むを　野生 四六七
もの食める　鳥總 三五五
ものみなは
　性器のごとく　子午 一二
　われより遠し　靈異 六三
モノレール
　しづかに春の　青童 二七八
　空に燈ともし　流轉 三一〇
モノレールに　青童 二七八
ものを書く　子午 一九
もはやわれ　野生 四六三
もみぢ濃き　大空 四〇八
もみぢせぬ　流轉 三〇〇
紅葉照る　流轉 三〇八
紅葉の賀、　大空 四〇八
もみぢ葉を　落人 三九三
桃色の　流轉 三〇三
百段（ももきだ）の
　青き稲田を　子午 四一
　田をつぎつぎに　子午 一一
桃咲ける　縄文 一二〇
腿長に　青童 二五九
靄おもき　流轉 三一二
もゆらなる
　天の御統、　青童 二七五
　響をきかせ　流轉 三〇三
燃ゆる日に　子午 一一
盛りあがる　鳥總 三三九
森出づる
　この岨みちに　鳥獸 二四一
　しろき小面　子午 三四
　月の明るさ　落人 三七〇
森出でて
　川の流れに　野生 四六四
　來りしわれの　大空 四三六
　町に入りゆく　子午 一三
森かげり　子午 一六
森かよふ　縄文 一一〇
森過ぎて　子午 三一
森に入り　流轉 三二一
森に入りて　流轉 三〇八
森にきて　鳥獸 二一五
森に棲む　鳥獸 二三一
森に降る　鳥獸 二三〇
森の上に
　月出でくれば　落人 三七四
　ゆつくりと月　鳥獸 二三三
森の前に
　斧鍬鎌の　子午 三一
　蹄を打たれ　子午 三
森の奥　大空 四三九
森の神の　落人 三八四
森の聲　拾遺 四八七
森のなかに　青童 二七七
森の道　流轉 二九七
森ふかき　縄文 一二一
森ふかく
　入り來てねむる　縄文 一二〇
　埋めたりし首　鳥獸 二一五
　冬至の麵麹を　落人 三七一
もろともに　縄文 一一三

や

家持の　鳥獸 二四七
焼鳥の　子午 三八
焼畑の　落人 三六八
焼畑は　縄文 一一〇
藥草の
　根の匂へる　落人 三七七
　たかく干されし　落人 三六一
八雲立つ　縄文 一三九
灼け伏せる　鳥總 三三九
椰子の實の　流轉 三一三
保田與重郎の　拾遺 四八一
八咫鴉　鳥獸 二三四
八握髯（やつかひげ）　樹下 一九七
八拳髯（やつかひげ）　青童 二七五
脂（やに）たまりし　流轉 二九三
屋根のある　靈異 七四
屋根の上に　鳥總 三四七
屋根をうち　靈異 八〇
藪柑子の　鳥總 三四三
敗れたる　大空 四二八
山朱き　子午 三七
山蟻の　樹下 一八九
山いづる　靈異 八八
山犬を　落人 三六五
やまひゆゑ　野生 四六七
山獨活の　樹下 一七一
山おろし

　いくたび吹きて　樹下　一八七
　静かなる夜に　樹下　一八七
　はげしく吹けば　落人　三七三
山峡の
　棚田に夜の水張りて　樹下　一六四
　棚田に夜の水満ちて　縄文　一三六
山かげの
　棚田の水の　鳥獣　二三四
　沼に群れをる　野生　四六七
　雪いつまでも　大空　四一一
　雪にのこれる　大空　四一一
山火事は
　幾日つづきて　流轉　二九七
　いくよもつづき　鳥總　三三九
山鬘　流轉　三〇五
山が鳴る
　幾夜はありて　縄文　一一六
山神の
　春一番の　青童　二七九
　あらそふ聲す　野生　四四四
　夜は死者こぞり　大空　四二九
山神は　鳥總　三四三
山神よ　野生　四六五
山雀と　大空　四三七
山雀の　大空　四〇九
山川に
　すべて流しし　大空　四一三
　のぞむ出湯に　鳥總　三三〇
　ふぐりひたせり　流轉　二八六
山川の　靈異　七八
山霧に
　覆はれたりし　拾遺　四八六
　しめれる穴よ　落人　三八九
　村消ゆる日よ　鳥獣　二三七
山霧の
　淡く流るる　落人　三七六
　いくたび湧きて　樹下　一七三
　うごかぬひと日　青童　二六五
　昨夜の砦は　縄文　一一七
　ふかき一日は　鳥總　三三三
　嶺にて啼ける　大空　四〇六
山霧は　樹下　一七〇
山霧を　樹下　一九五
山くだり
　國原行きし　縄文　一一六
　何なさむわれ　樹下　一六七
山下り
　下宿をなしし　鳥獣　二三一
　ひとに會へるを　樹下　一五七
　平野にかへる　子午　四五
山くだる
　童女に降れる　樹下　一五八
　八月の川を　大空　四二七
　われを見送る　鳥獣　二三三
山靴の
　重き三足　大空　四三七
　輕きを探せ　落人　三七八
やまぐにの　子午　一一
山ぐらし　樹下　一九九
山暮し　青童　二七八
山越しの　縄文　一〇一
山こぶし　落人　三七四
山こめて　樹下　一八三
山ごもり　樹下　一六一
山ごもる　鳥獣　二三四
山小屋に　大空　四三一
山小屋にて　落人　三八九
山坂の　樹下　一六五
やまざくら　野生　四五一
山ざくら
　咲きそむる日を　樹下　一八七
　はや咲きそめて　樹下　一八三
山櫻
　ことしも咲きて　鳥獣　二四五
　そのひとつだに　鳥總　三三四
　ほつほつひらく　鳥獣　二三九
山櫻の　鳥總　三三七
山裂けて　落人　三九四
山里の　流轉　二九一
山里より　野生　四六七
山羊齒の　鳥獣　二三六
山背(やましろ)の　子午　四一
山住の　野生　四五一
山住みの
　明け暮れを書きて　鳥獣　二二一
　あはれをかたり　樹下　一八三
　この單純に　流轉　三〇四
　この勞働の　樹下　一九九
　さびしさみえて　青童　二六六
　時間を截りて　大空　四〇六
　棘幾本を　野生　四四四
　一日はつねに　鳥獣　二三五
　夢幻に居れば　縄文　一〇七
　無念を知れと　青童　二六〇
　雄たりし日の　野生　四六一
　わがくやしさに　縄文　一三三
山田道を　拾遺　四八七
山躑躅の　鳥總　三三八
山つつじ　流轉　二九三
山づとも　大空　四三〇
倭迹迹(やまととと)　野生　四五五
倭の　拾遺　四八〇
山響み　樹下　一六三
山鳥の
　足跡のこる　樹下　一九七
　尾羽根過ぎけむ　野生　四五九
　卵は草に　大空　四〇三
　肉食べしわれ　鳥獣　二三四
　罠を仕掛けつ　落人　三九五
山脈に　子午　一四
やまなみの　鳥獣　二三三
やまなみは　流轉　二八八
やまなみを　樹下　一九九
山鳴ると　鳥總　三三七
山にいづる　靈異　七一
山に入り　樹下　一五〇
山にかくれ　靈異　七一
山に來て　靈異　八八

山に木を　流轉　二八九
山に棲みし　落人　三六六
山に棲む　縄文　九九
山に照る　縄文　一〇八
山に降る　大空　四三三
山にむかひ　靈異　七五
山の家の
　庭にきたりて　野生　四六二
　夜半のやね撃つ　野生　四六三
山の石　野生　四五五
山の上に　樹下　一九四
山の翁　野生　四六三
山の尾根　大空　四二八
山の神の
　面を付けて　落人　三九二
　面を彫りぬ　落人　三九〇
　假面をつけて　大空　四三五
　その朱のいろ　落人　三九一
山の神は　拾遺　四八〇
山の氣に　大空　四一四
山の樹に　縄文　一〇〇
山の樹の　鳥獸　二八
山の樹は　落人　三六一
山の木を　大空　四二七
山の草を　樹下　一五三
山の燈に　鳥總　三四八
山邊の　拾遺　四八五
山の秀に　樹下　一五六
山のまに
　老木のさくら　樹下　一七〇
　時移りなば　樹下　一五〇
　春のけぶりの　鳥總　三三三
山のまの
　泥ぬたくりて　樹下　一九五
　われの睡りの　鳥獸　三二八
山の閒の　縄文　一〇三
山の際(ま)の
　瀧細りつつ　縄文　一二四
　鈍き曇りに　靈異　八二
山の閒を
　けぶりけぶりて　縄文　一二七
　箒星ながく　縄文　一三八
山の道　靈異　六五
山の雪　縄文　一〇三
山の雪に　縄文　一〇三
山の夜の
　天の露霜　樹下　二〇五
　星空冴えて　鳥獸　三二七
　最も短き　鳥獸　二四二
山畑に
　梅咲きそむる　樹下　一五一
　種播くわれの　縄文　一一五
　火を焚く人の　縄文　一一一
　見る夕星の　縄文　一一一
　われの種播く　縄文　一一一
山畑の
　草にねむれる　大空　四一五
　土を耕し　青童　二六〇
　合歡はその花　大空　四一八
　春の斜面に　樹下　一五一
　廣き斜面に　落人　三七七
山鳩の
　こゑふとぶとと　樹下　一七三
　啼かぬときのま　子午　三三
山姥(やまはは)の　大空　四三四
山原の
　迫の眞清水　靈異　七五
　春のくぼみに　縄文　一三〇
山人が　落人　三七八
山人と
　里びとの逢ふ　拾遺　四八三
　わが名呼ばれむ　流轉　二八六
山びとの
　かなしみふかし　樹下　一六六
　暮しのかたち　流轉　三〇三
　焚火の燠の　縄文　一三四
　滅びの秋を　樹下　一六〇
山人の
　鬼市　野生　四六三
　焚火の跡か　鳥總　三三三
　憤怒の嵩を　樹下　二〇五
山人は　野生　四四九
山ふかき
　女人禁制の　大空　四二一
　聖のごとく　青童　二六八
　魔障を生きし　大空　四三三
山深き　落人　三九二
山ふかく　野生　四五〇
山深く
　かくれたまひしうら若き　樹下　一八三
　かくれたまひし神すらや　樹下　一八六
　父なる咎を　縄文　一三〇
山吹に　野生　四五三
山伏の
　荒山道に　樹下　一八八
　蛙飛びこそ　大空　四二一
山伏ら　鳥總　三三五
山ほとの
　草生に秋の　縄文　一一三
　村よりとよむ　縄文　一三六
　家庭のみゆる　靈異　九一
「ヤマユ」五號　鳥總　三四九
やままゆの
　蛹のごとし　野生　四六六
　さみどりの繭　大空　四三六
山繭の　靈異　七〇
山繭を　靈異　七三
山道に
　あぐらゐをれば　鳥總　三四六
　野鹿の角の　野生　四五九
　人形ひとつ　靈異　七一
　降る雪しろし　大空　四三八
　迷ひゐるのか　大空　四一二
　行きなづみをる　鳥獸　二五三
山道の　大空　四〇九
山道を
　つらなり走る　青童　二七三
　はこばれ過ぐる　樹下　一四九

やまもの　樹下　一八三
山桃の
　くれなゐふかし、　樹下　二〇四
　核しやぶりつつ　鳥獸　二三三
山桃は　樹下　一九九
山行きと　落人　三八一
山ゆけば　鳥總　三四七
山百合の　流轉　二九八
山若葉　流轉　三〇五
山姥が
　胞衣埋めたる　大空　四一一
　われにたまひし　青童　二六五
山姥に　野生　四五一
山姥の
　垂れし乳房に　青童　二六三
　ほとの匂へり　青童　二七九
　み杖なるべし　流轉　二九九
　湯氣噴く鍋に　流轉　三一一
　ゆまりも冷えて　流轉　二九五
山姥は　野生　四五一
山姥を　青童　二六一
闇青く　流轉　二九一
やみくもに　鳥總　三三八
病猪の　大空　四一七
病みふさば　青童　二六九
闇をしぼり　靈異　九三
病むわれに　落人　三八二
病める河　子午　三〇
病める木に　流轉　三一五
病める娘の　大空　四三三
病める日の　大空　四一七
病めるもの、　野生　四四五
守宮ゐる　大空　四一八
ややすこし　拾遺　四八八
遣（やら）はれし　繩文　九九
やり直し　流轉　三一〇
槍投げの　繩文　一〇〇
やはらかき
　仔羊の皮の　鳥獸　二四三
　樹木の時計　繩文　一三五
　春の雪踏む　落人　三六一
　檜原の梢　靈異　七三
　牢なりければ　繩文　一〇五

ゆ

ゆふあかね　大空　四〇四
夕茜　拾遺　四八〇
憂鬱な　流轉　二九〇
遊園地　鳥獸　二五〇
夕神樂　靈異　八七
ゆふかぜの　大空　四二七
ゆふかぜは　鳥總　三四一
夕風は　落人　三八九
ユーカラを　流轉　二九八
悠久の　流轉　三〇三
夕雲に
　乘りてかへれる　鳥總　三五〇
　乘りてきたれる　大空　四〇一
夕雲の　鳥獸　二一九
ゆふぐれに　大空　四〇五
夕暮に
　乳母車押す　靈異　七八
　顔を洗ふと　子午　四三
ゆふぐれの
　郭公啼けば　落人　三八七
　地下賣場にて　鳥總　三三四
夕ぐれの
　簷出でてゆく　靈異　八八
　われの梢に　靈異　八六
夕暮の
　カーテンをひき　樹下　一五五
　川のほとりで　野生　四六三
夕暮は　樹下　一五五
ゆふぞらに　青童　二六六
夕空に　子午　二六
夕空を　流轉　二九七
夕立に　野生　四五五
夕立の
　雨を吸ひをる　大空　四二七
　しろがねの尾根を　落人　三六五
　なごりの霧の　樹下　一六〇
夕立は
　激しく過ぎぬ　落人　三八一
　泊瀬の谷に　野生　四六〇
ゆふづつの　野生　四六六
夕星の　繩文　一〇五
夕映の
　都市億萬の　繩文　一一三
　山の秀燈り　子午　二四
夕映は　子午　三八
夕映ゆる
　花野にゆきて　鳥獸　二三三
　森のくらみち　樹下　一五九
夕日觀音の　樹下　一九八
UFOを　流轉　三一五
ゆふまぐれ　繩文　一一三
ユーモアの　流轉　三一六
夕靄に
　石を投ぐれば　靈異　七〇
　いましづもれる　靈異　七九
夕焼けて　青童　二六一
ゆふやみに
　鞍をおろせり　鳥總　三四八
　菖蒲を打ちて　樹下　一七三
夕闇に
　とろとろと火が　鳥獸　二三四
　まぎれて村に　子午　三五
ゆふやみの　大空　四二四
夕闇の　流轉　三〇一
夕やみを　鳥獸　二二六
ゆうらりと　青童　二七三
雪折れの　靈異　八八
雪雲が　落人　三七〇
雪雲の
　あかく焼けたる　流轉　二九六
　うごかぬ今日は　鳥總　三三三
　動かぬ一日　鳥獸　二三六
　緣燃えゐたる　大空　四〇九
　緣炎えてをり　鳥獸　二二七

許されて　縄文　一〇五
ゆるやかに
　青空みがく　野生　四五〇
　葉むらは揺ぎ　縄文　一二五
　春蝉鳴ける　縄文　一三三
　檜山のなだり　縄文　一〇九
　靄流れゆく　縄文　一二八
　夜の雪のうへ　縄文　一三六
湯をつかふ　子午　一五

よ

夜明けなば　青童　二七〇
宵闇の
　門に火を焚き　樹下　一九三
　濃くなりゆけば　大空　四二七
　隠過ぎしか　鳥總　三五四
宵闇を　樹下　一五三
宵宵に　縄文　一〇四
謠曲　谷行を　拾遺　四七七
陽根の　子午　三〇
養殖の　流轉　三〇五
幼稚園より　大空　四二九
幼年時の　鳥總　三三三
幼年の
　眠りふかかり　大空　四三六
　日より拝みき　拾遺　四七八
　日よりながめし　大空　四二五
　われがまろびし　野生　四五三
用のなき　大空　四〇一
　やうやくに　落人　三七一
　良きひとに　鳥獸　二四四
夜くだちの　靈異　八五
よく睡りし　鳥總　三四七
欲ふかく　野生　四四七
欲望の　拾遺　四七五
翼龍は　流轉　三〇六
預言者と　鳥獸　二四五
よこたはる　拾遺　四七三
夜ごと來る　鳥獸　二四九
夜ごもりに
　音羽の山に　靈異　八四
　わが谷出でて　靈異　六六
義經の　大空　四三〇
吉野首の　大空　四一七
吉野から　靈異　七九
吉野熊野　野生　四六〇
『吉野西奥　大空　四三〇
吉野山
　歌ひ語りて　拾遺　四七五
　もみぢの坂を　鳥獸　二一五
吉野山に　樹下　一八七
吉野山の　拾遺　四七六
吉野山を　拾遺　四七四
夜すがらに
　絲吐きやまぬ　縄文　一〇四
　星を眺むる　樹下　一六〇
夜すがらの
　木枯に鳴る　鳥獸　二三六
　波音あらく　縄文　九九
　星のひかりを　縄文　一二四
　村をめぐりて　子午　四四
よそほひて　子午　四三
夜空ゆく　樹下　一七〇
よだか啼く　落人　三八八
淀川を　鳥獸　三三三
夜となりて
　雨降る山か　青童　二五九
　いのち急くかな　子午　一三
　きこゆる鼓　子午　三
　山なみくろく　縄文　一三六
　雪來たるべし　靈異　六四
夜となれば
　ぐんぐん山は　鳥獸　三三八
　沈みてしまふ　流轉　二九〇
　ひかりとなりて　野生　四五三
與那國の　落人　三八九
夜に發てる　子午　四一
夜の明けし　落人　三七八
夜の厚き　子午　三
夜の歩み　子午　一〇
世のうつる　縄文　一三三
夜の海を　樹下　一九一
夜の雲の　縄文　一二九
夜の皿に　樹下　一五七
夜の時間　大空　四三〇
夜の霜は　鳥獸　三三四
夜のしろき　子午　二四
夜の土に　子午　二一
世の常の
　くらしのそとに　靈異　八八
　苦しみごとも　縄文　一三五
世の中に　流轉　三〇六
夜の虹を　縄文　一〇三
夜の庭の　流轉　二八五
夜の庭を　鳥總　三四六
夜の甕(みか)の　子午　一七
夜の森に
　太鼓を打ちて　樹下　一六〇
　太鼓を打てり　流轉　三一七
夜の闇に　樹下　一九四
夜の若葉　野生　四五三
「世は定め　流轉　三〇九
よみがへり　樹下　一八八
嫁入りと　落人　三七五
嫁もらふ　鳥總　三三五
夜もすがら
　稲光りせり　大空　四〇七
　海を渡りて　樹下　一九一
　木を伐る音の　流轉　三一七
　木枯すさぶ　鳥總　三三六
　咳きやまず　鳥總　三三一
　眠らぬ山か　樹下　一八六
　ふぶける山に　樹下　一九四
　吠ゆる山犬　鳥總　三三三
　山鳴りてをり　縄文　一三〇
　山鳴りやまず　縄文　一〇七
　山の樹走り　流轉　二八六
　われ吠えゐたり　子午　五四
憑(よ)られ付く　鳥總　三三四

ら

り

る

れ

ろ

　みんな醜し、　大空　四〇三
蠟燭の
　火をともしつつ
　炎に聽けり　野生　四五七
蠟燭を　樹下　一八八
勞働の　靈異　八三
勞働を　靈異　六九
浪費癖　靈異　八一
良辨と　鳥總　三三七
六月の　大空　四一〇
六十年　樹下　一六三
綠青の　拾遺　四七五
　瘴氣をもちて　落人　三六七
　砥石にあつる　靈異　七四
路地裏の　落人　三八七
ロッカーに　鳥總　三三四
六角牛山の（ろくこうし）　落人　三八一
六百年の　青童　二六六

わ

わが兄に　野生　四五四
わが兄の　大空　四〇四
わが歩む　子午　三六
わが家に　樹下　一五三
わが家の
　したの谷間に　流轉　三〇九
　近くに熊の　流轉　三〇八
わが犬は　青童　二六九
わがいのち　野生　四六五
わが家族　鳥獸　二三七
わがうたふ
　女犯のうたの　繩文　一二三
　森の家族の　繩文　一一四
わが歌の　落人　三六七
わが歌は　鳥獸　二四三
わが打たむ　鳥總　三五三
わが打ちし　鳥總　三三三
わが腕の　子午　四九
わが打てる　繩文　一三四
わが腕を　子午　五三
わが枝に　鳥總　三三九
わが負へる　繩文　一〇三
わが祖の　鳥總　三五三
わが父祖（おや）を
　殺めし者の　鳥獸　二五〇
　亡ぼしたりし　落人　三九一
わが賭は　子午　四三
わが肩に　子午　三
わが假面を　子午　四
若かりし　靈異　七三
わかき母の　子午　二
若き日に
　弑せし人の　野生　四四八
　われの植ゑたる　青童　二七九
わかき日の
　歌の無賴を　鳥總　三三六
　狂氣を祀れ、　青童　二七二
若き日の
　運慶彫りし　樹下　一九八
　詩を誦み出づる　繩文　一二三
　われの植ゑたる　鳥獸　二四八
わかき日は
　われの首か　繩文　一三〇
若き日を　流轉　二八九
わかきより　落人　三九二
若きらに　拾遺　四七六
わが戀ひし　鳥獸　二三八
わが頭　鳥總　三三六
わが伐（こ）りし　大空　四三一
若狹彥、　繩文　一〇二
わが死後の　大空　四〇九
わが死せむ　鳥獸　二一六
　あしたは來鳴く　靈異　八九
　日に啼きをらむ　大空　四三五
　日にも鳴るべし　青童　二六二
　日の青葉照れ　繩文　一二七
わが首（しるし）
　たれも望まぬ　樹下　一九三
　とりて去りたる　靈異　九三
わが頭蓋を　大空　四一四
わが住むは　大空　四三三
わが咳に　鳥總　三三一
わが谷に
　土搬びきて　鳥總　三三八
　新年の雲　鳥獸　二四六
わが谷の
　淡竹を夜毎　鳥總　三四五
　やや明るめば　靈異　八六
　礫打ちあはせ　靈異　六七
わが魂は　落人　三七五
わが父の　繩文　一一八
わが罪を　流轉　二八六
わが童子　靈異　八〇
わが友ら　大空　四三七
わが砦　鳥總　三三七
わが夏の　子午　三
わが庭に
　斑雪はふりて　青童　二七八
　よだか來啼けり　拾遺　四八八
わが庭の
　梅の古木の　落人　三八五
　すがれ棗も　鳥總　三五一
わが額に　繩文　一一五
わが睡る
　ねむりの上に花咲ける　大空　四〇六
　ねむりの上に生ゆる木の　大空　四〇六
わが遺す　大空　四二八
若葉濃く
　月のまれびと　大空　四〇五
　なりて重たき　流轉　三一五
　なりゆく宵に　大空　四三三
若葉して　樹下　二〇四
若葉照る　流轉　二九〇
若葉の日の　大空　四三三
若葉噴く　繩文　一一七
若葉みな　大空　四三四
わが柩　子午　九

わがひとよ　大空　四三五
わが一生　鳥獸　二三九
わが貧を　靈異　九三
わが骨を
　きみ撒きくれよ　流轉　二八八
　散骨なせる　鳥總　三三八
わが墓標　流轉　二九九
わが彫りし　鳥總　三三六
わが窗に　靈異　七八
わがまなこ　落人　三六四
わが眉に　鳥獸　二二五
わがむすめ　鳥獸　二四二
わが娘　大空　四〇一
わが娘と　拾遺　四七九
わが娘の　大空　四一六
わが娘を　大空　四一七
わが胸に　流轉　二八五
わが胸の　大空　四二五
わが胸を　落人　三七三
わが持てる　大空　四三〇
若者に　落人　三八六
若者の　大空　四二五
わが屋根を　樹下　一五三
わが病める　鳥總　三三一
わがリュックも　落人　三八一
涌きあがる　流轉　三〇一
湧きあがる
　蜩蟬の潮　靈異　九一
　讀經の夜は　子午　四七
湧き上がる　鳥總　三三五
湧きてくる　子午　五四
湧くごとく　繩文　一三
わけもなく　大空　四一三
僅かづつ　樹下　一九四
忘れられし　落人　三七六
わたくしに　青童　二六〇
わたくしの　大空　四〇二
私を　靈異　七九
わたつみに　青童　二七七
わたつみの
　さかなはなべて　鳥獸　二二七
　波の秀踏みて　鳥獸　二二八
輪となりて　樹下　一七四
笑ひ茸
　食ひし同胞　鳥總　三三〇
　喰らひたりけむ　鳥獸　二五三
藁苞（わらづと）の　落人　三八九
わらび餅　鳥總　三五三
わりなくも　樹下　一五七
惡醉ひの　鳥獸　二一一
われ一騎　鳥總　三五一
われ去なば　樹下　一五三
われ老いて　繩文　一一九
われ知らぬ　靈異　七四
われ亡くば　野生　四六三
我ならぬ　鳥總　三五一
われにかなし　靈異　八四
われに添ひて　落人　三九五
われに抱かれ　大空　四一〇
われにつらき　鳥獸　二四二
われに火を　鳥獸　二一六
われの行く　靈異　八一
われのいのち　大空　四一三
われの歌碑　野生　四六六
われの組む　繩文　一二一
われの子に　鳥總　三五三
われの死後を　鳥獸　二一三
われの死ぬ　繩文　一二一
われのため　大空　四三三
われの手を　流轉　三一三
われの名を　樹下　二〇三
われの燈に　繩文　一三一
われの日の　靈異　八九
われのみの　野生　四六一
われはいま　野生　四六七
われはつぶて、　靈異　八四
われは昔　子午　一五
吾亦紅
　くれなゐふかし　青童　二六〇
　そのいろふかし　樹下　一四八
われもまた　流轉　三〇三
われよりも
　はるかに永く　鳥總　三四三
　われらしくある　鳥獸　二四五
われらせし　流轉　二八八
われらみな
　トランスに入りて　青童　二六四
　耳我嶺に　大空　四二七
われをにくむ　青童　二七九
椀もちて　靈異　八一

検印
省略

平成二十五年八月一日　印刷発行

前登志夫　全歌集

定価　本体　一〇〇〇〇円（税別）

著者　前登志夫

発行者　堀山和子

発行所　短歌研究社

郵便番号一一二―〇〇一三
東京都文京区音羽一―一七―一四　音羽YKビル
電話〇三(三九四四)四八二二・四八三三
振替〇〇一九〇―九―二四三七五番

印刷者　豊国印刷
製本者　牧製本

ISBN 978-4-86272-263-8 C0092 ¥10000E